鸣钟人

老鉴 著

文匯出版社

自 序

成为一名作家，是自己年少时的梦想，但长辈为自己安排了报考大学，毕业后找一份稳定工作的道路。少年的我也未曾叛逆到非走文学这条路不可的地步，加之一直忙于应付各级考试，神经忍受着考分与排名的千锤百炼，梦想自然而然被束之高阁。

顺利考取了大学，呼吸到挣脱了考分束缚的自由空气后，内心中桀骜的一面突然占领了精神的阵地。坐在校园的草坪上，头顶的天空蓝得异常纯粹，耳边放着摇滚音乐，沉浸在各类书籍之中，渐渐成为了一名谈不上“合格”的理想主义者兼愤怒青年，对社会对人生开始有了独立的思考。但曾经有过的文学梦，此刻还在意识深处沉睡。想必，在各种现实问题还没有理清头绪之前，它并不打算给我增加额外的劳作负担。

毕业后，拥有了一份平凡的工作，一晃就过了 10 年。这 10 年来，艰辛有之，快乐有之，随波逐流有之，独善其身有之，过得不算平庸，但也够不上精彩，并没有多少值得拿出来炫耀的经历。可能唯一不同于他人之处，就在于自己始终保留了理想主义的情怀，说是赤子之心也未尝不可。而大学时听过的那些音乐，更是时常将我的记忆带回到校园的那片草坪上，那股难忘的氛围静静地环绕着我，继续向我发问：你的人生，究竟意义何在？

因为工作的关系，我始终与社会保持着最紧密的联系。在经历和目睹了太多的故事后，我懵懂感到，人生的意义或许就在于为别人做些什么。之后，因了种种机缘，去年8月突然产生了写部小说的念头。想着人生可供挥霍的时间少得可怜，现在不写恐怕再也没有动笔的机会，哪怕这是一件极其辛劳，且未必能获得别人理解的事，也应该抱以珍惜的态度认真做下去，便牺牲了所有业余时间，一头扑了进去。

原本以为随时会卡壳，孰料刚一开头便一发不可收拾，写作过程仿佛是心灵的各个层面齐齐跳了出来，各自找到合适的面具戴上，旁若无人地表演起来。表演得好也罢、坏也罢，反正一股脑儿地倾泻而出，用了4个月时间顺利写完全书。

回想起来，自己的理想主义情怀实在影响了写作的全过程。书中，我并未过于在意故事情节的曲折与否，人物关系的复杂与否，而是着力于对当下社会精神层面的反思，对人物的深度刻画，以及对20年来中国社会变迁的折射。为了更好地表达思想，还重新构造了一个来历不明的梦境世界，种种肺腑之言，各种真情实感，都诉诸笔端坦诚书写了下来。

写这本小说的目的，是希望社会能够从当下的一片浮躁中深深呼吸一口，稍许沉稳片刻；是希望为读者们寻回阅读的最重要意义和真正的乐趣；是希望能够尽到自己作为社会人的一份责任。无论目的有没有达到，至少我对读者是真诚且负责的——我深知文字的力量有多大，任何夸夸其谈的轻浮作品对读者都是种伤害，为此又用了大半年的时间修缮——甚至放弃了我最爱的世界杯比赛——等到最终停下笔时，看看日历已感慨万千。

到了今天，它总算完工了，先容我长出一口气，却不可避免地想到，我童年时的文学梦想，应该重新拾起吗？

后来，在某个和编辑深聊文学至凌晨的月夜，拖着疲乏的身体回家，手握方向盘时突然心中一颤，车灯打在空无一人的马路上，望着那片翻滚着浮尘的光影，我突然想到，或许在我身上真的有某种称为潜力的东西，可供我朝着文学的圣殿小心翼翼、认认真真、亦步亦趋地奋进。

2010 年 9 月 9 日凌晨

于苏州近悦斋

目 录

下部

尾声

后记

序　曲

无边的森林压在视线远端，蔚蓝色树叶仿佛受着风吹的麦田，在对岸高低起伏，发出类似大提琴拉出的低沉呜咽声，旋律阴暗、沮丧。

我站在大河北岸，拿不准是否该涉水过河。漆黑的河水死去一般纹丝不动，宛如等待我涉足的陷阱。注视它片刻，眼睛和心脏竟莫名酸痛起来。

呜咽声越来越强烈，最后竟刺痛耳膜。

身后，红色的草地平整得无懈可击，只有我踩出的一条足迹延伸到远方，好似地毯上的褶皱。红色过于鲜艳，我仿佛闻到死鼠的气味。

黑色的河水、蓝色的森林、红色的草地，这个世界里用来标注物质特征的颜色与形态被错乱地组合在一起，犹如未完成的魔方。

草地与天空接壤处影影绰绰，骑兵正在追来。假如在此迟疑必定前功尽弃，只能继续前进。面对黑沉沉的河水，我深吸一口气准备潜水，却闻见一股强烈的腥臭味，胃袋猛地抽紧，我忍不住呕吐起来。呕吐物掉下河，一点浪花都不溅起地沉入水底。

突然，河水如同马达般转动起来，一忽念的工夫便沸腾了。高速运转的河水掀起层层波浪，制造出一个个旋涡。无数的旋涡以同样的速率旋转、旋转、旋转，我顿时一阵眩晕。体内残余的力气随着旋涡的节奏不停地泻出，最后失去平衡，向大河跌去。

黑色迎面而来，在碰到第一朵水花前我竭力抬头——森林遥不可及，蓝色还未卷我入内，黑色便抢先将我吞噬。

水面抓住我的电光火石间，醒了！

心跳得厉害，渗出劫后余生的复杂心情。我心有余悸地想，倘若真的跌入黑色的大河会有怎样的结局？说不定意识将在水底永受煎熬。

幸好只是梦！

然而即便只是梦，也绝不值得庆幸。连续三星期，每周不定时地做两次同样的梦，在梦中一遍遍跌向大河——我怀疑自己虽然仍活在真实的世界里，但灵魂早已溜往别处。

情绪低落，我盯着墙角的健腹机出了会儿神，随后披上外套悄声走进厨房。在暖黄色的灯光下，我从冰箱里取出一罐啤酒，将冰冷的啤酒倒进胃里，在带着苦味的液体的安抚下，受惊的心情渐渐平静下来。

梦中胃的痉挛此刻演化成现实的饥饿感。冰箱里只找到半盒牛奶、一根黄瓜和一罐用去大半的番茄酱，其余都是冷冻的食物材料。半夜并不想做多少显得隆重的菜来吃，洗净黄瓜蘸着番茄酱就着啤酒一口一口咬嚼，黄瓜的清爽与番茄酱的酸甜夹杂在一起，又混着啤酒的苦涩，味道不知所云。用微波炉热好牛奶后却又失去食欲，关掉灯回到卧室。

重新上床，小心翼翼地钻进被窝。身边，芸左手露出被子，睡得正香。黑暗里，她的呼吸均匀而缓慢。月光透过百叶窗的缝隙洒进来，在她的手腕上反射出一层柔和的光。手腕下方2厘米处有块一元钱硬币大小的伤疤印在皮肤上，仿佛沉稳的版刻画。某天下午，芸曾向我讲过这处伤疤的来历：

“9岁和同伴爬树。那棵树长在家乡一个古老的院子里，树身粗壮，三个小孩环臂都抱不拢。奇异的是，树全身异常光洁，要不是树皮还具有正常的质感，树简直就是根活着的木材了。你能想象？”芸放下咖啡杯问我。

我看了一眼放在书架上的咖啡豆储藏桶，以之比较树。

她接着回忆：“因为树的样子太过奇特，家乡人对它奉若神明，日常有专人看护，连院子都不让旁人进。”

我哑然失笑。这样的树，地球生物漫长进化史上不知长过几棵？

“平日里，我们最喜欢的游戏不是丢沙包跳格子，而是爬树。一天不爬上几棵全身都不自在。痴迷到这种地步，别人也就不再客气，叫我们‘爬树党’。”

“爬树党？”我脑中闪过党魁身着制服爬树的场面，忍俊不禁。

“爬过的树不计其数，就连6米高的大树也不在话下，唯独这棵树没爬。一来大人将它看得死死的；二来如此光滑的树身，几乎不可能赤手空拳地爬上去。”

我想象人爬此树的情景，只怕爬不了半米，就会因无从发力无从支撑而摔下来。

“7月16日，我们又在琢磨爬树。方圆十里以内像样点的树都被爬过，再也找不到漏网之鱼。我不知哪根神经搭错，竟然提议去爬那棵树。大家居然也一致同意，一起跑到那个院子里。”

芸端起杯子喝了口咖啡，手腕上的伤疤在衣袖中若隐若现。“正是午后，大人们都在家睡午觉。我们溜进院子跑到树下围成一圈。近处看，树身毫无瑕疵，浑身上下透出一股威严感来。

本来是我带头，结果自己却傻傻地站在树前不知所措。”

“那就干脆离开岂不更好？”

“的确应该这样做，但那时我已无路可退。提议的人是我，在‘爬树党’中我又被公认为胆子最大。虽说才9岁，但我深明面子的重要性，一旦退却，今后势必矮人一头，所以决不能半途而废。”

“骑虎难下？”

“骑虎难下！”芸眼中蒙上阴影，“在同伴们的催促下，我只好先爬。慌慌张张地把手搭上树，一瞬间，周围突然失去了声响，似乎世界屏住了呼吸，从手指尖传来一阵树的体温……”

“树的体温？”我惊讶地问。

“没错，是树的体温，温暖、湿润，散发出热气。说来奇怪，那时我忽然就不害怕了。树的体温驱走了我的慌张，使我镇定下来。”芸沉浸在往事中。初秋的阳光从百叶窗缝隙中透进来，将她全身笼罩。

“原本担心这么滑的树没法爬，可树的内部居然产生了一股吸力，供我支撑，我竟然轻松地爬上了树顶——刚才忘了说了，这棵树并不高，三米四多一点而已。”

三米四高的树，要不是样子特别，也不会派专人看护吧。

“爬上去后，我发现树顶竟是个平整的年轮，由于被树叶遮住，站在树下是看不出的。年轮颜色苍白，上面有一圈圈蓝色的树纹。”

根据芸的描述想象树顶的样子——树进化过程中的某个环节可能出了问题。

“但我并没有太在意它，树下的伙伴们正一片欢呼，纷纷招呼我快下来，有几位迫不及待地要跟着爬了。我得意地朝他们挥挥手，正准备离开时，却突然听到脚下传来一声叹息。”

心被什么抓了一下，阳光不知何时暗淡下来，咖啡的香味也消失了。

“我吓了一跳，差点摔下去。叹息声从何而来？周围没有飞鸟，太阳也好好地挂在天上。3 秒钟后又传来一声叹息——声音似乎来自树。再过 3 秒钟，又是同样的一声，确实是树在叹息。”

我看看四周，音箱、CD、书架上的书都好端端地放在原处。

芸拨开滑到额前的一缕头发。“我坐在树顶呆呆地听，渐渐地意识到，树其实是在呼吸。”

“树在呼吸？”

“嗯，树一大口、一大口、再一大口、又一大口地呼吸着，就像这样：一、一、二、二——一、一、二、二，两声短波，两声长波。”

“它难道是树精灵不成？”我脱口而出。

“对，就是树精灵。只是没有眼鼻，皮肤光滑，不能走动而已。树下，同伴们早已等得不耐烦了。一个男孩试图爬上来，可他根本没办法向上爬半步。他们轮流尝试，都是立刻便滑倒在地。如此闹哄哄地过了一阵子，他们不再爬树，围到一起轻声议论，不时还抬头打量我一下。迎接着他们异样的眼神，我心里跟着慌张起来。最后他们突然一哄而散，我来不及说一个字，就被孤零零地抛弃在树顶上。”

握住芸的手，她的手心里正不断渗出汗珠。

“只剩树陪我了。沉稳的呼吸伴着潮湿的热气，将我温暖地包裹起来。我舒服得想大声喊叫，叫什么都可以。”芸已经完全浸泡在往事的温泉中，脸颊绯红。

“朦胧中我竟坐在了自家床上，祖母坐在身边，她一边忙针线活，一边讲故事给我听。”

芸 3 岁时祖母就已经过世，怎么会在那时出现？

“不一会儿，祖母放下针线走到窗台边，出神地望着天空。过了半晌后转身盯住我。再后来一切突然消失，祖母不见了，屋子不在了，连树的呼吸也停止了。只剩火辣辣的太阳挂在天空。”

墙上的钟响了三声，钟声打断了我们的谈话，我为芸的杯子续满咖啡。她连续两口喝完咖啡，“我想下地了，便顺着树干往下爬。起初非常顺利，树的吸力在帮助我。爬到树腰处我突然想，我为什么要离开这棵树呢？地下没有人等我，现在抱着的树是我唯一的朋友。这么想着，竟有种深深的孤独感从心底爬上来”。

“我不想下树了，决心重新回到树顶上去。可是刚作了这个决定，树的吸力就消失了，我毫无心理准备地摔了下去。”

我轻轻抚摩那处伤疤，感同身受。

“那吸力来自树的内部，现在想来应当是特意为我准备，它支持我爬上树顶，并拒绝了其余的同伴。可当我悬在半空，决定不再离开树的时候，这股吸力却消失了。树，忽然拒绝了我。”

她闭上眼睛，手掌冰凉，但还在继续讲述：“我当场昏迷，此后在医院里躺了几天，所幸没有大碍，只落下这块伤疤。此后相当长的一段时间内，我都在质疑，树为何起初并不拒绝我，而当我决定不离开它时，却被它抛弃呢？与祖母的重逢也不断困扰着我，我坚信当时她是真的与我共处了一段时间，可她又是从何而来呢？”

这段故事委实不可思议，我想象自己也被树抛弃，但立刻如触电般躲开——无论如何这过于荒诞，倘若不是由芸亲口讲述，我肯定不会当真。

“我恍惚了很久，一年后全家搬到另一座城市，在新的环境中我才慢慢恢复过来。”

“那棵树后来怎样了？”

“树被砍了，我离开家乡几年后，‘爬树党’里一位叫海的男孩写信告诉我，某天一批外地人突然出现，行色匆匆地砍下树就走。16 岁时我回过家乡一趟，还特地去探望了树，只剩下半截树根留在荒草丛生的院子里。”

"树根现在还在吗？"

"两年前问过海，当时树根还在。后来家乡修铁路，铁轨经过那个院子，树根的下落再也没人知晓。"

听过这个故事后，我便开始做怪梦——在组合错乱的世界里重复跌向黑色的大河。梦魇折磨着我的意识和身体，几星期下来人瘦了一圈。

每次从梦中惊醒我就再难入睡。手表的荧光针正指在3点25分的位置，我重新披上外套，走进书房。

在书房里听猫王的音乐，煮好两杯份的咖啡后，又换上Matthen Lien的*Bleeding Wolves*。从书架上抽出新买的《瓦尔登湖》读，很快沉浸其中。

音乐不知何时停止了，抬起头，屋外有微微的光亮。走上阳台，东方天际线上一股淡白色正在膨胀。街口，一位妇女正在把煤气炉之类的物件从板车上搬下来，很快她就要在平底锅上烙煎饼皮。日出只是符号，新的一天其实是从早点摊开始的。

连打了三个哈欠，眼皮也搭拉下来。噩梦如病毒般破坏了我原定的生物钟程序，目前得赶紧收拾残局——再睡一觉好了。

关阳台门时带进一阵凉风，书房里的空气为之一振。把《瓦尔登湖》放回书架，将咖啡杯咖啡壶带进厨房，与仍在微波炉里的牛奶杯一并洗掉收拾好。关掉灯回到卧室，钻进被窝轻轻握住芸的手。很快，倦意如同姗姗来迟的祝福径直寄到大脑皮层下，带着日夜颠倒的迷幻感，我昏昏睡去。

上部　微尘

无足轻重，也是一种尊严。

第一章 突如其来的怪风

我是被突如其来的怪风惊醒的。

之前犹如睡了几个世纪，完全丧失了对时间应有的感觉。宽度一米六的床，手表分针“嘀嗒”地走动，厨房里镀着精美花纹的四只咖啡杯，芸起床穿衣出门关门的一系列动作等等，全部被丢到一起铸成大石，固执得动也不动。仿佛哥伦布发现新大陆后印第安人从来没有受到过打扰，21世纪还在农耕渔猎。

意识偶尔活动过，记得电话铃持续响了十来下，这期间脑袋里发出接电话的指令，却无法拉起沉得硬邦邦的身体，电话挂断后又归于沉寂。

26年来从未睡到过这般田地，倘若没有接下来的意外，我也许会长眠不醒，永远活在2003年10月28日。

下午3时，耳边传来“咣！咣！”的响声，节奏短促而激烈，似乎接受了非把我弄醒不可的指令，耐心而又坚决地重复不停。

响声具有某种摧毁力，把昏睡感一片片从我身上剥离。一分钟后我从床上跳起，径直扑向窗户。

窗正被屋外的风不停拍打着，玻璃岌岌可危。略微推开一扇窗，风“呼”的一声冲进来，声音足有60分贝以上。我赶紧将窗户关好，锁紧搭扣，窗缝中仍然窜进丝丝冷气，凉意爬满全身。

屋外，枯黄的树叶如阴云般悬浮在城市半空；排成长队的汽车左右摇晃，仿佛跳芭蕾的舞团；沿街店铺里挤满了路人；人行道上的几棵大树被拦腰刮倒；东边报亭的铁皮顶被掀开一半，撕裂开的铁皮绝望地被风推向东又推向西……倘若此刻走在街上，迎着如此大的风，不知道会产生怎样的心情。

立刻给芸打电话，此时她被困在学校礼堂里，身边有几百名同学。“风把校园搅得一团糟。”芸告诉我。她们刚看完英文原声电影，散场后撞到这光景，还以为电影仍在续演。为安全起见，校方责令大家不得离开礼堂。“家教时间就快到了，怎么办？”

我怀疑她被树精灵附体了，这种时候竟然还想着家教。“恐怕学生也被困在某个地方进出不得呢，这会儿家长正担忧孩子的安全，家庭女教师能否出现谁会在意啊！”

“也对。”她不无惆怅，“可是风什么时候能停？”

窗外出现了警车，同样步履艰难。“无论风什么时候停，今晚你就住学校吧，家教也不要去了。把风置之不理，权当放假。”

“好吧，”但她紧接着说，“现在这个季节怎么会刮这么厉害的大风的……我有点害怕，接下来会不会发生什么不好的事？”

“别怕，学校又不会不管你们。”

她叹了口气，电话里似乎都能听得出她在摇头，之后欲言又止，还没等我询问便主动挂了电话。

放下电话，我愣了好一会儿，隐约有些不明所以的担心，突然惊醒后又向窗外望去。街对面，穿着防护服的警察正引导市民疏散。人们彼此手拉着手，唯恐失去哪一环后断掉整条链子。行进中的人群，头发、外套下摆朝着风向剧烈散开，犹如穿梭在战壕中的野战排悲壮地在炮火中左右闪避，看着看着，耳边似乎出现了弹道呼啸的声音。

靠窗的街面开来两辆道路清障车，一辆将被风吹倒的大树推开，另一辆则专心对付横堵在路中央的一辆轿车。大风突袭造成多起追尾车祸，10米开外，一辆面包车被身后的白色轿车撞上，一头栽进安全岛。两扇车门脱落，碎玻璃洒落一地。车里看不到人，估计已被送往医院。白色轿车车头尽毁，挤在安全气囊背后的司机被困在驾驶座上动弹不得。施救人员正艰难地向他靠拢……

我盯着街面出神，意料之外的风将生活秩序蛮横打乱，发达文明的产物竟是如此脆弱。

刷牙洗脸，虽然并无约会，我还是特意刮了胡子。对着镜子打量自己，过量而不规则的睡眠使脸庞肿胀。干脆洗澡，一切弄妥后人多少精神了些。

窗外风变小了，离开我的视线短短半小时，人群就撤走大半，白色轿车的司机已经被救援出来，只是交通尚未改善。

打开电视，一则新闻正在报道一个饱受战火困扰的国家的近况，其他频道都在放娱乐节目。或许本地电台会有大风的消息，但身边没有收音机。我给几名采访气象新闻的媒体朋友打电话，都无法联系上。这场突如其来的怪风过于不合情理了，想来此刻全城有几百万人，正怀着焦虑的心情苦苦等待关于这场风的资讯。

想给气象台打电话，但立即打消了这念头。

傍晚时风停了，而电视晚间新闻中也有了大风的报道。一位气象专家表示这是通常夏季才会出现的台风。夏天的台风何以在这时候出现？他解释这可能与全球气候的异常有关，但准确结论也无法立即得出，有待进一步观察。好消息是，最新的卫星云图显示，风已撤离本市向海洋方向转移。

新闻结束后，我又打电话给芸。出乎意料，她已经离开学校，正走在大街上。“家长刚才打电话来说，虽然台风刚过就要求上课确实不近人情，但毕竟孩子就要期中考了，所以请我还是立刻赶过去。对了，今天晚上不去你那了。”她的声音显得很遥远。

“既然都出门了，这事干嘛也要变卦？”

“马上到地铁站，挂了。”她急匆匆地回答我。

“嘟”的一声，我和世界一起安静下来。

我躺在床上盯着天花板出神。惨白色的天花板犹如没有注水的游泳池，更增加了我孤身一人的现实感。

昨夜的温存仿佛依然停留在身边，伸手触摸，床单却一片冰凉。“今天晚上不去你那了。”相当果断的口气，简直不像是从她嘴中说出。

无论从哪个角度看，芸都是个相当温柔的女孩，不夸张地形容，简直像是穿越时光隧道来到现世的古典淑女。我有时不慎对她说了重话，她也只是轻轻点头，“噢”的一声答应过去，好似一块海绵静静吸走我的烦躁。在这样一个经历了大风的日子，我需要她陪在身边，可她说“今天晚上不去你那了”。旁人若是在我这般境地，听到这样的话，想必都会倍感意外，心情沮丧的。

既然改变不了一个人的事实，总得做些事打发时间。

在音响里放上 Coldplay 乐队的 *Parachutes*，听的同时煮面。面条刚放进开水里电话就响了，接之前犹豫了片刻，等到拿起话筒对方也挂了。可能是父母打来的，他们无非是催我找新工作。

一年前辞职时，父母在电话里谴责了我 1 个小时。“这么好的工作你竟然随随便便就放弃了，你到底是怎么想的？别人又会怎么看你？”父亲的质问我至今记忆犹新，然而我始终没有告诉他辞职的原因。生计总要维持。好在几年来结识了一些朋友，经他们介绍替几家杂志社以及网站写专栏，成为自由撰稿人。虽然收入不算丰厚，但两室一厅的房子也能租得起。父亲屡次催我重新找份稳定的工作，每次都被我以工作难找为由敷衍过去。

这也可能是其他编辑打来的电话，会有什么事呢？

饭后照例读书。或许是凌晨熬夜的缘故，22点不到我就倍感疲惫，决定即刻睡觉。刷牙时电话又响了。这次铃声顽固不停，一直等到我擦干脸接听。

电话是雯打来的，第一句话就是问我干吗关了手机。

“恐怕是没电自己关了。”

“嗳，你这过的到底是什么日子啊！马上到你家来，别走开。”口气急匆匆的。

“你……”

电话利索挂上，没有半点商量余地。

我不由得苦笑。和这位《音乐圈》杂志的女编辑是很好的朋友，但她从来没有在这么晚贸然赶来过。

赶紧收拾客厅，将书放回书架。换上新拖鞋，烧开水，磨好四人分量的咖啡豆。等待的时间里听 Cocteau Twins 的 *Treasure*。

“我梦到过这场大风。”雯的声音沉重，语调不同寻常。

她头发散乱，眼影潦草，想必出门前胡乱一抹了事。

“下午台风刚来时，办公室的落地窗不停发出被风撞击的声音，‘咚、咚、咚’，一下子我就想起来了。”她没有像平常那样看着我说话，视线落到我的左后方，那边墙上挂着一幅涂鸦画。

“想起什么了？”我试图拉回她的注意力。

“哦，是这样的，我梦到过这场大风。”雯收回视线看我。她的眼睛里失去了往日的神采，被一片浑浊的阴影遮住，说不出的惶恐。

“做梦的日期不记得了，但肯定是在今年。梦里就是下午，我在办公室改你的稿子，标题是《21世纪的摇滚乐，在中国，在世界》。”

我惊讶不已。这篇文章我还剩结尾未完成，计划明天写好发给她。她真的在梦里就已经读过了？

“读到文末，想起你这家伙总是草草收笔，虎头蛇尾得很，正要发火时，落地窗突然发出‘咚、咚、咚’的巨大撞击声。我吓了一跳，其他同事纷纷围到窗前向外看，我也跟着走过去。窗外，狂风将街上行人卷裹着向前推行，车辆互相碰撞，沿街商店的门牌全部被吹走，我常去的面包店的招牌被扯掉一半……”

下午我看到的窗外情景仿佛被她重新拉片，每个镜头都交代得分外详细，所不同的是我所看到的是发生在自己公寓窗前的景象，她所描述的则是在高档写字楼第12层所目击到的场景。但区别也仅在于商店门牌不同，恐慌都是恐慌，破坏也都是破坏。对她描绘的这场灾难我甚至听得入迷，一会儿后才意识到她所描述的其实是梦中所见。“你真的做了这样的梦？”我问。

她点点头，不胜其寒地端起咖啡杯，喝掉杯中剩余。

“听起来与今天实际发生的不谋而合。”我拿起保温壶，将热咖啡注入她的杯中。

“简直是完全吻合。”她大声说，“在梦里，我最后跑到楼下想要逃回家，可是却忘记了家的方向，正紧张得不知如何是好时被彻底撕开的面包店招牌砸中，然后就醒了。醒来时全身冷汗，还在发抖。”她不停揉着手心，拇指上涂着鲜红如血的指甲油。

“当时我以为它只是场噩梦，很快也就淡忘了。今天下午，当我看到窗外发生的一切时，梦中所有的场景又从脑袋里钻出来，变成一幕幕具体的动画，与眼前的现实融为一体。你能想象当时我的心里有多害怕吗？我怀疑是否大风和我有什么联系，但自然的伟力又如何能与我这个微不足道的人发生关联呢？！”

她的视线又落到墙上的涂鸦画上，目光干涩。我也一时无语。梦与现实重合的例子也不是没有，但那仅仅是某些细小的场景，而且即使重合了，也难免会对是否真的做过这样的梦有所怀疑。而如雯这种把梦完全复制到未来现实之中的情况，确实非常罕见。我知道我必须对她说些什么，便试探着问："或许，那个梦只是你受到现实刺激后假想出来的，也许你根本没做过那样的梦？"

"不可能。那样的梦一定发生过。"

"那么你这种情况，就属于通常所说的预兆性梦境了。事实上，这种梦中经历会在现实发生的现象并不少见……"

"可是它并不是普通的预兆性梦境，你可以把它看成是现实在梦境中的复制。未来将要发生的现实被复制到过去的一场梦里！"雯激动地摆着手，两只圆形耳环不住晃动。

"好吧，我承认它不是普通的预兆性梦境，但也许它只是不普通、不寻常呢？"我努力解释，"就本质而言，它依然是预兆性的梦，只是预兆过于真实，发出的暗示也过于明确了。但换个角度来想，大风引起的灾害并不只有这一个，危害程度更严重的也多的是，你不必对此过于介怀。"

"我不想为此纠结。实际上，风停之后我待在办公室里不停劝说自己——这并不算什么特别的事，只是巧合罢了。然而越劝说我就越坚定地相信，风和我之间存在某种联系。真的，一定有的。"

"你不要多想了。是不是工作太累了？我觉得你压力好大。"

她低下头避开我的目光，沉默不应。渐渐的，我感觉有某种力量从她身上逼向我，似乎在质问我如同敷衍般的口气。似乎连我此刻直视她都成了不道德的行为。我试图摆脱这种想法，但想法本身反而越发清晰、明确。

过了一会儿她抬起头，重新看着我。"也许吧，也许真的是我多心了。现在我甚至连自己是否真的做过那场梦，都不那么确定了。”她的眼睛里流露出一丝悲哀。

我肯定，她这样说只是为了表示我的“安慰”起到了效果，但事实上她并不这么认为，或许从此会把我划入非真正朋友的那类人群。面对她悲哀的目光，我觉得无地自容。

“还有咖啡吗？”她把空杯递向我。

我把剩下的咖啡全部倒给她，她一饮而尽后说：“不早了，我该走了。”

时间已近12点。我这才注意到，她穿着红色的V领毛衣，A字裙紧贴着身体，勾勒出漂亮的曲线。这样的打扮很少在我面前出现。

她突地向我扬起脸，问：“我是不是老了？”

我不知该如何回答，她的眼角出现了淡淡的细纹。见我犹豫着不开口，她干脆地站起身，“走了！”

“我送你。”

“不用，”她略带疲倦地向我挥挥手，“开车来的，不用担心。”说完将一条浅灰色围巾围好，细心地将卷发翻出围巾。

“不要太介意了，梦只是梦。”我差一点想告诉她自己近来也被一场噩梦纠缠。但话到嘴边还是忍住了。

她走到门后，拿起挂着的外套穿上。我突然想起来，赶紧问她：“对了，有个问题如果不介意的话，想问问你。”

她转过身看着我，或许是喝多了咖啡的缘故，眼神比之前镇定了些。

“为什么要把这些对我说呢？认为我掌握了什么答案不成？”

“可能是因为梦中正在读你的稿子吧。”她微微一笑，“再见。”

我为她开门，出门那一刻她停下脚步又盯住我，欲言又止。我顿住身子，有些紧张地看着她。

“明天记得交稿子。”她这样说——我觉得那未必是她确实想在“现在”说的话——然后翩然离去。

第二天我起了个大早，很快将《21世纪的摇滚乐，在中国，在世界》完稿。校稿过程中不时想起雯昨晚所述，几度分心，勉强集中精力，半天才校完稿。随后将稿子发送给雯，在电子邮件里照例写上希望她不要改动或者删减的段落。犹豫了很久，还是在邮件文末写上“一起出来吃饭”的邀约。

喝完上午的第一杯咖啡，我给芸发短信，问她今天是否能见面。几分钟后收到回复：“增加了家教课时，还要准备论文，今天不能见面了。见谅。”短信写得很客气，甚至客套，一直存在于我们之间的亲密感像是被昨天的怪风吹走了。

我满心狐疑，然而不干涉她是最初交往时就约定过的，两个人相处毕竟不能变成互相限制和逼迫。如此一来很难集中精力工作，干脆健身。由于日常保持稳定的运动量，我的身体状况很好，一口气能跑10公里。换个角度想，这种状态恐怕也和我与社会保持疏离有关系。

冲完澡坐回电脑前，我将手头上现有的工作分为紧急和可缓两类。紧急的有两项：《美食周刊》约我点评城市新兴的特色西餐厅，两天后要交文章和照片；《都市生活》杂志早就约我写篇言情故事，一直拖着没写，截稿时间就在今天。其他约稿都还有一周左右的时间准备，暂且不理。

打电话给以前的报社同事墨，他向我推荐了几家西餐厅，挂电话前叮嘱我“多出来聚聚”。

接着给这些餐厅打电话提出采访要求。最终与其中一家餐厅落实了采访时间。然后构思言情故事，写完故事大纲后出门吃饭。

昨天的大风给城市留下了深深的伤痕，街上随处可见破损物。同时竟然呼吸到难得的清新空气。蓝色的天空鲜艳得如同油画，忍不住伸手想去触摸。

从离开家乡来这个城市读书，到现在以自由撰稿度日，8 年来见到蓝得如此纯粹的天空只有一次。那时我还在读书，刚下摄影课，随身带着相机。有同学喊“快看天空”，我们就齐刷刷举起相机，对着蓝宝石般的天空按下快门。但今天我没有拍摄天空的欲望。我想，如果已经到了需要用相机才能留住它的地步，那么当我们面对事后冲洗出来的照片时，只会增添更多惆怅吧。

中午在公共食堂里吃了鸡蛋猪排盖浇饭，饭后散步，我向 2 公里外的地铁站走去，路过附近的电影院时想起不久前刚和芸一起看过的电影，《最后一班地铁》。

不知芸正在做什么，拨她的手机却关机了。

走出两条街，在书店门口的报摊，陈阿婆将今天的报纸递给我。她今年 81 岁，为了照顾患有小儿麻痹症的女儿每天出门卖报赚些生活费。我刚进报社时偶然发现她的故事并做了报道，引起了社会的关注，政府特别批给她一个报摊。她是如今我和社会为数不多的连接点之一。

报纸头版上有关于昨天大风的报道：大风持续了 3 个多小时，给城市造成的损失过亿，受伤人数超过千人。文章结尾写道：“专家分析，今后异常天气出现的频率将大大增加，政府应加强各类应对设施的建设，以增强城市抗自然风险的能力。”

手机突然响了，是雯。她对那篇稿子提出了修改意见，我请她代为处理，因为我实在对所谓的“21 世纪的摇滚乐”提不起兴趣，能写完文章本身已是奇迹，若要提升档次实在无能为力。她也没有拒绝。通话最后她问：“真约我吃饭？”

“当然。和你有几个月没吃过饭了，也该聚一下。”

“行。只是明、后天都要加班，到出版周期了。”

“要不就今晚吧，空吗？”

她考虑了几秒钟才回答我：“那就今晚吧。”

我和她敲定了地点，是我将要采访的那家西餐厅。之后我赶回住所，根据上午草拟的故事大纲一口气写下去，下午4点写完，将稿子发到编辑信箱，带上采访工具、摄影器材出门。

准时赶到西餐厅，经理请厨师长向我介绍了几道特色菜。我详细记录下菜肴的制作方法。之后拍摄照片。为了增强效果，我在厨师加工好的菜上又刷了不少花生油，使菜的色彩看上去更为鲜亮。由于时间紧张，一道招牌烤鳕鱼干脆直接拍摄模型。模型鳕鱼十分逼真，卖相甚至比实物更具诱惑力。

“直接拍模型，真的可以吗？”一位陪我拍摄的实习服务生悄悄问我。

“完全没问题。事实上这是行规了，杂志里的美食图片几乎都是人工修饰过的。喏，刚才我不也加刷了花生油。”

“原来如此，就像明星照片一样，都修饰过。”她恍然大悟。

“是的，所以不能轻信杂志。”

她点点头，若有所思。拍摄中途，我让她客串模特，在镜头前，她不够老练的一面反而具有特别的吸引力。

拍摄完毕，我挑了张靠窗的位置坐下。她为我端来水果盘，说是经理关照的。“今晚的消费也由经理签单，”她悄悄对我说，“所以尽管点菜。”

“问一下，这家餐厅最地道的菜究竟是什么？刚才听了半天还是不甚了解。”

“这个嘛，我也没吃过。”她不好意思地笑了笑，“有几道菜客人点得挺多的。”她小声将菜名报给我，我认真记下，发现大多不是经理介绍的菜品。

“饭店就是这样。”她总结道。我对她不禁刮目相看，尽管是社会新人，见识增长的速度一点不慢。

“老实说，我准备报考空姐呢。”她继续说，“从小就梦想能在蓝天上工作。”

我点点头，对她回以微笑。这时领班叫她过去开会，我翻看西餐厅里的杂志，借以打发等待的时间。

说一说雯。

我是三年前认识她的。那时我在报社除了做社会新闻外，还兼写音乐方面的文章。承蒙编辑照顾，版面每期的选题基本由我定夺。作为都市报，音乐版面不必追求专业，瞄准近期国内外艺人的动向做些娱乐报道即可。但那时我刚毕业，还带着校园愤青的热情，毫无顾忌地找摇滚乐方面的题材写。起初试探性地写些爱尔兰音乐之类的专题，看到编辑并不反对，逐渐开始介绍OASIS、U2这类乐队，后来干脆不去考虑大众读者的接受度，近乎偏执地挖掘冷僻题材。诸如4AD这样的独立厂牌，何以会以整版形式出现在这家报纸上，恐怕连厂牌自己也想不明白。

写的多了，也引起同城其他媒体的注意。他们诧异于本报音乐版面风格的变化，部分同行还与我联系约稿，雯就是其中之一。

她第一次约我见面是在报社附近的一家咖啡馆。刚见面，她就毫不掩饰对我竟然如此年轻的惊讶之情。自然，写音乐类文章并未规定必须要多大年龄以上，某种程度而言，年轻人特有的放肆和无所顾忌，反而更有利于写好这类题材。但在她想来，能够在一张主流都市报上写大篇幅摇滚音乐的人，在报社的资历一定不浅。对此我并未多作解释。

之后我们逐渐熟悉起来。那时她在《音乐圈》杂志已经工作了5年，被归入资深编辑行列。她最喜爱爵士乐，但对于到专门放摇滚音乐的酒吧喝酒也不排斥。她曾经组过乐队，担任过吉他手兼主唱——光看现在的外表无论如何也想象不出。几年来，我们时常结伴去这类酒吧喝酒聊天。在她的影响下，我也开始听Jazz Vocals、Relaxing Jazz类型的爵士乐，并逐渐深入。

她喝酒很爽快，并且一定不作假；喝多了也不会做出出格之举，直接打车回家睡觉。另外，我们一起喝酒，她买单的次数还要多一些。“我痛恨男生每次都为女生买单。”她如此说。

可能是常年与音乐为伴的关系，她的性格相当敏感，也在我面前说过多愁善感的话。不过我本身可能也具备敏感的特质，对她的这点性格特征倒是十分欣赏。

她不是本地人，住在自己买的房子里。有一次酒后她吐露说，原来她早有男友，却不在同一城市，有时半年也见不上一面。如此过了五六年，相互都觉得前景渺茫，却又被长期积累的感情所牵制，无法痛快下决定。为了这份几乎没有可能性的感情，最后还和父母闹翻，至今没有往来。说到最后她竟抱住我哭了起来。此事过后我们绝口不提，但她显然对我更为关照。我辞职后所获得的第一份稿约就来自《音乐圈》。即便现在，她的约稿不仅频次稳定，而且选题大多符合我的胃口。有时遇到我文章中写得不如意的部分，她干脆帮我重新写过。

我们的关系一度很密切，结伴看电影、听音乐会，隔三岔五一起吃饭。半年前我与芸恋爱后，我和雯见面的次数锐减，也很少一起吃饭聊天，联系的话题全都集中在工作上。

可她在大风之后，首先就来找我倾诉。当时她内心的恐慌，也毫无保留地对我表露出来。

“明天记得交稿子。”她说这话时的复杂表情我还历历在目。她一定有其他话想说，而我也能够猜出大意。那时候如果我给她一个拥抱，或者其他类似方式的温暖，她的心情想必会好起来。当然我知道我们不可能发展到恋人的地步，之间连暧昧感都没有。但在那一时刻，在她被突如其来的怪风和自己的噩梦共同编织的重网笼罩而惶恐不已时，她的确是需要我作为可短暂依靠的对象的。而我虽然能够想到这一点，却还是用行动拒绝了。

那一刻，我的手搭在门把上，将门向外推开，胸口与她刻意保持距离，明明白白地写着**拒绝**的意思。

第二章　雯说，勿来电

雯没有赴约，我在西餐厅里空等了 3 小时。

无故爽约这种情况，怎么也料想不到竟会发生在她身上。我还记得中午电话时她的语气并无异常。

每隔 10 分钟拨她手机一次，每次都传来“对方忙”的语音提示，到后来干脆转为“已关机”状态。中途往她办公室打过几次电话，都没有人接。后来直接打到杂志社总机，接线员礼貌地告诉我雯早已下班。

她的寓所电话也没有人接听。在从前飞鸽传书的年代，倘若联系不上会设想是否信鸽出了意外。而在如今这个通讯手段多元化的社会，一旦联系不上，人胡思乱想的程度反而比过去厉害得多。此刻我坐立不安，担心她的安全，又或者她迷路了，手机没电了……各种解释都有道理，又都有不合情理之处。

我要了一包烟，一根接一根地抽，像是要把戒掉半年的烟一口气全部补回来似的。

女实习生给我倒了几次水。她似乎被我的心情所感染，不时面露焦急的神色。有时我向她微笑，希望能够安抚她的情绪。但我本身就不平静，恐怕微笑的说服力也很有限。她果然没有任何舒缓的迹象，反而变得更加紧张。

周围越来越热闹，她始终没有出现。

在我喝下第 8 杯水时收到她的短信："旅行去了，勿来电。"

短信内容简简单单，没有说明具体的去向，但至少清楚地表明了拒绝我联系她的态度。

胸口被重击了一下，本来悬着的心跌入谷底，从那里溢出真切的痛意，通过血管扩散到全身。

之后几天，我待在家里写稿、看书、锻炼身体，看了部讲述种族之间战争的电影，每天只出门买报纸。其间芸来过一次，我们像平常那样喝咖啡、聊天，我没有向她表露过任何疑虑。晚上她留在我家，第二天临别时说学校组织去南方的旅游胜地秋游，有一周时间不能见面。她走后，我彻底归于一个人的状态，和外界几乎停止了联系。

不看电视、不写稿子、不听音乐的时候，我会盯着墙上的涂鸦画，一动不动地看上半天。画上是一团彩色的图案，仔细分辨能看出是"This"、"shit"、"is"、"heavy"这几个单词的错乱组合。字母与字母之间、词与词之间的位置摆放奇特，倘若想象力足够丰富，就能够看到多个图案。但如果一直盯着，恐怕有意识过度陷入的危险发生。

常常想给雯打电话，都按捺住了冲动。打电话到杂志社，确认了她外出旅游的事实。"在出版周期内丢下版面出去旅游，倒是前所未有的怪事。"副主编向我抱怨，"然而她干了 8 年，一次假都没有请过，工作也很出色，难得请一次假，我总不好不近人情，可社里现在简直就火烧眉毛了。"

"她可留下请假条之类的东西？"

"没有，只是向我电话说明了一下。晚上8点多打电话来请假，不知道发生了什么事？"

"去了哪里？去几天？"

"哪里不好说。她请的假期不算短，环游世界也有可能。"停了停，电话那头传来仿佛憋了很久的抱怨声，"你这期的稿子写得很不理想啊，几个编辑都不知道该如何处理，眼看要拖期了。"

"实在抱歉。请您向我指出问题，我来负责改。"

于是我又拿起《21世纪的摇滚乐，在中国，在世界》重新修改。改文章花的时间比当初写它还要长，因为要不断揣摩杂志社希望它变成何种面貌，还要补充一些交代得不够详实的资料。偏偏有些乐队的资料十分难找，不得不从其他乐队的信息中搜索相关内容，因此花费了大量时间和精力。想起过去每次我把稿子丢给雯后就不再管，雯既要遵从主编的意图，又要顾及我的感受，还得为稿子本身拾遗补缺，劳累可想而知，可她从来没有向我抱怨过。想到这里，与她联系的渴望更加强烈。稿子终于改好后发了条问候短信，但直到晚饭吃完她都没有回。

饭后走到地铁站，搭上2号线，在第三站下车，花了15分钟走到雯所住的公寓楼下。

那扇窗户黑着，在周围一片亮光的包围下显得尤其黑暗，像是在一团温暖的色调中无缘无故缺失了一块。缺失的地方没有伙伴、没有朋友、没有同样的黑暗与缺失为伴。

长时间驻足仰视，那黑暗慢慢变成宇宙黑洞般的物体，似乎要把我吸入其中再丢到别处去，甚至连眼球都感觉到要被它拽走了。但即使这样，我还是一动不动地站着，望着那片幽深的黑暗。

"我们有时半年也见不上一面。这么拖着，对双方都残忍。想干脆分手算了，可那种撕裂的痛苦又太强烈。我没办法主动说出口，他也没办法。"那次酒后她说的话突然在我耳边响起。

"或许你需要一段新鲜的感情，这样才能真正解脱。"我安慰她。

“你是说背叛他吗？我办不到。哪怕因为孤独每夜都做噩梦，我也不会这样做，用这种方式结束感情。”她喝完第5瓶啤酒说，接着潸然泪下。她随后抱住我时的温暖感觉现在分明清晰起来。

每夜做噩梦。在城市里生活久了，很多人都会经常做噩梦，而孤独只不过是导致噩梦的原因之一。我叹了口气转身离去。背后那扇黑色的窗户始终想要吸我而入，策划着在某个适当的条件下将我彻底分裂。那一瞬间，我心里有什么被融化了。

梦中我跌向黑色大河，但这次并没有惊醒过来。

河水宛如海绵体般柔软，在水中我依然能够呼吸，闻到的味道也不同于在岸上呼吸时闻到的腥臭。身体顺着旋涡，轻轻向河中心靠近。忽然，一股凿山劈石般的力量将我卷起，抛到半空中后重重摔下来。接触水面的一刹那，海绵体突然消失，代之以真实的液体状态。我在水中急速下坠，河水不断钻进鼻子和耳朵。我知道自己必须在此刻醒来，但大河仿佛变成束紧的绳索，我动弹不得，只能向着河的深处不断沉溺。

一双手突然拉住我，用力将我从水中拉起。在身体脱离水面的一刹那，我醒了。

梦境终于变得不同——喘息未定的我想到这一点进步，竟然有如释重负的感觉。**然而它为何要选择从今天开始新的进程呢？**

看不出有什么意义，甚至没有认真地加以考虑，凌晨4点18分32秒，我坐在电脑前敲下记述梦境的第一个字。

一气写完，屏幕上不算多的文字似乎为我打开了这场梦的大门，只不过，梦的发端、发展，以及最终的结尾还没有向我彻底揭示——那需要时间来耐心等待。

芸离开之后，竟然一次也没有主动联系过我。时间过得漫长而缓慢，日历上的每一页都翻动得分外艰难。

我打电话给她，手机关机了，于是发短信“快点回来，很想念你”，然后盯着墙上的涂鸦画，不顾一切地钻了进去，势头如同盟军在D日冲锋诺曼底海滩，如同苏式坦克压过柏林的废墟，如同海浪冲刷寂寞的岩石。意识逐渐游离体外，飘荡在黑沉沉的外空间，对着无意识的我发问：“就这样看下去吗？”

“嗯，一直。”

“注意台风，记得带伞。”

“记着呢。”

意识转身就走，把我一个人留在原地。在放着一张饭桌、两把椅子的客厅里，没有来自带着伤疤的手的温暖，没有意料之外的电话来访，没有红色V领毛衣、A字裙的气息，Kurt Cobain在唱“Where did you sleep last night”，十几盘CD与两本书胡乱地垒在一起。手边空着的咖啡杯冰冷得可怕，桌上座钟的钟摆荡来荡去，仿佛在嘲笑只剩一个人的我。

脑袋里有个声音响起：“还要旁观下去吗？”

“自然。”

“不可救药啊！”

“不可救药好了。”

声音摇了摇头，转身也向着意识离开的方向走去。我一动不动，在已经有了寒意的深夜，穿着运动外套，宛如逐渐失去五感的苦行僧，近乎绝望地抓住仅剩的视觉不放，仿佛这唯一的稻草还能保留自己的一线尊严似的。

手机始终没有响，一条短信也没有。我开始期盼今夜的梦里，还会有一双手将我从漆黑的河水中拉上来。

第三章　梦：凯斯监狱的逃犯

我坐在河边，全身湿透，大口喘息。

蓝色的森林近在咫尺。此刻，林中的呜咽声变成没有音律和节拍的噪声，粗鲁得像是要把我的耳膜撕开，将莫名的烦躁塞入其中。

小人站在我身边，身高只及我的膝盖。他的皮肤偏棕色，一头金色卷发，五官犹如用刀刻出般棱角分明。上衣领口犹如沉睡的向日葵，兀自垂下一缕缕土黄色的流苏。窄脚裤裤管束进黑色皮靴，靴子圆头浅跟，脚面处钉着一圈铜色铆钉。

“你是谁？这里是哪里？”我问他。

“你又是谁？为什么会在这里？”他反问我。

对于“这里”我一无所知。河对岸，披着紫色盔甲的骑兵队逐渐逼近，我仿佛又闻到围墙巨石的森冷气息。

“先别想了，也别问，赶紧离开这里。”

“这里是哪里？”我固执地问。

“叫你别问了，没听见？”小人猛地拉着我向森林走去。他的手心时而火热，时而像块含蓄的冰。

体内仅有的力气正在泄露，只能尽量调整步伐不让自己摔倒，跌跌撞撞地跟着他冲进了森林。

深蓝色瞬间将我吞没，眼前一片模糊，在昏迷之前我看见自己惊恐的眼睛。

我在阳光下醒来，碧蓝的天空宛如宝石般纯粹。

不远处有一片白色的沼泽，散发着如洋槐蜂蜜般的香气。沼泽里长着几棵红色草状植物，十几只体型瘦长的小动物在沼泽边蹦来蹦去。其中一只迅疾向我蹦来，跳到我身边时我才看出这是条鳄鱼。鳄鱼身体过于微小——接近我的手掌长度——它轻轻跃过我，蹦进岩石堆里不见了踪影。

我正躺在盆地中央，四周耸立着险峻的高山，平地上的沼泽一直蔓延到远处的山脚。视野内没有一棵树，只有光秃秃的山石、浓稠的淤泥和稀疏的红草。

隐约听见鸟叫声，像是布谷鸟在鸣啼。

小人躺在五步外的岩石上，手里拿着根楠木烟斗，不时抽上一口，动作潇洒娴熟。他一直闭着眼睛，等我站起身时突然跃起，在空中翻了个筋斗后站稳，一丝烟草都没有掉落。

“坐下聊聊吧。”小人的眼睛眯成了一道缝，目光却摄人心魄，我不自觉地便在他身边坐下。奇怪的是，尽管实际身高相差甚远，但感觉上却没有差异，仿佛我没有那么高大，他也并非这般矮小。

太阳西斜，晚霞火一般红艳。周围的岩石间不断有小鳄鱼蹦来跳去。

小人抽了口烟，呼出浓郁的香味。“现在能说了？从哪里来？”

不知为什么，现在我的脑中突然多了许多信息，更多的信息还在迫不及待地涌进来——那些是类似“记忆”的物质。我有些慌乱，意识提醒我不必紧张："你只管说就好，我来补充。"

"我是从凯斯监狱逃出来的。"这句话脱口而出。话匣子一旦打开就再也关不住。我向小人详细讲述自己之前的经历，听众除了他，还有在现实世界里沉睡的我。

坐在电脑前，我在题目为《梦》的文章中填写以上文字。那些是我昨夜梦境里新的进展。噩梦的来龙去脉以令我惊讶的速度向我打开。一夜之间，我从黑色大河边来到了山之盆地，更多故事娓娓道出。

我在凯斯监狱生活了很多年，那里的周末派对提供上好的蒸馏酒、可口的蛋糕、涂满黄油的烤肉架，图书馆和设施齐全的健身房免费向犯人开放，洗衣中心可供 500 人同时使用。监狱本不该如此，但凯斯监狱就是这样。不夸张地说，它简直成了我的家。

凯斯监狱面积超过 10 平方英里，一圈 200 英尺高、6 英尺厚的高墙将监狱围得密不透风。监狱中心是一幢占地超过 500 英亩、600 英尺高的主楼。主楼由白色大理石砌成，99 根 30 英尺高的圆形廊柱上分别刻有精妙绝伦的雕像，其艺术价值不逊于当世任何一座雕塑。主楼是监狱管理层办公、住宿和娱乐的场所，顶层的指挥塔里设有控制监狱日常运转的中枢设施。主楼周围整齐分布了 21 幢辅楼。辅楼外观呈深灰色，外墙上开着数千扇窗户，从远处看仿佛碉堡群守护着主楼。犯人的牢房就在这些规模庞大的辅楼里。

相比完善的公共设施，犯人的住宿条件略显简陋。每间牢房的面积只有 8 平方码，住四名犯人，每 12 间牢房共用一个卫生间。近两年犯人数量激增，辅楼几乎要塞满了。明年监狱就要启动扩建计划。为了准备建材，今年犯人们的日常工作中又增加了"采石"的内容——这或许是生活在凯斯监狱里唯一令人不快的事。

监狱建在海拔 3 千码的高山上，三面围墙背后是陡峭的悬崖，唯一的出口有卫兵把守。倘若有犯人私自从大门离开监狱，不出半米就会被凶狠的六头犬撕成碎片。

监狱里有对外开放的购物中心，供游客选购监狱生产的各类艺术品——都出自犯人中的艺术家之手。监狱西南角有座球场，守卫们换岗后就在球场上打一种叫做“速击”的球类游戏。对了，监狱里还有向犯人开放的游泳馆，每天规定了1小时的游泳时间。

监狱医院紧邻主楼，医疗设施齐备。除了治疗病人外，医院还为犯人提供一种叫做“悠乐”的药剂，注射后身体会产生特殊的快感，效果能持续12小时。正常使用“悠乐”不会有不良影响，但一旦用过，就会产生再被注射的渴望。如果注射的次数过于频繁，身体也会出现呕吐、没有食欲等不适反应。

普通犯人需要连续获得5颗由监狱长官给定的白石评价，才能得到一次注射“悠乐”的机会。评价标准包括犯人遵守监狱制度的情况、身体健康程度等等，有一套详细的打分体系。每周打分一次，达到平均分以上就能获得一颗白石。

如果连续获得10颗白石，犯人就能到监狱的休息间过夜。那里有提供性服务的妓女，她们比“悠乐”更具真实感，令你感觉自己依然健全。

总体评价，在凯斯监狱的生活算是称心如意。我也好，其他犯人也好，平素都少有怨言，也从来没有发生过越狱行为。

“你为何会跑到这里，而不是留在监狱里享受‘悠乐’呢？”小人问我。

“因为我发现了监狱的秘密，无论如何也不能再在那里待下去了。监狱里有很多艺术家，他们负责创造各类艺术品，包括书籍、油画、音乐、瓷器等等，再由专业工匠们在生产线上复制。这些艺术家都是各自领域中的大师，关进凯斯监狱后，他们只能以听天由命的心情进行创作。在这种状态下其实很难保证作品的质量，但收藏界并不在乎，反正作品上只要有大师的名字就足以炫耀了。于是收藏家们成群结队地来到监狱，在购物中心抢购复制的艺术品。狱方发了大财，而艺术家犯人们只能安慰自己：至少自己的名字还能被印在复制品上，不至于因为进了监狱而被社会遗忘。

“某天，我获得了去医院注射‘悠乐’的机会。等候医生时，一位艺术家犯人被护士搀扶进来。他是位作曲家，创作的每支曲子都引起过巨大轰动，却因为在饭店吃饭时失手打碎了酒杯而被关进监狱。饭店老板坚持不接受他提出的赔偿条件，对他提出诉讼，结果被判了3年刑期。判决前他托了很多关系，竟然都行不通。

“在监狱里他不用从事体力劳动，每天的工作就是坐在琴房里创作新曲，隔三岔五享受一次‘悠乐’。初时他满怀委屈，灵感充沛，一年时间就创作出足以灌录3张唱片的新作品。狱方从这些作品上赚了大钱。后来，他的灵感逐渐枯竭，最终失去了创作力，再没有合格的作品问世。而狱方依然给他提供最好的食物，每周为他注射2次‘悠乐’，有时还安排他去休息房过夜。又过了一年，他注射‘悠乐’的频率已经达到每天一次。

“现在他即将出狱，却失去了作为艺术家的基本条件。不能独立生活，每天沉溺在‘悠乐’中。狱方对他早已不闻不问，反正该赚的钱已经赚到——3张新唱片在狱外大卖，版税源源不断地寄到监狱账户上——视他为行尸走肉。

“看着他干瘪瘪的身体——如同在人骨上草草裹了层肉皮——我不禁庆幸自己只是个普通犯人。

“医生来了，照例先为艺术家注射。他被搀扶进注射室，却久久没有出来。轮到我进去时，注射室里却空空如也。我躺上专用的铁床，带着疑问接受了注射。美妙的感觉很快注入脑髓，疑问也被丢到九霄云外。

“第二天，我在健身房锻炼身体时却不由自主地想起他来。他究竟去了哪里？其他犯人也没有再见过他。‘或许已经刑满释放了吧。’有人这么说。

“我决心查个究竟。委托在病房做护理工的犯人朋友找来医院的平面图，花时间研究，终于找到可以安全藏匿的场所。于是每天溜进医院查寻线索。调查了两个多月，最后得出令人吃惊的结论：原来‘悠乐’竟是一种摄取人们创造力和精神力的迷药。

“具体来说，艺术家长期使用‘悠乐’后，自身的创作力会逐渐被消磨。接受注射时所躺的铁床其实是一部特制机器，它将被消磨的创作力收集起来，通过专门线路传输到监狱控制中枢的‘大脑’中。日积月累，‘大脑’吸干了这些艺术家，利用他们的才智继续创作艺术品，为监狱持续牟利。而艺术家们则被秘密‘处理’。那位音乐家就这样被残害了。

“为了补充‘大脑’运作时消耗的能量，‘悠乐’还被用在普通犯人身上，从其体内窃取能量。由于每次窃取的能量不足以破坏犯人的身体健康，因此没有犯人知道真相。

“后来我又了解到，社会对监狱的这种勾当其实心知肚明。然而当‘艺术品’已经沦为商品时，社会的所有相关环节都争先恐后地加入这条价值链要求分享利益。当一名艺术家达到事业巅峰时，社会就会想方设法将其送入凯斯监狱。为何只因打碎一只酒杯就把音乐家送进监狱？饭店老板、法庭法官，甚至音乐家拜托过的那些关系都盼着收取他入狱之后狱方送来的滚滚好处呢。到监狱里购买艺术品的收藏家们也都清楚其中的内幕，然而在社会价值观中，这类艺术品依然拥有升值的巨大空间。

“价值链就此清晰了：一部分人负责把艺术家送进监狱，监狱负责榨干艺术家，另一部分人心甘情愿地掏钱买单；社会下级阶层、监狱里的体力劳动者都站在价值链的底端。有的人不觉危险地努力成为艺术家，有的人提供榨干艺术家所需的能量，比如我。

“得知这个秘密后，我再也不能留在凯斯监狱，装作若无其事地生活下去。我把秘密告诉了几个好朋友，他们虽然不愿意跟我一起离开，但都热心协助我越狱。三个月后我独自逃出监狱。几天后监狱派出骑兵追捕我，我一路向南逃到大河边。后面的事情你都知道了，我跌进河里，你救我上岸——这里又是什么地方？”

小人没有回答我，凝望着山岭之间蜿蜒伸向东方的小径。

“晚饭好了。”一个洪亮的声音在身后响起。转过身，一位红胡子大汉正向我们招手。我跟着小人翻过石堆，平地上正燃着一堆篝火，两根铁签上串着片片烤肉。

夕阳下，我们坐在篝火边喝酒。酒是红胡子大汉洛瑞——小人的贴身卫士——用新鲜的苹果和土豆混合酿制而成，入口香甜。

饭后，小人点起一管烟，为我解答疑问。“你来自维尔国。维尔国堪称艺术之国，杰出的艺术家层出不穷，建筑、声乐、图画、雕塑的艺术成就显赫于世。要不是听你说了凯斯监狱的秘密，谁能知道艺术的背后竟然藏着如此肮脏血腥的东西！”

“你现在到了帝斯国。帝斯国是个怪诞的国度，而我从属于一个组织，一个被帝斯国通缉的组织。”

“为何组织会被帝斯国通缉？”我好奇地问。

“因为组织的目标是摧毁帝斯国的统治者——灵塔。200多年来，无数英勇的战士为此牺牲。我是组织的第六任首领，完成这一目标是我毕生的事业。”

“灵塔？”

“它是一座石塔。”洛瑞解释道。

“为什么你们要摧毁一座石塔呢？”

“你会有很多时间来具体了解原因的。”小人回答，“现在我们抓紧时间休息。明天我去东方边境办事，你和洛瑞结伴去帝斯国首都肯斐辛。这次我们要全力摧毁灵塔。当然，如果你不愿意去，我也无意勉强。走西边的小路，你可以穿过沼泽到达北方的天使国，在那里你可以自由生活。”

望着小人刚毅的脸庞，我突然产生了一种渴望，渴望跟着他们一起去摧毁灵塔。虽然我还不清楚这样做的原因，但我已经将它和凯斯监狱的“大脑”联系在一起，只有摧毁它，我才能找回过去的心态。

“不，我愿意去，渴望为摧毁灵塔出力。”我斩钉截铁地说，“虽然我还不了解为什么要摧毁灵塔，甚至不知道组织是否真的存在，可我信任你。我愿意为了你的事业献出自己的一切，哪怕这种付出可能不值一文。我知道我的热情过于突然了，但是作为从凯斯监狱逃出来的犯人，热情像是被压抑太久的油田，一旦揭开盖子就会喷涌而出，擦出一点火星就能熊熊燃烧。我没有家人，没有其他朋友，没有什么是我不能割舍的！”

小人被我的话感动了，他动情地注视我，仿佛在鼓励我奋勇向前，又仿佛为了把我拖进一场持续了200多年的残酷战争而表示歉意。他对洛瑞说：“我把他托付给你，一路上教他各种本领。到了首都后，你们每天下午4点去城西的英斯比旅馆等我，我会在那里和你们碰面。记住，我到之前不要轻率行动，先做好充分准备。距离上次行动失败已经有100多年了，其间组织忍辱负重，背井离乡。这次终于等到机会，有极大的希望可以摧毁灵塔，能否成功完全在于我们自己，为此努力吧！”

说完这些，小人兴奋地丢开烟斗，向着苍穹中的繁星高举双臂。月光下，大山包围中，他的动作带有强烈的感染力，鼓舞我们去迎接今后的每一天。

摧毁灵塔！生命中突然有了真正的目标，我为此彻夜难眠。

第四章　我礼貌地伤害了你

一段段噩梦在三天时间内连续上演，每次醒来我都惊魂未定。不断向芸发短信寻求慰藉，却都如同沙石一般沉入大海。打电话她也不接听。在噩梦与被芸漠视的双重压迫下，我将自己关在房间里，连窗户也很少打开，似乎如此就能安全一些。

其间我写完了所有的约稿，当听完第14遍“My funny valentine”时，我意识到应该去呼吸真正意义上的空气了。

已是深秋。不过几天的光景，大风给城市带来的破坏已经几乎看不到痕迹，仿佛这场风从未来过，对街的商店不曾被迫停业过，实际造成的损失没有在报纸上发布过——反正相比社会巨大的浪费，这一数字不值一提。

公共食堂门口挂着本日特价套餐的手写公告，鸡蛋猪排盖浇饭套餐8元，咖喱牛肉饭套餐10元；隔壁的建筑类书店门玻璃上贴出新书《欧洲建筑史》的海报；往前几米远的小咖啡店门口有两个女孩在合影，街区顿时增色不少。

漫无目的地走着。一到这个季节，我就喜欢在户外散步。围上格纹围巾，穿黑色海军领短款大衣，双手插在口袋里，皮靴踩在满街的落叶上，发出微弱的宛如车床正在工作的声音。冷风吹来时，迎着寒气深深吸入，再轻轻呼出，所有的烦恼与不快都会被带出体外，这是不会伤害到别人的排遣方式——我认为。

但今年天气并没有冷到相当的程度。同样是 11 月，同样是上旬，气温却维持在往年 10 月上旬的水平，穿普通的棉质外套和球鞋就已足够。叶子早在台风来袭时就掉光了，街道路面又刚刚清扫过，要踩上一点叶梗都十分困难。至于冷风，连风都没有，谈何温度？

变化相当明显，但我无意迁怒于谁。

城市热闹繁忙，我从无数对恋人身边走过，心情越来越坏，忍不住又发信息给芸："我想念你，想听听你的声音，快给我打电话。越快越好。"

依然没有回复。

三名结伴而行的女孩迎面走来。她们都染了黄发，刷夸张的眼睫毛，着露出肚脐的短上衣和宽松的裤装，足以随时表演街舞。"民族的传统文化正在不断遭受潮流汹涌的外来货色的侵蚀。"我突然想起这句话。这是一次在芸的学校听讲座时，一位中文系教授的原话。他痛心于我国传统文化正在经济大潮中迅速弱化，认为"丢掉文化的民族如同失去魂魄"，"在传统文化彻底'沙漠化'之前必须有所行动，最迫切的就是重新学习国学"。讲座临结束，他的部分学生还身穿汉服走上讲台声援。当时群情激昂的镜头被记者拍下，以《大学生穿汉服倡议重振国学》为题公开见报。此后一段时间，社会上涌现出一股习读国学名著的热潮，还出现了专授《弟子规》、《三字经》的私塾，可不久便失去了大众的关注。

我同意国学急需发扬光大，但对“传统文化沙漠化”现象也没有在意。说到底，我已决心做社会旁观者，“沙漠化”与我何干？

我对待社会的旁观态度曾引发过和芸的争吵。那是不久前的某天午后，我不知哪来的冲动竟向她坦白了我的旁观态度。我告诉她，我其实早就决心不再对社会发表意见和看法，哪怕现在以写专栏撰稿为生，也努力写得无关痛痒，只求不影响到他人。

她被**真相**所震惊了，激动地问：“你怎么会有这种想法啊？！”

我解释道：“现在的人喜欢看似有趣实则垃圾的内容，并且以谈论甚至模仿它们为时尚，却对光辉的真知灼见视而不见。既然如此，何必浪费口舌做无意义的事。”

“你怎么这么偏激！你忘了你做过记者吗？”

“所以说我是媒体行业的淘汰品。对自己的实际价值发生怀疑的人就该从行业里滚开才对，我只不过是识相些罢了。”

“不对，就算你滚开——对不起——离开之后，能做的事还有很多，可以在其他行业体现你的价值啊。”

“我的价值？现在我的价值只是为社会制造垃圾罢了。小芸，任何人离开报社后都面临两条路，一条是彻底旁观社会，一种是主动迎合社会以求牟利。我只不过选择了其中一条，非此即彼。”

“你用这样的态度对自己、对我、对别人，都是没有责任感的体现。”她从我身旁挪开，瞪住我。

“你这样想也不是没有道理。”我不知道为什么会这样说，“我已经不再完整，只有旁观下去才能阻止继续缺失。你如果认为不合适，不妨远离我。反正没有责任感的家伙大街上多的是，找到比我更好的也轻而易举吧。”

我的话刺伤了她，整个下午我们没有再说一句话，直到晚上才言归于好。现在想来，最后我真不该说出那种话，如今她真的“远离我”了，而我根本就承受不了。想到这些，我顿时失去了继续散步的心情。

20分钟后搭上回家的公交车。车内乘客很少，我在车尾的空位坐下。车载音响里正在播放电台音乐，是Billy Holliday演唱的“I'm a fool to want you”。Billy Holliday，雯最钟意的JAZZ歌手，“I'm a fool to want you”，雯最钟意的JAZZ名曲。

那一晚饱受噩梦折磨的雯又出现在眼前，她没来赴约，叫我“勿来电”，可见对我有多么失望，说不定将来也不愿再见我。我终于意识到，那晚我拒绝雯时所采取的方式实际上是非常残酷的——是以似有却无、看似礼貌的态度做出了伤害她的举动。这样的方式比起直接回绝要残酷得多。我开始怀疑，我所缺失的是否比我想象的还要严重？倘若有一面人性的镜子竖在面前，我在镜中会呈现出多少不同的面目？

我到底是伤害了雯。

芸又是如何被我伤害过，以至于现在对我不理不睬？

11月第一个星期日的傍晚，我坐在公交车上，车窗外灯火阑珊，影影绰绰的人群模糊不清。记忆已被彻底打开，往事迫不及待地涌进大脑，让我在时间的片段中寻找伤害的源头。

和芸认识时，她正在报社经济部实习，我处于报社生涯的尾声。

周日下午报社人很少，我独自坐在办公室里，将自己带来的音箱接到电脑上，听Bon Jovi的歌。音量不算太小，我听着“Always”在电脑上胡乱写些只言片语。

办公室门突然被推开，一个女孩走进来。她走了两步后停下来尴尬地看了我一眼，随即退出，离开时特意把门又关上。

隔壁经济部的门打开了，她走进去坐到最前面的座位上——那里通常是给实习生坐的。隔着玻璃我能清楚地看到她的侧面。她穿着短裙，露出白皙修长的腿。

“腿很美啊！”我心中喝彩一声，继续涂鸦文字。说来也怪，原本胡乱写的语句突然找到了灵感，竟然成文。写完之后再看隔壁，她已不在。

第二次碰面时我站在办公室走廊里抽烟，她抱着一叠资料从阅览室走出来。一看见我她就低下头，抱紧资料快步走进办公室。我熄灭香烟，走回自己的座位。

隔壁，她在扫描资料，恰好正对我。意识到我在注视她，她重重地垂下头，长发碰到了扫描仪，慌忙又拢起头发，视线碰上了我的目光，尽管隔着玻璃，我们还是能感觉到扩散到空气中的异样情绪。我指指自己的马尾辫，她示威似地把头发猛地拨甩开，我们都笑了。

也许是许久没有真正笑过的缘故，那一刻我犹如浪子找到酒肆、孤鸟飞回丛林，产生了连自己也说不清楚的依赖感。

开始失眠。换了各种姿势，床却总是与我格格不入。眼睛虽闭着，脑袋却格外清醒，各种想法连招呼都不打就跑进来。“能不能先敲门？”个个不置可否。

工作三年来的种种经历在脑中翻滚。年少气盛的自己，倔强的自己，突然丧失责任心的自己……数绵羊也没有用。来自阿尔卑斯山脉、澳洲，抑或是内蒙古的羊群，在眼前走过几只后立刻就被声音们赶跑。“文化趣味越来越低俗，没人意识到危害性吗？”“各类假货一再出现，再怎么大声疾呼还是无济于事，社会这是怎么了？”“那么多孩子为了玩网游逃学旷课，赚得流油的游戏厂商还要拉更多人下水，就没有制止他们的办法了吗？”……脑袋里吵得热火朝天。

拧开床头灯，一见到亮光各种声音便统统撤退了。但我依然没有睡意，索性起床读《世界史纲》，翻了几页后突然感到困倦，赶紧又躺上床。奇怪，身体一沾到床板立刻又精神了，声音们回到脑袋里继续发言，我继续辗转。

一直折腾到 4 点，我索性起床。泡了杯咖啡喝，芸不知怎么就出现在眼前，穿着短裙，一遍遍重复着拨甩头发的动作。将Black Flag 的 *Loose Nut* 放进音响，却忘了按播放键。

第二夜又是如此。继续失眠，继续半夜喝咖啡，继续看见芸重复地拨甩头发。凌晨5点看电影《坏孩子的天空》。看到主人公信治最终放弃了拳击，心里有种说不出的滋味。

"下月起和信治一起去送牛奶。"我自言自语。

连续失眠，导致精神逐渐和肉体分离。明明已经累到只想躺着不动，表面看来却神采飞扬。有时在办公室隔着玻璃看见芸，倒是忘记了身体正在承受的折磨。但一回到住所就立刻头疼起来，做什么都没有力气，偏偏还是睡不着。到了报社，对着电脑一个字也写不出来。

"约她一起出去吧，再这样下去你会发霉的。"意识劝我。

"好吧，就这么办，反正不会伤害谁。"我同意了。

我们约在一家中餐馆吃饭，一见如故，聊得十分投机，彼此无拘无束。她甚至对我的长头发提出了异议，全然不像是第一次聊天。我告诉她长发是在读大学时留的，毕业后如愿以偿进了报社，当时想到今后要用笔同社会问题作斗争了，干脆就把长发当成一种"标签"，一直留到了现在。

"用笔来斗争？你要'先天下之忧而忧'吗？"

"没那么崇高，顶多算是有点责任心吧。再说，我读书的时候，学校里有责任感的人不算少，快到21世纪了，我们觉得即将担上国家和民族未来发展的责任，个个情绪高涨，互相呐喊鼓劲。"

"真的？"她一副不敢相信的表情，"现在的大学里，好像没多少人有这种想法了。"

"到底时代不同了。"我感叹一声，迅速结束了这个话题，转而问起她手指甲上画的向日葵。

"我喜欢向日葵，看着它我觉得特别温暖，有被太阳照着的感觉。”她解释说。

指甲上的向日葵绽放着暖黄色的花瓣，我真想被它拥抱在怀里。“以后经常出来一起吃饭吧。”我说。

“好的呀，只要你有时间。”

“时间……接下来我的时间会很多的。”我告诉她自己即将离职，她听了很惊讶，但也没有追问。

聊天中得知她正在读大三，在报社准备再实习2周。这时我才想起还不知道她就读的学校，她摇摇头，从包里取出一张便笺纸，撕成名片大小，在上面工整地写上学校、专业、地址和电话递给我。我郑重地接过纸片。她读本市一所知名大学，中文专业。

“去过你们学校的，两年前你们学校食堂失火，我去采访，好好一座食堂被烧得不成样子……”

“啊！当时我就在现场呢。”她仿佛故友重逢般惊叹。

“哦？要是那时撞上面了，不知道现在会是什么样。”

“说不定……说不定我们已经是很好、很好的朋友了。”

“很好的朋友啊……”

“那时候我有男朋友，不过已经分手了。你呢，有女朋友吗？”

“有过，也分手了。”

我俩一时无语，同时回味往日的旧感伤，而对未来则小心翼翼。

后来我们聊起了被烧毁的食堂。她告诉我，学校在其原址上建了座新食堂。环境比旧的好多了，可是却少了人情味。“过去在旧食堂，打菜的阿姨几乎认识每个学生。这个学生饭量大，三两的饭票还给他多加一勺饭；经济条件差的学生来打饭，就偷偷放些肉片到他碗里。每届新生用不了三个月就跟食堂混熟了，亲切得很。而新食堂被外面的公司承包了，菜价贵了不说，以前打菜的阿姨们都不见了，现在的年轻师傅们打菜时恨不得一一过秤，一分钱都不能误差，买青菜也别指望能挑出肉丝来。遇到有钱的学生食堂倒是格外热情，态度毕恭毕敬的。同学们如果不是逼不得已，一般不去新食堂吃饭。去了打菜倒是方便，不用排队，可是没有味道。”她依依不舍地说着。

“我想，哪怕没有发生火灾，恐怕旧食堂也不会继续老样子下去。照样会有公司来承包，照样会一分一厘算得清清楚楚。社会正变得越来越功利，拜金主义逐渐盛行，新食堂如此经营不奇怪。”我忍不住说。

“听你这么一说，觉得好沉重。”她黯然道，“该怎么办?就这么听之任之?”

我不知道该不该告诉她我打算旁观的想法，最后含糊过去：“慢慢适应吧。对你来说，只需要习惯目前的环境就可以。”

“嗯。”她点点头，“和你聊天很轻松，好像没有什么不能讲的。和报社的其他老师在一起就不一样了，总觉得自己不小心踏入了成年人的世界，有隔膜。”

“因为我还不算是成年人吧。”我自嘲道，“在成年人眼里，或许我就成了怪人了。在社会里，你的面目、性格是由别人站的角度、所持的观念和立场决定的，改变起来可不容易。”

“很有哲理的话啊，得记下来。”

“用不着记，更别被我影响。经济部的好老师很多，好好向他们请教，经济新闻可不是好对付的。”

她点点头，随即说：“其实我读过你写过的很多新闻。陈阿婆卖报故事的那篇报道，看完后我就带着男朋友找她买报纸去了。那段时间要他天天去那里买报纸，但他做不到，在学校附近的报摊买了报纸骗我，我们后来分手，这也算是导火索。”

我惊讶于这样的巧合。她张开双手，10朵向日葵同时怒放。

“不好意思，”她指指手表抱歉地说，“下午的采访时间快到了，我得走了。”

我们的第一次约会就这样结束了。在报社里我们再没有正经说过话。不久她回到学校，而我也忙于办理离职手续。

一个月后，10 月 15 日，我正式辞职。当天剪短了头发，几本粘贴自己作品的剪报集，除了音乐版面那本外统统丢掉。晚上到常去的酒吧喝酒，雯特意赶来，以“庆祝自由”的名义和我干杯。

“接下来有什么具体打算吗？”她边往杯中倒啤酒边问我。

“还没想，反正要离开社会，不替社会操心了。”

我看着她倒酒的动作，心中已翻江倒海。热血沸腾过的 3 年、留下过伤痕的 3 年、怅惘的 3 年，其间有无数不眠不休的夜晚，有永生难忘的时刻。说不清这 3 年过得是否有价值，放在自己的人生来看分量固然不轻，但若要和别人聊起就过于渺小了。杯中啤酒的泡沫在灯光的照射下更显缥缈。人生岂非就是缥缈的？

酒吧乐队在唱“What's up”，相当应景的歌。

第二天傍晚，我来到芸的学校，告诉她辞职的消息。

天气冷了，我随便穿了件外套。看着校园里穿着时髦的学生们我感慨不已。“校园的时尚指数飙升啊。”芸走出宿舍楼站到我面前时我对她说。

“是啊，大家穿得都挺好看。”她上下打量我，“头发剪了，很适合你，可你这身打扮还真是……啧、啧。”

我穿着黑色上衣与黑色长裤，脚上一双黑色旅游鞋。

“这可是叛逆青年的制服啊。”我戏言道，“《坏孩子的天空》可看过？里面的学生穿得都像这样。”

“你是说 Kids Return？可喜欢了，北野武的镜头叙事功力真是没话说。”

“是啊，他的《花火》，镜头看着随随便便的，看完了却让人真心感动——真有这样的人生，这样的情感！”

“还有久石让的配乐，五体投地了。”

“对了，《花火》里面有向日葵。”

“嗯，残破的向日葵，看着很心痛。”

刚刚辞职，本来说什么都容易尴尬，但导演北野武和音乐家久石让成了我们之间的黏合剂。我取出MP3播放器，将右耳塞递给她，并肩坐在花坛的栏杆上听久石让的音乐。“Kids Return”、“Summer”、“The Rain”，一首首旋律在耳边流淌。

“像是在为我们伴奏呢。”她说。

微风将她的头发吹起，有几根触到我的面颊，送来淡淡清香。

几首曲子听完，我们并肩散步。路过新食堂，新楼采用了哥特式的尖顶和花窗，仿佛一只闯入文明时代探头探脑的长颈龙，相当不合时宜。

“怪，学校怎么想的？食堂竟然如此设计。”

“是很怪。在宿舍里推开窗就能看见那个尖顶，碍眼得很。”她摇摇头，问起我今后的打算。

“不用为我担心。毕竟有经验有资历，还有不少人脉关系，怎样都行。反正不会离开这个城市。”嘴上这么说，可我心里知道，既然决心旁观社会了，那些人脉关系、经验、资历对我就已经不值一文。对她**隐瞒真相**是因为不确定她所站的角度和立场，担心失去和她的**可能性**。

之后常常约她见面，吃饭，逛街，看电影。一次和她在某个小店喝到煮得相当好的咖啡，她说心情因此变得特别好，于是悄悄去买了煮咖啡的用具和教材，不久也能煮出像样的咖啡。她喜欢听新世纪音乐，我又一头扎进音响店，收集Matthen Lien、ENYA、喜多郎、Bandari的作品。

有次我叫上雯，三人一起去酒吧，结束后我送芸回学校。路上她说，你们好像很亲密。

“哪里！当她是哥们。”我解释说。

“哦。”她不再说话。

此后再也没有三人一同见面过。

某天逛街看到一幅涂鸦画。她很喜欢，买来送给我。

——“This shit is heavy”！

等到旧感情给各自留下的创伤完全愈合，半年前我们自然而然地恋爱了。她留下来过夜的次数越来越多，宿舍开始闲置。暑假她住到我家，开学后搬回宿舍，但时常来留宿。近来频率有所减少，不过短暂分开后再见面的感觉倒也不坏。每次回来我都会做大餐慰劳她——一年来厨艺大进。

我写的那些专栏文章她每篇都读，带着呵护的态度。偶尔我会因为稿约问题而沮丧，她总是尽力安慰我。久而久之她摸清了我的脾气。“你啊，真是倔强的沙滩。”

“怎么说？”

“你对人挺和善的，但又很有原则，只要不过底线你宁愿委屈自己来迁就别人，可要是越过底线就决不妥协。喏，这不就像是海岛上的沙滩嘛。无数沙子被海浪冲走了，可沙滩本身一直都在。”她解释说。

“倔强的沙滩啊！”我点点头，不再说话，埋头写稿。

时光平静流逝，我们几乎没有争执过，即便那次因为我的旁观态度而争吵，我们也很快和好。

然而现在她突然不理睬我了，我到底是伤害了她，不仅仅因为那次争吵，更深的伤害在我们认识时就已经种下了，同样是以礼貌的方式。

在人性的镜子里，我的面孔片片分裂，连我自己也无法辨识。

“小芸，你不会也丢下我吧？”我对着静默的手机，喃喃地问。

手机放在枕边。夜凉如水。只能在梦中寻求来自别人的温暖。

第五章　梦：灵塔

我和洛瑞坐在山洞洞口，望着被雨雾覆盖的叠嶂的山峦。群山延绵不绝，由于没有植被，所有的山体都裸露在空气中，褐红色的山脊犹如没有完全凝结的伤疤，带有崩裂出血的危险。

上午我们与小人道别，动身前往首都肯斐辛。穿过盆地，顺着山脉走了不一会儿就下起瓢泼大雨，我们不得不在山洞歇脚。

“为什么连一棵树都看不到呢？”我指着群山问。

“是灵塔干的！”洛瑞愤愤地说，不等我发问，他主动回忆起来，“帝斯国第一位国王叫艾辛塔，在他治理下帝斯国迅速崛起，之后的几代君王也都治国勤勉。根据仅存的几本史书记载，那时的帝斯国山谷葱翠，流水潺潺，人们和睦相处，生活富庶。”

雨雾中褐红色的山体越发触目惊心，他深深叹了口气。

“到了第6代国王柯斯王当政，国家发生巨变。柯斯王追求长生，听信僧侣之言在肯斐辛建造灵塔。几十万国民被军队驱使到山中采石修塔，砍伐树木炼制金属。无数儿童与老人在灵塔前的祭台上被杀害以祭祀灵塔。修建灵塔前后花了 20 年时间，国家人口锐减一半，国力迅速衰败。可笑的是，柯斯王根本没有得到长生，反而在灵塔建成后的第二天暴毙，灵柩被安放在灵塔的地下室中。他没有子嗣，国家政局立即陷入动荡。然而几位争权者都是在几乎就要胜利夺权之际遭遇横祸惨死，最后再没有人敢继承王权，由灵塔主宰了国家。”

“一座石塔又如何能主宰国家？”我疑惑不解。

“除了灵塔高高在上外，现在帝斯国的统治阶层由僧侣、巫师和军队构成。灵塔通过僧侣传播各类肮脏的思想腐蚀人民，驱使巫师制作各类药剂训练军队，军队负责保卫灵塔，攻击他国。”

“国家的生产、经贸、外交、建设……这些又是由谁来管理和实施呢？”

“除了必要的农业生产，以及极少的商贸活动外，帝斯国就不再做任何有意义的工作。僧侣们每天都在灵塔内举行‘听音’仪式，与灵塔对话，获得它的各种指示，再派遣军队执行这些指令。在这种无政府状态下，社会充满了各类丑恶现象，人们以欺骗和伤害他人为乐。灵塔散布了一种思想：倘若你今世不欺压别人，那么来世势必被别人所欺压，导致各地犯罪活动层出不穷，帝斯国已经变成了怪胎。

“相比人类君主，灵塔是不会死亡的，除非组织彻底摧毁它，否则它就不会有任何收敛。它的所有目的，就是毁灭美好和善良。可怕的是，灵塔还拥有一种神秘的能力，能够不断摄取万物生长所依赖的元气，导致除了国境线上的森林外，国境内寸木寸草不生，连鳄鱼都变得只有青蛙般大小。国民的寿命也极短，绝大多数人不到 30 岁就会死去。”

“所以组织才要摧毁它。”现在我开始理解小人的话了。

“是的，然而人一旦靠近灵塔就会变得软绵无力，根本没能力再去摧毁它。两百年来，组织用了各种办法对抗灵塔，却无一奏效，徒然搭上几十万人的性命。”

四周不时响起泥石流滚滚冲下山腰的巨响。轰鸣声令我想起凯斯监狱里的采石场。我默然了很久，又问洛瑞：“被灵塔这般摧残的帝斯国，岂非根本没有抵御外族入侵的能力了？”

“不，帝斯国的武力反而越来越强大。灵塔大量招募军队，再派出巫师将他们打造成战争机器。近几年来，灵塔频繁出动军队袭击周边小国，掠夺物资。很快还会向他国发动大规模侵略。世界即将陷入无边的黑暗。”

“小人让我参加摧毁灵塔的行动，我也满怀热情。可我到底能在这当中起到什么作用呢？”不知为何，我突然怀疑起自己来。

“他的话不会错。”洛瑞满怀信心地说，“他拥有强大的感知力，对事物和人心的洞察远非常人可及。我相信，他一定从你身上看到了特殊之处。你别忘了，你可是唯一一名从凯斯监狱成功逃脱的犯人。并且，当你把监狱的秘密告诉其他朋友之后，也只有你作出了离开的抉择。”

唯一一个！

伸出双手，十指展开，我试图从掌心中看出什么不同来。掌纹普普通通，皮肤因为采石工作变得十分粗糙，仅此而已。但洛瑞的话使我意识到自己的确具备某种**特殊性**，如果一直待在凯斯监狱，我永远意识不到它。

雨还在下。我和洛瑞对饮苹果土豆酒。他随身带着几只大大的皮囊，里面装满了这种酒。洛瑞自豪地说，组织的所有成员都喜欢喝他酿造的酒。“每年在基地过丰收节，我要酿上千桶酒，忙得连睡觉的时间都没有。”

“了不起。”我佩服地说。又问他：“既然没有了植物，酿酒用的苹果又从何而来？”

“组织基地建在天使国，那里种植了大片果林，苹果的产量足够酿酒用的。”

“说说基地的情况吧，我很好奇。”

“基地面积有5平方英里，分为农业生产区、训练学习区和日常生活区，目前生活着8千多名组织成员。他们平常留在基地里接受各种训练，学习经济、文化、建筑等知识——摧毁灵塔以后，重新建设国家需要各类人才的。”

“天使国对于基地是什么态度呢？”

“表面上天使国对基地不闻不问，暗地里却为我们提供各种援助，包括通晓各类专业技能的老师、各种生产工具等等。”他边回答边站起身，“从这里到首都，正常速度下要走20多天。不知道雨什么时候才会停，这样吧，我先教你格斗术。”

他教了我好几个招式，反复拆解，直到我运用纯熟。

“不错，你的悟性很强，首领不会看错人的。”他乐呵呵地说，又饮了一大口酒。

午后，我们靠着山洞的墙壁休息。我不知不觉打起了盹。半个多小时后醒来，洛瑞正在熟睡，蓬松的大胡子被鼻孔里呼出的气吹得一跳一跳的。看着这一幕我不禁笑了。

我想起凯斯监狱，想起维尔国。现在，我迫切想跟着小人和洛瑞一起摧毁灵塔，然后再带他们回到我的家乡，推倒凯斯监狱。恢复维尔国往昔的荣光——我清楚他们一定会帮助我的。

下午3点雨停了，我们立即出发。夜幕降临前又找到一处山洞落脚，晚饭后洛瑞教我剑术。临睡前和洛瑞聊起身世。他出生于铁匠家庭，童年时父母被恶人所杀，他被组织所救，在基地里学得一身本领，5年后手刃仇人，正式加入组织。因为屡立战功成为小人的贴身卫士。他擅长铸剑，小人用的短剑就是由他铸造的。十几年来，小人将自己的一身武艺都传授给了他。

至于我，我的童年没有留下任何记忆，也不知道家庭为何物。

我和洛瑞唯一的共同点就是我们都未曾品尝过爱情的滋味。

“哪有时间去谈情说爱，何况在这里也没有爱情之说。”洛瑞的声音带着深深的倦意，黑暗中很快传来他的鼾声。

我们在群山中艰难穿行。几天来，大雨时断时续，有时找不到避雨的地方，干脆冒雨翻山。食物吃完，我们便捕捉鳄鱼。鳄鱼肉质坚硬，有描述不出的腥味，但能够果腹，多余的做成肉干随身带着。渴了就抄起地上的积水喝。天气逐渐转好，启程后的第十天我们终于走出山区，踏上平原。

帝斯国有 2/3 的领土是山地，平原地区上湖泊和江流又占去 3/8 的面积。昔日肥沃的平原土地如今已经沦为盐碱地，只有少数几块区域还能种植庄稼。自然而然，全国几百万国民都集中到这些区域周围，大量城市被遗弃，沦为废墟。

又走了三天，沿途经过两座废城，第四天，我们终于走到有人烟的地方。这是一座被沙地包围的屯落，屯落里大约有 60 多户人家。几十幢房屋外观一模一样：土石结构的平顶矮房，破旧和衰败随处可见。

屯民们人人瘦骨嶙峋，都穿着灰色的衣服。他们鼻梁塌陷、下巴尖长，脑门向后缩去，眼珠因此显得特别大，眼神中毫无例外都闪烁着狡黠的光芒。沿途，屋子里不断走出彼此几乎长得一样的屯民，都贪婪地盯住我们。屯落里的气氛变得十分古怪。

洛瑞突然叫我做好战斗准备。我下意识地握紧挂在腰间的剑柄，装作若无其事地望着光秃秃的前方。

屯民们紧跟着我们，两边的人群几乎要将我们包围。洛瑞将剑抽出举在胸前，我也跟着他抽出剑。

一个屯民突然从身后贴上来，在我听到他的呼吸声的同时，洛瑞回手一剑刺死了他。马上又有两个屯民从侧方扑过来，我还没有反应过来，洛瑞就已经将他们刺死。

再也没有人敢接近我们，但他们依然跟着我们一起缓慢向前走。整整花了30分钟，我们才走出这个屯落。直到再也看不见身后的人群，洛瑞才松了口气，他告诉我，我们刚才碰上了食人族。

“食人族？吃人的人？”我惊诧万分。

“没错，刚才那些人都是吃人的怪物。”

“怎么会有这种人？你是怎么看出来的？”

“食人族有特征，眼神、体态、动作、身上的气味等等，我以前碰到过。他们往往居住在这类屯落里，住地距离食物供应地很远，因为长期没有食物，在饿死自己和吃掉别人之间权衡，最终选择了后者。而一旦吃过了就再也无法回头，唯有继续吃，结果就堕落成食人族。如果没有可吃的外人，他们就会互相攻击，死掉的人被其他人吃掉，最后剩下的那个在饿死之前连自己的肉都吃。”

我如芒在背，胸中冰凉，不知该说什么好。西方天空，落日的余晖无比灿烂，似乎在庆祝我们死里逃生。但我无暇顾及这壮丽的景观。

到肯斐辛去，立刻摧毁灵塔！我第一次感到时间的紧迫。

给雯的邮件（未发出）

雯，你去哪里了？电话一直关着，很担心你。

很久没有给你写过信了。今天下午听Neil Young，听到“My my, hey hey”，突然记起有一次和你去酒吧，我情不自禁地上台唱这首歌，你边听边偷偷流泪的样子被我无意看见了，结果当晚我失眠了。那时候，对于被生活深深困扰的我们来说，Neil Young的音乐带给我们多少慰藉啊！“It's better to burn out than to fade away”，我们都以这句话作为座右铭。对我而言，因为无法真正影响社会而选择旁观，也算是燃烧自己的一种方式吧，恐怕也只有你能理解我。

对了，还有Bob Dylan。当年我们可是一起哼唱过“Like a rolling stone”的。我们第三次见面时你送给我的Bob Dylan精选集，今天也听了一遍。有阵子没听Bob Dylan了，听说他现在还在筹备新专辑，音乐老枪令我既敬佩又汗颜。

有件事情要告诉你，近来我也被噩梦所困扰。我找不出梦的根源，不知道它在预示什么？

在梦里，我跌进一条黑色的大河，之后展开了一段奇怪的历程，梦有清晰的情节，就像连续剧那样一集一集按照一定顺序播出着。自从有人类社会以来，恐怕没有第二个人会经历连续剧般的噩梦了。我的运气可真够好的。

这种运气不要也罢。每次一做到这个梦，我都会半夜惊醒，然后再也睡不着。为了不遗忘它，还得赶紧把它记录下来（刚刚我就记录了一段）。目前还不知道它会如何进展，反正只要它跑进梦里来，我就会把它写下来，等你回来后给你看。我有预感，这段日子它会不停跑进来的。

对了，在梦出现的同时，我的现实生活也在发生着变化。你去旅游，我和小芸之间出现了问题。等她旅游回来，我要找机会和她长谈一次，说说我对今后人生的想法。

写到这里我突然觉得，如果自己一直保持现在的状态，说不定会变得越来越孤僻，迟早要被彻底赶出社会。真到了那一天，我会产生如愿以偿的幸福感，还是后悔不及的挫败感呢？我的人生会以何种面目结束啊，这个问题现在冒出来，我连寻找答案的勇气都没有。

其实我到现在还在犹豫该不该把这封信发给你，现在我还有资格对你说这些话吗？

无论如何，祝你旅途愉快。夜深了，晚安。

2003 年 11 月 7 日 夜

信写完后，我愣了很久，最终还是没有发出邮件，没有资格……

第六章　失而复得的幸福感

在我因为“礼貌的伤害”而饱受心灵折磨，几乎就要迷失自我的时候，芸终于回来了。她从学校宿舍给我打来电话，听到那熟悉的声音，我竟恍如隔世，差点哽咽。

刚问候了一句，她马上向我抱怨起这次旅途的辛苦。不知道旅行社出了什么差错，一路颠簸抵达目的地后，预订的酒店竟客满了，而周围一时也找不到旅社空房间。几十名同学最后只好借住到附近的居民家，十几个人挤在一间屋子里，连澡都没办法洗。一日三餐也不如人意，几天时间瘦了好多。

“快来吧，我做大餐好好慰劳你。”我迫不及待地约她见面。然而她告诉我，由于旅游了一个星期，论文的进度严重滞后，而老师又坚持原定的交稿时间，必须立刻熬夜赶论文，接下来几天也得天天泡图书馆搜集资料，希望等论文写完后再同我见面。我虽然不情愿，但还是答应了。

“这就去图书馆，再联系。”她忽然挂了电话，而我还有好多话还没来得及说。

放下电话，抬眼就看到了涂鸦画。她送我这张画仿佛就在昨日，时间真的过得这么快？

一年来，纵使时间快得几乎没有留下走动过的痕迹，在我身上还是发生了实实在在的变化。过去，我的情绪那么容易被点燃，似乎每时每刻都有新鲜事发生，而自己决不能遗漏一点一滴；现在我则安静得多，不再那么容易冲动，也慢慢体会出安静的好处。之所以发生这样的变化，固然有旁观社会的原因在，但芸才是最重要的因素。她平衡了我，在从一个极端到另一个极端的生活状态中，把我尽量维持在适中的位置，不至于因为改变太大而撞上什么，而原本我是抱有辞职后会被撞得遍体鳞伤的心理准备的。她离开我的这几天，我已经开始滑向另一个方向——过去我无所畏惧现在又害怕躲避的那个方向。万一我真的失去她，我会沦落到怎样的境地？小芸，现在我才真正理解你对我意味着什么。所幸你回来了，我还有时间来改变自己，我们来日方长。

写完一篇约稿，正要准备午饭，突然就产生了莫名的虚无感。

我仿佛正飘在窗外，打量着坐在这间公寓里的**我**。两个我之间不存在镜子一类的物质，反而存有许多内在的差异。窗外的我竭力想把**我**从房间里拉出去，被**我**毫不客气地拒绝了。我们都想向对方阐述某种观点，彼此也都清楚对方的真实想法，但也许是互相太熟悉的缘故，就是无法表述出来。**我**既然没有出去的打算，他也就不再勉强，摆摆手离开了。

他虽走了，**虚无**却留了下来，造成的后果是我开始怀疑自己并非是真实的存在。公寓里原本熟悉的东西都沾上不知从何而来的陌生感，看上去书桌上的电脑并不属于我，墙上 Bob Dylan 的大幅海报也不知是由谁在何时贴上去的。我似乎被身边所有的事物孤立了，这片本属于我的角落蛮横地要将我推出其外。

迫切需要和谁聊一聊。

芸的电话关机，墨的电话也是如此。最后拨通了老家电话，是母亲接的，电话里她又催我找工作、早点结婚，这次我却没有厌烦，甚至享受于和她讨论做糖醋鱼如何让鱼腥味一点不留。

放下电话，状况并不比之前改善多少，虚无感反而更加强烈。

听音乐，无论听什么都不能令自己放松；读书，选择哪一本书都无法释然；打开电脑，做任何事都是刚一开头就又搁下。我怀疑由于在长期旁观社会的过程中思想过于放松，自己已经失去了专注于某件事的能力。

身边满满当当的书、CD，和它们一起住在这间公寓里，我固然乐在其中——作息自由，亦不缺精神消费品——但现在看来公寓其实是我和社会之间筑起的一堵高墙，保护我的同时也在束缚我。过去我从未意识到这堵墙的存在，今天却对它抗拒起来。难道说我天生就有不安定性，不能保持在固有的轨道上平稳生活？

或许在这里住久了，我已经丧失了面对外界的信心，**所谓旁观其实只是逃避**，结果只会更糟。也许根本就没有能让我不再缺失的场所。此刻我无法再在屋子里待下去，立即走出公寓楼。

天气很暖和，秋日的阳光充满温情地安抚我，然而我却发现外面的世界也不真实，眼前朦朦胧胧的。**虚无**猛然变得更为强大，我清楚地感知到，它想要吞噬我内心剩余的完整部分，意识为此正和它苦苦搏斗，却几乎要被它控制住了，怎么办？

“唯有不停地走下去，你才能帮助意识赶走它。”声音突然说。

“不停地走下去”，我默念着这句话，弯腰系紧鞋带，确认无误后挺起腰，郑重其事地迈开步子。

我径直走向地铁站，挤到人群当中，意识尽量不和**虚无**正面交锋，就像平常跑步那样努力将注意力集中到调节呼吸上。虽然不容易，偶尔还是能成功一两次。在成功的短暂片刻里，我能闻到四处传来的形形色色的气味，听见周遭不同类型的声音。但大部分时间里，**虚无**还是占了上风。它推开意识，冷冷地拉着我在市中心地铁站口下车，拉着我走进城市中心地带。街道、商场、车水马龙、步伐匆忙的路人……它们全都待在**彼处空间**里，我则站在**此处空间**，彼此无法感知。

唯有不停地走下去，哪怕要走过秋寒冬冻，走到春暖花开，走到双腿不再属于自己，都要不停走下去。

跨过运河大桥，5 公里长的步行街、7 幢排在马路一侧的高层大厦、3 幢相距不远的购物中心接连被我甩到身后，现在腿脚有了酸痛感，走路的速率也降低了，但同时意识击倒**虚无**的次数在逐渐增多，时间也延长了，头脑开始得到一定程度的自由。

首先就想起芸小时候爬树的往事。那棵树从何而来，何以会轻易被人砍走，砍下的树身又去了哪里呢？根本没有答案可寻。

接着想起了我出生的那座小城。那里充满了我所留恋的温情，可是我和它之间却存在着隔阂，自从离开家乡到外地读书后，我就逐渐发现了这一点。它把我养大到一定程度后，就无法给予我更多的东西，而这些东西又是我必需的。它并不能让我产生归宿感——其实哪里都找不到——即便现在，毕业 4 年来经历过那么多挫折和创伤，我还是不能回到家乡疗伤。

此时突然刮起了一阵大风，**彼处空间**里的人们惊慌失措地跑进路边商店里躲避，他们或许还对那天的大风心存阴影。我站在**此处空间**漠然地看着这一切——这一回合**虚无**重新占据上风。

但意识并不气馁，深呼吸后反击成功。这次，它把我带回到漫长得让人禁不住烦恼的少年时代。

那时，我一头扎在书本里，忙于应付一级又一级考试，虽说成绩起伏不定，但还是顺利考上了作为目标的中学、高中、大学。一进大学门就开始厌恶课本。经常在晴天的下午旷课，坐在学校草坪上戴着耳机听音乐、读买来的书，间或抬头看白云变幻身形。

那时，我开始听摇滚乐，如饥似渴地听，常听 John Lennon、Jim Hendrix、Janis Joplin、NIRVANA、The Doors、Joy Division、Tim Buckley 与 Jeff Buckley 父子，皆为英年早逝的摇滚乐明星。

那时，我对社会的风吹草动十分敏感。大三时到一家新成立的报社打工。因为报社里缺少有经验的人手，很快就拥有了自己的专栏，发表文章对社会的各类奇闻怪事嬉笑怒骂。专栏从秋天一直写到翌年春天，最后因为报纸陷入经营困境，我也不得不结束这段生涯。

那时，我留起了长发，每日餐费不超过 5 元，却舍得买价格昂贵的计算机类书籍读，为此花光了积蓄的所有稿费。在很多人眼里我无疑是怪人一个。

（**虚无**跃起偷袭，意识闪身避开，瞬间使出漂亮一击将其打倒。）

那时，我坐在草坪上听 Dire Straits 时偶尔会产生幻觉：我已步入暮年，此刻功成身退，正坐在平静的草地上读书。老伴出门远游，一条老犬与我为伴。儿女们来探望时带来 ABBA 的黑胶唱片，在音乐声中他们翩翩起舞，我在一旁喝啤酒助兴。

拥有孤独，只求自由与平静。

那时，身边也有志同道合的朋友，专业不同、年级不一，但谈得来，常常聚在一起喝酒，畅谈抱负。我们当中无论是谁，哪怕身着奇装异服，都有堪称地道的理想，自信今后会有足够的能力去创造、去建设、去改善，以帮助社会更加美好。尽管由于对社会规则一无所知，许多观点在今天看来显得幼稚和可笑，可那股强烈的责任感，却能让“今天”无颜以对。一幕幕对社会尽责的人生，在一瓶瓶啤酒的催化下徐徐向我们展开。

每次都喝醉，吐完继续。

不知那群朋友们现在过得如何，是如我般已然成为社会的局外人，还是已经赢得物质却失去精神，或者过着清贫的生活，坐在无人关心的角落里自弹自唱？

（**虚无**冷笑一声，意识警惕观察四周。）

毕业后，我在报社工作，能够更深刻地观察到社会肌体上出现的伤痕，发现少有人对此产生真正的重视，不少人甚至利用这些伤痕来寻求牟利机会。那时我也曾怀着赤子之心努力呐喊，用笔与丑恶作过斗争，而现在我已经没有了这样的想法。曾经满怀责任心的我躲到哪里去了？

虚无卷土重来，它养精蓄锐了很久，乘着意识有些疲惫一举夺回了控制权。也许过了很久，也许只是短短几分钟，当意识重新占回上风时。我已经站在运河公园附近的天桥下了。

手表指针指在 13 点 50 分的位置上，现在，意识的力量充沛，而双腿也越过了酸痛，重新变得轻快。大步向前，又穿过两个街口，此时城市钟楼敲响了下午 2 点的钟声，而我忽然走到之前不曾来过的一条街上。

街面不宽，车辆极少，行人寥寥。人行道上的梧桐树长得高大茁壮，枝叶繁茂。这条街难道对那天的大风免疫不成？从季节的角度看也不该是如此光景。

街两边是居民区，沿街零星开着几家小杂货店。无论是建筑风貌还是经营格局，都停留在 80 年代中期。阳光从梧桐树叶的缝隙中穿下来，点点光影洒到陈年砖瓦墙上，令我产生似乎正在翻阅老照片的时空错乱感。

路边有间理发店，穿着白褂的老年理发师正在为同样年老的顾客剃须，他使用老式的长柄剃刀，身边的高脚凳上放着一个装满水、冒着蒸汽的陶瓷水盆。

耳边响起京剧的旋律，有谁正在收听收音机。听得出那是老式的收音机，有厚重的外框、大大的旋钮，红色的竖形指针向左或向右移动，各个频道的节目声便从单声道喇叭中传出，飘到窗外——从小常听，那种声音的特质已经深深种植在记忆里。

怀着好奇的心情走过两三个居民小区，路边的小吃店多了起来。其中一两家的店门上还贴着写有“国营”大字的红纸。

走了 5 分钟，看见路旁有座电影院。

电影院的门面很小，放在城市中心地段绝对会被忽视。门头破败不堪，侧面墙上贴着一张电影海报。

海报已到风烛残年，但即便它残破不全、颜色发白，仍可一眼辨认出身份——电影海报都有种异于常物的特质——尚存的可见面积上，一个顶着鸭舌帽的中年男子在昏暗的光线中凝望镜头方向，眼神犹如海边的岩石，虽受尽岁月侵蚀仍然坚强不屈，表情似笑非笑，带着几分说不清道不明的轻蔑。他的外貌与内在气质都像极了 35 岁时的英格玛·伯格曼。

海报上本该有电影的名字，但下方已被撕去四分之一，名字因此成谜。被“伯格曼”所吸引，我不自觉地走进电影院。

大厅里空荡荡的，本来面积就不大，如此更显窘迫。我走到售票窗前，仰头看正在放映的电影片目。只有两部电影，一部叫《残酷的爱》，另一部叫《司机》，名称都相当陌生。

意识迫切需要休憩。2 点 30 分放映《残酷的爱》。我敲敲售票窗，好一会儿后窗户拉开，售票员用仿佛沉睡多年的火山突然苏醒一样的表情看着我。接过钱时她说，现在来这里看电影的人可真少见。

我微微一笑，接过票就走。她叫住我，递给我一瓶可乐。

放映厅不大，只有约 50 个座位，也没有其他观众。我循着椅背上模糊的数字找到自己的座位。木制的椅子坐起来硬如棍式面包，空气里还弥漫着一股过期罐头似的霉湿味。

我刚坐下灯就灭了，音乐随即响起，似乎电影已经迫不及待地要为我上映，也可能是放映员对再有别的观众进来不抱希望。

音乐旋律格外欢快，是“海滩男孩”的作品。具体歌名想不出，但60年代的气息已经扑面而来。我打开可乐喝了一口，连可乐也带有那个年代的味道。

电影开始了：一个住在热带地区的女孩到美国打工，遇见三个本地嬉皮。他们轻易便把女孩带上一段公路旅程。三餐只吃大个的汉堡，傍晚去超市偷东西，凌晨溜到第五大道飙摩托，白天则窝在形形色色的场所里睡觉。这类电影的画面本该具备粗暴感，但导演的镜头却充满物质诱惑，夹在汉堡中间的西红柿片、华丽得过分的奢侈品商店、一辆接一辆的豪华汽车……可做广告的东西实在太多，以至影片放映了30分钟后才迎来第一段高潮——菲律宾女孩和三个嬉皮一一做爱，完毕后互相依偎在郊外的敞篷里，头发上散落着几片粉白色的花瓣。月光下万物无声，银幕上分外恬静。

旅程到了某个海滩便戛然而止。女孩与嬉皮们躺在白色沙滩上酣然睡去，等她再睁开眼睛时嬉皮们已经消失。女孩默然起身，凝望在海边嬉戏的人群，斜阳将她单薄的身影拖向层叠的海浪。

这段场景令我印象深刻。在蓝色海浪的衬映下，她的剪影显得模糊不清。镜头随即摇向空旷无云的天空，一只孤鸟在盘旋。

被抛弃在海滩上的女孩，倒霉事情还没有完。先是发现自己丢了护照与钱包，接下来她又遇到了各色坏人。这些坏人无不是一坏到底，似乎他们生存的目的就是作恶。女孩手无寸铁，又没有护照，遭遇越发悲惨。影片末段她被两个流氓痛打一顿后丢弃在阴暗的巷子里，绝望地等待结局来临。

这时，那三个嬉皮中年纪最小的青年突然出现。看到已经奄奄一息的女孩，他竟然又强奸了她，最后掐死女孩抱着尸体服毒自杀。姗姗来迟的其他两个同伴面对两具尸体吐出台词：“他们去地狱恋爱了。”

随着结尾音乐响起，我发觉导演还是有所想法，把残酷的人生、复杂的情感如此表现，心意至少是赤诚的。至于导演技法和镜头表现的缺陷，小成本电影里大体都有，怪他不得。

影片结束后我又在大厅里消磨了一些时间，欣赏墙上挂着的海报。《乱世佳人》、《虎豹小霸王》、《欲望号街车》……全是老电影。这些海报早已泛黄，边角磨损得厉害，揣摩不出它们究竟在这里盘踞了多久，留在这里却颇对我的胃口。售票窗再无动静。这样的电影院迟早会关门，不知为何现在还在硬撑。

天色阴了下来，又冷了一些。我在电影院门口喝光可乐，到隔壁的书店里翻了几本古书。和店主聊起天气，说到 10 天前的大风他竟浑然不知，令我惊诧不已。

“或许这里没有电视、没有报纸、没有广播、没有网络，对新闻闭塞，又恰巧躲过了台风的袭击，所以书店店主才对此一无所知吧。”我在心里暗自解释。

离开书店，向来时的方向返回。街上还是不见行人，京剧声仍在耳边萦绕，理发师在为新的客人剃须，国营饭店里服务员在打扑克牌，我不由得放慢了脚步，充满眷念地感受着周围的一切。

不知何时才走出这条街，回到熟悉的城市中心。林立在半空中的霓虹灯、快餐店的店招、高级写字楼的玻璃幕墙又重新映入眼帘。突然发现身边的一切都是那么真实，就连原本厌恶之极的广告牌竟然也变得亲切了。**彼处空间与此处空间**合二为一，意识举起了得胜的旗帜，**虚无**怏怏败退，转瞬跑得无影无踪。

此时身上已大汗淋漓。坐地铁回家，听着列车里通报站台名的广播声，我突然产生了去芸的学校找她的冲动，好不容易才拒绝了这个念头的诱惑，却不可抑制地拿起手机拨她的电话。这次电话顺利接通。

“很想你啊！”我不顾车厢里其他乘客的目光，大声对她说。

电话那头愣住了，好半天后她才开口：“我也很想你……等着，等我论文写完。”

“我有好多话要对你说。”我的声音在颤抖。

“我会好好听你说的……等着……快写完了……”

眼眶湿润了，她想必也是，我似乎听见电话里传来类似呜咽一样的声音。

带着失而复得的幸福感，我轻轻挂了电话。列车的窗玻璃映出我的影子，面容略显疲惫，脸颊上看得见泪花，还不赖……

第七章　雯没有忘记我

我站在一幢150米高的大厦前，仰着脖子费力看楼顶上的大厦名字。大厦的玻璃幕墙像是由无数面看不透内层奥妙的镜子拼接而成，一轮轮反射出的日光炫耀般在镜面游移。

上午，在家边听Pink Floyd的*The Wall*边赶稿，听到“The happiest days of our lives ”时，接到一家杂志社主编的电话。我在这家杂志上开有专栏，以“枯木”为笔名撰文。平素都由责任编辑与我联系，主编亲自打电话给我还是头一回。他邀请我去办公室品尝今年新到的铁观音茶。这意外的邀请一度令我误以为虚无又卷土重来，但意识提醒我，你的确接到了这样的邀请。

好吧，去喝茶就是，就当给自己放个假，这阵子写稿也够累的。我这样想。

杂志社半年前刚刚搬进这座大厦的第28层。这本杂志过去定位为纯文学。但如今纯文学已经不再吃香，杂志面临着严峻的生存问题。一年前，投资方高薪聘请这位主编，全面负责杂志改版、运营、战略发展等各项事宜。该主编曾经是本市小有名气的作家，早年在专业文学期刊上发表过不少中短篇小说，人到中年后又下海经商，游刃有余地周旋于文化与商业两大领域之间，历经10余年。现在，在他主持下，杂志将受众定位由小众的文学爱好者转为大众读者，全力为他们提供通俗读物。改版后的杂志俨然爱情生活指南，充斥着诸如《如何让恋爱保鲜》、《补上感情美学这一课》之类的文章。这番大刀阔斧的改革取得了醒目的成绩。杂志销量翻倍增长，广告效益可观，拥有了一大批新读者。以社会主流眼光看，我能够为其供稿也算是成功的撰稿人了。

在约定时间准时走进他的办公室，看见我，主编从体积庞大的办公桌背后站起身。他按下桌铃，一位穿着职业套装的年轻女秘书走进办公室为我们泡茶。

办公室的面积相当大，足可装上篮球架举办“斗牛”比赛。房间装修风格沉稳，用的材料都是高档货，总体格调高雅不俗。

“来，尝尝，这是深山里的大红袍。”女秘书将茶端到我面前的茶几上，主编向我介绍。

我端起杯子闻了闻，茶香醇厚。轻呷一口，才第二泡茶汤，茶韵已经相当了得。“真是好茶。”我赞叹道。

“那就好。邀请你来，万一你不满意，我可要落下罪过了。”他爽朗地笑出声，随即挥手让秘书出去，自己端着茶盘坐到我对面。

“最近你四处发表文章，人气很旺啊。”

“哪里，只是大家抬爱，对我格外关照。”

“你年轻有为，这是实力的体现。”

他的语气很诚恳，在我听来却别有含意。我这样的社会旁观者居然被认为年轻有为？原本轻松的心情变得紧张起来。

“邀请你来，除了喝茶外，还想听听你对当下杂志市场的看法。”他为我斟上第三道茶汤，“你做过记者，眼界宽。”

我认真考虑了一会儿，慎重回答："现在杂志市场竞争激烈，读者的阅读需求越来越杂，要求杂志更加细分化。但相同类型的杂志之间差异化不够，几乎都在用同样的手法吸引眼球，争取销量，内容上缺乏有延续性的亮点。"

第三道茶的茶香更加浓郁，喝了半杯后我竟产生了仿佛茶醉的微熏感。

"激烈如此竞争，杂志如何才能突破发展瓶颈呢？"他又问。

"我认为可以从两方面着手，一方面是加强杂志内容创新；另一方面杂志可以拓宽经营思路，借鉴产业内其他领域的发展模式，整合更多的资源，最好能打造出相对完整的产业链。"

"说得好，"他赞许地点点头，"我读过你的很多文章，文字漂亮、轻松，能满足读者趣味阅读的需要，实不相瞒，我想把你包装成为明星作家，推向市场后吸引更多拥趸，不仅能提升杂志的价值，还能向出版、网媒等领域拓展空间。你意下如何？"

我愣住了，不敢相信自己的耳朵。一年来，我写了无数无意义的文字，哪知道这种文字居然符合包装的要求。他对我的规划很明确，我不是想改变自己吗？这未尝不是条理想的道路。

见我不答，他继续说："有些条件我现在就可以承诺你。到杂志社来上班，成为正式的签约作者，我们会全力宣传你，把你包装成新一代文化偶像。你不用担心没有精力应付工作量，有的是人帮你写。你只需要保持形象，随时做好签名准备。薪酬享受明星级待遇。当然，现在还达不到那个程度，包装毕竟需要时间。"

他边说边为我斟上第四道茶汤，我已经有些醉意，的确茶醉。

"我有做明星作家的条件？"问题糊里糊涂地问了出去。

"当然，你年轻、形象好，又有内涵，过去在报社拿过奖，现在写各类专栏又拥有了固定的读者群。只需用一部作品把你推出去，只要宣传得当，保管你一炮而红。"他滔滔不绝地说。

"什么作品？"

“放心，不用你亲自写。内容我们已经准备好了，你只需适当润色，保证文风与你的相符。”

“真想让我一炮而红？杂志社有什么要求和条件呢？”喝了四杯茶，我已经醉到一定程度。

“杂志社当然要盈利，你今后的肖像权、其他一切作品的版税、版权以及其他商业利益，都要和杂志社合作分成，这需要签订具体的合同。另外，你和杂志社的工作合同至少要签订10年。其间万一你违约，还要赔偿杂志社的损失。”

“如果是杂志社违约呢？”

“杂志社不承担任何责任，双方好聚好散。”

茶醉的状态下思绪有些飘忽。我信口说道：“好吧。该签的合同我签就是。”

他笑了。“后天来签合同，正式加入我们的大家庭。薪水福利都写在合同里，到时可别吓一跳。今天就聊到这里，秘书会送你下楼。你的办公室就在我隔壁，上班后首先安排你拍摄写真。”

走出杂志社，外面不知何时下起了雨，清凉的秋雨。

脑中似乎还有残留的醉意。我再度向意识确认，刚才并非**虚无**在恶作剧。意识肯定答复，一切都真实发生了。

走在丝丝细雨中，神志更加清醒了一些。主编说的那番话，任何人听了都不可能不动心，何况正在寻求改变人生的我呢？

“选择它吧，芸会为你而高兴的。”意识说。

是的，她一定会高兴的。如果，如果沿着这条新路走下去，不需要多长时间，我就能重新成为合格的社会人，就能弥补过去对她造成的伤害，就有能力让她过得幸福。

内心深处，沉睡许久、叫做**责任感**的物体微微动了动身子。

我迫不及待地给芸打电话，但她的手机关机了，想必她正在图书馆写论文。本想去学校找她，斟酌再三，还是决定等到完全下定决心后再联系她。

路边一家小咖啡馆里飘出海滩男孩的歌曲，是他们的代表作“California girls”。海潮般的乐声令我想起那家电影院。弥漫着过期罐头的霉湿味，放着谁也没听说过的老电影，堪称特立独行的电影院。

找时间再去那里看场电影，它恐怕随时会关门。

4 点差 5 分回到住所。推开门发现地板上躺着一封信。租住的公寓楼没有安装公共信箱，邮差总是将信从门缝里塞进来。通常收到的信笺都是稿费单，有时还有经由杂志社转来的读者来信。

拾起这封信，心跳立即加快。信封上的字是雯的笔迹。拆开信封抽出一叠信纸，深呼吸，努力平复心情，展开信纸，读信。

见信好：

那晚没有赴约，请你原谅，但我确实有自己的苦衷。你一个人坐在餐厅里，因为联系不到我而焦急的神情，我在窗外看得清清楚楚。当时是想立即进去见你的。那天穿的衣服也精心挑选过：长度及膝的高腰裙，宝蓝色的丝绒衬衣，刚买的风衣套在外面。

其实我准时到了，走到门口却犹豫了。突然想看看如果晚点赴约你会有什么反应。我们过去的每次聚会，我从来都没有迟到过，甚至常常等你。如果让你也等我一次，你会怎么样呢？”

过去每次和她见面，她从来没有让我等过一分钟。我倒是屡屡迟到，她却从不抱怨，哪怕一丁点的不悦都没有流露过。

“我比你大，等你还不是应该的？”偶尔谈起这个，她满不在乎地说。

我在外面站了整整 1 个小时。开始只想晚个 10 分钟，可是不知道为什么，10分钟后又想再等等看。你拨我手机我也故意不接。看你一杯接一杯地喝水，样子很可爱。你点第一根烟时真想立即冲进去，陪你一起抽烟。但不知为什么，脑袋如此想，身体却不听指挥。结果继续站在窗外，在不近不远的距离处看你。

我努力回忆当晚的情景，责备自己竟然没有仔细看过窗外。

看到你越等越急，我很欣慰，到后来甚至感动得流泪了。眼睛哭红了可是很不好看的，于是更加不能进去了。

很久了，我已经忘记被人等待是什么滋味。认识他的那么多年里，等待最终变成一种敷衍，乃至折磨。我从其他渠道了解到，他按捺不住寂寞，和好几个女孩发生过关系。只是在我面前他总是发誓表明自己的忠诚。对于这个谎言我并不愿意揭穿，甚至心里是原谅他的——在这个年代，任谁也不能在这种情况下坚守承诺、保持忠贞。至于我，我珍惜和他在一起的所有回忆，并且一厢情愿地相信，自己的坚持会等来好的结果。有过几个追求者，都被我婉言拒绝。偶尔玩一次的念头也有过，但很难碰上合适的对象，或者没有合适的感觉。难得有了感觉，地点又不合适，结果就这么糊里糊涂地过来了。

很可笑，没和他谈恋爱、玩乐队那会儿，自己还算敢作敢为，年纪一大竟然变成这样子了。这种变化是好事还是坏事？

这3年来，我和他的关系逐渐走向完结。刚才说了，等待变成了折磨，可是分手又不甘心，我就在这个过程中慢慢耗干了自己。青春、精神，甚至肉体，都被消耗得所剩无几。我在这个城市里买了房子，却从未安家；有稳定的工作，心却总是漂着，死活落不下来。即便如此，我还是在被继续消耗着。这种精神上的痛苦别人看不出，不能体会，也无法理解。朋友不算多，能够谈论这些的更是没有。家人早就对我不闻不问，所有的问题只能憋在心里。

但你对我来说是特别的。第一次见到你，我就惊讶于你眼中的单纯。随着交往日渐深入，我发觉你几乎把所有的热情都交给了音乐和工作。你想用你的热情来影响社会，纠正社会存在的种种问题，简直像是和大风车搏斗的唐·吉诃德。我亲眼看着你一次次被伤害，既为你心疼，又很佩服你。你辞职后，这种感觉更加强烈了。可奇怪？一个比你大5岁的女编辑，会对你有这样的态度。

我和她谈得来，却从来不知道她对我竟怀有这样的感情。此刻我恨不能立即见到她，一起听Pink Floyd，喝最烈的伏特加。

有半年没有聚会过了，那天我是准备和你一醉方休的。然而当我在窗外看了你整整一个小时之后，最终放弃了走进去同你坐下来好好聊一聊的想法。不知是因为那场风的缘故，还是因为我已经老了。

一直没有机会告诉你，半年前我和他正式分手了。他移民了，即将在国外结婚。分手的过程其实很简单：他打来一个电话通知我，前后不到1分钟。不知道为什么那么多年我都下不了决心，浪费了无数个1分钟换来的结果还是一样。

分手那天很想给你打电话，拉你陪我喝酒。但你刚谈恋爱，一定不方便。我就独自待在家里，盯着这几年慢慢攒起的家具、唱片机、书、各种年份的红酒，一件一件地看过去，看了一整夜。这些东西曾经代表着幸福和希望，现在什么都不是了。但我也没有因此去破坏它们，连他送给我的香槟杯都完好无缺地继续放在柜子里，现在想必该蒙上几层灰了吧！

虽然分手了，但这半年过得和过去两三年并没有多少不同。只是和你见面的次数很少了。我多半一个人去喝酒，在酒吧里戴着耳机听Red House Painters的歌。Red House Painters的确是难得的好乐队，作品少而精，表达同样的主题，特别适合独自喝酒的时候听。有意思的是，彻底单身了，被人追求的情况却再也没有发生过。的确是因为自己已经老了，没有魅力了吧！但我并不因此而抱怨，我想你能够理解我的心情。很多方面，你我几乎像是从一个模子里刻出来的。

“简直就是对着一面镜子照过去的彼此嘛。”我自言自语。

以前玩乐队时像个傻子似的死磕吉他，工作以后偶尔弹吉他的习惯也一直保留下来，但这半年我再也没有动过它。它就像是个装饰品无可奈何地被挂在墙上，弦已经松了，可我就是没有给它调调音的欲望——是不是我真的对音乐失去了热情？连工作都变得痛苦了。过去，兴趣就是音乐，做音乐编辑又不用和社会靠得太近，能够自得其乐。但这半年来，就连工作都变成了机械行为。有时想，干脆和你一样辞职算了。只是Red House Painters不答应，我才勉强继续下去，但状态显然不如从前。你看，我连《21世纪摇滚乐》这样的题目都出给你了，你能写完也实在对我很好。

最后还是没有走进餐厅，我的决定一定伤害了你。再次向你道歉。但我想即使能重新选择，我还是会那样做——远远看着你，不去打扰你。

现在的你拥有难得的宁静。在这么嘈杂的社会中，能有自己的安静角落实在不容易。我不能去打破它。老实说，那夜到你家倾诉关于大风的噩梦，出门后我立刻就后悔了，何必让你为我担心呢？回到家后，我已经彻底虚脱了。我不再是8年前的我，不再是3年前的我，甚至不再是向你诉说噩梦的我。为了不再做噩梦，我连吃了两颗安眠药。那晚果然睡得很平静，如果能一睡不醒那就更好了。

——她想必已经习惯了服用安眠药片。

清晨醒来后，我觉得身体不再属于自己，行动的时候它不听话。出门差点被绊倒，上班路上和别人追尾，到了单位停车时又擦到了车身。下班路上，看着眼前已经看过无数遍的高楼大厦、霓虹灯广告牌，我突然发觉它们跟我其实一点关系都没有，我可以轻而易举地远离它们。

你约我吃饭让我振作了一些，为此我回家换了衣服才来。站在餐厅外面看了你一个小时，最后决定暂时离开这个城市。如果我继续留在这里势必会被掏空，等达到连 Red House Painters 也不能挽救的程度那就太迟了。

我出门旅行，把手机留在家里。这些年来，似乎从来没有经历过真正意义上的旅行。要么是飞到他在的城市过一夜，要么跟着同事去附近的景点转一转……那些都不是能让我放松、能够挽回我缺失部分的旅行方式。我现在必须来一场这样的旅行：一个人，完全不受打扰，带简单的行囊，走到和这座城市完全不同的地方，住上一段相当可观的时间。我想只有在那里才能有重新开始的希望。30 岁了，剩余的人生说长可长，说短可短，没有随随便便对付过去的理由，不能随随便便对待啊！

写这封信时，我正在云南边陲的某个小镇上。此刻我穿着布衣，在油灯下用真正“写”的方式给你写信，心情也很久没有这样平静过了。在把一切想清楚、找到生存的理由之前，我应该不会回来。但我并不想离开你这个朋友，不用担心我会一去不返。很困，就此打住。希望你能理解我的苦衷，原谅我的不告而别。

祝一切安好。

11 月 8 日 夜

落款处的名字写得格外潦草，想必写完这封长信后她已经困到极点。

谜底解开了——她失约的原因——并非因为对我失望而不愿意再见我。然而我没有丝毫的喜悦。那晚自己对她无声的拒绝，以及这半年来有意无意对她的回避反复鞭挞着我。

“我要向你道歉。”我对着信笺说——居然连她分手了都没有察觉到，相比她对我的呵护，我简直是麻木过了头。

可她没有忘记我，她依然在保护我，哪怕远在千里之外也会写信来慰藉我。认识3年后我终于发现，她是我灵魂的延伸，以尽管次数有限、但每次交互都能稳定我的方式呵护着我。

“不能随随便便对付人生！”

等她回来后我要和她畅谈，倾听她的心声，给她关心和支持，尽我所能地抚平她精神的伤口。我也要向芸解释，告诉她我对雯所怀有的真实感情——那是对待**另一个自己**的感情。雯是我真正的知己，这一点毋需刻意回避。

现在起，就沿着杂志社主编提供的那条新路走下去，使自己有能力关心亲人和朋友，同时填补自身的空缺，重新变得完整起来。

信封邮戳上是一个我不知道的地址。上网去查，发现其位置在中缅边境，当地盛产橡胶树。

夜里，我试图在梦中寻觅雯，却与噩梦不期而遇。漫长得令人绝望的噩梦，在来历不明的世界里不停不歇的噩梦……

第八章　梦：混乱的达卡坦集市

一路风餐露宿，3 天后我们抵达达卡坦城。在帝斯国，达卡坦的规模仅次于肯斐辛，灵塔掌权前它曾是肯斐辛的卫城。

洛瑞告诉我，达卡坦城的常住百姓人口目前不足 1 万，而驻城的守兵却有 2 万之众。

“军队数量居然远超平民！”我惊讶不已。

近百米高的城墙上，穿着红色盔甲的士兵们正在巡逻，犹如不祥的云团笼罩着城池。

城门大敞，没有受到任何盘问我们就进了城。城内房屋低矮，要进门必须低下头。看上去它们都像是生了场大病，摇摇欲坠。迎面吹来一阵冷风，忍不住打了个寒噤，突然注意到所有的房屋竟然都没有窗户，城市仿佛失去了呼吸功能，令我一阵窒息。

街上只零星走着几位平民，他们衣着破旧，脸色惨白。我和洛瑞已经剪短了胡子，身上的衣服也因为长途跋涉而变得残破不堪，倒是与这里的环境相当合拍，看不出破绽，也不引人注目。

城里看不到商店，街道4码宽，用黑色石块铺成，石缝里溢出暗红色的腐水，散发出无法形容的恶臭。整座城市都笼罩在这腐烂的死亡般的气息之中，说不出的阴冷恐怖。

我们从北门进城，要走到南门出城。为了在天黑前出城，我们走得很快，但又不能过于匆忙而引起别人的怀疑。

拐角处突然出现一列敌兵，大约有20多人。他们手持锋利的长矛，戴外形犹如独角兽长角的头盔，盔甲上凸出许多倒弯的尖刺，手腕虎口处还装着锋利的爪形刀刃。队伍向我们迎面走来，步伐整齐如一，发出沉闷的“哗哗”声。领头的队长脖子上系着一块灰色的方巾。

我们放慢脚步，直到敌兵走远才又加快步伐。

这时城里响起“铛、铛、铛”的钟声，街道两侧的房屋大门纷纷打开，打扮奇异的居民们一股脑地涌出来，有的戴着小丑面具，有的脸上涂满绿色颜料，有的全身裹着白色布条、如同复活的木乃伊……他们拖着身体向市中心方向蹒跚走去，我们也混入其中，各种难闻的气味扑鼻而来。

在一片嘈杂声中我和洛瑞费力交谈。原来我们碰上了帝斯国每季度一次的集市日。下午3点全城居民们都要集中到市中心广场上，参加集市开放典礼。典礼结束后集市将开放3个小时，商贩会出售各种商品，届时广场会挤得水泄不通。

“恐怕天黑前很难出城了。”洛瑞皱了皱眉，随即又提醒我，“务必跟着我，千万不能擅自行动。”他的神情异常严肃，我有些紧张地答应下来。

市中心广场呈半圆形，倚靠着一座1200英尺宽、300英尺高的大楼。大楼曾经是达卡坦的市政厅，灵塔统治国家后，这里就成为僧侣和军队指挥官的办公与居住场所，但依然保留着市政厅的名称。我们到达时广场上已经挤满了市民。无数士兵将广场围得水泄不通，几处高台上架着石炮。在这里就连空气都不能轻易脱身。

市政厅前搭建了一座150英尺宽、6英尺高的平台。平台正中央放了张讲台，上面放着类似扩音器的设备。在一片刺耳的欢呼声中，10名穿着长袍、戴着高帽的僧侣从市政厅内缓缓走出，登上平台，身后紧跟着5名军官，为首的军官戴着一顶金色的头盔。

“他叫凯斯特，是军方最高指挥官。”洛瑞告诉我，“帝斯国共有五大军团，最精锐的军团就由他直接指挥。平常他都随军团驻扎在肯斐辛，今天怎么会到达卡坦来？”

欢呼的声浪越来越高，此时此刻，打扮怪异、精神萎靡不堪的人们猛然焕发出了生机。他们不仅尽全力吼叫，发出“哦”、“哟”的声音，还把双手举过头顶在原地不停跳动，就像是群魔在乱舞；裹着厚衣的妇女也在蹦跳，显得极其滑稽；还有些人瘦得只剩骨头，几乎奄奄一息了，但他们眼中的兴奋与热情却脱离了濒死的身体，独自加入到周围的大队伍里，跟着别人叫着、喊着……整个广场笼罩在这种狂热的气氛之中，如果没有谁来抑制一下过于激动的情绪，恐怕平民们最后都会力竭而死。

僧侣和军官们在平台上排成一排，看上去十分享受来自民众的欢呼。他们微闭双眼，口中念念有词，仿佛在说“再大声一点”，继续煽动广场的情绪，直到广场彻底沸腾。

这时，和凯斯特并肩站在一起的年长僧侣手掌向下连续压了两下，叫声也跟着减弱，第三次下压后，广场完全安静下来，甚至连呼吸声都听不见。

年长僧侣独自走上讲台，对着扩音器大喊：“圣塔不朽！”所有人都跟着他喊“圣塔不朽”，连续喊了六遍。声音具有强烈的诱惑力，我差一点就跟着喊出声。

“年长的僧侣是达卡坦的祭司，掌管该城的僧侣阶层，他所说的圣塔就是灵塔。”洛瑞解释说。他的话使我清醒过来，惭愧自己刚才几乎被蛊惑，成为**别人**中的一员。

祭司接着发表演讲："今天是集市日。在这个伟大的日子里，我们要感激陛下赐予我们食物、衣服、住所和永生。万能的陛下指引我们人生的方向，为我们打开永生的大门。你们是否愿意向陛下奉献一切，甚至放弃你们的永生？"

"愿意！"声音整齐得像是来自同一个人。

"为了保卫陛下，你们是否愿意在火焰中燃烧自己的躯体、超度自己的灵魂？"

"愿意！"音量更上一个台阶。

"圣塔不朽！"祭司用尽全力喊着。

"圣塔不朽！"

……

广场再度陷入癫狂。身边的许多人已经因为脱力而晕倒。我注意到有不少孩子也在喊叫。他们本该稚嫩的脸却显得十分老成，有些孩子甚至满脸沧桑。他们是在怎样的环境中成长啊？！而他们的未来已经在食人族屯落、达卡坦城的成年人身上写照得明明白白。他们从来没有闻过花香、看过绿荫，随时有饿死或者病死的危险。夭折固然痛苦，长大对他们来说岂非更加不幸？

"集市将在 10 分钟后正式开放，在此之前，我们请凯斯特将军宣布陛下的其他命令！"

凯斯特走上讲台代替了祭司的位置。他面相威严、冷酷，声音尖锐刺耳。"我受陛下的委派宣布它的命令。第一条命令是，从今天起，城市的宵禁时间将推迟一小时——你们有更多时间游戏了！"

人群沸腾了。戴小丑面具的人摘下面具丢掉，木乃伊打扮的人不停撕扯身上的布条，一个缺了右耳的男子咬破自己的手臂大口吮吸自己的血……

"他们为什么会如此高兴？"我问洛瑞。

"夜晚是城市一切罪恶的庇护伞，宵禁之前的城市和斗兽场没有两样。如今又延长了一个小时……”

第二条命令打断了洛瑞的话。“从现在起，所有城市严禁进出。任何人如果擅自踏出城市一步，格杀勿论！运输车队出城前必须到城防指挥部申请通行证。车队随行人员都要接受安全检查，获得出入证件后，才能跟随车队行动，否则格杀勿论！”

广场上依然在欢呼，我对着洛瑞苦笑，他耸耸肩。

“最后宣布征兵令。从明天起，城内所有20岁以下、14岁以上的男子必须服军役，隐瞒年龄逃避入伍者格杀勿论。不过我知道你们都热切盼望着成为陛下的战士，这是无上的光荣啊！”凯斯特的话音未落，广场上就响起震耳欲聋的“圣塔不朽”声。每个人的情绪都极度亢奋，咧开大嘴准备撕咬什么。

“加快扩军速度了，恐怕战争即将爆发。”洛瑞忧虑地说。他情不自禁地挺直胸膛，仿佛要把更多的重担扛到自己肩上。我站在他身旁，感受到他的身体正被一种滚烫的热情所燃烧，受到他的感召，我恨不得也立刻燃烧起来，变成火焰吞没正在平台上发号施令的僧侣和军官，给广场上的人群带来白昼烈日般的光明。

然而天空迅疾阴沉下来，城市暗淡下去，市政厅融入这片灰暗的颜色之中，成为广场巨大的阴影。

祭司重新回到讲台，宣布集市正式开放。广场上突然冒出一大批商贩。人们开始就地交易商品。我对此颇感好奇，洛瑞再次提醒我，“只需观望，遇到任何事都不要插手。记住了？”

我点点头。

混杂在人群中，我打量商贩们出售的商品，观察别人的交易。很久没有这么多人在身边活动，很久没有闻到生活的气息，哪怕清楚这座城市是畸形且危险的，我还是对集市产生了亲切感。凯斯监狱里的朋友们、周末派对上的蒸馏酒、热腾腾的蛋糕都历历在目，和眼前的集市混杂在一起，令我错乱了时空。一瞬间，我感觉自己再无明确的归属。自己正飘荡在世界的半空中，随处都能落脚，随处却又找不到能完整接受我的地方。

“何苦要来到这个荒诞的国度，卷入这场还找不到头绪的战争之中呢？我根本没有能力嘛。”——匆匆闪过的这个念头立刻令我感到羞耻，刚才我不是还恨不得燃烧自己吗？我谴责自己的动摇，好像产生这个念头就意味着自己已经辜负了小人和洛瑞似的。我反复提醒自己，参与这件任务不只是因为一时的热情。踏上征途以来，我不是感受到从未有过的充实、寻找到了生命的意义所在吗？何况摧毁灵塔后，小人和洛瑞就会陪我回维尔国拯救我的家乡。

脸上阵阵发烫，好在洛瑞正在和一位商贩说话，如果他此时转过头来，一定会看见我面红耳赤的样子。

洛瑞正翻看着一篮子椭圆形的东西。那东西鸡蛋大小，通体黄色，拣起一个拿在掌心，沉甸甸的。洛瑞告诉我这是“河母”，出自江河之中，是帝斯国黄金年代时的特产。它能够帮助人迅速恢复体力，甚至挽救濒危的病人，如今已经非常稀有。

卖“河母”的小贩披着黑色斗篷，戴一顶两头翘起的帽子。他身材挺拔，面色红润，相貌和善，留着漂亮的八字胡，气质与其他人迥异。他与洛瑞相视一笑便走开了，临走时递了两只“河母”给洛瑞。

洛瑞带着我向另一个方向走去。在人群中左拐右绕，我看见不少稀奇古怪的商品：擦得雪亮的刺刀手套、会说话的长须鱼……卖得最好的是匕首、铁铛、面具之类的武器护具，价格也很高。“买了再打劫别人，成本很快就能收回来。”洛瑞道破这类交易的本质。

天色更暗了些，集市渐渐进入交易高峰，常常有人挤在一起抢购商品，争吵乃至动手的情况也时有发生。每次遇到有人打架，观众都显得十分兴奋，会自动让出一块空地。赤手空拳的双方在空地上打得不可开交。看上去病怏怏的人动起手来却又生龙活虎，格斗过程中无一不是朝着对方的要害部位下重手。士兵们对这类场面显然习以为常，并没有来干涉。没多久，集市里就有三个人倒在血泊之中，亦无人去管。

商贩是安全的，没有人敢对他们不敬。人们用讨好的语气和商贩商量价格，结果价格却越说越高，但最终还是会被买下。

大约过了一个半小时，我们来到集市的东北角，这里集中了许多食物商贩，贩卖面包、黄油，水果和腌肉。食物的价格奇高，半篮子葡萄抵得上两把双开刃长剑。大多数人只能围观，却又舍不得离开，眼巴巴地盯着篮子里的美味。

不远处一阵骚动，又出现了一个空地，我们挤进围观人群中向内张望。空地中央，一个不到10岁的男孩正在被两个成年人殴打。男孩每挨一拳，观众就发出一阵欢呼。很快他的嘴角开始出血。和其他孩子相比，这个男孩脸上还留有稚气，眼中的惊恐和对生存的渴望更是在其他人身上看不到的。我脑中忽地一热，拔脚冲进空地里，“啪”、“啪”两下将两个大人打倒在地。

围观人群响起一阵嘘声，有人向我身上丢刚买的土豆。我拉过男孩将他藏在我的身后，当我将再度冲过来的对手踢翻时，围观人群一阵骚动，不少人向我扑了过来。

危急关头，一个戴面具的大汉突然冲到我身边，从我手中抢过男孩背到身上，对我怒吼一声“快走”！

我听出是洛瑞的声音，信心大增，没看清他怎么出手就从人群中闯出一条通道，我跟着他跑了出去。

在集市南端洛瑞放下男孩，男孩看了看我们，一言不发地离去，我想叫住他却被洛瑞制止了。“说过不要轻举妄动，怎么闯下这么大的祸！”和他相处了近20天，这还是他第一次冲我发火。

“他就要被打死了。”我争辩。

“我们差点就跟着丧命了！”他摘下面具气呼呼地说。

“难道我们应该眼睁睁地看着他被打死吗？你们不是为了挽

救这个国家才坚持战斗吗？那个男孩也是国家的一部分。”

“那不值得、不值得、不值得！”如果不是身边还有其他人，洛瑞就要向我咆哮了。他强压住火气向我解释，在帝斯国生存，必须遵守对任何事都要冷漠的规则，我们有任务在身更得事事冷静。

“不就是打了一架啊！”我不服气。

“我们差点就被撕成碎片了！在这里你可以和别人打架，但是不能对正在决斗的任何一方施以援手，否则就会成为公敌。刚才如果不是跑得快，那么多人会把我们打死的。何况如果因为你而暴露了我们的行踪，我们就根本没有赶到首都的可能，也就没办法帮助首领摧毁灵塔了！”

听他说完，我知道自己的确做错了。但我并不能完全认同他的观点，我想，在恪守道义和摧毁灵塔之间一定有个平衡点，能够做到两者兼顾。或许是我的方式不对，倘若先和洛瑞商量一下，会有更好的处理办法。但无论如何，男孩不应该被活活打死。所幸结果还算圆满。既然如此，何必再惹洛瑞不高兴？

我向他道歉，答应今后一定不再莽撞行事。他又叮嘱了我几句，也就将这件事淡忘了。

钟声再度响起，祭司登上讲台宣布集市关闭。随后人群散去，洛瑞拉着我走进广场西面的一条小巷。

小巷里没有路灯，一片昏暗。我们在右边一幢房屋门前停下脚步。洛瑞用一种有规律的方式敲门，很快门被打开了，卖“河母”的商贩探出脸来。

我们更换了新衣，围坐在一张铁制的桌子旁，喝用果萤草泡的茶。果萤草采自山区的沼泽，热茶散发出洋槐蜜的香味，我不由得想起小人，不知道他现在在做什么？

“果萤草越来越少了，灵塔的破坏力越来越强，这样下去连国境的森林都保不住了。”商贩说。他名叫斯图尔特，和洛瑞是多年的老友，也是组织派遣到达卡坦的情报员。

洛瑞摇摇头说：“凯斯特的话你都听到了吧，那几条法令可是大有文章啊。”

“据我了解到的情报，灵塔很快就要进攻天使国了。”

“天使国国力最强，又支持我们，灵塔先进攻它，一定是想毕其功于一役，先和天使国决一胜负，再击破其他国家。不过，从目前的两国兵力上看，帝斯国并不占优。”洛瑞分析说。

“所以它才会颁布征兵令。我打听到，在靠近天使国的国境线附近，灵塔已经建立了一个秘密基地，派遣巫师在那里特训新兵。灵塔害怕我们在国内对它产生威胁，这次它颁布交通禁令就是要对付我们。”

“明天我们该如何出城呢？”洛瑞问。

“有支专门在首都和达卡坦城之间来回运输物质的车队掌握在组织手里。明天我去买通关节，帮你们申请出入证，你们就可以跟随车队到首都了。对了，这位朋友是……”斯图尔特指着我问。

“我来自维尔国的凯斯监狱。”

“一路辛苦了。”他并不多问，向我微笑，笑容坦率而温和。

已到晚饭时间。他去厨房忙碌了一阵，很快端出面包和烤香肠，还特地煎了鸡蛋。面包烤得又香又脆，香肠肉质鲜嫩，鸡蛋煎得恰到好处，我们狼吞虎咽地将食物一扫而空。之后，熟悉的苹果土豆酒又端上了桌。

“去年你酿的那批酒一直保存到现在，舍不得喝。”斯图尔特笑着对洛瑞说，“明年多送点啊。”

“明年我们一起在肯斐辛喝酒。”洛瑞说，两人默契地笑了。

我一边喝酒一边打量四周。屋子里的每件家具都有很长的年份，擦得一尘不染。尽管没有鲜花，斯图尔特还是布置出田园般的温馨环境。烛台上雕着紫藤花图案，墙上贴着印有海棠花苞的墙纸，我们用的餐具也是纯正的骨瓷制品 。即便生活在这种环境里，斯图尔特还是对生活充满了热爱，我对他产生了强烈的好感。

斯图尔特又从随身的包裹里取出一袋烟草，从抽屉里抽出羊皮纸，细细卷好三根烟。我们一边抽烟一边聊天，烟香浓烈、怡人，我一度产生了错觉，以为又回到凯斯监狱，正参加周末派对。

“这里有几个人住？”我问斯图尔特。随即得知，3 年前灵塔颁布法令，除了首都，禁止国家内再有家庭存在。所有的家庭都被拆散，家庭成员被分别遣送到不同的城市。很快他们就淡忘了彼此，甚至对自己曾经有过家庭这件事也失去了记忆。为了延续国家人口，灵塔成立了专门机构，用随意抽取的方式安排国家内的适龄男女性交。

“性交是作为生育的必要手段，或者说是每个人民的义务而存在的。性交对象彼此之间没有其他联系，连话也不说，只管交配，结束之后就不再见面。女人一旦怀孕，按照流程将孩子生下来之后，再等待下一次被抽取。”斯图尔特沉重地说。

洛瑞在一旁沉默不语。这些天来，我感觉到他看起来虽然豪放不羁，内心深处恐怕藏着许多不愿被他人了解的事情。

“孩子们出生后又由谁来抚养呢？”我问斯图尔特。

“统一安排在由僧侣管理的机构里畜养。”他特地用了“畜养”这个词，“他们依照灵塔规定的模式成长，必定会绝对服从灵塔。这样一来，下一代人中再也没有人会反抗他了。等到我们这一代人死去……”他的目光炯炯闪烁几下，又收敛进眼眸里。

“幸好还有天使国的基地，使组织的血脉还能延续。”洛瑞接着他的话说，“但毕竟需要时间，而现在时间是最奢侈的东西。”

我们一起沉默了。空气中弥漫着烟草的香味，桌上精致的骨瓷餐具带着自哀自怜的情绪，似乎担心自己不久也要离开人世。

屋外突然喧闹起来，一声声凄厉的惨叫在屋前巷后不停响起，中间夹杂着兵器碰击的锐响。斯图尔特立刻吹灭蜡烛。

“到时间了，城里几乎所有的居民一到晚上就会走上大街，斗殴、抢劫、自相残杀，这一夜下来不知道又将增添多少亡灵。”斯图尔特缓缓地说。在黑暗中我看不清他的脸，却从他的声音中听出无尽的悲悯。

“究竟为何人们会争先恐后地跑出来，每夜冒险杀死别人或者被别人杀死呢？”我的疑问越来越多。

“灵塔使人们相信永生的存在，但唯有通过行凶作恶才能获得永生。它鼓励人们作恶，并为此创造条件，公开贩卖武器、放任犯罪。随着时间的推移，人们变得越来越歇斯底里，完全按照灵塔的意图彼此残害。”

“这样下去，他们会自相残杀光的。”我焦急说道。

“人到哪里都会自相残杀，区别只在于方式和程度。”洛瑞突然说。这句话让我静默下来。

他们又聊了一会儿，随后我们走进地窖休息。躺在温暖的床上，我很快睡着。

半夜被斯图尔特摇醒。“穿好衣服赶快走，敌人来了。”

天花板上方传来猛烈的撞门声。斯图尔特带着我们从地窖的另一道门离开，爬上弯曲的扶梯，推开头顶的铁盖，星光洒了进来。

我们站在不远的黑暗角落里观察敌人。屋子门前站着几十名士兵，领头的队长全神贯注看着屋内，想来更多士兵正在屋子里搜查我们。唯一的出路已经被敌人封锁，我们只能躲在原地。

已是宵禁时间，街上没有其他人，地上躺着几具平民的尸体。

屋子里不断传来破碎声，有人大声叫道：“没有发现叛贼。”

一个矮个子被队长踢出人堆。“你说你看见他们走进这个屋子，人呢？”光线太暗，我看不见矮个子的脸。

“没错没错，我一路跟踪，亲眼看见他们走进去的。我还做了记号。”矮个子指着屋子的外墙说，上面画着一个红色的骷髅头。

“为什么当时不马上报告？”

“我还不到参军的年龄，可我想为陛下效力，就想先立军功。”

“立军功？你在跟我开玩笑吗？”队长一脚踢过去，矮个子连滚带爬，到了离我们很近的地方。

“大人，我说的全是实话。他们一定躲起来了，请让我进屋搜查他们吧。”

星光下他的轮廓看上去很眼熟，当他无意中侧过脸来时，我惊出了声——是那个男孩！被我亲手救下来的男孩。听见我的声音，他转过头就看到我们，不假思索地大声嚷道：“他们在这儿！”

士兵们迅速冲过来，我们抽出剑迎了上去。

巷子狭小，对方无法施展开阵形，给了我们以寡敌众的机会。敌人不断被洛瑞和斯图尔特砍翻，我也刺倒了 3 名敌兵。我们一步步逼近巷口，眼看就要冲出去。

突然，在我身后的斯图尔特发出一声惨叫。我转过身，只见他的腰间有一把利刃穿过，鲜血毫不犹豫地喷射出来，染红了他黑色的斗篷。

男孩站在斯图尔特身后，手里拿着剑柄，剑刃还留在斯图尔特的身体上。

——他杀死了斯图尔特。

手中的剑跌落到地上，我双腿一软，跪到斯图尔特的脚边——他还勉力站着。

洛瑞大喝一声，冲过来将男孩砍倒。斯图尔特看着我，想说话却又无力开口，随即瘫倒在地。他的双眼还睁着，望着黑暗的城市街道，但眼神越来越暗淡，最后成了一片空洞。

我已经没有余力再去看他。耳边传来一阵阵的砍杀声和怒吼声，地上的人影在迅速移动，洛瑞疯了似的砍倒一个又一个敌人。我被某种力量狠狠抛起，悬浮在半空，任凭空气将我推来推去，却没有抵抗的欲望。

第九章　芸说，请相信我

醒来时世界颠倒，不清楚自己身在何处，甚至一度忘了自己是谁。没有力气，没有食欲。我怀疑自己生病了，量体温不到37度，又找不出其他生病的症状，索性躺在床上听音乐。

达卡坦城混乱的集市，用羊皮纸卷烟的斯图尔特，仿佛依然热腾腾的果萤草茶……梦中所有的一切都栩栩如生。有那么一刻，我简直分不清哪个世界才是现实，哪个才是梦。我究竟是怎么了，为什么会做那样的梦？会不会是**虚无**造成的啊？叹了口气，天花板也皱起眉头。

手机没电关机了，手表显示现在是中午12点12分。我居然一口气睡了15个小时！

梦中斯图尔特的死过于悲惨，以至于现在心口还隐隐作痛。我催促自己赶紧忘掉这场梦，但声音和意识都提醒我尽快将梦的进展记下："它不是无缘无故出现的，给自己留些线索吧，以后或许用得着。"

说得有道理。

今天气温回暖，我在T恤外面套了件格子衬衫。煮咖啡的同时熬稀饭，脑中整理近来繁杂的思绪，结果在厨房里又发呆了好一会儿，稀饭几乎煮干。

饭后听Bob Dylan的精选集，“Just like a woman”、“It's all over now , Baby blue”、“A hard rain's a-gonna fall”，放到“Like a rolling stone”时，思绪总算恢复正常，胸口也不那么痛了。

这时接到墨的电话，他邀请我一起参加下月初某家文学社组织的聚会。“这次聚会会有不少网络小说写手参加，我正准备做篇关于网络小说的新闻，你也来吧，帮我参谋参谋。”

我愉快地答应了。4年前一进报社就和墨成为好朋友，互相配合写过不少稿子。有段日子没见到他了，我想听他说说报社的新鲜事，也把自己的现状告诉他。挂电话前他通知我，一周前他刚刚订婚，准备明年5月办婚礼。

“什么时候有空，带上嫂子一起来我家吃饭吧。”我高兴地邀请他。

“行，要不就这个周末吧。你也把女朋友带上，我们两家人好好喝一顿。”

放下电话，心情变得异常轻快，情不自禁地跟着Bob Dylan哼起“Blowing in the wind”。但杂志社的电话马上打断了我，女秘书提醒我明天下午去杂志社签约，声音听来十分甜美。“合同准备好了，等你来签字哦！”说完她挂了电话，“哦”字拖得格外长，留给空气好一段时间来消化。

“决定签合同了？”意识问我。

“嗯，这样对大家都好。”

“很好，现在告诉芸吧。”

然而我还是没能联系到她。她先是没有接手机，后来手机索性关了。我隐隐有些担心，设想可能是她的手机没电了，等到晚上再联系吧。

记录梦境之后写稿，一篇介绍韩国电视剧的文章。我东拼西凑资料的同时，寻思何以韩剧就迅猛占据了本国的大片电视屏幕——晚上同一时段，几乎所有的电视频道都在播韩剧——“传统文化沙漠化”忽地又蹦进脑子里。

不想在文章里谈论“传统文化沙漠化”，与其停留在学术层面打嘴仗，倒不如想想本国文化界应该做哪些实质性的事情，让原创文化真正健康繁荣。哗众取宠、心态浮躁、缺少真正责任心的“文化行为”肯定无法扭转目前的局面。这条路需要有人来探索，但风险极大，甚至意味着倾家荡产。有责任心的人大多没有经济实力，有经济实力的人大多又缺少责任心。这是一种不对称，责任心与资源的不对称。

想法很多，但都不会写进文章里。这篇文章要供给某网站，编辑的意图是为了吸引韩剧爱好者，倘若里面塞进这些思想，必然会引起大家的不开心。何况即使这么写了，到编辑手上还是会改头换面，不如省掉别人的时间和精力。

文章写完后重读雯的来信，反复读了三遍。她现在在哪里？是否已经踏上归途？试着拨她手机，依然关机。

晚上8点看了部电影，伍迪·艾伦导演的《子弹横飞百老汇》。影片结尾，即将踏上巨星之路的新人导演却放弃了过去坚持的艺术家信念，选择和女友一起归隐于普通的人生。不管今后是否幸福，至少他有了明确的态度。

看完电影后恍惚了好一会儿，竟然对自我选择的方向产生了微妙的困惑。墙上的涂鸦画不动声色地看着我，仿佛觉察到我心情的波动。

“要是你还没明确，随时找我商量。”它莫名其妙地说。

“不过是就职前的焦虑症，别担心。”我态度强硬地对它说。

再次联系芸，她的手机依然关着。忍不住拨她宿舍电话，响了6下后有人接起话筒：“请问找谁？”——不是芸。

我告诉她找芸。“她不在，打她手机吧。”对方有点不耐烦。

“手机也关着。”我无奈地问，“知道她去哪了吗？”

“不知道，一天没见到她人了。”她显得心情急躁，好像随时会挂电话。

“会不会在图书馆准备论文？”

“什么论文？”对方吃惊地问。

我报出那门科目的名字。

“早就交了，都交了半个月了，没听说有谁要重写。”

我顿时坠入冰冷的海底，对着话筒不知所措，但是又不愿意挂电话。

“还有事吗？没事挂了啊。”她很不耐烦了。

“等等，等她回来告诉她我打过电话，请她回电好吗？”我报出我的姓名。

“好吧，不过不敢保证，最近她时常不回宿舍住。”

“最近？什么时候？”

“这半个多月吧，再见！”她“啪”地把电话挂了。

有一小段时间，我丧失了正常的逻辑思考能力和行为能力，我不知道自己为何会待在这个城市做着毫无意义的所有事情。

她在欺骗我吗？动机呢？原因呢？另有苦衷？出什么事了？……连串的问号如同脱膛而出的子弹，连续射进我体内，将五脏六腑打得千疮百孔。

涂鸦画在嘲笑我。“This shit is heavy”也变成了“You are shit”。我死死盯住它，期望它把我拽进过去的时空，哪怕只能回到10分钟前也好。但它拒绝我，毫不留情地关上了入口。

“不，还不能就此下结论。宿舍里的人又不是谁都对陌生电话安好心，可能是她故意挑拨。”意识试图安慰我。

“是啊，是有这种可能。”我嘴上这么说，心里却清楚可能性存在的概率不到1%。

但我紧抓着这1%的部分，想要借助它重新回到海面。海底冷得可怕，心快要冻僵了。

零点13分。一直没有接到她的电话，手机被我盯得恼火起来“再这么看我，可要关机了。”我不理会它的威胁。最后一次拨她手机，依然关机。

和她一起度过的美好往昔，如今看来短暂得令人惊讶。关系一旦出现波折，以往再长时间的相守也会毫不留情地抛弃你。现在我没办法再记录它们，而过去也没有写日记的习惯。这样一来，半年的光阴简直变成了毫不起眼、随意拼凑起来的时间碎片。我清楚时间的宝贵，明白要珍惜它，但知道这些道理又能怎样？到了应该失去的时刻，它照样冷酷得不留余地，不会因为你的珍惜态度就可怜你，留下来陪你或者施舍什么给你。

1点16分。睡不着，我找到半瓶伏特加，倒了满满一杯一气喝光，可是期待中的睡意迟迟未来，于是再喝一杯。这回醉意马上袭来，我躺上床试图抓住这个机会一睡到底，但没有用，尽管醉了，死活就是没有睡意。

辗转反侧，头疼欲裂。

2点32分。清醒得可怕，也混乱得可怕。回想这段时间以来芸的种种反常举动：外出旅游不和我联络，以写论文为由躲避我，经常不回宿舍。各种迹象都指向不妙的结论……

“我害死了斯图尔特，这是应得的报应。”我自言自语，彻底混淆了世界。

4点15分。“如果一切都已经无法挽回，我还有改变自己的必要吗？”我问天花板。

5点05分。不能再这样耗下去了，必须亲眼见到结论才行，趁着还没有崩溃立刻行动起来——我命令自己。

我不顾一切地拖起疲惫的身躯。房间里，一切都冷冰冰的。电脑、书、CD……它们都抱着事不关己的态度和我保持着距离。

5点32分。我戴着耳罩式耳机走出公寓，在附近的24小时便利店买了烟和打火机。天还是黑的，我借着路灯的微光向街口走去。风很大，使劲裹紧外套，RadioHead在耳边唱着“Creep”，我突然想把自己丢进某个垃圾场，任凭处理。

坐上出租车向芸的学校赶去。车内空调送着暖气，我和出租车司机聊天，递给他烟，评价烟的味道。他嫌烟不够劲道，又给我他常抽的烟，我呛了一口惹得他哈哈大笑。我们谈起日益拥挤的交通、生活中的各种烦恼。他的妻子失业在家，全家人的生活都压在他肩上，为此他不得不增加工作时间，平均一天要开14小时车，身上落下了不少毛病，但他依然乐观看待生活。儿子学习成绩优异、妻子身体健康足以使他心情愉悦，其余的小烦恼也就不算什么了。

“你是我今天的第一个客人，真是缘分。”临下车时他对我说。

“嗯。你辛苦了，注意身体，祝你好运！”我有些不舍地说。

下车后，冷空气立即把我裹住，踏进学校门时，心抽搐了一下。

雾气迷蒙的校园里人影寥寥，大多数人此时还在睡梦中。我摇摇晃晃地蹒跚在青石条砖铺成的路面上。眼睛很干，视力模糊，最后实在没有力气了，走进刚开门的第三食堂，坐在临门的长椅上休息。日光灯刺眼，眼睛更加睁不开，我只能靠抽烟提神。其间有学生来买早点，看见我无不侧目。此刻我宛如流浪汉，出现在这里与插错插头的电线没有区别。

耳机里放着Mazzy Star的歌，声音冷淡而又饱尝孤独。一根烟抽完，我勉力走出食堂。一幢幢灰白色的宿舍大楼仍在熟睡。芸的宿舍就在右面的第一幢宿舍楼里。此刻她或许根本就不在里面，但无论如何，我现在站在这里，比起躺在床上离她更近。

第一食堂近在咫尺，突兀的哥特式尖顶、过于鲜艳的花窗显得十分扎眼，令我产生用遮光布将其紧密包住的欲望。怪不得一直生意清淡，除了经营方面的问题外，糟糕的第一印象也会将许多人拒之门外的。人也好、建筑也好，一旦与周围不合拍，势必要走下坡路。

吹着冷风，许多想法涌进脑海。旁观的一年来，很多问题看得比我还在社会时更加透彻，却也忽略了身边人的感受。对雯是如此，对芸恐怕也是如此。我享受她给予我的温柔，在她的臂弯里获得安宁和满足，但我是否真的是适合她的选择？这个问题连我自己也回答不了，没有信心。

旁观社会越久，人就会变得越没有信心。表面上看是因为你主动放弃了自己在社会中的发言权，实际上是社会不再需要你了。如果连芸都不需要我了，那我就彻底无药可医，即便回归社会也不过是给社会添乱而已，还不如继续待在角落里。但如果真的这样选择了，我又有何资格再要求芸呢？我就连最基本的安全感也无法给予她。

天色发白，校园里学生多了起来。他们三五成群，有说有笑地走向教学楼或者食堂。他们还没有踏足社会，并不了解社会艰难的一面。但我希望他们将来能够走与我迥异的道路，以免落到如我现在这般的境地。

内心完整与现实生存之间究竟应该如何选择？

时间已经过去了很久。我不知道该往哪里去，只能在校园里游荡。耳机将我与外界隔开，可以不被任何人打扰。

每隔 5 分钟拨芸的电话一次，手机始终关着。就在我接近放弃时，手机接通了。“一大早就打我电话，有急事吗？”她好像还没睡醒，声音含糊。

“找你一天了，不知道吗？”

“哦，不知道。”

这温吞的对话几乎要把我逼疯，我想大声质问她是否骗了我，但话一说出口语气就变得温和：“昨天听说论文早就交了，这段时间你在忙什么？为什么不理我？到底发生什么事了？”或许是因为害怕从她口中听到谎言，我暗示她我已经知道了真相。

她沉默不语，过了好半天才平静地说：“你既然知道了，我也不多解释了。我只希望你知道我并不是故意欺骗你，也没有半点伤害你的意思。我有我的苦衷，但不能说出来。即便你认为我这么说只是在寻找借口，还是请你相信，我一如既往、从未改变。”

“相信你的。今天见面吧，有重要的事要告诉你。”

“对不起，眼下我有必须要处理的事情，在此之前我们恐怕只能像现在这样，最好不见面。”

“为什么？！”我几乎要大喊起来。

“无法解释。总之请你相信我，如果实在不能相信，我也无话可说。就当是我辜负你好了。”

“什么时候开始的？”

“不需要想这个，没有意义。”

“你现在在哪里？”

沉默……

“我就在你宿舍楼下。”

“你找不到我的，也不要找我。当我做完必须要做的事情后会回来的。在此之前我们不能见面。如果你实在无法忍受，那就分手吧。”

我的心还是被埋葬了，在北冰洋的海底。

“如果你愿意继续等待，我会回来的。尽我所能。”她接着说。

“我信任你，等着你。”我机械地回答。

她停顿了片刻，又说：“千万不要因此伤害自己，不管最后结局如何，你都要对自己负责。”语气理智得可怕。

“尽量做到，会的。”我如此答复——我早就不完整了，不能再让她变得不完整。

“回去吧，别待在学校里了，别冻坏了。”

“快点解决好吗？你说的问题。我想早点见到你。”

“嗯，一定以最快的速度，在我能够控制的程度以内。”

“中途不能见面吗？”

“如果可能的话，但不要抱以期望，我怕你会失望。”

“那么我就这么等下去，最后变成石头。”我试着开玩笑，心里却快哭出来了。

“别瞎说，那样的话我非把石头劈开不可，怎么也要把你拉出来。”——她对我有感情，可我们怎么就突然走到这个地步了？

“经常通电话可以吗？”

“尽量。相信我。一定。”她努力压抑着感情，然后挂断了电话。

周围死一般寂静，我有种将要失去她的预感。

回去的路上，我反复听“Like a rolling stone”。出租车司机也一言不发。从寂静的出租车内出来，一头钻进同样寂静的公寓。

一觉睡到中午，但始终没有真正睡着，所谓睡只不过是让身体能尽量得到必要的休息，脑中却没有得到片刻宁静。起床后疲劳多少恢复了些，但头更加昏沉，涨得难受，仿佛脑袋里多了什么东西，拼命要钻出脑壳看看天日似的。

吃了包方便面，之后洗了热水澡、剃了胡子，换上衣柜里较为正式的衣服。穿鞋时想到，这套衣服还是芸陪我去买的。出门前回头看看空荡荡的屋子，没有一点生机。

发短信给她：“想念你。我会耐心等待。”

快到地铁站时收到她的短信："不要胡思乱想了，好好照顾自己，不要抱有太多期望，这样万一失望了不至于太难受。"

心又是一沉。"如果早晨没去学校，情况会不会有改善？"

"会再见你一面，但结果不会有改变。"

"万一我再去学校找你，在远处看你行吗？"地铁门开了，走进去和无数陌生人挤在一起。

沉默……

出了地铁站才收到答复："不要做傻事，你找不到我。"

这十个字刺痛了我的眼睛，不知道该怎么继续对话下去。两天前我们还在电话里感动过，此时的对白却如此残忍。我仿佛正坐在电梯里，不时高速上下。表面上看我能控制电梯的方向，实际上根本就是被困在其中，无可奈何地由它带着我颠簸。或许是一年来过得太安逸，命运才会给我应接不暇的急速变化。不得不承认，本质上我是脆弱的，即便逞强般地给作家留下了有为青年的印象，内在还是很难承受过重的精神压力。脆弱的我能否应付庞大坚硬的社会？

发短信给她："那就等着。"

她再没有回。

女秘书早就在等我，身边还有位光头中年男。他是杂志社的顾问律师，负责把关各类合约。他的肚子很大，大到足以装满我所能想象到的所有欲望。作家不在，上午刚出差。"总编过着空中飞人似的生活。"女秘书带着敬意说。

"请您看看合同。"女秘书将厚厚的一叠纸递给我，"律师也在，有问题可以当场解决。"

我草草浏览合同。杂志社提供的报酬相当诱人，其余还有一大堆责任条款。我没有兴趣继续看下去，芸的身影突然出现在宽敞的会议室里，用手腕上带着伤疤的那只手拢起长发，我想紧紧地抱住她。

“有问题吗？”秘书将我唤醒。

“没有问题，签在哪里？”我在秘书指示的位置签上名字。

律师离开后，秘书领着我走进我的个人办公室。面积接近30平方米，装修的高档程度一如作家的办公室。阳光从落地玻璃透射进来，将我完全笼罩。站在窗前远眺，能看见整个城市的风景。林立的高楼、高架上火柴盒大小的车辆、地面蚂蚁般的人群……

“满意吗？”秘书殷勤地问我。

这样的办公室和我压根就不合拍，但我没有发表意见。

她详细介绍了办公室内各种设施的使用方法。按下电脑键盘边的红色按钮，贝多芬第三交响曲不知从哪里冒了出来——出色的环绕立体声音效，挺括到可以穿上身。

“这是您将要出版的书稿，请过目。”一本200多页厚的书放到我面前。书稿封面上印着男女动作暧昧的图片，书名我压根就没有注意，现在看不进心里去。

“有任何需要请您按这个按钮叫我。总编吩咐今后我做您的专职秘书。”她指着另一个紫色按钮说，“对了，为了欢迎您，晚上特别安排了晚宴。”

“晚宴？这就免了吧。”我一向不喜欢这类应酬性场合，何况现在心思根本不知道在哪儿，干脆利落地拒绝。

她仿佛看穿了我的心思，解释说：“您放心，不是那类折腾人的应酬性晚宴。我代表总编，另外拉上我的妹妹代表我，就我们两个人陪你吃饭。饭店都定好了。”她报出饭店的名字，是家价格昂贵的高级餐厅。“到那家饭店用餐需要穿礼服，您可能没有准备。总编把信用卡留下了，我现在就陪您去买衣服。”

突然有种说不出的厌恶感，出于礼貌才没有当场发作。我很想说，无需劳烦你们姐妹陪我去那种地方吃饭，我怎样都能照顾好自己。特地去买衣服这种事不在我的计划之列，何况芸又不在。

她见我没有说话，略显为难地说："如果您实在觉得麻烦，可以换家饭店……怪我事先没通知您。"

"那就换一家吧，越简单越好。"我无法再拒绝。

结果晚饭还是在一家高档西餐厅吃的，点了价格不菲的菜，以及两瓶高档红酒。

姐妹两人长得很像，不细看容易混淆。

"我们几乎算是双胞胎，但年龄相差2岁。"她们不是本地人，住在由姐姐买的房子里。两人都十分健谈，谈起时装和化妆品时眉飞色舞，酒量也相当好，精心打扮之后个个美丽动人，引来周围不少目光。

吃晚饭花了两个小时。中途我给芸发了短信，她没有回。等待买单时，妹妹主动提议饭后去酒吧，姐姐则想去唱歌。

"或者去打台球？"

"做SPA吧，作家哥哥也一起去。"妹妹居然这样称呼我。

"昨天不才做过？去打高尔夫。"姐姐提议。

"不高兴，晚上打练习场没意思。"妹妹摇头，"要不你先走吧，我和作家哥哥再待会儿，我们还没喝够呢。"妹妹拉着我的手臂说，简直把我当成从小青梅竹马的对象了。

"好啊，那就不打扰你们了，我自己约会去啰，你们慢慢喝。对了，今晚我不回家了。你多晚回都没关系。"

"说不定我也不回了，是吧，作家哥哥？"。

整个过程中我几乎没有机会发表意见。我清楚今晚会有与秘书妹妹亲热的机会。无论是她看上了我，还是为了打发空得发慌的时间，她都不会介意与我过一夜。我不清楚她是否有男朋友，也不知道她的工作和个性，我们接下来会做的是都市里每天晚上都在发生的事情，只不过参与者不同、地点不同，本质上没有区别。

她拉着我打车，要先去酒吧。我想拒绝她，身体却不由自主地跟着她上了出租车。她紧挨着我，身上散发出年轻女孩的体香。

和芸的体香不同，她的香味更加老练，更为从容不迫。

“别以为我是随随便便的女孩，要是你表现不好，喝完酒我可就要回家的。”她在我耳边轻语。话中的意思与其说是警告，不如说是引诱——何等表现才算好？还不是她说了算。

她带我去的酒吧相当闹腾，无数穿着入时的青年们在场内跳舞，强劲的音乐几乎要把我的耳膜震破，过去和雯常去的酒吧可不是这样的。我喝着啤酒，麻木地看人们在暧昧的灯光下搂搂抱抱，看卡座里的男男女女翻滚在沙发上，看坐在吧台边上的单身男女互相搭讪，每个人的脸上都洋溢着亢奋的情绪，疲倦感深刻在最里面，没有人能觉察到。

我耐着性子陪她喝光了一打啤酒。中途她跳进舞池跳舞，好些个男青年围住她一起扭动。她跳得十分尽兴，回到我身边时已经满头大汗，灌下几瓶啤酒后继续跳舞。

一直到了午夜我们才走出酒吧，她带着醉意对我说：“你表现合格了，走吧，你说去哪？”意思相当明确。

凌晨的伏特加、晚餐的红酒、刚才的啤酒，一天时间内摄取了过多的酒精，但意识却无比清醒，回想签署合同后看到、听到、经历过的一切，我突然想说，我可不是为了成为**这样的人**才回归的，你们别误会了！晚上一个人待在公寓里读书听音乐或许无聊，但能保留我心中尚算完整的部分。如果进入社会后过上这种生活，我的缺失势必会扩大、加深。

毫不犹豫，我把她送回家，她邀请我上楼：“知道姐姐不在，你倒是会选地方。”

我摇摇头：“太晚了，你也累了，回去休息吧。”

她惊讶地看着我，如同看到误入地球的陨石，难以置信地要我重复。

“太晚了，我回去了，你早点休息。”

她突然掉出眼泪，大声问我：“你这是什么意思？不给我面子吗？”刚才在舞池里活力四射，现在她软弱得几乎随时会跌倒。

我心中苦笑。如果单由欲望决定，我是希望和她过夜的。然而她即便再动人，我也无法迈出违背原则的那一步。

“对不起，”我说，“心里是想陪你的，但是办不到。身体没问题，思想却不合拍。真要是做了，恐怕醒来就会后悔，那样你也不会快乐的，去睡吧。”

她哭出了声：“我没有魅力对吗？你嫌弃我？”

不知道该如何向她解释，这是两种价值观之间的冲撞，三言两语解释不了。

“外面冷，快回家。谢谢你陪了我一晚，我走了，再见。”我不敢再看她，赶紧离去，将她的哭泣声留在身后。

隔天上午，秘书向我道歉：“不该把您一个人丢下，让您为难了……”

——这算是何种歉意啊？！我打断她："没什么，是我的问题。我很累，请让我安静一会儿。”

她离开办公室，我翻开桌上那本书稿，里面写着十几篇无病呻吟的情爱故事。文字本身不仅没有意义，甚至没有基本的趣味可言。这样的书印上谁的名字都没关系，反正对社会不负责任。

电话响了，秘书提醒我下午要去拍写真照片。

“不想去拍。”

“请您不要为难我了，总编不是早就说了要包装您？场地、摄影师都订好了，请您配合一下吧，否则总编会怪我的。昨晚的事真对不起，今晚我陪你……”

“不想去拍，我决定了。”我挂断电话。

半小时后，胖律师和秘书一同走进来。律师拿出我签署的合同指给我看“如无正当理由，乙方必须配合甲方一切工作安排”的条款，提醒我不能违约。

“有正当理由！我不愿意把我的名字印在供人消遣的包装纸上，不拍写真照片正是出于此意。”我指着书稿愤怒地说。

律师又指到合同的另一项条款：“正当理由包括由甲方指定医院出具的病假说明、正在休事先批准的假期，以及人力不可违抗的自然灾害等。”条款的可笑之处本应一眼看出，但我压根就没有认真看过合同。

“你所谓的正当理由并不符合合同规定，请你配合工作。”

“如果我就是不去拍呢？”我快要冒火了。

“我提醒你，违约的后果可是很严重的。”胖律师的嘴巴一开一合，像正在吐水泡的河蚌。

“最多我不干了，无所谓。”我几乎和他吵起来。秘书脸色发青，看来吓坏了。

“合同上规定了，”他从容不迫地翻到相应条款，“如果乙方单方面违约，需赔偿甲方的一切损失；如果不经甲方同意擅自离职，乙方需向甲方支付相当于乙方三个月薪酬的赔偿金。”

“我辞职了，该怎么办就怎么办吧！”我拿起那本书稿，丢进办公桌的抽屉，重重关上。

一小时后我离开了杂志社。最后测算下来的赔偿金数目是我一年来所得稿费总数的 1/3，付掉这笔钱后我就不剩多少存款了。我知道我本可以通过墨，以及报社的其他旧同事从中斡旋，或者干脆打官司，以减少甚至避免赔偿，但我暂时不想再和社会有实际的交集，算了。

杂志社所在的大厦外观宛如集装箱一般，四周类似的高楼还有很多。

主编一直没有再打电话给我。

回到住所我全身发烫，一量体温达到 39 度。勉强爬上床，带着对芸的思念以及布满全身的病痛感昏昏睡去。

第十章　梦：社会鸣钟人

一整天都在下雨。打雷的时候，天地几乎要被震翻颠倒过来；其余的时间，大雨抱着把一切都淹没的态度拼命下个不停。如果一切都能淹没重来倒也不坏，然而不时刮起的狂风又把这样的愿望拽回现实。风把世界吹向极冷的境地，没有挽回的余地。

地平线上，一座黑沉沉的城池在雨雾中忽隐忽现。这个庞然大物霸占着天地交际处，毫不掩饰其统有一切的欲望。一道道闪电在其面前划过，瞬间的明亮看上去离它很远、很远。

那里就是肯斐辛。

记不清过了多少个日夜，我一直没有进食。面前的“河母”静静地躺在地上，几十个小时过去了，它没有挪动过位置，连姿势也没有换过，只是默默地陪着我。洛瑞独自坐在山洞的另一端，用剑刻着石头。他尝试过和我说话，很快又放弃了。

我坐在洞口，有时盯住“河母”，有时盯着大雨在泥地上溅起的水花，有时朝着肯斐辛的方向望去。不久前在山区，同样是在山洞里落脚，那时看见的一切都还有焕发生机的希望，现在只能寄望大雨摧毁一切——近乎绝望的寄望。

很多时候我又回到那条小巷。躺在巷口的斯图尔特空洞无神的眼睛近在咫尺，我看着他，很久很久，心里却任何感情都没有，没有悲伤、没有愤怒、没有理应有的那些情绪。我只是看着，带着麻木的态度。空洞不仅来自斯图尔特的眼睛，也来自我的内心。

看见他的时候，骨瓷餐具、羊皮纸卷烟、果蛋草茶也出现在四周，我仿佛闻到香肠和烟草的香味。现在它们都随他去了另一个时空，今后我可能再也遇不上。

我已经记不清那个男孩的样子，但他紧握剑柄的动作却刻骨铭心。他手背上绷起的一根根青筋还依然稚嫩，想象不出那把剑是怎样被他从满地的尸体中拿起，再从背后刺向斯图尔特的——那一剑，泯灭了我所有的信念和梦想。

雷声轰鸣，世界一片漆黑，借着闪电劈开的瞬间光亮，看得见城池中央的灵塔傲慢地刺向天空。它本是我此行的目标，现在看着它却没有任何感觉。仿佛它原本就应该站在那里让每个人都能看见，并在心里留下永难磨灭的印象——说不定我已被它催眠。

回忆自己的童年，我好像一生下来就是5英尺高，穿着监狱的制服，手拿铁镐，跟着其他犯人一起干活，闲时说些与休息室妓女有关的笑话。我当然有父母，或许有过孩提时无忧无虑的光阴，可能还有些童年玩具被藏在小铁盒里埋在某个地方，但怎么都回忆不起来。我甚至连自己的名字都不知道，只有一个监狱编号46829485。在监狱里，有时早晨起床剃胡子，看着镜子里的自己会猜想父亲的模样。但回忆仅限于此，并没有进一步探究其他问题的愿望。如今坐在帝斯国的某个山洞里，我竟会如此强烈地试图找到问题的答案。

然而无济于事，一片空白。

我的衣服上还残留着许多血迹，有些来自斯图尔特，有些来自敌兵，有些甚至来自那个男孩。它们的立场原本不同，结果却混杂在一起难分彼此——这真是莫大的讽刺。

“如果在下一代身上也看不到希望，我们是不是应该就此死掉？”我喃喃自语。

虽然一直没有进食，但感觉不到饥饿。渴了我就伸手接雨水喝。冰冷的雨水味道很苦，却比任何其他的东西都能温暖我。

在监狱时，有一次我犯下严重的错误，被关了5天禁闭。禁闭期间无事可做，只能在黑屋子里数时间，一秒一秒地数，数累了就倒头睡觉，醒来继续数。

由于不知道自己睡了多久，继续数秒其实没有实际意义。但我固执地认为，在我睡着的时候，时间并没有继续往前走，它会体贴地停下前进的脚步也陪我睡了一觉，等我醒来后再一同出发。于是接着入睡前的数字数下去，哪怕吃饭时也不忘数数。出了禁闭室之后，很长一段时间里我都保留着数时间的习惯。如果因为其他事情搞乱了记数，我也会接着之前的数字数下去。

如此数时间的结果，就是时间变少了。

中途睡了好几觉，最后数出的数字远小于实际被关的时间。当禁闭室大门突然打开时才数了总计3天半的时间，那时我为竟然缩短了禁闭期而惊喜不已。后来，在日常生活中搞乱了记数的情况下，睡前统计当天的时间数字，会发现还没有到必须睡觉的钟点，便选择读几页书再睡，真正睡下去时心里会十分充实。每天采石所花费的时间平均是7200秒，天天数这个数字就会感觉它过得越来越快，以至于不经意间就能完成工作——人或许真的可以控制时间，以数数的方式。

直到注射了“悠乐”，第二天便再也无法做到一边采石、吃饭、游泳，一边数时间。可以说彻底丧失了这个能力。当时心里怅惘了好久，此后时常会有空虚感。这段经历让我察觉到，如果善于欺骗自己，活着会很快乐。

喝了一口雨水，我努力寻找能够欺骗自己的办法。尝试数时间，数到300秒就放弃了。我不知道自己还能做什么，还需要做什么。我只想停留在现在，计算时间流逝反而令我更加痛苦。

那么睡觉算了，但是一闭上眼睛，斯图尔特就走过来。他穿着黑色斗篷，手里拿着小人抽的烟斗，腰间挂着洛瑞亲手锻造的长剑，微笑着对我说："下次回到凯斯监狱，麻烦帮我捎带几件瓷器，要是附有工艺师的亲笔签名就更好了。对了，还有音乐家的乐谱，我正在学习小提琴。"我刚要说话，那个男孩就从我身后跳出来，手里拿着带血的长剑向斯图尔特刺去，而我竟然也拔出剑跟着他刺杀斯图尔特。

然后我就醒了，在黑暗里听外面的雨声，数时间。

雨终于停了，天空放晴。

山洞藏在几座山丘内，外面是空旷的平原，无数道裂纹不规则地铺满大地，犹如巨大的蜘蛛网。风一吹起就带上无数尘土飞扬。平原上一条大道伸向远方直抵肯斐辛，城门前有一片黑压压的势力正在迅速集结、聚拢，然后向我们移动过来。

晴天时看灵塔，它依然是一副自大的表情。尽管相隔遥远，它还是将一股说不出的力量传递过来，似乎要把我拉进城带入塔内。我突然产生了一种冲动，想要钻进去和它同归于尽——没有余力再考虑拯救家乡了，灵塔就是我人生的最后一站。

突然有了饥饿感，我拣起"河母"一口咬下去，吃完之后体内渐渐充满能量，这些能量不知道能支撑我走到哪一步。

又过了3天，黑暗势力离我很近了。那是一支庞大的军团，戴着猩红盔甲和面具的士兵们推着投石机等各类重型武器从我面前经过，向边境方向赶去。我死死盯住他们，直到他们变成黑点消失在地平线上。

傍晚，洛瑞坐到我身边自言自语。小时候他住在远离肯斐辛的一个村庄里，他出生时灵塔的力量还没有影响到那里，但几年后，父亲开始变得暴躁，经常殴打母亲——母亲是天使国人，对灵塔具有天生的免疫力。父亲越发严重的暴力行为令年幼的洛瑞对其憎恨不已，幸好有母亲的呵护才没有让他的性格被扭曲。然而母亲依旧深爱着父亲，而父亲的潜意识中，也依然残留着对这个家庭的爱。这种感情在他们去世前才被重新认识到。

“那晚我被一阵异响吵醒，父亲立即把我关进柜子里。透过柜门缝隙，我看见4个大汉手持大刀冲进家里，正向母亲走去。父亲拿起剑冲上去挡在母亲身前，以一敌四和他们搏斗，最后寡不敌众被砍倒在地。母亲哭着扑上去，替他挨了好几刀，父亲又大吼着翻过身来保护母亲……他们被活活砍死，鲜血一直流到柜子底下……”他望着远方的大地，眼神中说不出的凄绝孤寂。

“长大后我终于将4个凶手杀死。其实他们本来也不是坏人，只不过……”他低下头，过了好一会儿才继续说，“那一晚留给我的不仅仅是仇恨，还有其他珍贵的东西。现在我已经理解，之所以我能够具备加入组织的条件，并且始终坚持组织秉承的信念，原因就在于那夜父母留给我的遗产。他们使我坚信人性潜藏着伟大的力量，再强大的邪恶也不能彻底抹掉它。”

他停止讲述，又坐到山洞的另一侧，继续雕刻石头。

第二天清晨他离开山洞，中午才回来，胳膊上带着刀伤，流着鲜血。我本能地站起来为他包扎伤口。他带回来一些面包和风干的肉。看着这些食物，我的眼泪毫无预兆地流了出来。伤口包扎好后，洛瑞背对着我准备午餐，我开始哭出声音。

一场大哭，眼泪宛如终于冲破了大坝的洪水，肆无忌惮地冲刷着心中的所有障碍。我不停地捶打自己，抽自己耳光，直到洛瑞紧紧拉住我的手。

我们面对面坐着，我有一肚子话想要说，却不知该从何说起。洛瑞仿佛看透了我的心思，轻声鼓励我："说吧，我听着呢。"

"是我害死了斯图尔特，都怪我。"话开了头，眼泪又流出来，"如果不是我贸然去救那个男孩，我们根本不会被发现，他也不会死。你惩罚我吧，干脆杀了我，我的罪过只有用生命来偿还。"

他摇摇头："你无须怪罪自己。你的痛苦我都看在眼里。够了，到此为止，不要再折磨自己，我们也不需要更多无谓的鲜血了。斯图尔特也不希望你这么做。"

"是我的错！倘若我能听你的话，一切都不会发生。"

"你是否真的做错了连我也不清楚，你又何必耿耿于怀？"

我惊讶地看着他。他的目光是真诚的。

"你救那个男孩是因为你心地善良，而我们之所以不应该救他，则是因为我们眼下面临的任务。然而，是否为了完成这个任务，我们就一定要放弃善良的行为呢？是否善良本身并不值得在这种时候出现呢？这些问题又何尝有明确的答案。"

他的表情和平日完全不同，日光从他粗粝的皮肤上反射出来，泛着一层耀眼的光辉。

"你所做的事尽管导致了严重的后果，却坚守了善良这一珍贵的品质。两百年来，我们所做的一切努力，是为了摧毁灵塔，然后重新健全社会精神，健全每个人的人格。为了摧毁灵塔，个体的善良行为是否就应该被放弃？从功利主义的角度来看当然是应该的，甚至是必须的。可是这个问题并不能只用功利的眼光来简单看待。这些天来我一直在思考这些问题，我开始觉得重建社会精神和个体人格的工作在摧毁灵塔之前就应该着手去做。我甚至想，虽然你做了件看起来很傻的事，可你依然值得我尊敬。因为我是万万不可能在那种环境下去救那个男孩的。目标有时会蒙蔽人的双眼，甚至让人迷失在过程中。你的可贵之处就在于你没有被目标所控制，你的本性依然自由。今后，即使你因为善良的行为换来更大的打击，我也希望你不要放弃这个珍贵的品质。”

“可我是对错误的对象做了善良的行为，这本身就是愚蠢和错误的。”

“善良行为本身没有错，不应该用结果来衡量它。”

我不顾他的安慰，继续倾诉：“这些天来我对自己发生了怀疑。过去在凯斯监狱，我还能从其他犯人身上看到很多美好的东西。哪怕是为了扩建监狱这个根本谈不上是理想的目标，大家都在共同努力。每天吃再多苦也要挖出一吨合格的石头。干活时互相帮忙，甚至不惜替别人流血。收工后聚在一起喝酒、唱歌，虽然这只是表面的快乐，却也能够让人满足。离开监狱之后，我获得了自由，可现在我却不知道自己该做些什么。确实，我们在向着伟大的目标前进，但随着过程的发展，我变得困惑起来。那个被我所救的男孩亲手杀死了斯图尔特，我要拯救的就是这种人吗？这个国家的绝大多数人已经不能称之为人，对他人的信用、对别人的善举、对生命的尊重、对道德的坚守，这些人类区别于动物的特性，在他们身上已经被消磨得干干净净，他们甚至连动物都不如。摧毁灵塔就真的能挽救他们吗？那天夜里，我眼睁睁看着斯图尔特被杀，看着自己的梦想破灭，如今连我自己都在质疑自己。真的，我在怀疑自己，对丧失的人性还能否挽救发生了怀疑，对拥有梦想是否恰当发生了怀疑，对是否应该坚持善良的本性发生了怀疑……”

“问题在于，我们是应该选择善良——更广义地说是宝贵的人性——还是选择结果。”他指着远方的肯斐辛，“那里有我们的敌人，也是全世界的敌人。它即将动用武力侵略他国，我们要摧毁它采用的方法也是武力，但是光靠武力就够了吗？在根源上，这是一场道德观和价值观的斗争。一方是沦丧了道德观念，只剩贪婪与自私的思想体系，另一方是集中了人类各种美好品德的思想体系。两方的斗争左右着社会的面貌。如果不能取得这个战场的胜利，最后即便我们摧毁灵塔，也不能真正重建社会。这场思想领域的斗争面临的挑战，比对付眼前这座坚固的城池更加艰难。”

“思想领域的斗争？”我揣摩着他说的话。

“思想领域的斗争已经波及全世界，连天使国都不例外。”他加重了语气，“包括天使国在内，帝斯国周围的国家都在出现问题，区别只是有的国家已经腐朽，有的正在变质，有的才刚刚露出苗头。我时常会到天使国的大城市去。我在那些城市里看到，由于经济繁荣、长期处于和平年代，加上新的诱惑不断出现，逐利主义逐渐抬头，人们开始不自觉地遗忘甚至丢掉人性中部分美好的东西，道德观与价值观有向错误方向滑落的危险。追逐财富成了不少人唯一的生活目标，甚至不惜为此挑战道德底线。无约束地满足自己的欲望变成公开的想法，并被越来越多的人接受并执行。要从思想深处重新修正这些错误，需要花多长的时间、做多少实际的工作啊！这些工作比摧毁灵塔更加艰辛。如果一不留神，在某个环节出现失误，甚至可能前功尽弃。想想看，哪怕我们成功阻止灵塔统治全世界了，下一代人如果在这种思想的熏陶下成长，未来的社会会变成哪副模样？我们不能把这些问题留到以后解决，那时就无法收场了。现在就必须付诸行动。”

“或许，这样的变化是历史发展的必然，安逸总会开出堕落之花，我们只能对它不管不顾呢？”

“你错了。”他严肃地说，“每一天我都提醒自己，即便遇到再多的挫折都要乐观地向前看。我总相信目标即将实现。或许我有些理想主义了，但是正因为拥有理想，或者说梦想，人类才能真正进步。对于思想领域的斗争我同样乐观，因为思想滑落到一定程度后，必然会有另一面站出来挽救它，最终取得某种平衡。

但我们不能听天由命地等待那一面自我觉醒，那样的话，说不定它再也出不来，只有不断去施加影响才能唤醒它。我们需要主动发起这场斗争，并且坚持到底，哪怕为之付出一生的时间。现在，看到你发自内心的善良举动后，我更加坚信投身到这场斗争中去是值得的——毕竟还有美好的东西扎根在人类内心深处，那会是将我们推向最终胜利的源泉。你千万不要放弃梦想，我会陪你战斗到底。”

我感激地望着他。他的话激活了我本已消沉的意志，重新鼓舞了斗志。一场思想领域的斗争，如果没有特别细腻的情感是说不出这滚烫的词语的，但我还有些疑问，需要一吐为快。

“世界上没有十全十美的人。一个拼命追求财富的人或许拥有最博大的爱心；而一个满嘴道德的人私下里也可能做尽丑恶勾当。很多时候，我们不能分辨优点和缺点，甚至会混淆它们。道德观和价值观的斗争并不像摧毁灵塔那样敌我分明，正反两方还会互有交集。有些情况下，这场战争甚至存在于同一个人的内心之中。那么，斗争的具体方式又是什么？总不能用斧头劈开对手的头颅，再把正确的观念填进去吧。”

“你的话说明了这个领域的斗争是如何的复杂。完美状态下，理想的社会应该是人人具有自我反省意识，对自己的行为加以约束，在充分给予他人关爱的基础上，享受他人给予自己的关爱。但客观看，我们无法要求每个人都具备主动反省的意识。历史证明，具备这种自省态度的人只是一小部分，绝大多数的人要么注意不到这个问题，要么就拒绝主动反省，只能依靠舆论来唤醒他们的自觉意识。这样一来，舆论本身、教育方式、传播渠道等等就成为这场斗争的主战场。可以肯定的是，它旷日持久，且永远不能懈怠。社会时刻需要有人在一旁监督，提醒人们注意错误思想苗头滋长，倡导正确的观念并让大众自发接受。他就像一位负责长鸣警钟的看守人，时刻不懈地看护社会精神，如此，社会才能保持健康发展。”

“这个扮演鸣钟人角色的人，又该从哪里找到呢？”

“这点不用你我担心。每个历史时段都会有这样的人自发站出来。他们拥有相似的品格，饱含了纯真、善良、勇敢、自我约束、自我牺牲等优点，还有些人一开始或许并不具备这些特质，身上还有这样那样的缺点，但他们会在潜意识中剖析、反省自己，最终将反省的态度变为主观意志行为，以各种方式积极为社会提供正确意见。他们是保障社会健全的基础力量，甚至比一开始就以布道者形象出现的哲人的数量还要多，经受的淬火也更为猛烈。”

“首领一定是这样的人吧！”我想起小人。

“我只能说他不仅是我的首领，更是我的思想导师。他仿佛是心灵的灯塔，指引你找到正确的方向……哦，我们扯得太远了，眼下最重要的是赶紧到肯斐辛去。从出发到现在已经过了1个月，说不定首领已经到了。”

我这才意识到，自己在“游离”的状态下已经度过了十几天时间。这段日子完成了我个人的涅槃，但对于完成摧毁灵塔的任务来说的确耽搁得太久了。我不禁深深自责。

此时山洞外阳光高照，洛瑞决定黑夜再动身，力争用两天时间赶到肯斐辛。“白天多休息，养足精神。”

闭上眼睛，这次斯图尔特没有来，我知道他已经原谅了我。

醒来时星光满天，洛瑞抽出一把剑递给我——是斯图尔特的剑。“你来用它吧，是把好剑。”

手指在剑身上摩挲，感受它的光芒和力量。斯图尔特已经将自己的灵魂浇铸到剑上。

“现在出发，我们三人一起！”洛瑞说。

第十一章　走下去，别停

整整三天高烧不退，时而在梦中历险，时而在病痛的煎熬中醒来，继而在思念里苦熬时间。

身体极度虚弱。勉强半坐起来，不到 1 分钟又躺了下去。一日只吃两顿稀饭，吃多了会引起呕吐。

不敢猜想芸做过什么，我宁愿让自己一直被蒙在鼓里。读雯的信成了唯一能取暖的方式。翻来覆去地读，每个字都记进心里，直到一闭眼就能背出整封信，连标点符号都准确无误。

第四天精神有所好转，整天躺在床上听音乐。反复听“Like a rolling stone”，又重温了 Rush、L7、This Mortal Coil 的代表性专辑。听音乐的过程中构思小说：一个抱病听音乐的人，在人生走到穷途末路之际柳暗花明，迎来令旁人钦羡不已的机遇，但他却毅然放弃唾手可得的富贵，选择带上吉他流浪……这很像是公路电影，但实际上并没有那么浪漫，因为主人公并不会弹吉他，他只是借用一种方式表达对爱人的思念。小说结局有迥异的两个方向：他和爱人重聚或者彻底离散。过程中发生了许多故事，也许干脆没有故事，只是他自己的意识流淌。

电话响起好几次，没有力气去接。随着时间不停地过去，电话也越来越寂寞，响声寥寥。

第七天病愈。上午，《美食周刊》的编辑打来电话，询问我为何会和那家杂志社闹翻。“流言已经传开，圈子里都在议论你。我以朋友的身份提醒你，弄不好你会无稿可写。”

“谢谢提醒，放心，我不会抱怨你的，大家都无能为力。”

“谢谢理解。”他松了口气似的说。

我清楚再也不会接到《美食周刊》的稿约了。

“流言很不堪，想听吗？”他出于善意问我。

“听听看，看看能糟糕到什么地步？”

“那家杂志社放出风声，说你不仅单方面撕毁工作合同，还企图剽窃他人文章，甚至对杂志社女性工作人员有性骚扰行为，道德败坏到连法律都忍不住要找你讨回公道的地步。这些话我当然一句都不信，可是没有办法，舆论一旦形成，个体根本没有扭转的可能。这个圈子的游戏规则你也了解的。”他无奈地说。

和他合作了一年，彼此印象都不错。他能告诉我这些，已经尽到心意。再次感谢他平日的照顾。我清楚我的自由撰稿人生涯已经完结。我触犯了游戏规则，只有换个城市和笔名才能有重新开始的希望。但是，算了，也该离开这行了，它并不值得眷念。

听杂志社主编对未来漂亮的描述时我就该意识到，要成为所谓的明星必然要付出相应的代价。所幸，无论别人怎么看待我，至少我没有出卖自己的灵魂。

在网上浏览新闻，新一期的国际富豪榜单刚刚出炉，国内企业家上榜的人数明显增多；高速公路网络越发密集；高校助学金申请门槛降低；农民税收负担减少；银行信用卡恶意透支现象严重；利用手机短信诈骗事件层出不穷……各类新闻有好有坏，正符合社会发展的基本规律——它本来就是在矛盾中前进的，然而在很多负面新闻里，却潜藏着道德观念模糊、价值观扭曲的隐忧。不知其他看过同一新闻的人会作何感想。在我看来，社会在快速发展过程中还将出现更多思想方面的问题，社会精神层面的建设工作已迫在眉睫，不是吗？

“思想领域的斗争”、“社会鸣钟人”——梦中听到的两个名词跳进脑海。我不由得苦笑，我的能力太渺小了，无论如何担当不了这样的角色。就算我现在跳出来大声疾呼又有什么用？既然连芸都不需要我了，其他人更加不会理会的。那些话就埋在倔强的海滩里好了。

忍不住打她的宿舍电话，上次那个接电话的女生告诉我，芸三天前请假离开了学校。“说是病了，要回家休养一段时间。”

心中一紧。放下话筒，盯住涂鸦画，画上混乱的线条和色块凑到一起提醒我，“她病了，去看看她吧”。“也许并没有生病，只是在躲避我呢？”

“你现在能做的事不多，留在这里陪我们也没有意义。”居然连涂鸦画也开始同情我了。

“谢谢你。”

收拾行李，往 MP3 播放器里灌满音乐：《花火》、《坏孩子的天空》的电影原声乐，Bob Dylan 的精选集，John Lennon 单飞后的所有作品等等。《瓦尔登湖》也一并带上。书放进行李包，包多少显得有了些分量——这才是长途旅行该有的样子。

芸曾向我说起过她家的地址，我将其记在随身携带的笔记本上。写在纸上的街道名称、房门号码顷刻间生动起来，凝视它们仿佛能看见芸在当中走来走去。

给墨打电话，告诉他自己临时有急事要出远门，聚会不得不取消。他似乎从我的语气中听出异样，急忙问我出了什么事。我告诉他并非什么严重的事情，请他放心。但他并没有完全放心，再三叮嘱我如果需要他帮忙，尽管开口。我心头一热，道谢后挂了电话。

出门前将窗帘拉上、电源切断、电话线拔掉——电线没有留在插孔里的必要。

火车向北方隆隆驶去。我坐在靠窗的座位上看书。长途旅行是最适合独居者的生活方式——没有人打扰，不用为多余的事情烦恼。我想，雯之所以选择去旅行，也抱有和我相似的心情吧。只不过我是去北方寻找芸，她则到南方寻找自我。

书读累了就看窗外的风景。大片的白桦林、广袤的原野，火车从一个城市出发钻进另一个城市，稍作停留便又继续上路，它一定感到单调乏味，无奈又哀叹不得。而人的命运并不比这列火车好多少，大多数人岂非也过着同样单调的生活，在不断的重复中消耗掉自己的青春、岁月，最后迎来同样的结局。一代又一代人如此接力，推动社会躯体前进。哪一代人出了问题，躯体就会生病。我们就如同一个个细胞，每个细胞的思想、言行，都会影响到躯体的健康。所幸除非世界毁灭，躯体本身是不会轻易倒下的。细胞再怎么捣乱也改变不了这一点。

意识对我说，或许你应该对社会保持信心，而不是轻易就放弃了自己。我告诉它，我很混乱，又始终犹豫不定，这是性格中天生的缺陷，得好好想一想。不能操之过急。

火车在某站停下，车厢里的乘客换了一批。几个大学生模样的女孩坐到我身边。她们背着旅行包，有人还带着数码单反相机。一坐下她们就开始聊天，我戴上耳机，继续看书。

看了 30 多页，眼睛累了，放下书看窗外，天空暗了下来。

坐在我边上的女孩突然推了推我，我取下耳机转过头。“你读的是什么书？”她好奇地问。

我将《瓦尔登湖》递给她，她接过书看了眼封面，然后翻开一页认真读下去，读完两页后问我网上能否下载到这本书，我答复说自己几乎不关注电子书，她笑了："你真不是这个年代的人。"

"我确实不合时宜，书呆子一个。"我承认。

"哪有这么说自己的，你看上去挺年轻的，到底多大了？"我报出自己的年龄。"长得真年轻！你这是到哪里出差吗？"

"不是……算是去旅游吧。你呢？"

"一样，去旅游。你还要看书吗？"

"歇会，也看累了。"我将书合上抓在手里。她又扫了一眼封面，问："你是做什么工作的？"

"……怎么说呢……我刚离职。"

"哦？是不是被别人高薪挖走了？"

"哪里，是自己丢了工作。"

"什么？看不出嘛，什么原因？因为你是书呆子？"她追问。要是换个环境和心情，我多半不会再和她聊下去，但现在有种迫切向谁倾诉的欲望，于是不管她爱不爱听，将心里话和盘托出："确实是因为我是书呆子，倒不是读过很多书，而是……而是很傻。不讨社会的欢心，做事的方式别人也很难理解。想法古怪，过于傻气了，确实。"一口气说出来，似乎轻松了不少。

"这样的人啊……真是麻烦。"她反复打量我，"又不是哪里长得不对劲，干吗非要这样？"

"性格使然。天生傻气，老用理想主义来要求别人，不会变通，不会拐弯。另外，听音乐也太多了些，感性得过了头。"

"具体说说。"她像是听得很感兴趣。

"比如说，我听摇滚，从上大学以后就开始听，结果成了愤怒青年。毕业以后工作三年，见到不少令自己失望的事情，于是把工作给辞了。"

"你真是怪人，真傻气，后来呢？"

“后来变得逃避社会了，换的新工作还算收入不错，也自由，可是倔强的脾气始终未改，始终不开窍，结果最近又把工作主动辞了，连女朋友也离开我了。”

她难以置信地看着我，“我没听错吧，这年头还有你这样的人啊？！”

我知道她很难理解。哪怕我自己，在说起这些时也带着不可思议——何苦这么较真为难自己？自作自受啊！

“但是，”她歪过头盯住我，“我喜欢你，和别人不同。既然女朋友跑了，不妨考虑我看看。”

现在的女生感情来得这么快吗？我愕然了，不知该如何作答。

“看你的表情，居然还当真了，真是傻气。”她开心地笑了，笑得如此简单，以至于笑声将我身上的某些包袱暂时卸下了。

“我啊，就是老把别人的话当真。马路上要是遇到陌生人说刚刚丢了钱包回不了家，立马会给他路费。”

“天啊，你根本就不该在这个危险的星球上生活，回火星吧。”

“火星上信仰破灭、道德败坏，也不能待。”

我们都笑了。我得知她正在读本科，比芸小一个年级，社会学系，聊天话题随后就集中到这门学科上。尽管读了不少社会学教材，但她毕竟没有多少实际的社会经验，问了我一些问题。我在能力范围以内尽量客观地谈了自己的看法。

我们聊得十分投机。一辆餐车要通过车厢，站在过道里的乘客乱作一团，她向我靠近了些。

“老实说，现在我挺迷惘的。”她突然说，“再有一年半就要毕业了，却还不知道毕业以后能干什么。你说，辛辛苦苦读了那么多年书，不就是为了今后能在社会上立足嘛。临近学业终点了抬头向前一看，学的知识没多少单位需要啊！工作难找，找到了能不能胜任又是疑问；就算工作顺手了，能否找到人生发展方向又是问题。这些问题学校里都没有给出答案，你说怎么办？”

我苦笑，“何不多跟父母聊聊。听听他们的意见”。

“总不能什么事都指望父母吧。别人可能有让父母照顾一辈子的想法，我却不愿这样。”

“好多女孩都想将来找个好老公……”

“好老公更难找啊！现在找对象也变成一种竞争了。好男人为事业竞争，女孩为找到好男人竞争。如果岁数相当的人中间没有合适的，就找大五六岁，甚至更年长的，竞争惨烈啊！面对这么多问题，我们能不迷惘吗？”

“你们这一代的困惑真是不少。”我感叹道。

“没错，比起你们艰难多了。不过，不过比起你可能还好点。想起来了，你跟西方什么‘垮掉的一代’还真像。”

我摇摇头：“我和他们可不同。尽管同样是对社会失望，他们能够组成社团，群居以寻求心灵的释放；我身边却几乎没有同党，周围的人要么自顾不暇，要么忙着追逐个人利益，难得几个知己现在又不知所踪，最后我也在和社会消耗的过程中丧失了理想。现在我甚至连自己应该追求什么、坚持什么都不知道了。”

她同情地看着我，问：“说了半天，你到底对社会失望什么？把工作都搞丢了。”

“一两句话说不清楚，反正是看到社会上发生的各类荒唐事，以及逐渐流行的不好风气，唉，我这是在替谁着急啊。”我感慨地自嘲。

“社会风气确实是差了不少，”她点点头，“从现在的校园就看得出来，简直就是社会万花筒。不过毕竟社会多元化了，时代又倡导个性，你说的各类荒唐事，我想也是难免的吧。”

“倡导个性没错，可是不能失去道德约束啊！为什么现在骗子多了？为什么人们彼此之间不信任了？人们都害怕别人对自己不尽责任，而自己为了达到目标就可以不择手段，甚至用别人的生命交换自己的利益。还有，多少人为了出名不惜疯狂炒作，结果名和利都有了，却给观众们树立了怎样的榜样啊？导致人人都不能脚踏实地，不去关注真正有价值的东西，反而挖空心思做些表面文章，社会也变得越来越浮躁。当代埋伏着严重的精神问题，社会必须重视它，否则一定会生场大病。”我越说越激动，犹如站在辩论台上和不知数目多少、底细深浅的对手舌战，犹如在海滩上埋头挖贝壳，将陈沙一层层推向大海。一年来从未向别人发表过这么多看法，算是彻底违背了旁观原则。

她听得入神，甚至她的同伴也被我的话吸引了，其中一个戴眼镜的女孩问：“这么多问题该怎么解决呢？”

“这些问题不该由我解决。你让理想主义者兼前愤怒青年来谈解决方法，只会给社会增添更多麻烦。”

“你就随便说点，你肯定有想法的。”她也问我了。

“实在说不出什么。理想的鼓舞，正确的世界观、人生观的褒扬都是庞大的复杂工程。现在即便说得头头是道，也不是什么有价值的东西。别往心里去，别破坏了出门旅游的心情。”

“其实你到现在还是个愤怒青年嘛。”她笑了，同伴也笑了。

“错了。我是不负责任的社会旁观者。”

“呵呵，知道了。”她们互相看看，“那我们聊天啰。”

“嗯。”我戴上耳机。继续看书。

车到了下一站，女孩和我道别：“我们到了啊，再见。”她背起包正要走，又回过头叮嘱我，“跟你说，还是少点傻脾气吧，否则会痛苦一辈子的，别让别人担心你。”

说完她跟着同伴们一起下车了。我看着她的背影喃喃自语：“知道，尽量，不是一朝一夕就能改的。”

火车又开了10个多小时，终于将我送到目的地，到达时刚刚送走日出。晴天，但气温相当低，我穿着羽绒外套依然觉得冷。

打车到了目的地。敲开她家的门，开门的却并非她的家人。

原来她家一个月前搬走了。去社区居委会、当地派出所甚至市公安局都没有查到她家的新地址。她的户口已经迁到学校，和她父母同名的人又有上千个，一时半会根本没法找到。我只好再次拨打她的手机，然而，信息提示音却变成“您所拨打的号码是空号”。

——她已经更换了手机号码！

我被她抛弃了，结果活生生地摆在面前。但我并没有感到特别难过。或许在经过一场大病之后，我的神经已经坚韧到足以承受任何变故。她为什么要这么做？现在我该怎么办？

那棵树突然出现在脑海里，一系列变化都是从她和我说了那个故事之后开始的。

“去找那棵树吧，在找到答案之前不要轻易停下脚步，别停啊。”意识对我说。

不停走下去，别停！

一刻不停，我又来到火车站，踏上新的旅程。旅程的终点站有芸童年的记忆，有某些说不清道不明的东西，或许所有谜题的答案都在那里……

36 小时后，我踏上了这片土地。

这是内地一座平凡的小城，风土人情颇具特色，但并没有因此吸引来多少游客。城市经济不算发达，商品供应充足，物价适中，人们生活自给自足，工作节奏很慢，甚至很难说有必须要做的工作。过去城市相当闭塞，近年来交通逐渐改善。去年通了火车，尽管班次少得可怜，还是加快了城市与外界的连接。

走出火车站天快要黑了，天气实在太冷，出站时连打了三个寒噤，手一哆嗦，旅行包跌落到水泥地上。

身体十分疲惫，大病初愈，又始终紧绷着神经。我在火车站附近找了家小旅馆住下，一进房间就栽倒在硬板床上沉沉睡去。在芸的家乡我似乎找到了久违的安定感，倘若能这么一睡不醒，也不失为一种幸福。

清晨8点，城市活跃起来。这里看不出有上班“高峰时段”的迹象——没有那种被看不见的东西推着往某个固定方向冲去的压迫感，车也好、行人也好，一律慢条斯理，似乎根本就没有烦心事。他们普遍容光焕发，不需要用额外的东西装饰自己。

在附近的早点铺吃当地一种面点。用面粉和了肉末捏成圆球状，在蒸笼里蒸熟，其卖相没有南方沿海地区的点心来得精细，但蘸上特制的酱料，吃起来味道十分鲜美。我就着豆浆一口气吃下一笼。饭后胃中产生了强烈的满足感，可能是很久没有好好吃饭的缘故。

要是此刻芸在身边该有多好！这奢侈的想法令我的情绪又低落下来。我还没有能够释放眼泪，心底深处积压着的东西不会轻易化解。

饭后去找海。芸说过，海不仅和她一起爬过树，还看到过砍下来的树根。我隐约感觉到，他也许掌握着线索。

在当地公安局，一位民警帮我查询名字中带有“海”字的市民，结果出乎我的意料，只有15个符合条件的结果——可能是因为本地距离海洋过于遥远，再根据年龄筛选，最终民警给了我其中三个人的住址。

前两个地址都在市中心，寻访的结果都不是我要找的对象。

“海应该就在这里了。”我看着纸条上写着的最后一个地址说。

声音和意识同时点头：“没错，等你的好消息。”

地址在郊区，我打了辆机动三轮出租车。临近午饭时间，我提出请司机吃饭，他也没有推辞，爽快答应了。

他载我来到路边一家饭铺。饭铺不大，但十分整洁。我们在靠门的一张木桌边坐下。我把菜单递给他，请他点几道本地特色菜。他认真地看了好一会儿，点了四道菜。

厨师动作很快，不一会儿服务员就开始上菜。当地菜口味辣，但极鲜，我不禁胃口大开。“来点酒吗？”司机突然问我。

一颗没切开的辣椒籽正噎在喉咙口，我憋红了脸不住点头。他哈哈大笑，将桌上的凉水递给我。喝完水，麻辣劲缓和了些。

“这辣椒，这么厉害，没想到。”我直摇头。

“你是从南方来的？”司机问我。

我指指东方，辣劲还没过，想说话又说不出来。司机明白我的意思，点点头说：“那边靠海，经济好，你们有钱。”他招呼服务员上酒，从一碗辣椒炒肉里挑出一大颗辣椒，大口咬了下去。

服务员端上一瓶半斤装的白酒。“本地酒，尝尝！”他为我斟酒，我赶紧推开杯子说：“下午还有事，喝不了。”

“那我就不客气了。”司机在自己的杯中斟满酒，一仰脖喝下小半杯，然后闭上眼细细回味。他约莫40岁的年纪，脸上皱纹极多，但并非生活压力太大所致，只是岁月自然留下的痕迹而已。看上去，就连皱纹也像刚喝过陈年老酒，沉浸在满足之中。

他边喝酒边与我攀谈。说起自己生活的这座城市，他显得颇为自豪。这里自然环境好，生活几乎没有压力，长寿老人极多。他开三轮出租车固然赚不了多少钱，但应付日常生活开销已经足够。他的生活平淡而有规律，每天吃过早饭出门，晚饭前收工回家。吃晚饭时一定要喝两杯酒，饭后和老伴唠叨家常，偶尔呵斥高中毕业辍学在家的儿子，看完电视新闻后就上床睡觉。每星期休息一天，休息日里与朋友们打牌、唱几句戏词，有时还开车载他们郊游。他对我随身携带的MP3播放器、耳罩式耳机以及去年买的手机颇为好奇，但也仅限于好奇，不会为了这些就和我交换无忧无虑的生活。

“今后的日子会更好，”几杯酒下肚，他的话匣子全打开了，“有外地老板来建度假村。游客一多我的生意肯定更好，到时候也买个这玩意儿给儿子。”他指指我的MP3播放器。我已经吃完饭，放下碗筷看他津津有味地喝酒吃菜。

“再过两三年要给儿子娶媳妇了。我啊，现在正攒钱盖房子，钱已经攒得差不多了，明年春天就开工，盖幢两层楼的房子，你们那边人管它叫‘洋房’吧？”

两层楼的房子对大城市里的上班族来说，几乎是一辈子遥不可及的梦想。但他们中的大多数人不会愿意用充满压力的城市生活来交换这里的一幢小楼，哪怕常常会后悔、会假设、会用一夜又一夜的酒精和放纵来掩盖无可奈何缺失下去的精神，也不愿舍弃某些东西。

“是，是洋房。”我诚恳地回答。

他爽朗地大笑起来，连连摆手，“还是你们有钱，你们有钱”。半斤酒已经下肚，他的面色更加红润，皱纹的心情看上去很不错。“你来这里是探亲吗？要去的地方在郊外，可偏得很啊！”

勉强算得上是探亲吧，我点点头，问：“那是什么地方？”

“要是算年纪的话，那个村子比这座城市还要老。现在不太有人去了，以前可热闹，你去看了就知道了。说实话，到那里探亲的外地客人，我活到现在还没有遇到过。”

“为什么？”我惊讶地问。

“挺封闭的。”这句话他说得铿锵有力、不容置疑。

“封闭的地方啊……”我心里堆起了疑团，看他已经喝完酒吃好饭，便喊服务员结账。这餐饭的价格低得令我惊讶。

“走，送你过去。”他一摇一晃地走到停在路边的三轮机车旁，发动马达。

“酒没事？”我有点担心。

“放心吧，这点量，跟喝水一样。”

坐在三面透风的车里，望着不断向身后倒退的街景，从还算繁华的街区一路来到郊外，道路也变成乡间小径。

小径的尽头是一片果林，眼看车子就要开进林子了，却突然拐上一条几乎辨识不出的小路，开了约莫10分钟，拐弯绕过果林，来到一片荒草地。远处，一座绿色的村庄横亘在冬日田野上。

“就是那里了。”司机指着村庄说。

的确够闭塞的，我想。心跳不知不觉加快起来。

司机一直把我送到村口。“进去吧，我在这里等你。”他在田野上和衣躺下。

懒洋洋的阳光，微风轻拂面庞，四处散发着淡淡的青草香味，惬意得随时可以酣眠。我等他进入梦乡后，才转身走进村庄。

周围静悄悄的，偶尔有树叶“沙沙”作响。村里树木极多，茂盛的树荫遮掩着每幢房屋的屋顶，覆盖了整座村庄。树叶缝隙间漏下的光点细碎地铺满大地，不时在风的指挥下变化位置。这样的风景倘若搬到油画上一定令人神往，然而不知为何，身处其中我却紧张起来。这固然与我的心情有关，但客观来看，村庄的确缺乏作为人群聚居地应有的某些气质。无论是我和村庄之间，还是村里每个客观存在物之间，仿佛都隔着一块如镜面般平滑的玻璃板，透过玻璃固然能看到优美的风景，但怎么也不够亲切，无法触摸到风景的内心，无法感受其内在的温暖。这个村庄就像一颗切割复杂的水晶球，映射着我无法准确定义的某种感觉。人生到目前为止，我还是头一次见到这种地方。

传来鸣笛声，一列火车从西面数百米外的铁轨上轰然驶过。铁轨所在的区域没有树木，它就像是根孤零零的标枪从天际的一头插到地表的另一头。我的视线跟踪着它一路冲向远方、变成黑点，直到彻底隐去。在这条长长的直线上曾经种植着一棵遍体光滑的树，有个9岁的女孩爬上了树顶，然后被树狠狠拒绝。树为何会选择她、又拒绝她？之后她又是如何守着那样的记忆生活的？我陷入这些问题当中，灵魂犹如出窍一般在体外神游，试图翻回历史的那一页。

愣了好久才回过神来，循着纸条上的地址寻找海的家。好在每家每户的门上都有门牌，不少人家的门口还有信箱，很顺利地找到了他家。

敲门，等了许久没有动静；再敲门，漫长的沉寂；又一次尝试后，门“吱呀”一声打开了。

一位头发花白的老人上下打量我，在他开口询问我之前我抢先问他：“请问，这里是海的家吗？”

他满心疑惑地看着我，犹如图书管理员突然遇到有人来借几十年来始终无人理睬的冷僻古籍。他穿着洗得发白的长衫，衣袖和臂肘处打着补丁。

我又问了一次，他确定了我所打听的人的确是海后点了点头，又摇摇头说：“是海的家，不过他不住在这里。”

长出一口气。出门以来一直吊在半空的心总算踏实了一次。“他在哪里？”

“你是谁？找他什么事？”老人警惕地问我。但这个问题我无法明确回答，一时也不知该从何解释。

“我是他的朋友，有急事找他。”我含糊地说。

“什么事？”老人倘若做图书管理员，必定十分尽职。

“……其实……我没有见过海，他也不知道我。我是芸的朋友，她让我找海，我才来的。”我费力地向他解释着，这番话乍一听毫无头绪，连我自己都不能满意。

老人却认真起来，“芸……”表情像是在努力回忆被长年遗忘的图书的位置。

“从小在这里长大，10岁后搬走的小女孩……”我想向他详细描述，可是自己也不知道芸小时候的长相，根本没有可形容的细节。突然意识到她从未给我看过她幼时的照片，一次也没有。

“芸啊，”老人突然恍然大悟，“你不早点说，来，快进来坐。”

我走进院子，院子中央种着一棵银杏树，树身粗壮，枝叶繁茂，树荫下放着石桌石凳。院子一角堆放着简单的农具，其中一辆双轮手推车看上去随时可能散架，更适合被摆进农具博物馆。

走进主屋，正对门摆着一张太师椅，两侧各放了两张木椅。老人坐上太师椅，示意我坐到作为客座的木椅上。

一位老妇走进来，端着茶盘为我上茶。我赶紧站起身准备接过茶杯，耳边却响起老人严厉的声音："客人请坐下！"他的手上不知何时多了根手杖，重重地击地三下。我只好又坐下来，眼看着老妇为我奉上茶杯，又恭敬地给老人奉茶。全套过程遵守某种礼节，反而令我拘谨起来。端起杯子喝了口茶，不知该如何开口。

"海不住在这里，他搬进城里住了。"老人主动说起，语气中藏着深深的痛惜。

我揣摩老人的心意，试探着问他："您知道海现在在哪里吗？"

"不知道。这个不成器的孩子，由他去。"他有些愤怒。我猜想海或许做了不合他心意的事，才会搬到城里。想问问他海到底是怎样的人，但话到嘴边又收回了。

"我这次来找海的确有很重要的事情，这件事与芸有关，时间又相当紧迫，请您……"

"你跟芸是什么关系？"老人打断我的话问。

这个问题再次让我难以解释，只能含糊地回答他："我们是很好的朋友，我为她千里迢迢赶来，您应该看得出我们的关系。"

老人没有追问我，他吩咐妇人递给我一个拆过的信封。"海是我的孙子，这是他写给我的信，你去信封上的地址找找看。他平时很少回家，偶尔回来也不说他的生活情况，我只能帮你到这一步了。"

我记下地址，再三感谢后告辞离开。出门时撞见几位村民，每个人都用憎恶的眼神看我，好像我的出现给这里造成了多大危害似的。

“看上去很别扭的村庄，怎么回事？”声音纳闷地问。我顾不上想这个问题，匆忙回到村口，叫醒仍在熟睡的司机返回市区。一小时后，车在市内某条街口停下。司机告诉我，那个地址就在这条街上。“具体我也不清楚，只好你自己去找了。”他抱歉地说。

我付给他车钱，他却坚持不要。“太多了，何况你还请我吃饭。”

“一定请收下，给你儿子买这个。”我指指 MP3 播放器。

他笑了，但终究没有接受，只是象征性地收了点报酬。告别时他邀请我以后再来玩：“过两年说不定我就开着出租车来接你了。”

我向他挥手告别，转过身，正视眼前的这条街。

街面不宽，地面用密密麻麻的灰砖铺成，两边种着常青树。街两侧虽然有不少商店，但街上行人很少，隐隐还传来笛声。这条街的氛围宛如落了雾气般朦朦胧胧。我不禁想起那条犹如停留在 80 年代的老街。

揉了揉眼睛，拿起纸条又读了一遍地址，现在，我已经一路走到了这里。到底走到了这里。

我弯腰检查鞋带，确认无误后直起腰，迈开步子……

第十二章　书屋里的吉他男孩

纸条上的地址，在现实中是一家临街的书店，书店门面极小，仅能容一人通过，毫不起眼地夹在左边“幸福”花店、右边“丰收”水果店的中间。门楣上方方方正正钉着一个“德沁书屋”的木牌匾。海会住在这里吗？

推开门，眼前的世界令我一时恍惚。

书店面积不大，中央有两根支撑横梁的柱子，周围摆放着6张小书桌、20多只木椅和4张单人沙发。靠墙的书架上放满了书。书架之间点缀着花盆之类的装饰物。每张书桌上都摆着小巧的台灯，洒着暖黄色的灯光。支撑柱用灰色的木料包裹了，上面挂着几幅风景画照片。正对门是个简易的吧台，酒架上放满洋酒。

店内飘着 Bill Evans 的爵士乐声，看不见其他人，我情不自禁地走进去浏览一排书架上的书，竟然都是原版外文书籍，量之大令人瞠目。

说不上这是怎样的书店，若是原封不动地搬到地球另一头也没有任何不妥，却偏偏落脚在这里。

坐到一张单人沙发上，从身边的书架上随手抽出本书，封面上印着 FIVE FACES OF MODERNITY 的标题，放回书架换了本黄色封面的书，结果是印着 WINNING WITH WORDS 标题的英文字典。一点汉字都看不到的书，无论哪种类型都会令我心生内疚，好像它们在提醒我曾经虚度了大学的光阴似的。

沙发斜对面有一道窄窄的楼梯，我正打算上楼看看，吧台方向突然传来卫生间冲水的声音。接着，吧台边上的一扇小门被推开了，一位围着黑色围裙的男青年从里面走出来。看见我他脸上露出了惊讶的表情。惊讶一晃而过，他马上从容地从吧台上取了本菜单放到我面前，又立刻返回吧台，仿佛使命已经完成，还有更重要的事情要做。

我打开菜单，翻了两页后抬头看他。他正在用抹布擦拭吧台，难道他就是海吗？

菜单上都是西餐，分为前菜、色拉、主菜、意面、饭食几类。菜名都十分讲究，诸如“羊乳酪配烤椒面包”之类，并非简单的西式快餐。现在还没有到晚饭时间，我便点了杯咖啡。他煮咖啡的功夫，店内音乐又换成了 Eric Clapton 的吉他独奏。北墙书架旁有台专业的调音设备，一台笔记本电脑接在功放上，想来正在播拷贝在电脑里的音乐。

他端来咖啡时我试探地问，这里是否有个叫海的青年。他指指角落里的一把吉他告诉我，海在这里驻唱，晚上 8 点后才来。

这样的小城还会有驻唱歌手？我禁不住问他：“这家店到底是做什么的？书店？餐厅？酒吧？”

他耸耸肩：“都做，各取所需好了。”

好一句“各取所需”。

之后我就坐在店里等海。6 点有女服务员来上班，晚餐点了份煎鸡胸色拉吃，价格不贵，味道独具风格，哪怕在我住的那座城市里也很少能吃到如此地道的色拉。饭后边喝啤酒边读书——南墙书架上全是旧版的中文古籍。其间陆续有年轻顾客进来，各自到书架上取了书坐下来读，也有特地来吃西餐的情侣。总体来说顾客不算多，店和外面的世界含蓄地保持着距离。

我和店相处得颇为友好，一个人坐在里面也不觉无聊——到底性格相投。

晚上 8 点左右，六七位青年人带着一阵冷风走进来，他们与服务员打了个招呼后径直走上二楼。过了一会儿，又有几位青年人走进来，他们自己动手将桌椅挪开腾出一小片空间，店内音乐也换成舞曲。在一位穿着红色毛衣的男青年的带领下，他们跳起一种奇特的舞蹈，动作类似走路，一边走一边随意摆动手臂和身体。女服务员告诉我，他们跳的是一种叫做 LINGDI 的舞步。

“老板在海外生活多年，两年前落叶归根后开了这家店。LINGDI 舞就是他教给大家的。”她继续介绍说。小城里有所专科学校，平时来的顾客多是学校的学生。你是游客吗？她问我。

我点点头。

“来这里的游客几乎没有。”

“这样的店也极少。”

看 LINGDI 舞的过程中，时间不知不觉就跳过去了。看得入迷，甚至没有注意到角落里的话筒和吉他已经被搬出来。直到舞曲突然被关掉，我才从 LINGDI 舞中苏醒过来。

一个戴着鸭舌帽、留着及肩长发、架胶框眼镜的男子正坐在话筒边。他弹了几下吉他试音，店内逐渐安静下来。舞者们将移开的桌子拼成一张长桌，各自点了啤酒围坐在长桌四周。

男子调好音后立即开始弹唱，是 John Lennon 的“Stand by me”。他的嗓音有些粗糙，但情感充沛。每次他唱到“Darling, darling, stand by me”时，听众们就跟着一起唱。下一首他唱起同样来自 John Lennon 的“Come together”。一位戴黄色棒球帽的女孩坐在他正对面，从头至尾一直跟着他唱。

他穿着红白格子相间的棉质衬衣、黑色紧身裤，脚上皮靴的鞋面上装饰着镂空花纹。这身装束在这座城市里未免过于新潮，倘若离开这个舞台，就很难找到适合这么穿的场合。但在这个舞台上，面对年轻的听众们，这些细节就组合成音乐的一部分，染上了某种特殊的魅力。

尽管没有口琴，他还是从容不迫地唱起了“Like a rolling stone”。听着听着，我情不自禁地跟着唱起来，或许是因为我唱得过于投入，又是陌生人，好几位听众回过头来看我，唱完最后一句还有人冲我鼓掌。很久没有置身于这样的氛围中了，心情变得十分激动。

“Like a rolling stone”唱罢，男子放下吉他离开座位，走进听众中找了张空位坐下。戴棒球帽的女孩递给他一瓶啤酒。跳LINGDI 舞时领舞的男青年到书店外买回一堆烤肉串，一群人边吃边聊天。他们也递给我两根，热腾腾的烤肉让胃里暖和不少。

我向别人确认唱歌的男子就是海后，趁空隙和他搭话。听说我是芸的朋友，他吃了一惊，但来不及深聊他又要上台表演了。接连三首歌唱完后，书店里重新播放起舞曲，年轻人们又欢喜地挪开桌椅跳起舞来。海向我招招手，我跟着他走出书店。

我们走进一家拉面店，各要了一碗牛肉面。一时沉默。他往面前的空碗里放了不少辣椒与醋，尝了尝又搁进一勺辣椒。面端来后他将调好的作料倒进面里，拌了拌，大口吃起来。

吃到一半，他打破沉默问我，“你真是芸的朋友？”

“嗯。”

“能问问你们是怎样的朋友吗？”他追问，祖孙两人的脾气简直一模一样。

这次我回答得很干脆：“她是我的女朋友。”

得知我是一个人来的，他感叹了一句：“不容易！”

“是不容易，找到你就更难了。”

“见过我爷爷了？”他仿佛知道我是如何找到他的。

“嗯。他给了我你的地址。”

“刚才唱歌时就注意到你了，陌生人，也会唱‘like a rolling stone’。”

我点点头，一下子不知道再说什么好。

他眯起眼睛仔细打量我，眼镜片上的雾气已经散去，接着说：“你和芸的气质还真像。”

“我们气质像？”我惊讶地问。

“是的，你身上有她童年时的感觉——的确相似。哦，不知道她现在是什么样子……真的很像。”

我更加疑惑了：“到底是什么感觉呢？”

“我可能说不确切，应当是疏离感。”他将面碗推开，“在书店里你坐在人群当中，感觉上却又游离在外，哪怕一起唱歌的时候，和周围也不能融为一体……对不起，刚见面就这么说你。”

“的确，”我承认，“很长时间以来的状态就是这样，就算和人聊天，也不能完全放松。”

“有堵墙啊！”海感叹。

“可以这么说。但并不是要防备谁。”

“明白。不需要防备谁，因为根本不想和谁发展到如何密切的关系。我猜想，恐怕你这人宁愿自己吃亏都不想和别人纠缠的。”他丢给我一根烟，擦了根火柴为我点燃。

“看我很准。”我点点头，觉出他应当比实际年龄成熟。

“能够做芸男朋友的人，当然得有这样的分量。何况，你这样的人我也够了解的。”他笑笑说。

我叫店老板拿来两瓶啤酒，现在我知道即便没有芸作为“中介人”，我和他也能够一边喝酒一边聊心事。他是**那种人**。

“说说芸吧。她现在怎样了？”

她现在怎样了？我自己也不知道答案。心被刺了下，很痛。“长成大女孩了。哦，这是自然地。”我摇摇头，为自己说了句无用的话而懊恼。“……长头发，笑起来很可爱，喜欢赖在我身边……”我把“以前”这个词拦截下来，没有说出口。

“漂亮的女孩吧。”海仿佛自言自语一般说。

“是啊，漂亮的女孩，但也不是那种美到了不得的女孩。怎么形容她呢？第一眼看上去不算美女，但能打动人，能让人安定。有她陪在身边人很健康，一旦离开了，整个人就缺了一大块。”我摊开手比喻形状之大。

“小时候她就这样，一直没变啊。”海镜片背后的目光闪烁着，似乎藏着许多说不出的情绪。随后他坠入到童年回忆之中，我也沉浸在往日时光里。店里只剩老板在砧板上敲面的声音。

“再说说吧。她上的学校，成绩啊、兴趣啊，读什么书、听什么音乐等等。”过了好一会儿后海问我。

我告诉他芸读的大学。

“她果然是学习的材料，竟然考上那所大学！”海赞叹。

“她爱读侦探小说，喜欢听新世纪音乐，成绩出类拔萃，会穿衣服，我所有的像样衣服都是她为我挑的；不发脾气，善解人意，有时甘愿当出气筒；待人接物讲究分寸；吃东西不挑食，买东西也节制，不爱慕虚荣。”我一口气说下去，想到什么就说出来，越说心里越后悔，这么好的女孩自己竟然放弃了她——表面上是她离开了我，但根本看来还是我放弃了她。

“这么好啊，哦，你真让我羡慕。”海面露笑意，其中又隐藏着些许妒忌，实实在在、干干净净，不会伤害别人的妒忌之情。

我苦笑，心想要是有时光机器就好了，但想法本身毫无用处。

“那么，你现在为什么来这里？”海问。

我一时语塞，我无法向他说出实情，那样只会让他跟着我一起着急，说不定还会造成意想不到的后果。默默喝光杯中的啤酒，我如此回答：“这次来是为了一件事。芸对我说过她小时候爬过一棵树，后来你还跟她提过那棵树的结局。”

海的脸色变了，似乎有什么隐藏的东西被撬开了。我接着说：“原本我并不在意，但在她说过这段经历之后，她开始变得反常。”

“她怎么了？”海紧张地问。

“并不严重，但是和平时不一样，心事重重的，不跟我说心里话了，甚至不太愿意见我。”

“又变成‘一个人’了？”

“一个人？”

“就是谁都不理睬，把自己反锁在自己的世界里。”他解释说。

“哦……”我并不知道实情——或许就是如此。

“那个孩子啊……”海摇摇头，一口把酒喝光，“我还有一场表演，你要是愿意等我……”

“等你好了，反正我也无处可去。”

“你住哪里？”

“火车站附近的小旅馆。”

他看了看墙上挂着的钟。“等我结束已经太晚了，你如果不介意今晚就住到我那里，我们再聊聊，好吗？”

“当然。”我也想和他多聊聊，以此打发漫长的寒夜。

最后一场演出他连唱了四首歌，结束时唱起“Blowing in the wind”，书店里的热烈气氛达到顶峰。演出结束后，戴棒球帽的女孩找海说了几句话，海摇摇头，女孩满脸失落。

离开书店时已经接近 12 点。外面风很大，气温极低，我们一路小跑回到他的住处。一间很小的公寓房，算上厨房卫生间面积总计不到 30 平方米。“离书店近，房租又便宜，能租到我已经心满意足了。”海说。

房间里只有一张放着几本书的小方桌，一张有上下铺的床，此外便是地板上堆成小山状的 CD。我一张张翻这些 CD，其中有许多打口碟。

“你听这个？” 我捡起 Meat Loaf 的 *Couldn’t Have Said It Better* 朝他扬了扬，他在开暖气片。

“Meat Loaf啊，挺华丽的，虽然不如Pink Floyd，但还算有特色。两者的差别正如大鸟 Bird 与惠灵顿公爵。” 他滔滔不绝地说。

我指着这些 CD 问他：“这里也有卖打口碟的地方吗？”

“怎么可能有，像样的音像店都少得可怜，更别说卖打口碟了。”海不知从哪里拿出两瓶啤酒，“这些CD都是我在假期的时候，一个人跑到沿海的大城市一张一张淘回来的。”

“这种买法很辛苦啊！” 我有些感动。

“而且特别费钱。基本上我没有积蓄，全交给它们了。” 海珍惜地望着它们。

“来，为 CD 干杯。” 我举起啤酒瓶，和他痛饮了一大口。

“对了，你怎么会唱起英文歌的，在这里唱，难度应该不小。”

“岂止不小，简直步步为敌。”海放下啤酒瓶，不胜惆怅地说，“从小喜欢音乐，想学但是没有条件。初中时从电视上看到外国歌手弹吉他唱歌的表演，一下子就迷恋上了，也想弹吉他唱歌，可是想法刚说出来就被父亲和爷爷否决了，说我不务正业。越是被他们反对我反而越是着迷，甚至逃学去琴行学吉他——也怪，不管在哪里，学吉他的地方总是有的——一学就是半天，成绩跟着节节败退，根本没指望能考上高中。” 屋子里暖和多了，他脱去外套和衬衣，里面穿的 T 恤上印着切·格瓦拉的头像。

“没被他们发现？”

“当然被发现了，瞒不过大人的，再说又需要钱交学费，结果被父亲暴打一顿。但我死活就是想学吉他。最后父亲妥协了，爷爷却怎么也接受不了，看见吉他，他恨不得把它扔出去。”

“后来怎么会到书店唱歌的？”

“高中没考上，也不愿意去家里联系的工作单位上班，一个人跑到省城打工，在那里真正接触到西方音乐。什么都听，用各种途径扒吉他谱。打工赚的钱，基本全花在 CD 上了。之后到几家餐厅里唱歌，别的小孩只会唱些港台流行歌曲，我一上来就弹吉他唱 Beatles，把客人都笑坏了。总体说在省城的生活还算顺利，但是对家乡总是割舍不下，两年前又回到这里。爷爷对我非常失望，我也不想住在家里惹他生气，就自己租房子住。到书店唱歌也就一年，之前根本找不到合适的地方唱歌。”

我点点头。倘若我是他，也会选择在外面租房住的。

“后来听说了那家书店就过来找工作，老板听我唱了首歌，马上敲定我长期驻唱。他找过很久都没有找到合适的人，我们都算这个城市里的稀缺物种，结果一拍即合。”

“既然这边没多少机会，何不到大城市去。到处都有夜场酒吧，唱歌的机会多的是。”我没有告诉他我已经抛弃了家乡，固守在现在的城市里，哪怕已经遍体鳞伤都不愿意回去。

“想的，我一直想去海边的大城市生活，还不止一次梦见过那里漂亮的大楼、到处都能看见的音像店、大剧院里的戏剧演出……我对这些简直着迷，但是真要我放弃家乡我又下不了决心，另外也害怕到外面无法立足。海边的大城市跟省城可不同。不过，这几年来每年都要去大城市旅游几天，买衣服，淘 CD，看大银幕电影，到当地酒吧打零工。可是无论多快活，到了计划结束的时间立刻返程。说到底，这里再怎么不适合我也是我自己的家，万一遇到难题还能有个依靠。”

我有段日子没有和家人联络了，是否我就继续这样下去，在现在的城市里找不到出路也比回家乡好呢？我没有回答的勇气。

“对了，接下来的唱歌机会可能会多起来。”

“怎么？”我放下酒瓶问。

“有人来这里开发度假村，报纸上说由此会带动城市的旅游产业。到时候政府会规划新的商业区，酒吧也会多起来。关键是外面的游客来了以后，会冲击到城市的旧观念，对我们这些长期厮混在书店里的人来说是个机会。”

“应该会有机会的。”我爬到上铺躺下，有些头晕，睡意也逐渐强烈。

“但也有可能是负面影响。”下铺传来海忧心忡忡的声音，“如果城市迎来大发展的机遇,这家书店说不定没办法再开下去。万一重新规划涉及它呢？”

“那就搬家好了，这样的书店哪怕搬到大城市都会受欢迎的。”我昏沉沉地说。

“书店真正的价值是为有文化信仰的人提供聚会交流的场所。万一这里发展起来以后，人们有了钱却失去了对信仰的追求又该怎么办？我在省城目睹过这种变化的。”

“那就自然关门，或者只为你一个人开，如果你还能坚持下去的话。”我迷迷糊糊地说。

“我也不会一直这样下去。我还是有些计划的，想重新回到校园学习。现在越来越感觉到自己缺乏的东西太多，但是也有可能就这么过下去，走一步算一步。”

“是个好主意，走一步算一步……”我逐渐失去说话的力气。脑中强烈的倦意简直要把我席卷。声音和意识迅速向其投降，我也毫无还手之力。似乎听见海提起芸，可我无法继续交谈。

梦中，我遇见了芸，遇见了雯，我们重新回到去过的那间酒吧，彼此之间毫无隔阂。乐手在唱“Come together”，我们一起跳 LINGDI 舞。

第十三章　在静穆的湖边找到芸

起床时海还在熟睡，摘下眼镜他显得稚气了许多。离开前不慎碰到电脑桌惊醒了他。他微微睁开眼睛："这么早就起了。"

"我出去转转，中午再碰面。"我让他继续睡。

"下午吧，到书店，2 点。"他翻了个身，头深埋进被窝。

阴天，寒风从各个方向窜来，卷裹着我往前走。街上人很少，城市显得更加寒冷。今天是周几了？我已经完全失去了时间的刻度，只知道此刻我正在这里寻找什么，或许应该一直寻找下去——过于漫长的过程会将人对结果的期望值逐渐消磨光，那时我就不必对未来介怀了。

可我终究会离开这里，回到并不属于我的那座城市。现在，对于此地我竟产生了难以名状的眷恋之情。每走一步，都想把从周围获得的感触收拢进心里烙印下来：脚下冻得硬邦邦的马路，光秃秃的树，灰蒙蒙的街，冒着热气的早点铺……这些是值得珍藏的，可矛盾的是，我又本能地和它们保持着距离——海对我的认识可谓犀利。

在这里，无论我对外界抱以怎样的态度都不会被谁伤害到，而一旦回到那座高楼林立的城市，渺小感会瞬间将我吞噬。接下来除非自欺一般坚持旁观的姿态，否则我势必会被地位压倒性强势的社会毫不留情地推倒在地。

继续旁观吗？

“不这样还能怎样？认清现实吧。”声音说。

“我反对。你还年轻，现在起踏踏实实地走下去，重新争取别人对你的需要，拾起自己的尊严也不是不可能。”意识劝我。

“你其实是很脆弱的，不给自己找个厚实的壳背上，肯定会受更多的伤害，你受得了吗？”声音提高了嗓门。

“你到底准备如何选择，不负责任的旁观？对社会失望的旁观？保持自身完整性的旁观？任何一种都不适合现在的你。”意识坚持它的观点，“总不能随随便便对付自己的人生，改变一下吧，芸说不定会为此回来。”

这个名字立刻占满了我的思想。现在，任何一种观点都不能再打扰我了。我重新陷入到对她的无尽思念之中，哪怕此刻周围山崩地裂也会置若罔闻。

“这次来并非探讨我将来何去何从，有什么话今后再说！”我呵斥声音和意识，随后走进风中。

戴上耳机听音乐，一直走过大半个城市。当芝加哥乐队出场时，天空突然放晴，阳光驱散了阴冷。我坐上一辆三轮机车在城里兜风。芸从小在这里长大，似乎光是在这里呼吸都可以接近她的心意。芸，你知道我在这里吗？你为什么要离开我？

芝加哥乐队开始唱“If you leave me now”，我不忍再听，关掉音乐。

和司机聊天，似乎这里的司机性格都很开朗，几句话就变得很热忱。他抱怨我刚才一直戴着耳机，以至于不能和我说话。“憋了我好半天了。”他一边开车一边转过头来对我说。

“对不起，对不起，想说尽管说。”我收好耳机。

“要我直接说，一下子也说不上来啊！”他摸摸脑袋为难地说。

“对了，这里是不是在建度假村？”

“是啊，要聊这个？”他又转过头来。

“带我去那里看看吧。到那边再聊，小心开车。”

车迎着日光向郊外驶去，不久后在一面湖泊前停下，司机告诉我度假村就建在湖边。“你看，已经打地基了。”

不远处的工地上，两辆挖土车正在挖掘地面，发出巨大的轰鸣声。一辆运输车拉着不知从哪里来的水泥从我面前经过，向工地开过去，青森森的泥浆冰冷彻骨。在这片繁忙的身后，湖安安静静地躺着，似乎所有的喧嚣都与自己无关。

司机向我介绍湖时神情充满骄傲。湖的面积比我想象中大得多，它为周围地区灌溉出肥沃的农田，也带给当地人生活的好心情。春天人们来湖边踏青，夏天燃起篝火宿营，秋天聚在岸上垂钓，冬天则一起休养生息。人与湖保持着适当的距离，既和它密切接触，又不过分开发它。在当地人心中，湖近乎一种信仰，仿佛呵护它是自己与生俱来的职责。正是因为这个原因，度假村项目并非一帆风顺地落户于此，投资方起初遇到了相当大的阻力，尤其是在提出要在湖上建造规模惊人的水上乐园的规划之后，当地人几乎要将他们拒之门外了。“不能破坏湖的安宁！”人们如此说。

但一年后，项目还是通过了审批。一年内，当地媒体宣传度假村项目对城市发展的积极推动作用，用各种数字说明城市将会获得的收益：旅游产业飞速发展，居民收入大幅增长，甚至把世界上旅游业发达地区的夜生活图片拿来作为参照。政府还酝酿推出“湖滨篝火节”，作为城市的旅游名片递向全国乃至世界。倘若城市经济真的因此有了天翻地覆的发展，说不定湖也不会介意改变自己吧——当地人产生了这样的想法。

随着积极推动项目建设的舆论形成，反对观点就开始在不断的动摇中削弱力量，最终不再成为阻碍。投资款很快到账，相关筹备工作陆续完成后，工程立即动工。不过，为了照顾当地人的情绪，原定设计中的一些破坏性规划还是被取消了。“一座温情的湖边度假村，一年四季都有主题活动”——项目最终形成这样的定位，皆大欢喜。

“明年度假村就能开业了。现在连火车站、汽车站也在翻修，听说还要建机场。”司机兴奋地说。度假村就像龙头，一旦摆动起来必然带动整个身躯。此间的人们已经在有意无意地期盼美好的明天。

我独自走到湖边，驻足在湖畔的草地上深深呼吸。湖水一望无垠，清澈见底。尽管有风，湖面却平整得像面镜子，映出纹丝不动的蔚蓝天空。从近处看，湖面其实还有粼粼波纹，视觉上的误差给它增添了奇异的魔力。平整的湖面是如此静穆，站在它面前的我又是如此渺小，可湖却愿意包容我，为我解答一切困惑。我盯着湖看了许久，知道这么一直望下去湖水就能够将我彻底洗涤，驱走我内心的游移、彷徨和畏惧。

想起那棵树。湖也好，树也好，在这片尚未真正被开发的大地上，自然的神秘和伟力以另一种面貌呈现出来。它没有选择灾难电影里摧毁一切的方式，而是替代以宁静与安详，其中隐藏的爆发力却更为庞大——这股力量凿向思想深处，从根源上影响你。

望着湖，很久很久。不知不觉，我原本慌乱的心情平静下来。回头看看那片工地，我想，度假村落成之后这里将热闹非凡，无数游客会聚集在湖边，排队乘坐快艇在湖面上破浪。湖是否还能保持现在的宁静？游客中又有多少人愿意好好阅读湖的意义？湖的价值是否真的会被人们发现？这些问题挖土机回答不了，水泥运输车回答不了，戴着安全帽施工的工人们更加没有答案。

数百米外的司机突然按起了喇叭，他在催我了。在湖边又站了一小会儿，我回到三轮机车身边，司机赶紧发动马达。

转过身，我充满留恋地望着湖，尽管才第一次见面，我已经对它产生了特殊的感情。挖掘机发出阵阵轰鸣，湖则保持着一贯的风范，安静得似乎对一切都不在意。

“再见了，你。”我对湖说，“下次如果还能见面，一定是因为芸回来了。如果你还愿意看到我，请帮助我们重新开始吧。”我向湖伸出双手，一动不动。司机诧异地看着我，宛如发现了怪人。惊异程度如此之深，以至于回城路上他变得沉默寡言。

2 点前赶到德沁书屋。喝了杯咖啡，等海的功夫翻看英文版的杂志，不懂的单词就凭感觉猜测，读了几篇文章后，海到了。今天他没戴帽子，长发束在脑后，胡子刮得十分干净，外表看上去和大学男生没什么区别。“今天下午跟我一起回家吧。”他邀请我。我立刻答应了。

村里比昨天热闹得多，每户人家门前都坐着村民，他们彼此一言不发，自顾自地晒着太阳。人固然多了，气氛却更加压抑。村子和小城的气质完全不同，难道不是由同一方水土养育的？

从他们中间穿过，所有人看我们的眼神里都流露出必须将我们拒之门外的心情。这次我真心诧异起来，而海看上去早已习以为常，表情丝毫不为之所动，不慌不忙地迈着步子。到了他家，那位老妇人为我们开门。她是海的姑奶奶，31 岁时就成了寡妇，此后一直没有再嫁，住在他家与哥哥相依为伴。海的父母一年前结伴去外地打工，至今没有回过家。其实他家家境不错，不知为何爷爷没有阻止他们。

见到海，爷爷十分高兴，根本看不出对他有何不满。姑奶奶又来奉茶，这次我按照礼节接过茶，海也同样如此。看来在这户人家，遵守规矩已经成为习惯。

寒暄了几句后，爷爷提出要和海下棋。祖孙二人坐到银杏树下，取出象棋对弈，我坐在一旁观战。

下棋时海显得十分沉稳，有些宠辱不惊的风范，而爷爷却对一子一地的得失颇为在意，偶尔下错子时表情懊恼得像个小孩。但他棋品很好，从不与海争执。一盘棋下完用了一小时。二人顾不上休息，紧接着又下了一盘。这盘棋直到日落黄昏才下完。海连续两盘在最后阶段走错子，葬送了大好形势。爷爷赢棋之后心情十分好，他招呼妹妹拿酒，我们一起到饭厅吃晚饭。

晚餐很丰盛，姑奶奶烧了八道菜，海说这是因为我来做客的缘故。“爷爷十分重视客人对家宴的评价，哪怕压根连一句评价都不会传到他耳边，但他就是认为客人都很挑剔，每次都打起十二分精神款待。他的客人都是住在隔壁村子的老朋友，他是古板的人，他的朋友也同样古板。”

“我倒是觉得你爷爷挺随和的，甚至还有点可爱。”看完两盘棋后我对海的爷爷有了新的认识。

“可爱？第一次听见有人这么评价他。”海笑了，“真要固执起来，你就不觉得他可爱了。”

这会儿爷爷去厕所了，姑奶奶又在厨房间，我们有了私下聊天的空间。“倒是遇上过他的固执。”我说出昨天喝茶时的一幕。

“别介意，爷爷就是这么传统的人。他对生活的态度明确得近乎刻板，认为一切都要有规矩。其实他的很多思想早就落伍了。”

“也不是都落伍，我倒觉得有些还是有道理的。”

“就算有道理，但他的那套东西已经没有市场了，特别是在大城市。”海指的是他买打口碟的城市。显然，他的爷爷根本不可能与大城市合拍，但偏偏对我的脾气——或许是因为我与时代同样不合拍。倘若我向他说起在旁人眼里自己傻气透顶的一些做法，说不定还能得到他的赞许。

爷爷回来了，他敬我酒，我一口喝掉。酒颜色褐红，喝来微甜，很是爽口。接着海又和爷爷干了一杯。两杯酒下肚，爷爷话也多了起来。我说起自己生活的那座城市，爷爷竟然知道那里新近发生的新闻。“我每天读三份报纸，重要的事情不会遗漏的。”他颇为自豪地说。

继续聊下去，我发现虽然对于很多事情的看法我们各有见解，但在某些方面却又惊人一致。甚至海，即便他的诸多行为在爷爷看来是离经叛道的，但根本的东西还是和爷爷保持吻合。在我们三人之间，时代造成的代沟仅限于技术或者设备新旧的层面，却动摇不了作为根基的观念和态度。后来说起建度假村的事，祖孙两人产生了分歧。爷爷坚决反对以打扰湖的代价换取发展经济的机会，而海则依然保持有喜有忧的态度。海问起我的看法，我说：“如果能让湖保持原样自然好，但恐怕没有人愿意因此而失去发展的机遇，关键看怎么把握尺度，比如在技术环节上怎么保护。”

“发展到赌场、夜总会都开起来就好了？”爷爷突然提高嗓门说。他酒喝了不少，语气也越来越激动。

“爷爷看过报纸上其他国家旅游胜地的夜生活照片，他以为这里也要变成那样。”海悄悄对我解释。

“不会那样的。爷爷，让更多游客来看湖，对他们来说难道不是一件开心的事情吗？湖也会为此高兴的。”海劝他，“赌场、夜总会是不会出现的。”

“最好不要有，否则我非拆了它们不可。”他用手杖重重击打地面。

聊到这里爷爷已经很疲惫了，他先回房休息，我和海继续聊天。

我掏出上午新买的香烟，递给海一支。他摇摇手拒绝了：“被姑奶奶看到不好。”

我将烟放回，“不介意的话想问问，村里人看上去对你我很不友好，这个村庄出了什么问题吗？”

海叹了口气说：“自从弹了吉他后，村里人就把我视为异类了。倘若我唱民歌绝对没有问题，但唱 ABC 就意味着和周围划了道界线，我这么说不是否定民歌，你能明白？”

我明白的，很多时候选择这一面并非因为不愿意接受另一面，有时只不过因为瞬间感觉的差异就决定了不同的道路。

“但你也看到了，这个村子本身就有种说不出的古怪，对外人如此，自身也是如此。如果仅仅因为我唱 ABC 就让村子变成这样，未免太抬高我自己了。真正的原因我也说不上来，但还是有迹可循的。”

我认真听着，不放过任何一个字。昨天在海面前被我瞬间撬开的东西慢慢暴露出它的内在。内在说不清道不明，却连接着我们每一个人。

“村子发生变化，是从芸从树上摔下来以后开始的，对，就是芸告诉你的那棵树。”海将泛黄的日历一页一页翻回到过去，“不知道芸是怎么对你讲爬树那件事的，我还是从那件事说起好了。”

海向我要了根香烟，我为他点燃。

“那年我才 8 岁，我比芸小 1 岁，在我们那帮朋友里，她是年龄最大的。”

“你是说‘爬树党’吗？”我也点了根烟。

“她向你说得很详细啊，那我就简单说吧。”

“不用，该说什么就说什么，尽量详细。”

他低头吸了口烟。周围很安静，桌上的菜已经凉透。“那棵树在村子里已经存活了不知多少年，早就成为人们的精神支柱。尽管它所在的院子已经破败，但村民们不敢惊动那里的一砖一瓦。它并没有给村庄带来任何不妥，相反，一直以来这里都没有遭受过自然灾害，每年庄稼收成稳定，其他树木也长得格外茂盛。村里民风淳朴，夜不闭户，每家每户相处得都十分融洽。”

“芸的父母在城里工作，把她留在村子里和祖父一起生活。村里孩子多，不愁没人一起玩。她是个很敏感的小孩，但很讲道理，再加上胆子又大，很快就成为‘爬树党’的首领。”

尽管已经听芸讲过她成天带领同伴去爬树的童年往事，我还是忍不住笑了。一时间仿佛她从来没有离开我，我只是出门远行，她正在家中等着我。

“我们一直想去爬那棵树，只是大人们对树的种种描述令我们对其敬而远之。那年的7月16日中午，芸却突然提出要去爬那棵树。她这么说了，我们哪有不去的道理？”

芸为何一定要爬那棵树啊？我埋怨自己当时不在她身边，替她打消这个念头。

“一见到那棵树我就手心冒汗，它令人望而却步。可是没有人提出不要爬。芸率先爬树——她应该向你描述过那棵树的奇特外表，普通人根本不可能徒手攀爬上去，可她却一口气爬到树顶，大家在下面看得激动万分，一边鼓掌一边喊她下来。她却留在树顶，半天动也不动。”

我知道，那时芸正在感受树的呼吸。

“我们等得不耐烦了，轮流去爬树，却没有谁能成功。手一搭上树就滑开了。最终大家都放弃了，而芸还坐在树顶发呆。有人说芸是个怪人，这个说法马上流行开来，大家开始害怕甚至讨厌她。不知道是谁带头，我们一起跑出院子，把芸一个人丢下了。”

我心中一阵阵酸痛。“当时你也和其他人有同样的想法吗？认为她是个怪人而害怕她？”

“老实说，我那时根本不知道自己在想什么。我很羡慕芸能爬上树，幻想能和她一起坐在树顶，但别人说芸是怪人后我也很害怕。大家一股脑儿地跑了，我也懵懵懂懂地跟着离开。虽然一出院子就立刻后悔了，可是又不能随便改变态度，结果一口气跑回家爬上床哭。不怕你笑话，当时真的大哭了一场，也说不上悲从何来，就是非得哭不可。”烟已熄灭，海的眼神变得很沉重。

我理解他，换了是我也会跟着别人一跑了之。那个年龄的男孩子哪怕心里再怎么喜欢一个女孩，表面上也要跟着别人一起排斥她。我也经历过那个年龄，对此清清楚楚。

“我正哭着，突然听见外面一阵喧哗，有人喊‘小芸出事了’，我慌得赶紧跑出去，就看见好多大人正往院子方向跑。我跟过去，发现芸正躺在地上昏迷不醒。大人们赶紧打电话通知她的母亲——她的母亲在城里的医院工作。救护车很快赶到，我茫然看着芸被送上救护车离开村庄。那时我突然预感到，今后自己再也不能和她一起玩了。”

固然年纪不同，但他当时的心情，和现在的我并无二致。

“从此村庄就出问题了。出了这件事后人们对那棵树深深失望，进而讨厌它，从此对它不闻不问。与此同时，村民们不再像过去那样和睦了，常常为了小事发生争执。一些人到外地寻找赚钱机会，再也没有回来。等到树被砍掉，村庄就彻底变质了。村民们彼此冷漠，爷爷也整天不出门，闷在家里喝茶、读报、听广播，从不和本村的人来往。用他的话说，‘这个村子死掉了’。”

“这么说，树和村庄的变化之间有直接联系？”我试着分析。

“至少时间上是吻合的。树被砍掉，村庄变质。”

“你后来离开家到外地去唱歌，与这件事有关系吗？”

“我想多少是有关系的。”海说，“一方面环境变得和自己格格不入，一方面留在这里的人精神完全空虚了，倘若不想办法补上，我的人生非跟着毁掉不可。”

“为什么不干脆带着你爷爷一起搬走呢？”

“他舍不得离开。爷爷认为只要留住根基，村庄就有复活的希望，你看他的规矩那么多，就是想尽力留住村庄的根基，村庄的根基……真不知道他是怎么想的。”

屋外有星光，我推开门走了出去。头顶上的天空宛如彻底清洗过的幕布，挂满了钻石大小的星星。和浩瀚的苍穹相比，我们身处的时间和空间是如此渺小，简直毫无分量可言。

海跟着我走出来，我们坐在银杏树下抽烟。他突然说：“芸又变成**一个人**，令人担心啊！”昨天我们在面条店第一次见面时，这句话只说了一半。

“出院以后她就变了个人，不合群，不爱跟我们说话，把自己封闭起来。别人以为她是怪人，躲避她唯恐不及，我却还像从前那样关注她，但只能远远地看着她一个人蹲在地上画画，画的全是向日葵。有时也看到她抱着洋娃娃发呆——她过去并非喜欢洋娃娃的女孩啊！那时候我很想跑到她身边和她说说话，然而男孩子在那个年龄……”海像是自言自语般对我倾诉着。

我很想安慰海，但自己心里也异常难受，以至于什么话都说不出口。芸一个人被父母丢在村子里，孤独地面对周围伙伴异样的目光，只能靠画向日葵和洋娃娃来取暖，她不封闭自己才怪。

“她去哪里我就远远跟着，根本不顾别的伙伴。久而久之，大家开始讥笑我，为此我还常常跟别人打架，直到她搬走后我才逐渐缓过劲来，但性格中孤僻的一面就此形成，没有办法。”海笑了笑，继续说，“后来我想方设法与她联系上，但毕竟都长大了，双方又相隔太远，以后就再也没有见过面。7月16日之前，我和她是很好的朋友，她有什么心事都会对我说，之后却形同陌路。可怜的芸，如果不去爬那棵树，就不会失去那么多朋友……”他一口气说了这么多，眼睛闪闪发亮。

——12年前的7月16日，树伤害的人不只是芸？

“再说说芸吧，之前的她，还算幸福的她。”我对海说。

“幸福吗？你认为。”海盯住我问。

“说实话，我对她小时候的事一无所知……”

“她从来没有和你说过么？”海惊讶地问。见我摇头，他犹豫道，“我该不该告诉你呢？说了会不会给她造成新的伤害……”

心里一紧，芸到底是有瞒着我的事。“请你告诉我吧，说不定这能让我们回归正常的生活。”这些话脱口而出，再也没有隐瞒海的必要。我将芸离开我的事原原本本地告诉了他，说完以后轻松不少，这些天来它们窝在我心里想必也憋坏了。

听完之后，海同情地对我说：“请不要怀疑芸，也不要责怪她，她离开你必然有原因。虽然我不清楚她真正的想法，但她实在是一个很没有安全感、一直缺少温暖的女孩啊！”

“快说给我听。”我的嗓子很干，渴得要命，他也是如此，但我们谁也没有倒水喝的欲望。

“芸的家庭是不完整的。”海缓缓地说，尽量不带感情色彩。

“7岁之前，芸的童年生活堪称幸福。她的父亲是退伍军人，返乡后在机关做文职工作。虽然父母把她留在祖父身边，但他们每个周末都回来陪她，也商量好要将她送到城里最好的小学读书。到时候她就可以和父母一起生活了。”

我将烟盒里的最后两根香烟取出，和海一人一支。

“之前说过，芸是个讲道理的女孩。她的性格像男孩，待人热情、外向。可是7岁生日前一天，她的父亲出车祸死了，死得很惨，母亲都没敢带她去看遗体。”

消息来得太突然，我当场愣住。芸的父母现在还生活在北方的那座城市啊——她一直这么对我说。

“她的母亲很宠爱她，倘若能按原计划将她接回城里住，她未必会有多少改变。可是她的母亲却很快爱上了别人，因此还改变了接她回城的打算，依然将她留在村子里，在临近的小学读书。”

“也许她的母亲是个极度需要被爱的女人。”我站在她母亲的立场上设想，但总觉得她的做法有不近常理之处。

“周末母亲都来看望她，有时还把男朋友一起带来，要她叫

‘叔叔’。她自然是不愿叫的，打声招呼就带我们去爬树了。暑假她被母亲接回城，住到那个‘叔叔’家，不久后就被送回来了。后来母亲和那个男人产生了矛盾，又换了个新的男朋友，依然让她叫‘叔叔’，她照旧没叫，结果又被送回乡下。爬那棵树之前，她刚刚被接回城然后又被送回来——母亲又换了个新‘叔叔’。那时我还不懂‘叔叔’的含义，换作是我，若是看到有这么多‘叔叔’，恐怕会想能有多少糖果可吃……”

我将空烟盒揉成一团，丢进院子里的垃圾桶。

“那时，‘爬树党’还能陪着她打发一些寂寞。等到从树上摔下来之后，她就必须独自面对寂寞了。很快她就给自己筑了道墙，和谁都保持着戒备，我只能远远看着她……后来也许母亲看出了女儿的问题，再加上有一个外地‘叔叔’出现了，最终她和祖父一起跟着母亲搬到那个‘叔叔’所在的城市。离开之前她留给我一封信，里面写满了她对父亲的思念，以及对这里的厌恶——除了我之外——原来她知道我一直在远远地看她……信里还说，她害怕打雷，害怕半夜被噩梦惊醒却没有人在身边陪伴她。她需要妈妈，无论任何时间、任何地点。”

“真没想到她的童年竟是这样的，现在我好像理解她了。”

“她内心残破的程度比谁都厉害啊！”海对芸的了解远远胜过我，我妒忌他，实实在在的妒忌。

“我想你可以确定她对你的爱，即便她连手机号码都更换了。你们在本质上是相似的。”海诚恳地说。

我点点头，自芸走后一直堵在心里的某些东西已经释放了。可是依然有很多问题没有找到答案，或许永远都找不到答案。

睡前，海从柜子里翻出一个布包递给我。打开它，里面包裹着一片白色的木片。“这是我从那棵树的树根上剥下来的，当时火车铁轨即将铺到院子，剥它的时候树根仿佛还有生命，想要和我说话。”海回忆。

树片还是热的，带着湿润。它似乎从来没有离开过树，生命力始终没有流逝。我闭上眼睛紧紧握住它，树的余温导入体内，试图要将我心中堵着的东西溶解掉，但一时半会儿不会有效果。

“送给你吧，有可能的话带给芸，说不定会对她有帮助。”

“谢谢你！”

我握着树片入睡，盼望能借助它在梦中和芸见面，然而什么梦也没有。醒来时它还在手心里，依然留着温度。借着晨光仔细打量它，它光滑得没有一丝皱褶。将它放在耳边，却怎么也听不到呼吸声，它已经死去，或者是因为我无法和芸取得同样的感应。

也许我和树早就捆绑为一体，我或者它落叶归根了。

我又来到湖边。

湖很安静，工地上传来的轰鸣声被某种奇妙的东西隔绝在外。**此处空间**里一片宁静，我由内而外被湖水温柔地拥抱着。

对于这么快就和我重逢，湖显得喜出望外。今天湖面的涟漪比昨天更多了些，仿佛在向我保证：你和芸一定会重逢的！

我笑了笑，取出树片。它沐浴在阳光下，周身被神奇的光晕笼罩。微风吹来，带着某种奇特的声音。声音低沉浑厚，犹如大提琴在鸣奏。

很想听大门乐队的“The end”，想听得不得了。

闭上眼睛努力回忆它的旋律，却强烈感受到树片导入体内的温热。它融化了我，在阳光下的湖边。

——12 年前的夏天午后，芸一个人留在树顶，眷恋着来自树的呼吸，与祖母片刻相会时的心情，我突然能够体会了。

眼前的湖面还是那么安静，但倒映出的天空却不再纯粹。在蔚蓝色的倒影里，我仿佛看见幼时的芸捧着父亲的骨灰盒，满是疑惑地看着母亲，希望她能为自己指引未来的方向；仿佛看见她无奈地陪着母亲在各个叔叔家中停留，不安地看着陌生面孔一个接一个地更替；仿佛看见她独自一人在地上画着一朵朵向日葵……她离开家乡抵达陌生城市时的心情，也透过树片向我讲述着。“很冷啊！”她说。

“等着，我来抱你。”

“你又不在。”她埋怨我。

“对不起，我来晚了，现在你在哪里？”

她哀怨地看着我，身影离我越来越远，想要去抓却扑了个空。

“不要做傻事，你找不到我。”身影已经消失，只留下这句话给我。接着响起《花火》里的音乐，残破的向日葵浮现在湖面上。

又只剩下我一个人了。

“不能随随便便对付人生啊！”耳边响起雯的声音。

“你什么时候回来，我等得很着急？”

“快回来了，现在还差些火候。”

“但是我缺失得越来越严重了，你快回来吧，没有你在不行。”我看不见她的身影，更加着急。

“可怜的你，看到你这样我很心疼呢。”

“能体会？”

“当然，你的所有感受都一点不差地复制到我这边来了。”

“多好啊，能听见你说话。”

“可是现在我必须要走了。我们还不到见面的时候。不要随随便便对付人生啊。”她再次叮嘱我，然后声音突然消失了。

眼前，辽阔的湖面在阳光下升腾起一片蒸汽，每粒蒸汽都在欢迎我的到来。“可是我也要走了。”我说。

“好的，欢迎你下次再来。多保重。”湖说。

“拜托你的事情请放在心上。”

“会的，尽我所能。”

“再见。”

“再见。”

第十四章　插上拔掉的电话线

“这么快就要走了？”海刚刚为吉他调好音。今晚书店里顾客很多，添加了好些椅子，一群群围坐着开心聊天。戴棒球帽的女孩坐在老位置上，穿着明黄色的羽绒外套。

“留在这里也没有其他事情做，该回去了。”我端着一大杯啤酒，今晚的第二杯。

海点点头：“回去吧，还有人等着呢。”

我一阵心酸。“希望如此。你多保重。下次出门旅行来找我。”

“一定会去找你。演出结束一起喝酒去。”

“当然。”我折回座位。

海翻开乐谱，挑中一首弹唱起来。今天他带了伴奏带，自己弹主音吉他，唱的这首是 The Smashing Pumpkins 的“Tonight，tonight”。店内的气氛立刻就被点燃，口哨声不断。

接下来是“Oh me”，Kurt Cobain 在纽约不插电演唱会上唱过。海有弹吉他的天赋，嗓音也有特点，如果他真的去大城市发展，未必没有机会。

听着海如泣般的歌声，我不禁感慨万分。明天，太阳升起时我就要踏上归途。在这里匆匆度过的每一天我都有收获，尽管不是马上就能看清它们对未来的意义。放在衬衣口袋里的树片温热如昨，现在我终于了解到，尽管芸离开了我，但我其实一点也不埋怨她，将来我的心哪怕再残缺，呈现在她面前的部分一定是完好的。希望树片能把这份感情传递给她，使她能够了解。

海开始唱“Sailing”，我情不自禁地跟着他唱起来。

“一起来唱吧。”海突然停下，邀请我。

四周哄叫，所有人都羡慕地看着我，背后还有人推我上台。好吧，彻底放松一下。

我坐到话筒前，海在一旁为我伴奏，唱Bob Dylan的“Forever young”，刚一开口眼泪就差点掉出来——我这是怎么了？

台下的掌声不断给我鼓励，一曲歌罢，我又唱起Neil Young的“My my，hey hey”。唱到“It's better to burn out than to fade away”时，我已无法自持，要靠海的帮助才能唱完这首歌。

——26年的人生究竟是怎么过来的啊，未来又该怎么走？毕业4年后我还是这样迷惘。

聚集在这间书店里的青年们年轻得让我由衷羡慕，无拘无束的状态更是现在表面自由的我所没有的，但他们也有他们的迷惘。每代人都需要属于自己的精神出口，此刻有音乐替我们诉说心声，一旦进入社会，就要靠运气和实力来为自己确定方向。我曾经有过明确的方向，却被自己主动放弃了。音乐毕竟不是现实问题的答案，这个道理我才算明白过来，但并不准备告诉他们。很多道理只有自己真正体会了才有价值。我祝愿这些青年人将来走出书店后也能像今晚这样意气风发。

情绪相当不错，那么，再唱一首歌送给芸吧。我告诉海想唱的歌，他笑了：“巧了，我也想唱这一首。”

我们一起唱"About a girl"。7年前我刚听到这首歌时就想未来某天唱给她听，可是现在她不在，将来再遇到她，我未必会有唱这首歌的欲望。少年青春懵懂时只想一生一世守候一个人，但往往在人生某一阶段回眸时，却发觉这只是镜花水月罢了。

"但是芸，我会永远关心你的，哪怕你再也不回来，将我晾在你的生命之外。"

我和海坐在拉面店里，点了本地产的白酒，切了盘牛肉，还有碟花生米。我们喝酒，聊音乐、聊曾经看过的武侠小说，聊大城市里的繁华与浮躁。拉面店里灯光昏暗，等待打烊的店老板独自对着一台14寸电视机看香港连续剧。有那么一阵子，我以为自己又回到了校园，正和朋友们把酒言欢，但事实上我已经没有了退路，而海还年轻，他依然有回到校园的机会。

"戴棒球帽的女孩喜欢你啊。"我对海说。

他低下头，尴尬得不知说什么好。

"谁都能看出来，不用不好意思。"

"不，不，其实……其实我不爱她，所以不能在一起。是个好女孩，真的。但是没有办法，就是没有感觉，连拉手的欲望都没有。要是真和她在一起，两个人都不会幸福的。"

"说不定是因为还不了解她呢，真谈恋爱了会发现彼此其实还挺适合的。"

"爱一个人的感觉究竟是怎样我还是清楚的，不会和她走到那一步。"海给我们的酒杯添满酒，"那种感觉说不定一辈子都找不到了。"

"你喜欢芸吧？"我直言不讳。

"没错，是很喜欢她，从小就喜欢。可是我们根本没有可能。将来我会去寻找感情寄托，不能总活在回忆和幻想中，对不对？"

"不能活在回忆和幻想里，但有时还是需要回忆和幻想。"

他痛苦地摇头，举起杯子对着我，就当芸正坐在我身边似的说："我敬你们，祝你们白头偕老，永不分离。"

一口喝尽杯中酒，胃的抽泣提醒我自己还活在残酷的现实里。

夜色沉重，坐在面馆里的我们犹如孤魂，互相依靠而迟迟不愿散场，但再怎么珍惜时间还是无法避免注定的分别……

清晨我离开旅馆，背着行囊踏上新的旅程。原本打算立刻回去，但临行前又改变了主意。我不算热爱旅游，但既然出门了干脆转个彻底，于是关了手机，一路游览了几座城市和几处自然山水胜地。途中，我在一家又一家青年旅社过夜，和来自五湖四海的陌生旅伴住在同一个房间，聊到半夜才睡觉，第二天坐上不同的交通工具各奔东西。我尝了许多小吃，饱览各地风光，每到一地都和当地居民深入聊天。在旅行中读完《瓦尔登湖》，渐渐淡忘了眼下的真实处境。一次认识了两位来自同一城市的女孩，当晚住在同一家旅社，一起去酒吧喝酒，然后各自回房间，彼此不用为拒绝不拒绝的问题而烦恼——人生说不定也能选择这种过法，它可以看做是旁观社会与迎合社会的中间点。但我马上否定了这种想法，它毕竟不是足以过一辈子的生活方式。我还是需要有些固定的模式，简单来说就是生活的规律性。

常常思念芸，但情绪不再那么激烈。并非对她的爱减少了，可能是身体的自我保护机能发挥了作用，也可能是随身带着树片的原因。树片不愿意看着我一天又一天消瘦下去，直到打翻生命的灯火，它想必在挽救我。

过了一段时间，我已经能够平静地看待我和她的现状。"等着吧，会有再见面的那一天。"我劝慰自己说。

那时真相或许会揭晓，或许不知道会更好，但愿。

旅行的时间比我事先规划的要长，等到坐上回程火车时，距离出门已经过去了 20 多天。

出了火车站，城市里正飘着鹅毛大雪。明天就是平安夜了，坐在出租车上凝望窗外从天而降的雪花、霓虹璀璨的繁华街景、车灯汇成的长河，我的心一下子变得空荡荡的。“明天我该做些什么？”问题终于明确地摆到了面前。

“再等几天，让我调整好身体与心情后再考虑它。”

“好吧，但是不能再拖了，这样对你我都不利。”意识异常严肃地说。

这座城市也和过去不一样了，尽管只是离开了一段日子而已。

推开公寓门，惊喜地看见地板上躺着雯寄来的第二和第三封信。我马上拆开信，按顺序阅读它们。

第二封信信纸老旧，纸面泛黄，纸眉上印着几个藏文单词。

见信好：

此刻我住在通往拉萨的某座小镇的旅馆里，这里就在雪山脚下，冷得简直出乎想象。我借了藏民的衣服穿，样子很滑稽，真像是没有任何经验就在舞台上表演莎剧的业余演员。即使加了衣服还是很冷，窗户形同虚设，冷风一个劲地灌进来，我只好戴着手套写信，字迹难看不要责备我。

然而信纸上的字迹依旧漂亮，格式也十分工整。

从云南到西藏，中途不停地换搭便车。我的运气不错，老乡们也很热情，叫几声“扎西得勒”他们就会热心帮助你。当然不安好心的家伙也有——坏人哪都有，好在我认识了一位藏民大哥，帮了我很多忙。他的汉语说得很好，从前在东北当过兵。现在自己做生意，经常在拉萨与昆明之间来回。我就是搭上他的车来到这儿的。明天他要动身去八一镇，而我突然不想动弹，就在这里待几天好了。

小镇的面积很小，住户也不多，从这头走到那头不过10分钟。小镇只有一条街道——这条街道放到大城市里只不过是条小巷，我住的旅馆在街的最东边，隔壁有家杂货店，老板也是汉人，搬到这里10多年了。他说喜欢这里的空气，喜欢每天日出时欣赏雪山山顶绮丽的色彩，为此一住就不肯再走。明天我一定要早起，看看究竟是怎样的美景每日吸引着他。说不定我就留在这里不回去了，那样的话，你可别伤心。

“那样的话我会分裂的。”我自言自语。

中午和藏民大哥吃饭，喝了两大碗青稞酒外，他居然随身还带了白酒，于是两人又喝掉一斤。半个月没喝酒了，酒量反而厉害起来。对了，来之前看旅游指南上特别提醒在高原要少饮酒。这里的海拔至少4千米，本想喝喝看，到底会有什么麻烦，结果一点问题也没有，倒有些遗憾。

下午，我们搬了椅子坐在旅馆门口随意聊天。现在是雨季，但这两天天空放晴，纯粹得像宝石一般的蓝天上，懒洋洋地漂浮着几片白云，白云没有改变形状的欲望，看久了，自己的身体也变得慵懒起来。略微放低视线，气势无可抵挡的高山一座一座绵延不绝，相比之下，渺小的我足可忽略不计。一时间，我忘记了来这里的目的，忘记了自己是不完整的。

整个下午，小镇上的居民们都坐在家门口一边做着针线活一边聊天，虽然我听不懂他们的话，但从他们的笑脸中，能感受到他们发自内心的快乐。这一路上，我看到很多藏民一路跪拜着徒步走向拉萨，他们有信仰，所以充满了对生命的热情，乐于互相帮助。相比而言，我们现在还有什么信仰呢？人们压根不会考虑为别人创造什么。不少人的道德观念已经十分淡薄，认为只要在法律范围内，就可以毫无顾忌地为所欲为；有的人有金钱撑腰，做事就更加肆无忌惮；还有人为了赚钱不惜伤害社会大众，黑心钱用起来竟然心安理得。可怕的是，如果不加约束，这种观念是会传染的，现在还是少数人这样，将来呢？现在看来，社会本身所缺失的部分远比我个人缺失的大得多。

此刻我深深体会到当年你辞职时的心情——无法独善其身，只好远远避开——倘若这样能够维持到老倒也不错，问题是，真的能平安到老吗？

坐在群山之间望着雪山的峻岭，原本不该考虑这些劳神的问题，应该尽情享受美景才对；何况我与你一样，平时不愿意多谈社会问题。只是突然想到，我虽然身处这片净土，你却还留在那座城市里，虽然选择避世，实际上却无法与外界施加的影响彻底隔绝。想到这些，似乎连我自己也变得不安全起来，为你担心啊！

“不用为我担心，那样你会忙不过来的。何况我又不是没吃过苦头。”虽说如此，心里还是很温暖。

就这样坐了一下午，直到日光逐渐消沉，雪山山顶被灿烂的金色笼罩，发出神秘的光辉。远远看着它，真的有就此留在这里不回去的想法了。万一不回去你也不要责怪我，相反该为我终于找到了身心安宁之所而高兴。有没有跟你说过？近来睡眠质量非常高，一躺下就能睡着，早晨有时还会赖床，多少年没有过了啊！我想这就是所谓“简单的幸福”吧。

说起睡觉，倒真有点困了。很冷，不再写了。适当的时候再写信给你吧。不知道这里有没有邮局，总之会在最先抵达的邮局把信寄出的。在高原上如果能一睡不起也不失为圆满的人生呢！晚安。

11 月 20 日 夜

邮戳上的地址接近拉萨。读完信我起身煮咖啡，等待水烧开的过程中换了厚棉被，做完这些事又把信从头读了一遍，与她有所共鸣的感觉实在太好了。

放 Led zeppelin 的 *Led Zeppelin IV* 听，这座城市里的大多数人和 CD 封面上背负沉重柴火的老人没有本质区别。

听“Stairway to heaven”的同时读第三封信。

见信好：

终于到拉萨了，喝着咖啡给你写信。

到拉萨的路走得很坎坷。10 天来一直在下雨，高原上的雨和平原完全不同。或许是因为离天空更近，雨一旦下起来，就像毫无后顾之忧似的只管往地面倾倒，前一刻路面还是干的，一分钟工夫就变得泥泞不堪。路况很差，常常有被雨水冲刷下来的山石堆积到公路上，叫人进退不得。运气如果差一点，直接被石头砸中的可能性也是有的。有段 10 公里的公路，我们足足花了一天时间才走过去。大雨让四周变得雾气沉沉。有时候，我简直分不清我们是在群山中穿行，还是在被大山追赶着往前跑。

最危险的一次，汽车轮胎被石头刮破了，撕开一个长长的口子，而司机竟然浑然不觉——当时可是深夜啊！一路颠簸终于找到一家小饭馆。饭后上车时才发现问题，司机算是经验很丰富了，看到轮胎的惨状也惊出一身冷汗，连声念叨“佛祖保佑”。忘了说了，这段旅程搭上了一个自助游队伍，2 辆车、11 个人，都是户外越野爱好者。队长姓唐，40 岁，平头。他说自己这辈子就活在崇山峻岭之间，每年一大半的时间都是开着越野车，在高原上来回跑。

一路上我不怎么说话，一个人坐在车尾看窗外的风景。雨中的雪山有种忧郁的气质，偶尔看到零星的几座藏民小屋，然后很长一段时间就再也见不到人烟。海拔忽上忽下，前 2 个小时还在 5 千米的高山上，一睁开眼就又下到 4 千米了。对于这种高度的落差，身体已经完全适应，只是心里偶尔会惶恐，不知道自己为何而来、去向何方。

我常常被队员们聊天的内容所吸引，听他们讲越野时经历的危险，讨论如何过60度的陡坡，抑或是在哪里遇到过的有趣的人和事。作为队长，老唐不仅会指导队员行车技巧，还讲很多笑话给大家听。其他队员歪倒在座位上打盹时，他还得用对讲机指挥两辆车在山里穿行。看得出，他对这支队伍很有责任感。同样可以想象，他对家庭未必称得上尽心，这实在是种矛盾。

对于户外越野生涯而言，他们是非常称职的。几天来，看着最危险的路面都被他们一一征服，我实在是很佩服他们，同时又羡慕他们用不着为排队买咖啡、上下班打卡之类的事操心，这样的生活才叫自由。尽管这么想，但是真让我一直过这种生活又不可能。在城市住惯了，无法割舍的东西太多，虽然清楚它们大多无用。这，也是一种矛盾。

路过然乌湖，我们下车合影。照片刚拍完，雨"哗啦"一下又倒灌下来。大伙就在湖边的饭庄吃晚餐。然乌湖是热门的旅游景点，饭庄也建得颇具规模，大厅面积足有三四百平方米，每张桌子旁都有个火炉，炉口上插着长长的铝管，通到屋顶和四周的墙壁，将屋子烘得暖暖的——说真的，眼下天气越来越冷，我没有生病实在是奇迹。

晚饭很丰盛，有十几道菜。饭后出门，一抬眼就看到两只藏獒。在城市里卖几十万元一只的藏獒，在这里也就是看家护院而已，被铁链栓着，目光也没那么凶悍。

路上，每天看到的都是起伏的群山、外观相同的房屋、遮天的乌云，时间久了，我竟然产生了某种幻觉，以为我们只是在高原上来回转圈。后来索性不想，反正把自己交给这片土地就是了，任凭到哪里都无所谓。对于我来说，这种随遇而安的心情很久没有过了。这些年来，我一直都在追求着什么，却又从来没有真正得到过，光阴就这样过去了。回头看看，其实每天是吃食堂套餐还是酒楼海鲜，开私家车还是坐地铁，差别也没有多大。这么一想，觉得自己只是城市里的蝼蚁，多我一个不多，少我一个不少。

"Stairway to heaven"放完，我换上 The Doors，听"The end"。在湖边时就特别想听，现在依然如此。

总体来看我们的运气不错，基本都能在计划时间内赶到投宿地点。只有一晚，因为雨实在太大，又遇上堵车，只好睡在车内。那一夜，我和另外两名女队员睡在一辆车上。说来奇怪，在海拔4500米处，雨点不断敲打车窗，躺在硬邦邦的车座位上，呼吸着堪称浑浊的空气，我竟然产生了莫名的性欲。老实说，我已经许久没有过这种感觉，几乎快要忘光了，结果这玩意儿偏偏选择在这种时候过来，真叫我哭笑不得。

我无计可施，只能拼命忍住，但脑中却不受控制地想起他来。很奇怪，平时死活记不清他的样子，那一刻却变得异常清晰，笑起来时眼睛的神采、感冒时病怏怏的鼻子、一度胖得很可爱的脸庞，甚至临时长出的青春痘，都像被高分辨率相机拍过，一张张在面前幻灯片式地播放，最后我几乎要喊出他的名字。熬了很久我才睡着，第二天醒来，却再也想不起他了。现在，坐在八角街上的咖啡屋里给你写信，他的模样一点都记不得，就好像我从来不曾见过这个人一样。告诉你，我现在心里惆怅得厉害，这样的记忆对我来说是很珍贵的啊，怎么就被磨灭到此种程度了呢？对我来说，这又是一种新的缺失。这一发现让我很想立刻大哭一场，但是周围人很多，算了，我叫蛋糕来吃好了。

读完这段我既替她难过，又为她高兴，看来这样的旅行对她来说真的很有帮助。

蛋糕很美味，一口气吃掉两份提拉米苏。这里的咖啡味道也很好，老板介绍说咖啡豆是在云南种植的，种植地在高山深处，公路运输条件差，运到拉萨所费周折不小，故而也提高了成本。“但的确是值得运过来的好咖啡豆。”倘若你也在此地，和他必定有话可聊。对了，他是汉族人，与西藏的其他地方相比，拉萨的汉人要多得多，在这里只说汉语也不会迷路。我住的酒店旁边还有家卖福建馄饨的小店——我怎么总是先注意到吃的？开店的是一对福建夫妻，他们在拉萨已经生活了3年，皮肤晒黑了，说话口音也变了。比起在全国其他城市开馄饨店的老乡，他们的生意算不上特别好，但似乎也是因为习惯了，所以不愿意再动。听他们这么一说，我发现这里真的有一种魅力，让人日思夜想，甚至离开不得的魅力。

不过我在拉萨才住了2天。放心，不会一住不回的。已经想清楚了，我毕竟还是更适合原来的生活，就像鱼不可能离开水一样，真要改变了，说不定完蛋得更快。没办法，30岁了！可容改变的余地已经很小，再说已经懒惰了，变成了宁愿发霉也不愿意出去晒晒太阳的过冬棉被——很让人讨厌吧，我。

对了，我还去了大昭寺和布达拉宫。说说大昭寺吧，这趟旅程中，我见过很多一路跪经的藏民。在大昭寺外，我看到终于抵达终点的一部分藏民们聚集在寺庙外，对着寺庙不住跪拜，嘴里念着各种经文，表情虔诚得让人感动。我还了解到原来每个跪经而来的人，沿途都会受到藏民们的尊敬和热情的款待，敲开任何一家藏民的家门都会喝到热腾腾的开水，吃到主人用心准备的饭菜。靠着这样的支持，他们才能够坚持走到这里。共同的信仰或者说理想，能够给予个体多大的支持啊！很可惜，在你我生存的环境中，要想得到此类支持越来越难了……

在大昭寺里我看到了释迦牟尼10岁时的等身像。一位年老的喇嘛，接过游客们递来的各种物品，哈达、佛珠之类的堆放在等身像周围，由佛祖来开光。我在云南时买过一串手珠，也学别人那样交给喇嘛。开过光后戴在手上，心里面真的踏实不少，觉得毕竟还有关心、怜悯我的人。

在这里我还邂逅了一位女孩。她来自我们那个城市，有个很有意思的网名，叫做“小妖”。小妖年纪与你相仿，也是和你一样性格单纯的人。她喜爱音乐，甚至还是我们杂志的热心读者，而我没有告诉她我的身份，因为害怕她会追问到音乐圈背后的那些真相，破坏了她的那份单纯。“好多所谓的摇滚乐手以泡女孩为乐，演出后更换女伴犹如家常便饭”，我总不能这样对她说吧。

相比我对她的保留，她对我却打开了话匣子。你肯定想象不出她竟然是在外企上班的白领——白领很少会在雨季跑到拉萨大昭寺吧——而她已是连续第三年来这里了。用她的话说，“只要存款一够，立刻请了年假过来”。来的方式也不简单：飞机飞到离得不算近的城市，然后一路搭便车。搭便车这种方式倒与我如出一辙，一提起来，我们更加亲密了。

没有下雨，又近黄昏，寺庙和天空交接的地方映着一层神圣的光晕。我们坐在寺庙最高处，看对面的塔顶、墙外跪拜的人群、荡漾的桑烟，以及四处飘扬的经幡。一个多月以来，我的身心总是在不停地被揉搓着，给你写信时有这样的想法，过两天也许就又变化了。而坐在那里看着世上众生时，我觉得自己终于被彻底洗涤，一切烦恼都已经远去，我仿佛变成8年前还没有踏入社会时在学校玩乐队的那个我。多么美好的时光啊！“Forever young”，这首歌的旋律一下子就钻进我的脑子里，倘若当时有吉他在手，一定一唱为快。

晚钟响起，一队喇嘛从面前走过，小妖和其中一位喇嘛热情地打招呼。她告诉我，因为每年都来，她和大昭寺里的好几个喇嘛熟识了，这次来他们还送给她正宗的唐卡。“那么大的一幅，我又舍不得折叠，回家的时候行李有点麻烦。”

我开玩笑地建议她干脆拿在手上上飞机得了。她却认真起来，说：“打车到机场可以拿在手上，到机场过了安检，和工作人员商量，说不定真的可以直接拿到飞机上，大不了一路捧着。”

“转机会比较麻烦吧，还要取行李。”我提醒她。

“没事，叫人帮忙就行。总有人愿意的。”她这么回答我。

那一刻，我认真端详她。她对社会异常信任，全然不像一位工作过3年的白领。倘若换作是我，肯定将唐卡折叠好放进行李箱，反正又不会缺掉一块，还是自己的安全更重要——我一定会这么做的。而她要么是还没有知晓社会的阴暗面，要么是全然不在乎那一面，这样的人才有资格每年都来这里吧。如此对比，我知道自己终究不属于此地。在城市我买了房子，却没有真正意义上的家，和父母之间又冷漠隔绝，我究竟属于哪里？

后来我们一起去了拉萨的酒吧。一个多月没去过酒吧，又是在拉萨，感觉尤其之好。我们喝了很多啤酒，直到她不胜酒力，我才拉着她离去。之前她都是随意找地方投宿，不计较房间里有无热水、有无卫星电视，当晚醉醺醺地被我拖到酒店睡了一晚，结果也没能享受到卫星电视的海外频道。而我因为怎么也睡不着，一直看英文频道直到天亮。

第二天睡到中午才醒。醒来时她已经离开，给我留了便条，说去朋友那里了，约我晚上一起吃饭，还留下了她的手机号码。想了很久我还是决定不去了。手机也没带，就用酒店电话和她联系，相约回去以后再见。现在我终于又多了一位朋友，若有机会介绍你们认识，你们一定能谈得来。也许我回去后就会安排这次聚会的。对了，我已经决定不再去其他地方，很快就将启程返回，只是机票时间还没有确定，雨季似乎要麻烦些。说不定这封信寄到你手上时，你我已经见面了。那样的话，这信不看也罢。

我计算从拉萨邮递信件到这里所要花的时间。从信的内容看，她似乎不会在拉萨再逗留太久，加上我也刚旅行归来，说不定她已经回来了。想起拔掉的电话线，赶紧又重新插上。拨雯的手机，还是关机状态。

今天上午去了布达拉宫。从小就对它很向往。可真的当面看到巍巍的宫墙，我竟不敢入内。鼓起勇气买了门票进去，拾阶而上，终于进入宫内。啊，当场惊呆了，真的没有办法用文字描述它，实在是太精致、太华丽、太神秘了！我想还是回去以后当面和你谈它，现在无论怎么描写都不能尽兴。

下午到现在我都在八角街上闲逛。这里是拉萨的中心，保留着最完整的拉萨古城面貌。本来那天去大昭寺就已经来过八角街，只是今天突然有了购物的心情，于是一家店一家店地逛过来。买了纯正藏银做的戒指和手镯，尝了酥油和奶渣，本想买把藏刀送给你，但想来想去还是算了。你的气质与藏刀全然不合，无论是收藏还是佩带，都有不伦不类之感，还是算了。这里有不少从尼泊尔来的商人，会说不算流利的汉语。和他们聊喜马拉雅山，听他们讲雪山的种种趣闻，回来都说给你听。

现在我所在的这家咖啡店，内部是木料的装修风格，音响里放着 Westlife 的歌，有喝起来很亲切的咖啡、吃起来味道很好的蛋糕。刚才有几位游客与我打招呼，和他们简单聊了聊，心情很放松。窗外，人流熙熙攘攘，那些漂亮的异族服装让我着迷。以后我还会来这里的。写累了，就此搁笔。祝愿远方的你一切安好！

12 月 4 日 黄昏

信写得格外长，十几页信纸写得满满当当。信封里还夹了一张布达拉宫的明信片，背后盖着写有“拉萨八角街”的邮戳。我看着蓝天下的布达拉宫，不禁神往。

喝咖啡时盯住涂鸦画，那晚雯在这里倾述噩梦时的情景又浮现在眼前。当时她说每句话的语气都很沉重，全身不停颤抖，恐慌的心情谁都能一眼看穿。从信的内容看，她现在总算有所起色。

电话突然响起，是墨打来的。“你终于回来了！手机也不开，急死我了！”不等我分辩，他紧接着又问，“明天中午有空吗？”

“应该有吧。”——这叫什么话，难道还有其他事情能做不成？

“那就赶紧见一面，有事情找你谈。”

“什么事？”

“来了你就知道了，去老地方见。“

我犹豫了片刻：“还是来我家吧，我做点菜，一起吃饭。”

“也好。那就到你家，别做多少菜啊，就我一个人。好了，我要去看版面了，明天见。”

电话线插上，和社会的连接开始了。有段日子没来的噩梦，也随即继续了下去。

第十五章　梦：白色城池

远方的肯斐辛隐没在黑暗中，灵塔塔顶上一团火焰在闪烁跳跃。那团火想要燃烧整个苍穹，又像是天空为我们点燃的引路灯。

“灵塔以火为国家的图腾。”洛瑞告诉我。

离开山洞后，我和洛瑞连续奔波了两晚。第三天下午，洛瑞偷袭了两名巡逻兵，我们换上了敌人的白色面具和盔甲，混入了一支巡逻队中。在帝斯国军队中，士兵没有姓名，彼此以编号相称。我想起自己在凯斯监狱里也只有编号，人生绕了一圈又转回去了。

跟随这支巡逻队，我们进入了驻扎在肯斐辛城外的军营。肯斐辛城墙外围有条 150 英尺宽的护城河。护城河外布置了 1 万名士兵，作为肯斐辛的第一道防线。此外城内还有三重防线。外城墙上的 3 万名守军与城外防线构成立体防御系统；5 千名近卫军驻扎在灵塔区城墙上，贴身保卫灵塔；第三重防线由一支叫做 4 号部队的神秘力量构成，4 号部队很少露面，除了帝斯国极少数高层官员外，几乎没有人知道他们的存在。他们能根据局势灵活调整作战的目标和策略，是组织遇到过的最恐怖的对手。“组织最接近灵塔的一次是在105年前，也就是公纪523年。当时组织的军队已经攻破灵塔区城墙，虽然靠近灵塔后每个人的身体都变得虚弱，但还是能够坚持走进塔内。眼看成功在望，却突然杀出一支敌军，人人身怀绝技，组织的3万多名战士被他们全部屠杀。从此组织元气大伤，也失去了在国内的立足之地，只能转移到天使国。”洛瑞回忆道。

肯斐辛的整体防卫如此严密，我们几乎没有潜入城内的可能，只能留在巡逻队等待时机。

在兵营里，我们和其他士兵一样整天戴着面具，每天一起训练、巡逻，一起食用混了特殊药剂的食物。每天傍晚，都有一支车队从邻国山之国的边境赶来，车上装满了当天从山之国掠夺而来的物资。我眼睁睁看着车队通过兵营，再由城内的骑兵接应进城，寻思如何借车队进城。

吃了那些食物后，我的体格不断膨胀，力量也成倍增长。尽管洛瑞提醒我少吃加了药剂的食物，但是为了应付接下来的挑战，我还是悄悄地吃光每顿的食物。我的身体以令人惊讶的速度继续成长着。个子长高了，原本略瘦的体形也变得魁梧健壮，外表和其他士兵没有两样。不知为何，我的速度、力量、耐力、弹跳都超出其他人的水平，竟然能够背起50磅重的铁砣一口气冲刺100码，即便穿着笨重的盔甲也能一跃6英尺高。但我并不暴露自己的能力，平时训练中还会故意输给对手。洛瑞也保持同样的低调，有时他会在我的视线中消失一段时间。

混入兵营后的第四天，巡逻队接受了新任务，每天要去8英里外的驿站接应车队回城。我们抓住这个机会，精心策划“偷梁换柱”的行动计划，最终由我制定了执行方案。到了第十天，终于混入运输车队，以车夫的身份跟着车队大摇大摆地进入肯斐辛。

穿过400英尺长的城门洞，肯斐辛城第一次展现在我的眼前。

这是一座圆形的城市，正中心是一座高耸入云的黑色巨塔——灵塔，鳞次栉比的低矮房屋臣服在它的四周，一直蔓延到我们面前。所有的房屋都是圆锥形，都是白色，大小也一致。整个城市看上去就像是在白色海洋中插入了一根顶天立柱，如同正在举行某种仪式的祭台。

“灵塔把建筑变成按照自己的想法刻成的图章，敲下去的每个印记都分毫不差。”洛瑞讽刺说。此刻，车队正穿过城北广场。广场中央有座近15英尺高的灵塔的雕像，四周围着一圈被雕刻成火焰形状的火山石。

我从洛瑞口中得知，肯斐辛的城市布局呈放射状，以灵塔区城墙为核心，向四周规则地延伸出12条笔直的街道，一直延伸到外城墙脚下。每条街道的长度都是17英里，彼此的误差不超过1英寸。每两条街道的端点之间就有一个广场。居民区分布在街道之间。城内的居民日常只能在居民区和城市广场上活动。灵塔区只有高级僧侣和高级将领才有资格进入。

车队在宽阔的街道上穿行。街上很热闹，行人络绎不绝。人们衣着整洁，彼此谈笑风生，待人接物彬彬有礼，随身佩带的长剑剑鞘上缀满宝石；路面异常整洁，房屋又洁白如雪，就连空气都清新得与城外完全隔绝；街上有商店，有酒馆，甚至还有卖旅游纪念品的专卖店。看久了，我甚至对这里的人民产生了某种亲切感。

来时天气酷热，进城后气温骤降，令我倍感凉爽。可惜这里没有树荫，否则真的可以办一场类似凯斯监狱里的周末派对了。这个想法令我陷入到回忆里，直到洛瑞推了推我，我才如梦方醒。

车队正停在居民区深处的一幢屋子前，穿着制服的工人们从四周走过来，井然有序地将货物卸下搬进屋子里。洛瑞悄悄对我说，这里就是仓库。他朝一位正在搬运货物的年轻人摆摆手，年轻人跟着点点头。那位年轻人长相英俊，红色的瞳孔里锐气十足。

耳边突然传来“噼里啪啦”的爆裂声，隔壁的房屋着火了。四周火球飞溅，现场顿时乱作一团，骑兵队立即排成防御阵型将车队围在中心保护起来。洛瑞打手势示意我下马，随后，在马车的遮挡下，红瞳孔年轻人与另一名工人走到我们身边，与我们悄悄交换了衣装。

火很快被扑灭，仓库一带加强了警戒。车队在骑兵护卫下离开，我们与其他工人们就地解散。

半小时之后，我和洛瑞走进一间酒馆。酒馆里有不少客人，都在喝酒赌钱。我们走进厨房，通过地道进入一间小房间。在房间里我们换上早已准备好的平民服饰，穿戴整齐后，我抽出斯图尔特的长剑，宝剑在光线暗淡的屋子里闪烁着点点光芒，像是斯图尔特在为我们鼓掌。

“我们自由了？”我还不敢相信。

“是的，自由了。”洛瑞从柜子里取出一瓶酒打开，熟悉的苹果土豆酒香。

我们边喝边聊。两百年来，组织在肯斐辛陆续建立了一批联络站，发展了数百名成员。岁月流逝，如今城里的组织成员不过30余人，但个个身手了得，能独当一面。他们的公开身份很多，其中甚至包括正在服役的士兵。我们还在兵营时，洛瑞就通过秘密渠道和城内的组织成员联络，安排了这次换人行动。否则，如果我们贸然离开车队，会引起敌人的警觉，导致摧毁灵塔的行动受阻。

我在这次行动中的表现让洛瑞十分高兴。“首领看好你果然没错，现在你已经成长为我们可以依靠的力量了。”他拍着我的肩膀高兴地说。

经过各种磨难的洗礼，如今我和洛瑞已经结下了深厚的友谊。

我们聊起这一路的艰辛，竟恍若隔世；而当我提起斯图尔特时，我们又都沉默了，心情再度沉重起来。

“下一步该怎么办？”我问。

“今天先在这里休息，明天一起去英斯比旅馆。”

“你说，首领现在到哪里了？他能及时赶到吗？”

“对首领你不用担心，任何困难都不能阻挡他。无论他现在身在何处，既然我们进城了，任务就已经成功了一半，剩余的一半等他来了自然会迎刃而解。”

他的话充满了对小人、对我们自己的信心。我清楚，自己取得的进步全都有赖于他的帮助，对此我不知有多感激——尽管对他根本不需要用“感激”这样的字眼。

“万一他还没来，”洛瑞补充说，“我们就把城内的同伴组织起来，尽可能多地搜集情报：驻守灵塔的近卫军的部署状况、4号部队的动向、摧毁灵塔的方法等等，多多益善。”

睡前，对着一面铜镜，我将胡子刮得干干净净。看上去我恢复了在监狱时的样貌，但我变得魁梧的身体、胳膊上绷起的肌肉都在提醒我，现在只是短暂的休憩。“或许明天会变成谁都认不出的模样，说不定比你好看得多。”我对镜中的自己开着玩笑。

梦中我回到了维尔国，凯斯监狱已经不复存在，艺术家工会齐声为我吟唱。

英斯比旅馆的外观同其他民居相比只多了个招牌，大堂内的陈设不无炫耀地提醒我旅馆有着漫长的历史。吊灯、台灯、壁灯、花瓶、服务台上的铜质手敲铃、用金丝绸带扎起的花布窗帘、墙壁上挂满的铝制钥匙，它们的年纪都在200岁以上，但保养得极好，几乎没有一丝破损。

洛瑞和正在登记簿上做记录的服务生交谈。“这是凯尔先生”，他向服务生介绍我，这个名字是他一秒钟前为我起的。

“凯尔先生，幸会。”服务生向我深鞠一躬，接着从身后的墙壁上取下一串钥匙交给洛瑞，殷勤地说，“为你们安排了第三层的房间。”

穿着红色礼服的侍者带我们去房间。顺着同样古旧的实木楼梯，我们走到地下第三层。眼前，走廊上铺着红色的羊毛地毯，靠墙的花台里插着足可乱真的假玫瑰花，挂在墙上的几幅油画生动描绘着刚出浴的少女的胴体，空气中还飘着淡雅的清香。

这一层只有四个房间。走廊最顶端的那间住着旅馆主人——乔尔斯三世爵士，其余一间是餐厅，一间是浴室，一间是留给我们的卧房。卧房不大，但布置得精巧有致。绘画着蓝天白云图案的天花板看上去比实际高度更高；擦得雪亮的玻璃镜面镶满半面墙壁；金色的线脚使房间更显富丽；两张单人床上铺着雪白的鹅毛绒厚被；洗手池的水龙头用铝材制成，重要部分则包裹着金黄色的铜料……如此豪华的房间我毕生未见。

“住在这里合适吗？”我问洛瑞。

“别担心，这里是城内组织的总部，很安全。另外，不少高层僧侣和高级将军都喜欢到下面的俱乐部玩乐。”他指指地下，“第五层就是俱乐部，搞情报很方便。”

我心头一热，在监狱休息房里度过的美妙时刻犹在昨日。

“今天中午乔尔斯会和我们一起吃饭。”洛瑞接着说。对于这个还未曾谋面的人我已经充满了好奇。

午餐前，我们换了浴衣到浴室洗澡，久违了的热水澡，甚至还有蒸气浴。热气抚摩着我的身体，汗水不断将疲劳带出体外，得到解脱的畅快感受油然而生。

我们泡进热水池，边聊天边享受这罕有的时光。一路而来的风尘、艰辛、苦闷、悲痛、折磨仿佛全都被热水洗去，我们内外焕然一新，等待决战时刻来临。

第十六章　有多少人还会买CD听

晨光辉映下，白雪覆盖着城市。望着窗外银白色的世界，心里突然害怕起来。生命的重量就像积雪一般，不用多久就会消逝得无影无踪，即便是又来折磨我的噩梦也概莫能外。

曾经热闹的房间也蒙上了一层积雪，有些东西被悄悄埋葬了。我清楚，孤独已经深入我的骨髓，无论身在何处都离不开它。

到楼下的超市买葡萄酒与菜，将空荡荡的冰箱重新塞满。切菜时考虑搬家的事——积蓄所剩不多，短期内租不到这样的房子。食材打理好之后做糖醋鱼，电焖锅里熬土豆牛肉咖喱汁，砂锅内炖肉圆白菜粉丝，土豆切成丝备用。菜做好后留在锅内，时间还不到10点。**接下来做些什么好?**

昨晚很早就睡着，几乎来不及感受现实的处境。现在真正为此恐慌起来——不被社会需要所造成的恐慌——何况还有太多的时间等着。恐慌中**虚无**又出现了，向我露出轻蔑的笑脸，尽管意识迅速将其赶走，但它还是触动了我，今后我就要一直忙着应付它吗?

给海打电话，聊过近况之后他告诉我，他和戴棒球帽的女孩正式交往了。我有些意外，忍不住问他：“你不会只是为了谈场恋爱才和她交往的吧？”

“放心，我是认真的。她确实对我很好，我想爱情是可以慢慢培养出来的。”我们没有谈及芸。挂了电话后我有些淡淡的惆怅。

那家书店，那片湖，什么时候我才会和它们重逢呢?

接着整理书架，将上百本书按照作者的国籍、年代以及书的类别重新排列。收拾抽屉，将杂物一一取出，辨认其是否还有留存的价值。大多数物品其实没有继续留着的必要，外人如果看到5年前的软件光盘、6年前夹在音乐杂志里的乐队海报，恐怕都有立即清除它们的欲望，可我就是不忍丢弃，郑重地将它们整理好重新放回抽屉。整理第二层抽屉时翻出一张纸片，是和芸第一次吃饭时她作为名片写给我的。我将它小心放进一个铁盒里。

最后一层抽屉里有本剪报集，里面贴满了过去在报社时写过的音乐类文章。一页挨着一页翻过去，爱尔兰音乐、新生代乐队Coldplay、Neco和地下丝绒……翻阅它们的同时，3年报社生涯里的许多经历开始回放，我似乎看见从前的那个愣头青，满怀热情横冲直撞，直到步履渐渐踉跄，彻底颓唐。

叹了口气，将剪报集放回。之后打扫房间，拖地板，擦家具，柜子里的每张CD都拿出来清洁，仔细擦去外壳上的灰尘……这些事做完后，墨来了。

他昨晚上夜班，今天休息。我从冰箱里取出葡萄酒打开，将菜一一端上桌，和他边吃边聊。他已经从朋友那里得知我被自由撰稿人圈子所排斥，安慰我几句后说起正题。

“这是本市一家房产公司的总裁，这家公司实力很强，本市多个黄金地段的土地被他们拿下了。这个老总在招助理，需要懂策划、了解新闻宣传，你有没有兴趣？”他从包里翻出一张名片递给我。

接过名片——很久没有接到过名片了——公司名称气派，职务旁边印了一堆头衔：房产协会副会长、某大学EMBA、某高校名誉教授、国家一级策划师等等。

“这个消息是房产部记者透露给我的，职位的待遇非常优厚，我立刻就想到你了。以你的能力绝对能够胜任的，考虑看看？”

脑中有些混乱，我还来不及消化这个消息。

“如果你愿意，我马上请同事帮忙推荐你。你离开报社一年了，也该稳定了。”他见我犹豫不决，劝我道。

我曾经丢弃过一份丰厚的合同，类似的事如果再做一遍，恐怕社会真要恼火地清理我这个异类了。我同意去试试，他立即和同事联系，几个电话后敲定了我去面试的时间，随后高兴地和我干了一杯酒。冰冷的酒倒进胃里，由内而外的寒意令五脏六腑一起打了个寒噤，但心却暖暖的。

我问起他的工作近况。最近他从社会新闻部调到了评论部，一星期撰写三期文章，针对社会热点问题发表评论。我不无羡慕地祝贺他：“能够拥有写评论的机会，做记者也值了。”

“是啊，现在表达自己想法的机会多了……对了，以前你的想法就特别多，观点又很有新意，将来你还是要多给我提提意见，就当是你自己发表见解。”

心中又是一热，许多往事一下子涌进心里。还在报社时，每个熬夜的夜晚，当工作结束后，我们两人都要在报社楼下的大排档喝几瓶啤酒。我和他都爱读书，也都对武侠小说中描绘的江湖情怀充满迷恋，珍惜友谊和情义，即便清楚所谓的情义在目前的社会中已经不堪一击，也要竭力坚守它。某种程度上，墨也是我的一面镜子，里面照映着我对人生、对社会最真挚、最朴实的情感。

之后墨说起那场我没能参加的文学社聚会——其时我正在小

城里寻觅答案。他本来是抱着寻找文学界近来热点话题的态度去采访的，可参加完活动后立即改变了主张，写了篇意味深长的评论。我好奇地询问他事情的始末，随后他向我还原了当天的场景。

那天的活动安排在一间由废弃的工厂仓库改造而成的俱乐部里举行，因为工作原因，他迟到了20分钟。“我原本心里急匆匆的，可走到俱乐部门外时，一眼看见外墙上喷满了各类涂鸦，写着‘想做就做，想走就走’‘责任是混球’‘我最重要’‘只要快乐’‘别惹我，烦’等诸如此类的口号，简直就是一幅思想的壁画。我顿时忘记了时间，犹如被雷电击中，盯着这些涂鸦整整看了10多分钟。你能想象那时我的感受吗？这些口号犹如标签般划分出思想的属性，道破了社会正面临的部分精神问题：在时代发展过程中，有些东西正在从社会身上被悄悄地剥离。许多宝贵的思想传统、人际之间的温情已经被遗忘了。这一点我平时不是没有想过，但那一刻，望着墙上各式各样的涂鸦口号时，我突然感受到了问题的严重性。”

——我猛然想起在火车上和陌生女孩的对话，时代倡导个性，却忽视了道德约束。

之后，他走进俱乐部，此时的心情已经和出发前截然不同，他有意识地观察集会者的举止，倾听他们的言论。他遇到了一些年轻作者，兴致勃勃地谈论着新时代文学创作的技巧。作者们受到网络上一些用“身体写作”的人气写手们的启发，以追求成名为写作目的，讨论如何才能打动新时代的读者，得出的结论是要用小资的、漂亮的文字来吸引读者，用泛滥的“软色情”内容来引诱读者，或者用表面激愤、具备一定煽动性的言论来笼络读者。这些话深深刺激了他。“他们忘记了创作是需要以一颗赤子之心，在摈弃了功利心的前提下进行的，忘记了文学的精神启迪功能。他们如果成功了——说不定他们会成功的——会给多少读者带来负面的影响啊！”墨激动地说。

我给他倒酒，在杂志社看到的那部书稿历历在目。

听完那些言论后，墨一度困惑了，怀疑当今读者是否真的如那些年轻写手所言，只满足于感官的刺激。他知道必须要有人来和这些思想抗辩，于是立刻赶回报社，洋洋洒洒写了一大篇评论，批评这些浮躁的观念。但这篇稿子最终没能见报，总编辑特地来找他，告诉他这篇稿件有很大的挖掘余地，鼓励他深入研究这个问题，积累到一定程度后再重新写出来。

墨一口喝光杯中的酒："经过这些天的思考，我有了新的想法，之前我忽略了大众是有自鉴能力的，他们是有追求真善美的自发需求的，我应该用更多的笔墨来探讨如何从文化源头唤起他们的需要，探讨当代社会究竟需要建设怎样的文化。光是批评和空谈是没有用的。"他神色飞扬，眼睛奕奕发光，令我一阵感动。

我和他的思想是一致的，何以会对社会采取了迥异的态度?

我打开第三瓶酒，今天我们的状态都好得出奇，有多久没这样过了啊!

"停一会儿吧，听听音乐。"我提议。

"好，来点激烈的，要是能跟着跳一跳就更好了。"墨是个潇洒的青年，个子高，性格也爽朗。他和女朋友已经恋爱 6 年，今年年初刚买了房子，即将进入人生的平稳期。

"今天没下雪，干脆出去跳。"我一边开玩笑一边把 Oasis 的 *Definitely Maybe* 放进音响，听"Live forever"。

"很棒的歌啊!"他拿起 *Definitely Maybe* 看了看，又在我的 CD 柜里翻看，时而拿起某张 CD 细看，神情如此专注，以至于我担心他会走上歧途。好一会儿后，他转过身深有感触地说："以前没注意过，现在终于知道你的心思为什么这么沉重了，听这么多 CD 想法能不多吗? 不过，这样也挺好，精神上的富足会让很多人羡慕的。"

我情不自禁地想起海，一赚够钱就跑到大城市买 CD，那么多打口碟能够被他背回家乡，真是不小的工程。

“是不是在收集？”他拿起两张Dead Can Dance的专辑问我。

“哦，好不容易买到的，算不上收集，只是缺了一张的话会睡不好觉。”我拿起另外两张，*Into The Labyrinth* 的黑色封面上，一只手抓住另一只手掌的手腕，像是要拉住即将溺水的人。

他点点头，又疑惑地问我：“现在到底还有多少人会特意买CD来听？更别说收藏了，网络上不都能够下载到么？”

海背着CD想方设法挤上火车后，说不定也有人会这样问他。

“是啊，现在还有多少人会买CD听。”我喃喃地说，“我这样做真是傻气。何必花钱、花时间、费力气去收藏CD呢？又不是对音质挑剔得不得了的人，家里也没有发烧器材来考究录音质量，但我就是喜欢有形的东西，好像音乐只有刻在光盘上附带歌词本装在CD盒里，才算得上是完整的音乐。那些带着MP3后缀名的数字程式，只不过盗用了音乐的名义罢了。”

满柜子的CD都在侧耳倾听，希望他们能够了解我的心意。

“这个说法很新鲜，不过听到你这番高论，全世界听MP3的人都会批判你。”他开玩笑道，“你难道不听MP3吗？”

“也听，之前旅行时就带着，因为只能这样不可。若是正经在家，怎么也不会选择它来代替CD。天生的倔脾气，没办法。”

“你的倔脾气我早就领教了。”他摇摇头，从桌上拿起酒杯塞给我，又和我干了满满一杯酒。这杯酒喝下后，头有些沉了，心底深处的话也不自觉地涌了出来。

“说实话，倘若有条件，我恨不得能买个老式的唱片机，专心寻觅旧黑胶唱片听。但即便是现在这样，用不算考究的音响听CD，我也够满意了。我的人生，过去有意义和没有意义的时光，都跟着这些CD一起被装在这个柜子里，想温习过去的时候，听听它们就准能找到那些画面，就像是编成了电脑程序一样。若是听MP3，或许也能勾起某些回忆，却不是散发着气味、具备形象，甚至尝得出酸甜苦辣的回忆。至多只是记忆偶尔探出头望了几眼，不足以让当下坦然。”

他被我的话吸引住了，全神贯注地听。“如果没有回忆，人活着又有什么意义？你看，每一分钟我们都要失去一些东西，却不是每一分钟都能得到相应分量的其他东西来填充，结果就造成了空缺。没有回忆是不可能把空缺的部分填满的。我贪念过去超过珍惜现在，而未来在我眼里更是没有实际的意义。”

“这句话不对，”他放下酒杯，“你说的空缺问题，我完全同意，但是如果不重视未来，人是根本不可能填补空缺的，只能顾影自怜，最后在狭小的空间里喘不过气来。相信我，人要想填补空缺只能着眼于未来。很多情况下，回忆没有你想象中重要。”

我情不自禁地从 CD 柜里抽出 *4 Way Street*：“这是 Crosby，Stills，Nash&Young 乐队的一张现场演出专辑，录制于 1971 年，找了很长时间才买到。如果不是拿着它，谁会记得曾经有过这么一支寿命短暂的乐队？如果不是看到它，谁会记起那个年代西方曾经充斥着波普艺术、性解放之类的各种思潮？谁又会发觉，当下我们的社会也在重复经历其中的部分东西，甚至是被他们自己认定是糟粕的部分？回忆是必须的，谁也不能失去它。”

墨接过 CD，看封底上印的歌名。我继续说：“刚才你说到写那篇评论时，我心里就在为你鼓掌，现在社会上很多人都只顾寻求个体欲望的满足，在他们看来，‘责任’、‘思想’、‘情操’、‘道德’这些名词都已经过时了，最多嘴上说说，没有导入行动的必要。表面上很多人从中得到了满足，结果却一步步失去自我，这样真的就会快乐吗？这样就是时代进步的体现吗？”

墨不住点头，激动得脸都涨红了：“这些话说到我的心坎里去了。眼下，大批文化供应商只追求经济利益，不惜用低级趣味吸引大众眼球。这种行为正在伤害社会的价值观和精神，简直就是对民族的犯罪。”

“对，就是犯罪。”我内心已经翻江倒海，似乎又回到那列火车上，继续向陌生女孩宣泄心里的担忧、愤懑和悲伤。现在我才发现自己并非真的彻底旁观。芸，要是我曾经好好对你说过这些想法的话，你或许能理解我，现在说不定正陪着我们一起聊天。

“当我看到那些个性的语言，用涂鸦喷在墙上时，你能体会我当时的痛苦吗？”墨拉住我的胳臂，“那时我就在想，写这些涂鸦的想必都是年轻人，社会提供给他们的物质条件是我们这代人想也不敢想的，可是他们的精神却……责任在谁，还不是在我们这代人身上？我们没有能向他们传递正确的思想，甚至还树立了不好的榜样……”

“责任是在我们这代人身上，”我感慨地说，“当我们这代人以追逐个人利益为生活的首要原则时，个性就成了包装纸。包装纸大可设计得五颜六色，风格五花八门，包在中间的东西却是不变的。那是逐利主义、拜金主义，那是泛滥得超出界限的欲望，结果这些花花绿绿的东西一股脑全丢给了更年轻的一代……”

不知不觉中，我们已经喝光了所有的酒。“其实你还是过去那个样子啊，就像个火球，将热情不断地带给身边人，你为什么要离开报社呢？”墨感慨地问我。

“我也不清楚自己那时到底是怎么想的。或许是因为那时候没有多少人愿意真心倾听我的声音，心想与其被人看成是傻瓜，不如安安静静地躲在自己的角落，想我愿意想的，做我愿意做的，和别人互相不妨碍。”我伤感地说，一边从音响里取出*Definitely Maybe*，换上Neil Young的*Harvest*。

Neil Young唱起“Heart of gold”，“That keeps me searching for a heart of gold，and I'm getting old……”我们沉默下来。

墨看了看手表。“时间不早了，我该走了，下午要陪她去逛街。今天你给了我很多启发。对了，今天是平安夜，你也跟女朋友出去走走吧，别闷在家里，看你的脸色，简直一塌糊涂。”

我笑了笑，没有将感情的现状告诉他。我打算继续等下去。

我在书房里反复阅读雯写来的三封信，翻来覆去地读，直到能透过纸面钻进文字背后的内心深处。她用一场具有仪式意味的旅行来挽救她自己，我从刚刚结束的远行中也有收获。

打开窗，让冷风吹进室内。Neil Young 在唱“Harvest”，迎着呼啸的风声。

雯快回来了，我突然萌生了一个念头——和她一起做些有意义的事情，未必要创造多么了不起的成绩，但至少能让彼此心安理得，对人生有所交代。

远处的摩天大楼上空，一架飞机掠过楼顶，向机场方向降落。

那架飞机上会不会坐着雯？飞机跨越了遥远的距离，将沉重卸在另一头，带回来一颗更加年轻的心。

“找时间坐一趟飞机。”我自言自语。

平安夜，距离会触景生情的夜晚还有两个多小时，人们已经按捺不住兴奋纷纷走上街头。一个人走在他们中间，脚步不由自主地加快了。节日氛围感染了我，我决定不去回想往日，专注于今夜本身。

不知不觉走到运河公园，立刻想起了那家电影院，决定再去看一遍《残酷的爱》。印象中那家电影院在东面，我向东走了两条街口，一直没有看到那条街。又折回运河公园向西走。在第二个街口一抬头，80 年代的居民楼映入眼帘，街找到了。

仅仅过了一个多月，这条街就发生了惊人的变化。杂货店不见了，替代以房屋中介，橱窗上贴着房源信息。比起我现在租的房子，同样档次的房子租金已经翻了一倍。理发店变成了电器店，门前打折的样机堆成小山。小吃店不见了，街上车辆、行人明显多了起来，人群中甚至还有拎着公文包、走得急匆匆的白肤金发女郎。街上混杂着好几种音乐，有欢快的圣诞歌曲，有新潮的流行歌曲，旧时的生活氛围已经被快节奏的商业社会气息所取代。

变化相当明显，说不上好或是不好。电影院不知该如何迎接这样的变化，是彻底被时代淘汰，还是迎头赶上？

答案很快揭晓。我瞠目结舌，怀疑自己正在梦中。

眼前的电影院变成了名副其实的商业巨舰，原先很容易被忽略的大门现在无论谁都不能视而不见——是所有商贸业态建筑设计师梦寐以求的那类大门：高度超过3米，正中是智能转动门，门框上包着亮锃锃的金属合金，两侧的手推门边各站着一位穿着漂亮制服的男服务员，随时为进出的顾客开门。大门上方挂着漂亮的五彩霓虹灯，拼写出影城的名称。在电影城内甚至还有座大型购物中心。提着印有购物中心名称标志的红色购物纸袋的顾客不断从转动门中走出来，将里面热闹的气氛一直带到大街上。

一个月工夫，即便是平地变魔术，也不可能变出这样一座新影城来。可能是我现在仍在梦中，可能是之前压根就没有来过这里，走错了地方。

但这条街的确是我见过的那条街，无论街上发生了多么惊人的变化，其内在的DNA还顽固地被保留着，恰如倔强的沙滩。

DNA可以从提着红色购物袋的顾客身上看到，他们中的大多数人没有过多欲念，为了每斤便宜两毛钱的鸡蛋特地从几公里外赶来；DNA也可以从掩藏在街背后的居民楼上看到，现在它们显得更加老旧了，墙上大片大片的涂层已经掉落，露出黑灰色的砖石，但它们依然骄傲地站在那里，毫不介意自己的老旧；DNA还可以从人们说话的方式上听出来，那是与秘书姐妹等人完全不同的说话方式，自然而放松。

一辆出租车停到路边，大人小孩一个接一个钻出车门，脸上兴高采烈的，看上去像是全家来看电影。看到他们，我想起了那天凌晨和我交换香烟的出租车司机，他必定能够与这里融洽。

也有人穿着漂亮的大衣，拎着昂贵的奢侈品皮包。但他们无法改变街的DNA，在这条街上他们反而还显得更为真实一些。

这些发现是我以前未曾注意到或者不曾看出来的。我认真地观察他们的行为举止、体会他们的心情、学习他们的姿态和说话方式，这门课名叫“社会本源学”，或者“简单生活哲学”。我发觉自己过去竟然从来没有正经学过这些，现在不禁贪婪汲取。这些新知识会填充我的缺失，它们是平安夜送给我的礼物。

我最终没有走进电影院，那里所放的电影已经是由大院线提供的最新片目，不存在非去看电影不可的必要性。

《残酷的爱》不知道还有没有机会重温?

回到市中心，走近步行街时收到一条短信：“圣诞快乐，多保重。”没有落款，号码也被有意隐蔽了。

第一反应这是芸发来的，她在哪里？还有雯?

我的四周环绕着写字楼、高档商场，在林立的高楼包围下，我不可能看见她们的行踪，甚至想象的空间也被挤占得不剩多少。

“圣诞快乐，多保重。”我对她们说。

闭上眼睛，反复听John Lennon的“Happy Xmas”。雯，你回来了吗？我想和你说声“Happy Christmas”。

夜幕终于笼罩城市。在灯火璀璨的街头，我听着音乐四处闲逛。孤独本身没有什么重量，比起我接下来的回归，这更像是一次情绪的积蓄。

“今后你想要孤独都不可能，说不定会忙得喘不过气。”意识判断。

“就是，到时候我们都跟着受累。”声音开玩笑。

接着就接到了雯的电话，她从一个不知名的城市打来。

“圣诞快乐！”电话那头声音嘈杂，似乎是在酒吧里。

“圣诞快乐！”千言万语只能化作这四个字。

“我坐后天晚上的飞机回来。”

“我去机场接你。”

“不用，只是告诉你一声让你放心。”

我拼命忍住感情，故作轻松地约她：“那就一起吃饭吧。”

“好的，27号中午吧。”她似乎也忍住了某种情绪。

“说定了。”

“说定了。”

“Happy Xmas。”我对着话筒大声说。

“Merry Christmas，happy new year。”她说。

天空升起了烟火，周围一阵阵欢呼，冷空气中洋溢着节日的温暖气息。我站在街头和其他人一起鼓掌，与同样孤单的人彼此祝福。触景生情的夜晚，时间几乎凝固似的走得极其缓慢。

第十七章　无足轻重的微尘

2003年12月27日上午，某城市发生了一起交通事故。一辆双层公交车在即将穿过一条桥梁隧道时突然偏离了车道，车顶瞬间撞上桥身下沿，坐在二层的几名乘客全部受伤，所幸无人丧命。这几乎只会在电影中发生的惊险场面不仅令当事人魂飞魄散，也让所有电视观众与报纸读者惊愕。“倘若当时我坐在上面，下场会是怎样？”许多人这样想。

隧道长度不到10米，距离桥身最短的高度恰好能碰到车顶。只要按照规定车道正常驾驶，根本不可能发生这种事故。公交车没有发生故障，隧道里也不曾出现过异常变故，责任就在于公交车司机开偏了车道。但每天要在隧道里来回七八趟的司机，又怎么会鬼使神差地开偏了车道？

事后司机承认自己超速，经调查当时车速超过65码。通常，由于白天车辆拥堵、路况糟糕，在市区开车根本不可能达到这个速度，可是那一刻，在公交车面前突然出现了空无一车的场景，给了公交车充裕的加速空间。已经连续加班 3 天的司机忽地失去了控制力，糊里糊涂地踩了一脚油门……

车顶猛地撞上桥身。当时正坐在公交车二层打瞌睡的一位男性乘客事后在病床上向记者回忆，那一刻他突然听见金属被割开的刺耳声音，他一睁开眼就看见车顶扭曲着正向上飞去，一大堆金属、玻璃的碎片向他扑过来，他下意识地趴到地上，才躲过这些骇人的袭击物，最后只是右手臂骨折，已经令他万分庆幸了。

肇事司机也心有余悸，在意外发生时，如果方向盘再向右打偏哪怕一公分，公交车就会撞上桥墩，后果将不堪设想。但他到底稳住了几乎失控的公交车，没有酿成更大的悲剧。由此看来他的驾驶经验十分丰富，经验丰富的司机为何会犯下这种低级错误？别人解释不了，他自己也想不通。

之后一段日子，关注这起事故的人在看电影时，如果看到有撞车的场景，视线焦点往往会落在那些被撞毁的汽车上——它们通常是作为场景配角存在的——男女主角再如何神勇地从险境中逃脱，都不能掩盖其他无辜者因此不幸伤亡的事实。每个人的生命都需要尊重，哪怕在镜头里再微不足道。

事故发生后，该城市开始对双层公交线路重新规划，专家还就双层公交的运行隐患等问题展开讨论，并得出整改结论。尽管双层公交车并没有因此退出城市交通系统，但在许多路况复杂的线路上已经被停止使用。积极地看，以少数人受伤为代价换来隐患问题的解决，使这起事故多少有了意义和价值。

肇事司机被暂时停岗，很快他的命运就不再被公众关注。同样，那些受伤的乘客也只有由本人来留存那段记忆了——他们既无法据此写出引人关注的回忆录，也不可能因此改善人生轨迹，甚至有的人未来会在心理阴影中生活。随着日后更多新闻事件的发生，这起事故会不会被人们记起来还要打个问号。

其实，在所有事件身上都存在一种注定被忘却的必然性，区别只在于忘却所需花费的时间的长短。自然，在所有普通人身上也都具有这种必然性。个体的命运再怎么被改变，也影响不到人类这一群体的最终结局，甚至大多数情况下直接影响到的“他人”不会超过5个——这一数字来源于一个人拥有的关系最亲密“他人”的平均数目。

所谓的“蝴蝶效应”，在宿命论者看来是多虑且可笑的。蝴蝶翅膀的扇动即便改变了千里以外的气候，在整个地球看来只不过是偶然打了个喷嚏、感冒了一次而已，不会影响到最终的结局。

对于电影观众来说，只需再过一小段时间，他们的注意力就会重新集中到主角的命运上。被撞毁的汽车、摔下山谷的火车、在空中爆炸的飞机，所有的道具和配角都只是为了主角的故事服务的——属于银幕的**摧枯拉朽的微不足道**。

这起事故距离新年如此之近，以至于有些人认为这是不祥的兆头，对此议论纷纷。但元旦过后它就少人问津了。又过了一段时间，普罗大众便将其淡忘了。

事故发生的同一刻，我正在网上查询出租房源信息，两小时后我就要和雯见面。新年将至，我的心情像是初出茅庐就要去争夺奖杯的棋手，一时沉静，一时又激动起来。我恨不得时间立刻跳到下一年，让我略去经历的过程，直接看到未来的真相。

可对于时间来说，2004年并非急不可耐，2003年也没有顽固不走的意思。无论发生什么事，时间始终保持平静。

中午，阳光很好，我们在一家由旧民宅改造成的西餐店里吃饭。

雯消瘦了许多，长度及腰的卷发剪了，改以齐耳短发。第一眼我差点没认出她。

“头发居然舍得剪？”

“想剪就剪了，换个形象。怎么，不好看吗？”

“相当年轻啊，几乎没认出来。”比起那晚她向我倾诉噩梦时面容憔悴全身紧张的样子来，现在的她重新充满了活力。

“现在这形象，要是去和小男生谈恋爱，不委屈别人吧？”她顺手理了理头发，开玩笑说。我熟悉的她似乎又回到了这里。爽朗、不拖泥带水，令说话对象无拘无束。

“你瘦了很多，旅途上没吃好吧？”

“还好，几乎没有工夫去想吃什么，确实也没什么可吃，许多当地特色小吃都吃不惯，有什么就吃什么吧，挑剔不得。”她喝了口柠檬水，左右四顾，“色彩、桌椅、装饰画都格调不俗，摆放的方式也是我中意的，你怎么发现这家店的？”

“偶然从网上看到这家店的评价不错，以前从没来过，一起碰碰运气。”

服务生送上菜单，我们从前菜看起，点了芝麻叶色拉、牛尾汤和洋葱汤，披萨选了帕尔玛火腿口味的，还点了份墨鱼汁意大利面，到此我们仍然意犹未尽，又多点了份烤牛排。酒单上白葡萄酒的种类不多，仅有的几种的产地酒庄也不是她熟悉的，在服务生推荐下点了价格适中的一种。“很久没喝过白葡萄酒了，期待！”撤走菜单后她说。

也许是工作日中午的缘故，店里客人很少。我们坐在角落位置，刚好看得见戴着白帽子的厨师在院子里忙碌。“饭店厨房设在院子里，倒是第一回见到。”我转过头对她说，她大概有什么心事，眼睛正盯着桌上的调味瓶，半天没有挪开。

我不忍打搅她。仔细看，她的脸色并不算好。或许是因为突然瘦了下去，眼角和鼻翼的细纹增多了，即使化了妆也难以掩盖。“事实上，她并不如第一眼看上去那么精神。”声音提醒我。

“而且心事重重。”意识补充道。

餐厅里在放小野丽莎的JAZZ曲，小野丽莎不知怎么就红到如此地步，连Billie Holiday都甘拜下风。

她突然抬起头，问我：“信都收到了？”

“前后总共收到过3封信。”

“那就对了。”她放心地点点头，“本来不想写那么多。写得累，估计你看得也累。而且平时习惯用电脑了，手写信生疏得很，很多字都想不起来该怎么写，又没有字典可查。天气也不配合……”

“那你就不要写这么多啊，旅游就该彻底放松身心，谁还惦记着给别人写信。你呀，真是……”

“可是我需要好好说些话，给你写信是唯一的倾谈方式了。你也知道我的脾气，如果你看得厌烦了，有过‘这家伙怎么这么婆婆妈妈’之类的想法，我现在当面道歉。”心情再怎么复杂，她的这种说话方式终究已经在体内生根了，一点没变。

“我读信时觉得好像正面对面地和你聊天，又怎么会看得厌烦呢？老实说，看到你一封信一封信地写过来，我真的很感动，也放心不少，你可是独自一个人出去的呀！”

“真的感动了？”

“当然，给过我很多温暖，还说出了不少我的心里话，到底是朋友。”

“当然是朋友。”

我心头一热，随即责备她：“以后千万不要这样了，招呼不打一个说走就走，以为世界上就没有可以商量问题的对象了吗？”

“这样的人很少，即使是你，也不能承担我的全部问题的。”

“承担一部分总可以吧。所以，别再说‘如果你看得厌烦了’之类的话，你信里不是说，你我是同一个模子刻出来的么？人哪有自己向自己道歉的道理。”

“好吧，这句话我收回，下次非得写封让你看得痛恨不已的信寄给你。”

“不必担心，哪怕你再怎么胡言乱语、恶语相向，我也照样欢欣地看下去。”

“真的能欢欣地看到底？可不能反悔。”

"一定，一定欢欣地看完，看完以后还要批注，某年某月，你又让我看信看开心了。"

"谢谢。"她轻声说，"我尽量写得开心些，不让你为难。"

服务员送来餐前面包，我们各拣一块吃了。面包烤得不软不硬，味道也恰到好处。

"其实，作为餐前的面包，面包是很为难的。"我说。

"怎么讲？"

"餐前面包的用处只不过是让客人在等待正餐时略微垫垫肚子，标准的配角身份。但万一碰到客人挑三挑四，抱怨其味道不够分量的话，又会让餐厅很没面子；认真做了吧，有的客人其实碰也不会碰，结果就是白白浪费。恰到好处这种要求，说起来容易，做起来相当难，十家餐厅里也未必能有一家做到。"

"有道理，这一个多月你感悟不少嘛。"

一瞬间，我想告诉她最近我的各种经历，还有连续的噩梦。但她好不容易精神了些，千万不能再增添她的烦恼。"只是写了些类似餐前面包的东西罢了。"我如此答复。

"哦，对了，上期杂志出来了，我刚看过，《21世纪的摇滚乐》大改过了？"

"是啊，你们副主编就差没把我的稿子直接枪毙掉。你不在大家都乱成一团。"

"我哪有那么大的影响力，只不过是干这行的时间长了，已经变成生产链中老气横秋的一环。平时谁也不会注意，一旦脱节又的确会增添不少麻烦。"

"你这一环至关重要，我清楚的。"

她苦笑，拿起一片面包说："我就是餐前面包，属于标准的配角，可要我安安稳稳做下去又不太容易。别人或许不会在意，自己却老是想这个想那个的，矛盾得厉害。"

"谁不是矛盾的呢？"我反问她，"再说你对自己有更高要求，也没什么不对。”

“更高要求？呵呵，这次旅行让我想通了一点，我只是无足轻重的微尘。事业也好，爱情也好，甚至生活本身也罢，其实没什么好多介意的。季羡林老先生岂非说过‘大多数人的生命没有意义，没有价值’。”

“生命本来如此，殊途同归。”我感叹。

“无足轻重啊！”

“反正对社会无害，无足轻重也是一种尊严。”

“这句话说得很好，我要为此敬你一杯。”她招呼服务员，将白葡萄酒各自倒了一小杯，“来，为‘无足轻重’干杯。”

我们将酒一饮而尽，彻底释怀。刚才我有太多的话想跟她说，此刻却觉得说什么已不再重要，只需坐在这里对饮即可。她身上具有能让我安定的东西，我看着她想。

“那么，现在有何打算？”

“应该还是回到生产链当中吧。我不再年轻了，再也没有改变的余力和资本。虽然在信里说过不能随随便便对待剩余的人生，可要我做什么有意义的事情，还真想不出来。在拉萨住了10天，回看30年人生，觉得自己也该知足了。能做算是自己兴趣的工作，年轻时该玩的也都玩过——连乐队都组过，感情方面也算是从一而终，对得起任何人，即使生命就此终结，也没什么可遗憾的。”

“还是有具备意义的事情的，关键是如何找到它们，不能随便随便对待剩余的人生啊！”现在变成我鼓励她了。

“是有，但是寻觅需要很长的过程，现在我还不具备找到它们的条件。”她有些感伤。

“我觉得你还是应该认真谈场恋爱，不要一个人过。”

“看缘分吧，目前我是没有多少力气再去经历感情了。再说合适的对象也不是那么容易找得到，走一步看一步吧，反正我也习惯了一个人生活，没什么不好。你呢，还想继续现在的状态？

不想找份稳定的工作吗？”

该告诉她我的现状吗？已经结束了自由撰稿人生涯，可能要投身房地产业？这样的变化太过强烈，如果从头来说可能我自己都不会相信，还是让她以后慢慢了解比较好。

“嗯，这样的状态太久了，有时也的确有些厌烦。如果有好的机会或许会试一试。运气好的话说不定明天就改头换面，要是运气不好就暂时维持现状。”

“试一试吧。哦，对了，这个月没有向你约稿，一年来头一回失约啊！”她突然想到。

“别介意，反正我也没闲着，忙着寻找改变的机会呢。”

“祝你好运！”她举起杯子。

“谢谢！”我们干杯。

“趁着年轻，多尝试点，别像我这样一潭死水。”

“哪里，对你来说稳定是好事。”

“好事吗？”她喃喃地说，视线投向我的身后，但这里没有涂鸦画。

“小芸还好吗？她快毕业了吧？”雯转移了话题。

我不想让她担心我，但也不愿意欺骗她，斟酌着回答：“她最近忙着写毕业论文，有阵子没见了。”

“你多关心关心她，对她来说现在可是人生最重要的阶段，需要有人陪她讨论讨论人生计划。”

人生计划，我何曾和芸讨论过这个问题？缺乏规划、缺乏社会责任感，我一定给芸造成了这样的印象。

见我没有说话，雯继续劝我：“在感情问题上你可不能袖手旁观，当然我也不是要你像我那样傻。从现在开始，社会对我不会再有过多要求；而对于你，到了一定年纪以后，无论愿意不愿意，社会都会主动来考察乃至拷问你，你还是要有所准备才好。”

“你说的道理我明白。但我对芸只能尽力而为，能负责到何种地步不由我决定。刚才说过有变化一下的想法，也正是基于这个出发点而来。”

“只要你有这样的想法，她一定会了解到的。你还年轻，还有的是时间去改变。不要像我一样，到现在已经没有选择的余地。”

“瞎说，你年轻着呢，机会多的是。”

“我祈祷自己能维持现有的状态，不要再有新的缺失。可是说不定连维持现状都做不到。”她黯然说道。

我看着消瘦许多的她，一阵心酸。她并没有彻底走出阴影，旅行没能解决本质问题。

“你千万不要这样想，这样我也会受伤的。”我诚恳地说。

她注视着我，努力忍住心中的激动。“我真心希望你拥有更幸福的人生，万一我曾经说过伤害你的话、做过伤害你的事，请你谅解。伤害你绝非我的本意，对不起！”

“你是指什么伤害呢？那天的不告而别吗？不，我完全能够理解当时你的感受，对此我丝毫没有介意，相反，这段日子一直担心你倒是真的。今天和你坐在这里吃饭，对我来说就像美梦成真一般。”

她感激地看着我，然后视线又转移到调味瓶上。

不知什么时候，小野丽莎换成了 Billie Holiday，是她的最后一张作品 *Lady In Satin*，到底还有人记得 Billy Holliday。这位命运多舛的爵士天后，即使彼时嗓音已经被不堪的命运深深伤害，依然是如此令人难忘。

“I'm a fool to want you。”沙哑的声音铺满了整个餐厅。

披萨做得十分地道，几乎透明的帕尔玛火腿肉被均匀摊开，铺在烤得异常香脆的薄饼上，中间一层起司中和了腌制火腿肉的咸味，而薄饼里还藏了蜜瓜肉丁，使口感异常饱满。“到底和快餐店里的货色两样！”我们齐声赞叹。墨鱼汁意大利面更加令人喜出望外，墨鱼汁放得特别多，吃起来嘴唇都沾上了汁水，变成黑黑的一片。我们彼此对视，忍不住哈哈大笑。

如此和她正经吃饭，上一次还是什么时候？我的胃口全开，披萨接连吃掉好几块，烤牛排也多吃了不少。白葡萄酒喝完觉得不过瘾，又要了一瓶。

午后2点多，我们还在轻松地聊天，关于她的旅行，关于布达拉宫，关于我最近听的音乐。我为自己曾经对她的忽视而道歉，她让我千万不要这样想，并且给我看在释迦牟尼等身像开过光的手珠，在拉萨八角街买的藏银手镯，承诺要把沿途拍摄的照片给我看。“震撼的美景多着呢，等着。”

自始至终，我们都没有真正碰触过感情话题。她是感情的受害者，一定对此小心翼翼。我与芸发生的问题，现在又无法向她述说。也许换个时间和地点，我会向雯倾吐所有的心声，包括一度的痛苦和迷惘，以及对未来新的设想。但在这顿美餐面前，这些话没有必要马上讲，反正来日方长。

饭后她坚持买单。“这顿一定由我来请你。”

“可是上次你不是没来赴约？就当改到今天好了。”

“就是因为没有赴约，很对不起你。何况我刚把车卖了，价钱还不错，要祝贺下。”

“怎么突然把车卖了？你才刚回来！”

“车旧了，我想换换心情，旅行途中就托朋友帮忙处理了。放心，没车又不是不能过，说不定哪天再买辆新的。”

“嗯……还是由我来，为你接风嘛。”

她生气了：“就这么定了，否则不再见面。”我只好作罢。

服务生取走账单之后，她突然邀请我：“来，拍张合照吧。”

“从来都没拍过，怎么……”

“旅游回来的人都不免染上拍照的习惯吧，再说我们还没有合影过，用你的相机。”

我取出便携式数码相机和她坐到一起，请服务员帮我们按快门。随后我检视相片，她笑得未免有些夸张。

走出饭店，她向我告别："我去商场逛逛，再见。"

"好吧，再打电话，下次我再找个好地方请你。"

"行，等着，再打电话。"她向我微笑着，时间超过普通告别时微笑的长度，情绪也几乎要溢出来。

"怎么像是要哭鼻子。"我开玩笑说。

"太久没吃过像样的饭了，所以很感动。"她还在微笑，"快走吧，再见。"

"再见……啊，差点忘了，我要当面再对你说声新年快乐，祝你新年快乐！"

"新年快乐！"她向我挥手。

转身向着地铁站走去。我穿着黑色海军领短大衣，围着格纹围巾，双手插在大衣口袋里，脚踩着干燥的柏油路面。没有回头，然而我感觉她一直在看着我。

晚上我去了过去常和雯一起去的酒吧。半年多时间没来，酒吧的面貌大变。原先只是用简单的彩灯组成店的名字，现在换上了足有两人高的灯箱，以好莱坞黄金年代电影里常见的漂亮字体写出英文店名，以此宣告"本店焕然一新"。

内部变化更大。原先酒吧的吧台挨着墙，对面的小舞台上只容得下一支四人乐队表演。我和雯常常站在吧台边上，边喝啤酒边听乐队演唱自创的歌曲。两年内乐队没有换过，都是老面孔。从一个角度看，酒吧风格一成不变，缺少新鲜感；另一角度看，这又代表了酒吧的立场：给固定品味的人提供固定的服务，只求自我精神独立的"本店文化"。

现在这里已经彻底改头换面。吧台挪到场地中央，原先的男调酒师换成了几个吧台女郎，舞台规模更大，灯光音响都采用了接近演唱会级别的专业设备，地板也换成了特制的亚光玻璃板……装修的确上了个档次，但酒吧的空间原本就不大，现在增添了许多东西后更显局促，从前的自然舒适感现在荡然无存。

站在崭新的吧台前，一个人喝啤酒、吃花生——花生的味道倒是没变。吧女们热情地招呼我，还提议一起玩骰子，我婉言谢绝了。

一个人喝啤酒、吃花生米，默默回想近段时间的种种遭遇。雯终于回来了，下次见面会和她长谈，把今天来不及说的话全部和盘托出，和她认真谋划未来。芸，你现在又在哪里？真想当面告诉你，我去过湖边，去过那个村庄了！芸，新的一年里我们还能回到从前吗？

21点30分，一支全新的乐队走上舞台。乐队演奏水平不低，女主唱的爆发力十足。他们一连唱了5首英文流行歌曲。酒吧里顾客很少，掌声寥寥，乐队却表演得十分卖力，单就表演质量而言，比以前那支乐队要好很多，但独立性消失了，连同酒吧本身一起。

唱完“Big big world”，乐队下场休息。酒吧灯光暗下来，DJ换上快节奏的舞曲，两名穿着性感制服的女孩轮流到舞台上跳舞。

酒吧完全陌生了，我问了吧女后才知道，在半年内酒吧转手过两次，新老板决定把如今流行的多种酒吧形式组合到一起。

“我们还提供西餐。”吧女向我展示，菜单上用英文写着不少西式快餐的名字。

跳舞女孩结束表演，下场后与两位喝威士忌的客人坐在一起聊天。乐队重新上场，开始新一轮表演。

我离开酒吧，一路走到住所附近的音像店。一个月没来，音像店的格局也有所变化。原先满地都是装CD的纸盒，现在纸盒不见了，代之以三排木架，木架上陈列着电影碟片的封套。

老板的气色明显差了许多，愁云布满尚算年轻的脸。

“CD生意很差，看来要专心卖电影碟片了。”

“市场是变化的，跟着需求走就是了，再说卖电影碟片也很好。”我安慰他。

“做这行是因为热爱音乐，喜欢CD，你知道的。”

“我知道，不过人不能由着性子生活。”若是在一个月前，我断然说不出这样的话。

“兼着卖吧，总有需要它们的人。纸盒都放到后面的房间了，进去挑。”

“当然，总有像我这样的人。”

我们相视一笑。

蹲下身在纸盒里挑CD，新到了一批英伦乐队的作品。我一张接一张地仔细挑选，过程中我想，将来我恐怕不会再由着自己的性子生活，但有些本质的东西是不会改变的，对此我充满信心。

房间里的灯突然熄灭，在外屋买电影碟片的顾客们发出一阵惊呼。第二天我才知道，当时城市大面积停电，这是从未有过的突发事件。

下部　鸣钟人

思想领域的斗争，需要社会鸣钟人。

第十八章　梦：英斯比旅馆的主人

“英斯比是我的曾曾祖父，这个旅馆就是他创立的。”午餐时，旅馆主人乔尔斯三世爵士向我们侃侃而谈。他穿着剪裁合身的红色礼服，一块白色丝巾优雅地系在脖间，右手中指戴着纽扣般大小的祖母绿戒指，头上还套着假发套，全身散发出旧式贵族般的气质。

餐厅很宽敞，中央放着一张足可容纳20人同时就餐的餐桌，两名仆人恭敬地站在乔尔斯身后，戴的白手套上镶满碎钻。从天花板垂吊下来的水晶灯上点着100根红色蜡烛，将餐厅照耀得灿若白昼。尽管在地下窗户并没有实际用处，两侧墙上还是安装了六扇彩色玻璃窗。

乔尔斯年近40，在帝斯国称得上是高寿。他的皮肤白得近乎透明，五官格外俊美，脸上光滑得没有一丝皱纹。他说话时语调轻柔，不时吐出高雅的古典单词，如果不是洛瑞事先告诉我他是城内组织的负责人，我很难将眼前这位独具魅力的男子，与整天生活在刀口浪尖的组织成员联系在一起。

“旅馆创立之初，国家还在柯斯王的父亲——吉坦王的统治之下。当时首都的繁华景象，你可以从这幅画里看到。”他指着餐厅墙壁上的一幅油画说。油画描绘着一条热闹的集市，画中的人们穿着节日的盛装，每个人的脸上都洋溢着真心的欢笑。集市上商品丰饶，水果、家禽、海鲜、书籍、玩具……应有尽有，甚至还有家“河母”特卖店。街道两边树荫茂密，远处的教堂尖顶上竖立着“主神”的雕像。人群中，有两个女孩正在逗弄坐在婴儿车上的男孩。她们穿着可爱的公主裙，金色卷发一直垂到腰间，双手松开了一串五颜六色的气球。整幅画充满了生活的热情，画中人一定想不到，这么美好的生活后来会随着气球一同飞走了。

“那时的旅馆有18层高，总计400间套房，大堂美轮美奂，终日飘荡着钢琴曲。在旅馆的餐厅里可以吃到世界各地的美食，客房服务应有尽有。不夸张地说，如果晚上想在草坪上举办私人派对，只需提前一个小时吩咐，保管办得体面风光，还赠送漂亮的烟火。”他不无骄傲地打了个响指，这动作不算得体，在他做来却显得十分优雅，“在一份全世界发行的旅游手册上，英斯比旅馆享有最高级的评价。各国富豪到了肯斐辛，都指名要在这里下榻。由于对旅游业贡献巨大，吉坦王还授予我们家族贵族爵位。”

他披戴着象征爵位的肩带，色彩鲜艳，崭新如昨。

仆人端上头盘菜与汤，餐前红酒晶莹透亮，一闻便知其年份久远。“旅馆开业至今收藏的各类红酒，大多数还在酒窖里保存着。”他骄傲地说。

“不幸的是，248年前灵塔建成了。公纪463年，灵塔下令重建首都。所有的建筑、街道、公共设施全部被拆光夷平，旅馆也没能幸免——我们现在用餐的位置就是原先旅馆的地基。想想看，豪华客房从空中转入地下，变成蜗牛窝大小的格子间，这是件多么难堪的事。可是没有人理会一座旅馆的心情，即便是现在的旅馆，也是我的曾祖父多方奔走、四处托人才保住的。很难想象他是如何将旅馆里的装饰品、家具、珍藏的红酒尽可能多地抢救出来的。之后，旅游手册上再也没有英斯比旅馆的名字，没有人预订派对，看不到绚丽的烟火，至于各国美食和客房服务，谁还会奢望这些？”

“我的父亲和祖父都怀有恢复旅馆昔日荣光的理想。父亲因此加入组织，试图推翻灵塔的统治，重建旅馆。可是日复一日，直到旅馆传到我手上，它还是眼前这个样子。我憎恶它，即便住在里面也不愿意多看它一眼。这一层的房间全部是按照昔日辉煌时代的房间样式建造的，可惜面积实在太小，否则你一定会理解我的心情。”他的语气越来越激动，紧握的双拳颤抖得厉害。

坐在这座富丽堂皇的餐厅里，我能够体会他的心情。

“近百年来，到首都来的国外游客几乎绝迹，旅馆接待的无非是其他城市到首都来的本国旅客。如今灵塔又颁布了出入禁令……这样下去旅馆迟早会破产，届时我将成为家族的罪人。除非，除非我们加快动作，尽早摧毁灵塔。凯尔先生，你说是不是？”

我没料到他会突然问我问题，脱口而出：“当然，形势迫在眉睫。好在我们有能力办到。”

“哦？能不能详细告诉我，让我这个可怜的老人在生命的暮年有所期盼呢？”他礼貌地问我。

“那只是我们的愿望，”洛瑞替我回答，“我们相信转机即将到来，主神不会坐视灵塔作恶而不管的。”

“洛瑞，我的朋友，你什么时候也相信主神了？”他向后倚住椅背，“与其空等它，还不如将希望寄托到首领身上，我已经很久没有见过他了，他还好吗？”

“他很好，现在正在基地里训练战士。”洛瑞答复道。

“当然，他一定很好。前天我才得知你会来首都，有什么需要我效劳的吗？”

“我们要在这里住段时间。我需要城内组织的所有资料，包括联络站的信息、现有成员的档案。”洛瑞说。我察觉到，洛瑞对乔尔斯是有所保留的，并不愿意把我们此行的目的告诉他，而乔尔斯似乎也并不完全相信洛瑞的话。

“今天下午我就把资料准备好，希望你能用得上。这家旅馆的年纪比组织的历史都长，我宁愿舍弃自己的生命来保卫它。”他带着微笑从容地说，“现在，让我们先用餐吧。”

服务员端上煎鸡胸沙拉，并为我们倒上一种新的红酒。乔尔斯向我们生动讲解这种红酒的产地、年份以及味道中的精妙之处。我想，无论在哪个国家、哪个时代，这样的人都会受到欢迎。

然而，一个消息驱走了我品尝红酒的兴致。乔尔斯告诉我们，战争已经爆发了，帝斯国军队正全力进攻天使国，每天都有天使国的俘虏被押到首都。大祭司将他们作为祭品献给灵塔。恐怕我在山洞里“游离”时，国境线上正血流成河，我再次为我耽误了宝贵的时间而愧疚不已。

“到底如何才能摧毁灵塔呢？”我急切地问，不顾洛瑞想要制止我的眼神。

“摧毁灵塔？朋友们，你们难道是为此目的而来的？太好了，终于要对灵塔发动攻击了，我已经等了几十年了。”

我刚要回答，洛瑞立刻打断我：“我想你可能误会了，乔尔斯。我们在路上花了不少时间，刚刚才知道战争爆发的消息。天使国既然已经被卷入这场战争，我们就将与灵塔决一死战。”

“朋友们，如果现在有一个摧毁灵塔的好机会放在面前，你们会怎么做？”乔尔斯挥了挥手，仆人们全部退出房间。

“什么机会？”洛瑞问。

“我知道有一条秘道可以利用。”乔尔斯压低声音说。他站起身，从背后的墙壁上拉下一块幕布，幕布上画满了复杂的图形。

“这是肯斐辛的地图，在这幢建筑里藏有一个秘密出口。”

他指着地图上的一个红色标记说，“它就是灵石秘道的出口。”

“灵石秘道？”

“对，柯斯王修建灵塔是要把它作为自己的新宫殿。每个国王在修建宫殿时，都会给自己留条紧急逃生用的秘道。柯斯王从塔底修建了一条秘道通到外界，秘道出入口都安装了复杂的机关，只有特制的钥匙才能打开。灵塔主宰国家后，虽然它也知道有这条秘道存在，但怎么也找不到这个秘道的出入口。万一哪天有人找到这条秘道，通过它闯入灵塔，就会威胁到灵塔的安全。”

“为了解决这个心腹大患，200 多年来，灵塔派人在国内一刻不停地搜寻秘道。我猜想，当年它要重建首都，目的也是为了找到这条秘道。不久前，灵塔终于找到了秘道的出口。由于没有钥匙，军队无法进入秘道，它就派遣 4 号部队去守卫那片区域。幸运的是，出入那条秘道的钥匙竟然被我找到了。”乔尔斯兴奋地说，脸上忍不住浮现出笑意。

“你是怎么找到钥匙的？”洛瑞问。

“在我的祖先给我留下的遗产里，有一个装着两把钥匙的珠宝盒，里面还有张纸条，写着钥匙的使用办法。过去我对灵石秘道一无所知，几天前，大祭司到俱乐部玩乐时走漏了消息，我才得知了这个秘密。现在我已经打听到这个出口的准确位置，即使你们不来，我也准备组织力量前去侦察。”

“乔尔斯，这条消息是否可靠？”洛瑞谨慎地问。

“这个嘛，哈哈，情报可是俱乐部王牌桃乐丝搞到的……”

听到这个名字，洛瑞笑了：“既然是她出马弄到的，情报的可靠度就很高了。我先去侦察看看。乔尔斯，谢谢你。必要的时候，钥匙我想拿着。”

“当然，只要确认情报属实，钥匙我马上交给你。希望我们能抓住这个机会，将目前的糟糕局势来个大逆转。”他在空中做了个打马球的动作，“一击命中！”

他们又聊起肯斐辛目前的防卫情况，目前城内一半的精锐部队已经赶往前线，城防比过去空虚得多。乔尔斯取出胸前挂着的珐琅怀表，看了看时间说："已经很晚了，我的朋友们，主菜还没有吃呢！"他按下桌铃，仆人们走进房间送上烤金枪鱼、奶油汁蝴蝶面以及酸奶水果拼盘，中途又新倒了另外两种红酒。

饭后回到房间，我问洛瑞如何看待这次机会。"如果是真的，这的确是个好机会。但是首领来之前我们不能轻率行动，明天先去现场看一看。"他用了"我们"这个词，我的心里涌上一阵暖流。

"你好像不太喜欢乔尔斯。"

"哦，因为彼此来自不同的阶级，天然具有某种排斥心理吧。不过我只是不喜欢他的生活作派，对他的能力我是认可的。"

"俱乐部真的能获得这么重要的情报吗？"

"这一点你不用怀疑，组织通过这个渠道获得过不少重要情报。人类的有些弱点具有普遍性，即便是僧侣和将军也不例外。只要他们喜欢来俱乐部，我们就能不断获取情报。"

这时乔尔斯派仆人送来城内组织的资料，看完后洛瑞感叹道："很久没有来首都，没想到现在城内组织的实力更加壮大了。新建了三个联络站，扩充了 40 多名新成员。乔尔斯真是个人才。"

我们在地图上研究灵石秘道出口位置的地形，那一带共有三条小路与外界相通，其中一条路和城市东门的广场直接相连，另外两条路通往居民区深处。经讨论后我们确定了侦察路线。之后洛瑞取出一个包裹，那是昨晚他从酒馆的房间里拿走的，里面装满了各类侦察工具，短剑、挂索、抓钩、便衣，甚至还有足可乱真的人脸面具。他向我讲解各类工具的用法，我很快就熟练掌握。

下午 4 点，我们走上地面，没有看到小人的踪影。

晚饭比中饭更加丰盛，看到餐桌中央堆成小山的龙虾、烤得金黄的乳猪、满满一盆的鹌鹑，洛瑞皱起了眉头。他向乔尔斯提出要见一见组织成员，乔尔斯答应马上安排。“今后没有必要的话，我们吃饭还是简单点，没有多余的时间可以浪费。”洛瑞直率地说。

“好的。我的盛情你能领会就好，形式就照你说的，简单点。”乔尔斯面不改色地说。

饭后，我和洛瑞走出旅馆。肯斐辛的夜晚很平静，没有可怕的血腥武斗。街上点着路灯，到处都有巡逻兵。在旅馆西边的布告栏上贴着一张征兵告示，写着“正值用人之际，所有志愿参军者通过考试入伍后，就可根据能力授予相应军衔，出类拔萃者还能破格晋升。”

回到旅馆后，洛瑞又传授我新的搏斗术。练习结束后他夸奖我：“才一个月时间，你已经接近我的水平了，不用多久你就会超过我。”

“能达到不拖你后腿的地步，我就心满意足了。”我感激地说。

翌日清晨，我们戴上人脸面具出门，上午去拜访了城内的几个联络站，我们此行的真正目的始终没有向任何人透露。中午随便找了家饭馆吃饭，饭后来到灵塔秘道出口处。

表面上看，这片区域与城市其他地方没什么区别，其实行人当中混杂着许多密探。他们目光炯炯，健壮的体格一看就是长期吃军粮的结果。路边店铺里的生意人个个身怀武艺，警惕地监视行人。这些人恐怕都是4号部队的成员。秘道出口处所在的那间屋子周围更是布满了这类人，他们看似随意地摆出十几个小吃摊，却构成了巧妙的防御阵势，将这里守护得固若金汤。

我们没有多作停留，很快离开。路上洛瑞评价说：“看上去的确有秘道出口，否则不会布置这么多防守力量。但我总觉得有什么不妥，暂时不要轻举妄动，静观其变。”

当天，小人依旧没有出现。我们待在房间里策划攻击方案，晚饭由仆人直接送进房间里。海鲜红椒烩饭和烤牛肉，另附水果与红酒。饭后继续格斗训练。两天没有吃加了药剂的军粮，我的体格和力量还在继续增长，对此洛瑞也无法解释。训练结束后，洛瑞又教我一门新的剑术。“这是首领为了对付4号部队而创立的。105年前的那场战役中，他和4号部队交过手。”

我之前听他提起过那场战争，但详情一直不了解，趁着现在暂时平静，洛瑞向我娓娓道来。

“当时首领还是组织的将军，统帅机动部队。当年灵塔的统治不像现在这般稳固，国家里有一半人反对它，不少城市的驻军还加入组织成为反抗军。公纪523年秋天，组织出动所有的反抗军攻击肯斐辛，与灵塔决一死战。

“那场战争之惨烈，怎么形容都不过分。我虽然没有亲历，但听首领讲述时仍然感到恐惧。当时肯斐辛的守军负隅顽抗，反抗军牺牲很大。后来首领想出妙计攻破城池，士气高涨的反抗军势如破竹，很快攻入灵塔区。眼看先头部队距离灵塔不到900英尺了，冲在最前方的士兵们突然变得软弱无力，接二连三倒在地上。这种感觉迅速传染给后面的部队，军队瞬间丧失了前进的能力。”

这件事我曾经听洛瑞提起过，在说起灵塔神秘的控制力时。

“这时，从灵塔的侧后方突然杀出一支敌军，他们快疾如风，出手狠毒，如蝗虫吞噬麦田一般砍杀着反抗军战士。眼看形势不妙，后排部队立即后撤，退到一定距离之外，士兵们才重新恢复了力量。而敌军也已杀到眼前，双方开始决战。谁知这支敌军的战斗力远超常人，他们仿佛一面面镜子，把对手的弱点清晰地显示出来，每一招都直击死穴。”

“他们怎么会像镜子？”

“在战斗中每个人都有弱点，这支敌军就像镜子一样，把每个对手的所有弱点都照映得清清楚楚。结果可想而知，敌军风卷残云般杀戮反抗军……”一阵寒意从我心底升起，窜入脑髓。

“看到这个局面，首领马上带兵增援。然而连他也无法抵挡这群怪物。为了保存实力，他命令剩余的部队撤退，自己带着最精锐的百名战士殿后掩护，结果还是被敌人团团包围，慌乱撤退的大部队最终被屠杀殆尽，首领和其他十几名战士艰难突破重围，好不容易保留了组织东山再起的希望。接下来的100多年里，组织再也没能向灵塔发动直接攻击。”

“这次首领为何有了摧毁灵塔的信心呢？”

“具体原因我不知道，但首领告诉过我，他找到了摧毁灵塔的办法。这次他单独行动就是为此而去的。那次战争之后，首领创立了这套剑术以对付4号部队，现在我把它传授给你。”

这套剑术并不复杂，但招招出人意料，恐怕只有出乎常理的剑术才能对抗犹如镜子的4号部队了。

晚上10点左右突然有人敲门，此时我还在温习剑术，洛瑞正用手指在地图上划来划去。打开门，是穿着一身黑衣的乔尔斯，他悄声道：“跟我来，大祭司来俱乐部了。”

我们跟着乔尔斯走进他的房间。这是间套房，面积足有300平方码，装潢奢华。他引我们走进书房，进入书架背后的密道，沿着阶梯往下走了300多个台阶，来到一条走廊。走廊里有5间房间，我们走进中间那间。屋内光线昏暗，仅有墙上的一盏油灯吐着微弱的火光。靠着东墙放着两把椅子，墙上有两支听筒和两个观察孔。从听筒里传来隔壁包间的笑声，透过观察孔可以看到里面的情形。

包间里，一个穿着宽大僧袍的男子正搂抱着一名妖艳女子。男子身上戴着几串珠宝，双手在女子身体上游移。女子双目紧闭，过了半天突然推开男子的手说：“你好讨厌，这么多天不来看我，这样下去我哪能耐得住寂寞。”

“不是有凯斯特陪你吗？小宝贝。”他的声音腻得令我反胃。

这时我看清了他的脸，五官丑陋，脸颊上文着蓝色的云彩图案，鼻子上还戴了只金色鼻环。原来他就是帝斯国最高级别的僧侣，大祭司丹尼斯，女子则是俱乐部王牌桃乐丝。

“凯斯特？他从达卡坦回来后只来过一次，他是城防长官，又不用去打仗，整天不知道在忙什么。”桃乐丝撅起小嘴说。

“最近城防任务重，他的确走不开身。”

“那你呢，你为什么不来？”桃乐丝撒娇道。

“我也走不开啊，宝贝。自从发现了那个秘道，陛下天天都要找我麻烦。有时候半夜也要传唤我，我根本不敢离开它半步。”他的手又伸了过去。

“那你今天怎么有空啦？”桃乐丝主动凑了上去，双腿紧紧夹住丹尼斯的手。目睹这一幕，我心里猛地一颤，有种说不出的感觉涌进体内。

“今天陛下心情好，放我假。告诉你，我们马上就要统治全世界了。几十万大军吃了新调制的灵药，谁能挡得住？什么天使国、维尔国、山之国，全是我们的盘中餐，到时候你想要什么珍宝我都弄给你。”

“我就知道你对我好，不像凯斯特，说过要给我绿宝石的，到现在连个影子都没见着。”

“他哪能跟我比！”丹尼斯抽出一只手，伸进桃乐丝衣服中。她忍不住发出呻吟声。声音阵阵传到我的心里，脸上烫得厉害。

“不过，凯斯特还是要比你厉害一点。”桃乐丝突然说。

“什么？他哪点比我厉害？”丹尼斯停止动作，恼怒地问。

“秘道的防卫体系不是他负责的么？这方面他比你有本事。”

“哼哼，别看他负责布置4号部队执行防务，实际指挥可轮不到他。秘道出口只有我能接近，他到现在连颗石子都没见到过。”

“出口什么样子？快给我说说。”

“在一个柜子底下，和地面混在一起，很难分辨的。”

“咦，你怎么确定那里就是灵石秘道？又怎么知道这条秘道真的能通向圣塔？”

“因为圣塔设计师的日记被我找到了，就藏在圣塔第37层的书架上，陛下自己居然都没发现，真笨！”丹尼斯肆无忌惮地说，“我把日记呈给陛下，它可高兴了，承诺让我做天使国国王。宝贝，很快你就可以跟我到那里享受荣华富贵了。”他的手加快了动作，桃乐丝的呻吟声越来越响。我努力回忆白天在秘道出口附近的所见所闻，才抑制住心中的一股股冲动。

桃乐丝忍住呻吟继续问：“你怎么只找到秘道出口，入口呢？”

“日记本上只写了出口的位置。不过陛下已经很满意了。它真笨，自己的秘道自己都不知道。”丹尼斯放声大笑。

“现在找到出口了，陛下应该放心了吧？”

“放心，当然放心。凯斯特还是有点本事的，布置的防卫体系连鸟都飞不进来，也省得我再操心了。具体就不跟你说了，反正你也听不懂。来，小宝贝，好好亲亲我。”

两人随即搂抱在一起，看上去不会再有有价值的对话了。我们回到乔尔斯的房间，他满脸凝重地说：“今天我收到消息，天使国国境第一道防线已经被攻破了，一万多名士兵被俘。组织的基地就在第二道防线后面，形势已经刻不容缓，现在必须通过秘道来攻击灵塔了。洛瑞，你来安排吧，我听你的指挥。”

“不能轻举妄动。”

“可是再不行动……”

“既然现在已经确定了秘道的存在，我们更应该耐心计划。你也听到了，出口的防卫体系十分严密，我们需要桃乐丝从凯斯特那里取得详细的防务图。另外，我还需要更多的武器和工具，明天你就找人制作。”

“那好吧，我们抓紧准备，等到一切就绪可不能再不行动了。”

回到房间，我着急地询问洛瑞到底要不要行动?

“在首领来之前，我们不能轻举妄动。”

“形势很危急，万一首领不能及时赶来，我们就要错失良机吗？”

“说实话，我现在还是有哪里不妥的感觉，真要进攻，我们没有多少把握。”

“我们并肩作战，加上其他组织成员的配合，一定能成功的。”我鼓励他，正如过去他鼓励我那样。

他考虑再三后决定：“先做好进攻方案，以便随时行动。”

接下来的三天，洛瑞和组织成员陆续见面。俱乐部那边想办法将凯斯特约到桃乐丝的房间，又获取了不少秘道出口防卫体系的情报。在洛瑞的指导下，一批特殊工具被打造好分发到组织成员手中，用来对付4号部队。洛瑞还从乔尔斯那里拿到了那两把钥匙。钥匙看上去确实有200多年的历史，应该就是打开秘道出口的关键。

第四天下午，我和洛瑞又到出口一带侦察，收获颇丰。回来后我们和乔尔斯一起商定了具体的攻击方案，确定了参加行动的人员——城内组织的20多名骨干精兵。我们都清楚任务的艰难，除了要对付4号部队外，谁也不知道进入秘道后会遇到怎样的意外。即便进入灵塔了，如何摧毁它又是一个问题。我们最后采用了用炸药轰炸灵塔底层地基的办法，结果如何只能听天由命。

小人一直没有出现，说不定只能靠我们现有的力量来摧毁灵塔了。我主动戴上10磅重的绑腿，提高了日常训练的强度。

一个星期过去了，押解到城内的战俘越来越多。我亲眼看到他们被关在囚车里游街，遭受平民们扔过来的石头、脏话、讽刺以及恐吓的袭击。但我竭力抑制住了去营救他们的想法。

“被俘虏的士兵同样是这项事业的献身者。”洛瑞对我说。

“完成任务比拯救个体更重要。”我说。

12月底，俱乐部送来新的情报，4号部队将在明天傍晚大规模换防，换防期间的防卫质量将有所下降。“这是我们的黄金机会，干脆就定在明晚攻击吧。”乔尔斯建议。我看看洛瑞，他有些犹豫。

“机会不等人啊！”乔尔斯催促道。

思考良久，洛瑞才说：“明天傍晚我们按计划到那里埋伏，我会根据形势判断是否发动攻击。”

乔尔斯立刻去部署人员，我和洛瑞留在屋内，他看上去并不兴奋。“我还是觉得有哪里不妥当，我们应该等首领来。”

那一刻，我对他产生了一种类似怜悯的感情。他并非贪生怕死的人，如此犹豫只是因为他必须顾及同伴的安危和组织的存亡——一旦攻击失败，组织在肯斐辛的根基将被连根摧毁，未来恐怕再也没有机会摧毁灵塔。他无法站在小人的位置来掌控全局，却又要承担本来只有小人才能够承担的责任。这样的矛盾与痛苦，普通人无法体会，更无法承受。

我握住他的手，想要把自己的勇气传递给他。“依靠你的直觉来做决定吧，洛瑞，无论你做什么决定，我都会陪在你的身边。”

他感激地看着我，笑了，犹豫的情绪也不翼而飞，随即坚定了决心：“就我们俩去，其他人留在联络站。”

此时，牺牲这个词跳进我的脑海。死亡离我如此之近，我却欣喜异常。那时我将最大限度地履行我的责任，无论结局如何都无愧于自己的人生。何况又是和洛瑞——我生命中第一个，也可能是唯一一个真正的朋友，一起！

第十九章　再见了，永远的朋友

“两天后就是元旦，近来我们每天都会送上祝福新年的歌曲，今天也不例外。下面这首‘hero’送给听众朋友，祝大家在2004年里每个人都能成为自己的英雄，主宰自己的命运。”电台女DJ用煽情的语气激动地说。

音响里随即响起Mariah Carey高亢嘹亮的歌声，我坐在公交车上，心“噗通”、“噗通”地乱跳。

一小时前在公共食堂吃午饭时接到墨的电话，通知我原本定在明天的面试时间提前到了今天下午，由房产公司总裁亲自面试。我在半兴奋半忐忑的心情中匆匆吃完鸡蛋猪排盖浇饭。

猪排的味道大不如前，似乎只是为了完成菜单上的这道产品匆匆将就做成，希望这只是偶然的失误。

出发前我打量着建筑书店的玻璃门上映出的身影。我穿着海军领大衣，围着格子围巾，这并不适合面试场合穿，但我还没有来得及买西服领带，只好将就了。

"还有面具啊！"意识提醒我，"往后可要戴上面具了，别跟过去似的，愣头青一个。"话说得很不客气，但人际沟通学以及社会心理学都在一旁帮腔，认为意识说得有道理。

想起面具就头疼，马上就27岁了，还不能坦然面对这个问题。"要是只在梦里戴它就好了。"我和意识商量。

"别开玩笑，赶紧戴上，马上就用得到。"

——何必这么匆忙……

房产公司设在一幢独门独院的别墅里。别墅隐藏在闹市之中，外人只能看到带着飞檐的高墙和门锁紧闭的大门。我是从一扇不起眼的边门走进去的。墙内世界别有洞天，池塘、假山、曲折的回廊将空间分割得错落有致。中央的一幢中式仿古建筑就是办公楼。

"办公楼总面积有3千多平方米。"领我进来的接待小姐介绍说。她把我领到一楼楼梯口，由早在这里等我的一位秘书领我上楼。"我姓付，叫我小付好了。"秘书自我介绍。

沿着木质楼梯走上三楼。总裁办公室在这一层的最东面，剩下的三间办公室分别是行政办公室、秘书办公室和助理办公室。除了助理办公室还空着，其他两间里面都有工作人员在办公。

小付轻轻敲了敲总裁办公室的大门，屋子里传来很有礼貌的声音："请进！"

总裁正在等我，他招呼我坐到沙发上，亲自动手为我泡茶。小付朝我点点头，先离开了。

这间办公室装修很简单。除了面积大些、有独立卫生间、放了一套会客用的木制沙发外，它与普通的办公室没有再多的区别。办公桌不大，桌上放着一排笔架，挂着粗细不一的毛笔。正对办公桌的墙上挂着一幅书法，用狂草写着"孜孜不倦"四个大字。

总裁穿着普通的黑色夹克和西裤。他端着两杯泡好的茶，坐到我身旁的单人沙发上。他的年纪在40岁上下，国字脸，短发梳得很整齐。

我向他介绍了自己的工作履历，在报社三年的主要成绩、重要经历都简单讲了。对于为什么辞职，我解释说是要闭门进修。“不过我同时要写好几个专栏，并没有断了社交往来。”我特意强调。

他听得很耐心，还对“闭门进修”产生了兴趣。我将自己读的那些书挑了几本说给他听，听完他频频点头，称赞我说：“如今的年轻人肯静下心来读书的不多。我需要的助手，是能耐得住性子花时间自我修炼的人。品行、谈吐、认知……这些内涵需要日积月累，你能读这些书，很实在。”

我有些理想主义，偏爱西方音乐，心地善良，脾气有点倔，不知道这些算不算他所看重的内涵。

他对我的报社生涯很感兴趣，我花了点时间向他说明那时做过的一些有价值的工作，包括部分产生社会影响力的新闻报道——之前我在网上搜索到过去自己写的一些报道，挑选几篇打印了带来。他逐字逐句认真看了一遍。“这篇我有印象。”他指着陈阿婆的报道说，“看过你的报道后我还代表公司去她家慰问过，给她钱她怎么也不肯收，是个好人啊！”

“该我来介绍公司了。”他放下杯子，先从他自己谈起。他之前做外贸生意起家，曾经代理过音响器材，后来经营一家文化演出公司。在同行还热衷于组织国内二三线歌星开拼盘式演唱会的年代，他就已经承办了国外某支知名摇滚乐队在国内的两场演唱会。巧合的是那次演唱会我也去听了，因为票价对于刚上大学的我来说并不算贵，才得以听了平生第一次的现场摇滚演唱会。“演唱会结束后没有回学校的公交车了，就在通宵电影院过了一宿。”

“那时是冬天啊！”

“嗯，早晨从电影院出来，又冷又困又饿。”

“为学生听众考虑得不周到，抱歉。”他眼里流露出一丝顽皮的笑意。

“哪里，哪里，能提供这样的机会感谢你还来不及。现场演唱会就是不同凡响，我激动得差点哭出来。”那场演唱会直接影响了我后来的音乐口味，可以说对我的人生也产生了一定影响。

“我当场就被震住了，好几天都没缓过来。”他动情地回忆。

“那支乐队之后再也没有来过吧？”

“没有，同样档次的来得也很少。”他感慨不已。

演出公司办得很成功，在最辉煌时他却将公司转手，正式投身房地产业。当时正是房改前夕，整个行业刚刚摆脱低迷还未曾苏醒，他就看到了行业巨大的潜力。本市第一次大规模土地拍卖他拿下了三块地，迅速开发迅速销售以回笼资金。更多的资金又投向土地市场，继续拿新的地块，迅速开发迅速销售。就像滚雪球一般，企业规模越来越大，拍买下来的土地也越来越多。进入新世纪，房价开始上扬，之前的积累换来大丰收。大批资金不断注入公司账户，拥有的土地资源足够开发五年。他趁势又进军酒店业，和两家国际集团合资建造一幢五星级大酒店，明年春天酒店就将正式开业。现在他的公司已经成为本市排名前三位的大型房地产企业。

“这个市场还会更火爆。”他判断说。

这样的前景从房产中介出租房源的平均价格上就能看出。我突然觉得好笑，一个即将租不起房子的人却要进入大型房产公司，命运的轨迹就像在迷宫里弹跳的橡皮球般无法掌控。当然这也要因人而异，对于总裁而言，显然一切发展都在他的计划之中。

之所以他现在要招聘助理，也是因为事业膨胀得太快。眼下他要在市中心地带建设一个面积超过10万平方米的商业中心，业态定位为休闲生活广场，配套百货零售、餐饮、酒吧和电影院。这个项目的前期设计已经完成，接下来就要进入施工、招商以及推广预热阶段。作为前演出公司老总，他对推广领域的工作尤为重视，对这方面的人才也更加挑剔。另外，公司在本市新区又要建造大型住宅区，同样需要得力助手帮忙推动。

这片住宅区共有30幢高层公寓楼，住宅区内外将配备各类生活服务设施。目前住宅区周围是一片荒地，距离市中心也有一段距离。住宅区的目标客户是在本市工作的外地人。他们的购房愿望和能力无需怀疑，但同期本市将有大批新楼盘推向市场，与它们相比新区住宅区项目没有特别突出的优势，需要用“归宿感”来打动目标客户，这正是营销过程中全力打造的诉求点，也是总裁亲自拍板决定的。

“看着吧，这里肯定会一炮而红。”他自信地说，“城市规划中新区是发展重点，地价肯定会大涨。”

无论前景如何诱人，总要有人来执行、推进，才能将眼前的这些大蛋糕真正切下来吃进嘴里。公司之前到多个城市组织过招聘会，吸纳了上百名新员工。“但他们只能做士兵，我缺少冲锋的将军。”他满怀期许地看着我，“而你就是最适合的人选。”

这些重要的项目要交给我来推进？尽管之前有心理准备，但听到这句话我还是不敢相信。对于自己的能力我并不怀疑，但这个领域对我来说过于陌生，未必能马上上手。好在我倔强的个性此时跳了出来，我当即表态：“我一定不会让你失望的。”

顺利通过了面试，整个过程中他并没有问过我酒量、交际应酬能力之类的问题，也令我轻松不少。不过聊到最后我还是向他主动提出：“对于交际应酬我一向不太喜欢，这一点请您了解……”

他似乎早就知道我会这么说，答复我道：“不用你做出去喝酒的工作，社会分工越来越细致，专业的人做专业的事，你要负责的具体工作之后会向你交代清楚。另外，我们会有试用期。”

我点点头，只要不让我做喝酒应酬的工作，好好试用就是。又聊了几句，约定过完元旦我正式来上班。

离开公司后我把结果告诉了墨。“早就料想到了，”他十分高兴，“改天出来庆祝下。”

“谢谢你。”

通完电话，我向地铁站走去。路过那处即将动工的商业中心时特地停下脚步。一大片工地被施工围墙所封锁，从围墙的缝隙里我看到大型挖掘机正在工作，场景令我想起那片湖。

那里尚且存有我的眼泪。

商业中心的位置相当理想，四周有大批写字楼、商场和居民住宅，它的前景会相当光明。

将来和芸一起来这里喝下午茶——我憧憬着明天。

我对总裁的印象很好，工作也颇有挑战性，这些因素消除了我对回归社会的不适应感。

“好好干，服务于城市居民，服务于社会。”意识鼓励我。

“一定！”

我想，在经历了最近的一系列变故之后，我比过去成熟了。

我给雯打电话，想告诉她我已经获得机会，生活即将改头换面，但她的手机关机了。打她办公室电话，同事告诉我她正在开会，并且要开很久。“她手上积压了一大堆工作，今晚要加班。”

她又忙碌起来了，我们现在走在共同的频率上——这就对了，原本就是一个镜子的两面。等到她这期版面出版完成后，一定要和她痛快地喝一次酒，我愉快地想。

之后我又给父母、给海分别打电话，告诉他们我的变化。他们都为我高兴，母亲还提出要来看我。但她的身体状况不适合长途旅行，况且我还没有真正稳定下来，便告诉她过段时间后回家乡休年假。海和戴棒球帽的女孩关系发展得异乎寻常的顺利，两人已经找到了爱的感觉，看来建立感情还是离不开相处和沟通的。

倾诉欲望如此强烈，以至于我想给每个认识的人打电话，但我清楚这并无必要。真正亲密的“他人”数目有限。

我拨通芸的宿舍电话。

“她还没回来呢！”还是那个女生接的电话，语气依然不耐烦。

“她换了手机号码，你知道吗？”

“换号码了？不清楚啊！”

“不知道吗？”

她挂上电话，阻断了我和芸的连接可能，也往我的心情上泼了盆冷水。现在芸是唯一置身于我变化之外的“他人”。

快餐店里异常热闹。坐在里面吃汉堡时，我意识到自己依然是孤单一人，这一点不以我是否回归社会而改变。

窗外，行人急匆匆走着，每个人都保持这样的速度，每一天都不例外。接下来我也要加入其中快步行走。

一动不动地看了好久，我逐渐恍惚起来。

我回到湖边，度假村已经初见规模，大片油菜花簇拥着它，春天的气息扑面而来，湖显得生机勃勃。

“托你办的事情进展如何了？”我问湖。

“没有眉目，头绪太多，她还没有来向我解释，我自然无法劝她。”湖答复道。

“我很着急，请你理解。”

“没关系，理解的。只是最近比较忙，你也看到了，度假村快要开了，事情太多。”湖欲言又止。

“……”

湖不再说话，我知趣地退出，度假村瞬间被林立的写字楼所取代。忙碌的城市黄昏，各种情绪在灯光中流离。

晚上我去了酒吧看两个女孩跳舞，喝完一杯啤酒后离开。回家后特意找出 Mariah Carey 的“Hero”听，以此给自己鼓劲。

夜里很晚才睡着，清晨很早就醒来，脑中强烈的兴奋感令我倦意全无，索性起床看电视。

电视里正在播放早间娱乐新闻：去年10月底复出的一位国内女歌星和某名人传出了绯闻，有镜头捕捉到她和他一同吃晚饭，之后上了一辆越野车从记者眼中消失。一小时后又一同出现在某酒店。新闻里她解释说当时各回各房。“只不过是朋友聚餐，媒体朋友们太关心我，让你们费心了。”

这也许只是炒作，也许真有其事，无论如何，当未来全民都习惯了这类炒作后，社会对美丑的认知必将扭曲，对于道德感、责任心的倡导会彻底无动于衷。那时又该由谁来为此负责？我们这一代人吗？

新闻结束，天气预报登场。“明天就是新年了，纵使我们再怎么留恋，2003年还是即将离开。送别过去不是一件容易事儿，但一旦过了今晚，大家的注意力就该集中到2004年了。因为接下来几天的天气可能会严重影响你们的日常生活。”气象预报小姐的开场白颇具黑色幽默意味，可能编导昨晚饮酒过量。

“根据气象局今天凌晨发布的消息，有一股寒流正在南下，明天傍晚就将登陆本市。受到海洋气压和另一股风暴的影响，后天本市将迎来一场暴雪。预计暴雪会持续多日，雪量恐怕要创造历史记录。再次提醒大家注意防寒保暖，下雪天尽量减少外出，必须开车的话一定要特别小心。历史统计提醒我们，下雪天出车祸的概率高达50%。”她做了个夸张的手势，还故意闭上一只眼睛。

我忍俊不禁，笑出了声。

“如此一来，相信大家就顾不上回忆2003年了吧，还是小心暴雪更要紧。回忆这种行为要适可而止，生活总要向前看嘛。”这句话出现在这里简直不伦不类，编导写台词时脑袋是不是还泡在酒精里？又或者是因为新年将至，天气预告节目也要转变成人人爱看的娱乐化风格，以争取收视率？

“最后还要提醒大家，未来一段时间内天气状况恐怕会很不稳定，气温会忽冷忽热的，比女孩的心情变得还快。一定要注意随时更换衣服，防止感冒。”她咕哝了一句。看样子昨晚她和编导一起喝酒了，状态奇特。

“总之请继续关注我们的节目，有任何风吹草动第一时间送上。”她笑得十分欢快，好像天气再怎么变化也不会影响到自己。

“今天的节目就到这里，广告后送上新到的韩剧，是刚刚从海外电视台买来的，有你们喜欢的眼镜帅哥哦，千万不要换台啊！再次祝大家新年快乐！”气象预报小姐忽然对着摄像机镜头鞠了一躬，客气得让人惶恐，似乎此刻换台就会辜负她的心意、浪费了节目采购部门的盛情。

换到卫视新闻，“12 月 27 日公交车撞桥事故中受伤的乘客大多已经出院”，播音员简单一句话带过。

——注定被忘却的必然性。

听音乐，Suede 的 *Dog Man Star*，一边做早餐。

早餐吃到一半，房东打来电话，客气问好后提醒我明年的房租该交了，言语中还有要涨房租的意思。

因为找到了新工作，我已经不再考虑搬家。我向他说明眼下的处境和未来的发展前景，请他宽限几日。“能否先交一个月的租金，下月再补齐半年的？”

“可以。你是老房客了，正是因为这种关系房租才只涨这么一点。对了，今后有房价和楼盘方面的信息，请多透露一些给我。”

“你要买房？”

“是炒房。将来房价一定会大涨，现在正是投资的好时候。我劝你好好把握机会，多给自己弄几套。”他兴奋地说。

通话很快结束。新房租比以前提高了 20%，和眼下的普遍行情相比，的确是照顾了我。

收拾屋子，读书，听音乐，这一天准备就这么过完。或许晚上会去酒吧喝瓶啤酒，看心情。

窗外天色阴沉，暴雪将至的前兆。

公安局的电话打来时，我刚做好午饭。对方确认了我的身份后要我即刻过去找他，我拿起笔匆匆记下他的姓名。

墙上的涂鸦画关注着我的一举一动。今天它显得与平日多少有些不同，线条色彩变得混乱不堪，根本看不出画上写的是“This shit is heavy”。套上海军领大衣出门，外面飘着雨丝。没有带伞，忘了围巾，好半天才打到出租车。

外面灰蒙蒙的，所有金属制品都闪着寒光，格外刺眼；而柔和的东西全都隐藏到暗处，躲到人们的视线之外。一股说不出的烦躁情绪笼罩着城市，从平安夜延续至今的欢乐氛围突然消失了。

半路上出租车被追尾，引发了连环撞车事故。心烦意乱的司机们大吵起来。围观人群也推波助澜，发出各种怪声。我丢下车费冲出出租车，向目的地跑去。

狂奔。雨丝越来越密集，中间还夹杂着冰雹，我几乎要窒息了。快到公安局时，天空飘起了雪花。

大门紧闭，白炽灯泡明晃晃地荡来荡去，空气潮湿得厉害。

雯躺在灯下，头发散乱，嘴唇苍白，双眸紧闭，不知何时才能睁开。

“我来了，打个招呼吧。”她没有回答我，一动不动，仍在沉睡。

她再也不会醒来。一块白布遮住了已经没有半点血色的脸，尸体被推进手术间，进行例行公事的遗体解剖。

我垂着头，随时可能倒下。

“她的死因确认了，服用了过量的安眠药，加上煤气中毒，是自杀。”一位女警告诉我。

“什么时候？”半天我吐出四个字。

“早上 7 点左右。”她递给我一封信，劝我节哀。

今早，在天气预报节目结束后，雯的同事因为版面的问题紧急联系她，却怎么都联络不上。最后同事直接去了她家，敲了半天门没有反应。后来从门缝中闻到屋子里的煤气味，赶紧破门而入，却发现了她的尸体。

她担心安眠药不起作用，特地又打开了煤气，为什么要这样？如此决然地只求一死！

她穿着最珍爱的一套衣服躺在床上，没有化妆。现场收拾得很干净，桌上有一张展开的信纸，用家门钥匙压住。信纸上写着简单的遗言。在她的枕边还有封信，根据信封上注明的要求，警察立即联络我。

遗言里只写下了她将全部财产捐献给助学基金会的决定，没有说明自杀的原因，也没有提到任何人。

遗体解剖后被送走，等候她的家人来处理。5天后她的遗体被火化，从老家赶来的家人们带着骨灰离开这座城市，从此我再也没有任何关于雯的消息。

失魂落魄，不知道自己是怎么离开公安局的。

到家时全身湿透，信被我藏在紧贴心脏的地方，干净如新。信封上写着我的名字和电话号码，并且请看到信的人转交给我。“万谢！”她不忘署上这两个字——始终性格未改。

席地坐下，小心拆开信封，粉红色信纸上确实是雯的字迹。

对不起。

你看到这封信的时候，我已经离开这个世界了。不过你答应过我要带着欢欣的心情看我写的信，所以即便是现在，也请你为我高兴吧。

做出这样的选择，一定程度上我是不舍的。父母那边因为有弟弟在，并且多年没有来往，所以并不担心。还有些朋友没有时间一一道别，他们也许会为我难过一段时间，但生活应该不会受到影响。唯有你，我觉得还是特地写信解释一下比较好。

有两年多了，在我身上发生了一些莫名其妙的变化。有些时候我是我自己，编稿、读书、和你去喝酒听音乐，有些时候我又变成了另一个人，会为不相干的事情哭泣。夜里常常被噩梦惊醒，醒来时发觉自己并不在床上，要么躺在地板上，要么坐在沙发上。身上经常出现不知来历的淤青……这些状况肯定不正常，但我不知道是哪里出了问题。说不定我是在梦游，或者是我的潜意识作祟，甚至不排除我已经精神分裂的可能性。但既然我能意识到这些变化，说明问题并非出自心理领域。

我猜想，从根本上说，导致这些变化的原因还是我自己失去了作为正常人的先决条件。旁人也许不清楚我一直被这种缺失煎熬着，我自己却知道失去它们的可怕。可问题是，我只能感受到缺失，却不能找到源头和答案，更没有办法填补。除非有奇迹发生，否则我会一直这么被煎熬下去，直到有一天真的精神分裂。

时间长了，我竟然产生了砸碎自己的想法。

有一点我是清楚的，并不是我真的要坚持守护那份所谓的爱情，所以才会忍受每夜做噩梦、忍受清晨醒来没有人陪在身边、忍受自己一个人搬凳子更换家里坏掉的灯泡。以我弱小的性格，哪怕心理再坚强十倍也无法忍受这些事，真正的动机连我自己也无法找到。我不能了解自己，这让我绝望。

在我体内可能存在着某种自虐的倾向，让我沉醉在坚守爱情的美好想象中，并以享受孤独为乐——越是痛苦，体内的本我就越快乐。但这也只是假设，是在我有限知识体系内所能想到的具备最大可能性的假设。真相没这么简单，我的缺失要复杂得多，三言两语根本说不清楚。

对于人生我已经失望透顶，而你身上具有能让我安定的东西。和你在一起时，我会快乐一些。我说过，我们几乎是一个模子刻出来的。看着你，与你一同听音乐，海阔天空地谈论任何事情，都能让我放松下来，不再怀疑本我是否出了问题，不再有想砸碎自己的欲望，真的很感激你。

对你说过，眼下我只希望能维持现有的不完整，不要再有新的缺失，可是就连这样的心愿事实上也无法实现。我和你不同，你依然年轻，还有改变自己的时间和余地，而我已经深陷其中，不断沉溺，无法自拔了。

因为看不清真正的自己，无法找到解决问题的办法，我才尝试短暂远离现有的生活，试图找回部分完整性，可结果反而加深了我的消沉。或许你也注意到，之前我写给你的几封信看上去很轻松，甚至连我自己读来都感到人生又有了希望。可是一旦回来，我立刻就回到之前的状态，甚至出现了新的矛盾——一两次的长途旅行并不能从根本上改变我。

今天中午，我在办公室里整理旧杂志，看自己编辑过的那么多期版面，感觉8年的青春就在这些纸张上不经意地一页一页翻过去了。下午开会时我一直在想，接下来等待我的岁月，依然将要在一页又一页的纸张上被重复消耗掉。或许纸张本身会设计得更加精美，但改变不了它只是纸张的事实。那并不是我！

纸上的那些文字与图片，并非值得拿出来炫耀的东西。摇滚乐队也好、JAZZ歌手也好、RAP天王也好、民谣巨星也好，他们的音乐能够满足人们某些情况下的精神需求，可其影响力是有生命周期的。说得不好听，就连音乐类型本身都有生命周期，运气好一点的长久些，运气差的只能混上片刻光阴。但无论哪种类型中的成名者，无一不是靠它获得了物质和欲望的满足。也许当中有极少数理想主义者觉得被物质玷污，选择各种方式保持本色，比如我们都热爱的Kurt Cobain，但大多数人还是带着理所应当的态度坦然享受，欲望随之日益膨胀。而我则是帮助他们获得这些的幕后推手之一——还是最微不足道的那个！我把8年的青春耗费在这上面，却还要用更长的时间做同样的事情，简直和出卖了灵魂的人无异，即便做无足轻重的微尘我也不够资格了。这样的话，现在就结束生命也没什么不妥——我真的很失败。

我们都喜欢的座右铭“It's better to burn out than to fade away”现在就让我来实践吧！而你，我真的希望你能改变自己，旁观只是逃避，唯有进入才有希望。哪怕同流合污，哪怕违背原则，去做就是，又不是没有这个能力，反正不要再重复我的道路了。人类殊途同归，但最困难的就是选择哪一条道路走到终点。大多数人的生命没有真正的意义和价值，我希望你会是例外。

写到这里，真想再听你唱一次“My my，hey hey”啊！上次在那家酒吧，你到舞台上唱这首歌，当场就让我流泪了。一直没有对你说起过，现在告诉你。

你千万不要纠结于我的离去。对我来说这未尝不是涅槃，未尝不是解脱。至少不用再做噩梦了，不是吗？刮大风那天，我已经清楚自己会这么做了，只不过旅行推迟了行动的时间而已。夜深了，我在听REM的*Automatic For The People*，猜猜为什么会听这个？

答应过要尽量将信写得开心些，不让你为难。但我只能写到这个程度，也清楚要你欢欣地读完它实在强人所难，只有尽量劝你不要难过。

不要难过，也不许哭。

和你吃的最后那顿饭，是我人生中最精彩的一餐。我会怀念那里的帕尔玛火腿披萨和墨鱼汁意大利面的。对了，那瓶葡萄酒相当不错，今后你替我再喝点。

再过几小时就到黎明日出时了。说来也怪，在这个城市生活了这么多年却从来没有看过日出，希望明天太阳能照常升起。

明天是新年第一天，所幸我永远停留在30岁了，还算年轻，不坏。

不要难过。记住要改变自己，更换态度，这是我对你唯一的要求，或者说是期盼。我将在另一个世界继续注视你，看看今后你会拥有怎样的人生。千万别让我失望。

手珠是我从拉萨带回来的，开过光，以后由它来代替我祝福你。U盘里有我此次旅行的照片，和你分享一下。

对了，尽管我说过你我犹如是一个模子刻出来的，但我的缺失和你的并不同。我了解你，甚至比你还要了解你自己。从某种意义上看，我的离开对你也是解脱，我相信你会找到人生的意义和价值。

信写得很乱，可惜在这种心情下我也不可能写得更加理想了。抱歉，请原谅我。

再见了，我永远的朋友，特别的你，祝你幸福！

12月30日夜

信纸四散飘开，一串手珠和一只U盘从信封里跌落到地上。我掩面痛哭。整个世界崩塌下来。

她为什么一定要坚持请我吃那顿饭，为什么要和我拍合照，分别时又为什么那样微笑，一切都有了答案，而我在当时竟然没有觉察出这些异常。

身体中的一部分消失了。被抽空的一刹那，我开始呕吐。

不要难过，也不许哭。

顶着暴雪，我去每家销售葡萄酒的商店买那个牌子的白葡萄酒，总共买到16瓶，然后把自己关在公寓里，灌下一杯接一杯的酒，企图把失去的那部分找回来。忍住悲伤，我将我们的合照打印出来贴在涂鸦画上，全神贯注地看上半天，期盼涂鸦画的魔力能够分一些给照片，把我拖入其中，穿过时空回到那天中午，回到我不再是我自己的那个起点。

希望屡屡落空，只是徒劳。

电话线被我拔去，和社会再度断了连接。我忘记了新年，忘记了工作，忘记了自己。

U 盘里的数百张照片中没有她自己的留影，一张也没有。在其中一张清澈如水晶的天空的照片上，她自己写了一句话："渴望拥抱的蓝天"。

现在她正在天堂里拥抱蓝天，比从地面上看去更加纯粹的蓝天。

其间门铃响过几次。没有开门。

我翻阅 Kurt Cobain 的传记，他自杀时听的就是 *Automatic For The People*；去书店买 Sarah Kane 的戏剧集，这位英国极端戏剧女作家，在完成了五个戏剧剧本和一个电影剧本后自杀；在网上搜索一切有关自杀的信息，各类名人的自杀新闻，自杀的各种方式，自杀心理分析，宗教对自杀的态度，自杀者如何还能上天堂等等。

耳边声音问我："看这些，莫不成也要动那个念头？"

"不是，我只想找出她自杀的真正原因。"

"信里不是写了原因么？"

"那些还不是核心，甚至不能算是答案。核心藏在我心中的盒子里，但我打开不了，需要找到钥匙。"

"最近就只做这件事吗？"

"是。所以你不要再理会电话，不要再看电视，连音乐也不要听了。"

"难道你还要继续旁观下去？"

"不这样又能怎样？"

"你自己的噩梦，要继续记录吗？"

"好好记下，不要遗漏。"

"知道了。问一句，芸怎么办？"

"顺其自然吧，没有余力去想。"

"哦，是。对了，房租该交了。"

“不要再说话！”

声音知趣地退下，我红着眼睛浏览各种文字。电话似乎在响，隔十几分钟就会响起，“叮铃铃——叮铃铃——”，时间长了，意识逐渐模糊。

我沉浸在某个时空里，看着雯朝我走来。

“为什么要离开？”

“不想再痛苦下去了。”她转身就走，留下缺失了意识和声音的我。

离开的意识继续在梦中历险，对我不管不顾。我抓紧一切时机将其详细记下，说不定梦里能找到打开盒子的钥匙。

日历停留在12月31日，没有下一页可翻。

第二十章　梦：消逝的长街

黄昏，阵阵冷风掠过，不知从哪里传来风铃的脆响。

街上涌来很多人，这些前来换岗的敌兵们在商店里、小吃摊旁装着讨价还价。我和洛瑞埋伏在不远处的屋顶上，耐心观察着长街。挑选的这个地点视角很好，目标建筑周围的一举一动都能清清楚楚地看见。敌人换防时并没有削弱防守体系的强度，相反更加警惕地监视着周围，根本无隙可钻。

圆锥形的屋顶很难隐藏，好在之前在旅馆我们已经反复演练过——反正建筑外观都一样。灵塔在重新建造肯斐辛时，一定没有想到统一“图章”的坏处。

出发前，乔尔斯阻止我们两人孤身冒险：“既然是孤注一掷，就应该全力以赴，光靠你们两个人，希望太渺茫了。”

他的话没错，但洛瑞考虑的是组织在肯斐辛的宝贵根基。“无论我们成功还是失败，这样做都不会伤害到组织，也就保留了未来摧毁灵塔的希望。不用管我们，做好你们的日常工作。万一我们失败了，你们千万不要气馁，务必耐心等待时机。”

尽管做好了牺牲的准备，但我们并非盲目行动。我们重新设计了行动方案，计划好如何闯进那幢屋子，尽快进入秘道。在之前准备的工具中有方便携带炸药的背包，我们各自背了60斤炸药。我把绑腿除去，行动反而更加灵活。

临行前，洛瑞递给我一个小包裹。打开它，里面是一个人形石偶。它面容娟秀，栩栩如生。“我刻的，送给你。完成任务以后，去天使国找个这样的女孩安家。”

“……”

“该出发了，走吧。”洛瑞迈开大步。

我把石偶重新包好，小心放进怀里，快步追上他。“我们一起去天使国，做邻居。”我对他说。

此刻我们已经埋伏了一个小时，敌人完全封住了我们设计好的攻击路线，他们留在原地保持着戒备状态，似乎在等待谁来下达命令，又仿佛要变成雕像，永远这么站下去。

约莫过了半小时，原本坐着的敌人突然站起身，由新来的人坐到他们的座位上。这一刹那，长街出现了混乱。我想，如果现在出击，应该能够冲到目标建筑旁。只需到达那里，我们就有希望闯进屋子。之后洛瑞负责阻击敌人，我负责打开灵石秘道。

我等待洛瑞下达行动命令，他却紧紧拉住我，似乎担心我会擅自冲出去。

他正在观察一个戴着紫色面具的军官。军官隐蔽在目标建筑背后，如果不是我们恰好埋伏在这个位置，根本看不到他。他身材巨大，腰间佩着一把六英尺长的双手剑，面具上刻着一只飞鹰，鹰眼狡黠地打量着四周。

长街上的混乱还在继续，该撤退的人没有撤退，反而挡住了已经坐下的同伴的视线，防卫体系变得漏洞百出。

洛瑞终于开口了，他低声对我说："这是个陷阱，看上去很混乱，其实却是很高明的攻击阵形。每个人都站在最恰当的位置，形成无数攻击链条，我们只要一下去，链条马上绞住我们。先不要行动，继续观察看看。"

军官面具上的飞鹰高展双翅，仿佛随时会扑出来。

时间似乎是一点一滴被挤出来的，并不情愿地缓慢流淌。暮色四合，长街上亮起了灯，光明与黑暗层层叠叠，显得异常诡异。我们和敌人都保持着不变的姿势，连时间都跟着静止了。

天色完全黑了下来，黑得没有给其他色彩留下空间，只有白色的房屋幽灵般林立在原地。

突然，那名军官抬起手做了个向下劈砍的动作，敌人立刻行动起来。眨眼之间长街就恢复如初，重新变得喧哗。小吃摊和商店都挑起了夜灯，街心亮得刺眼。

军官走进身后的黑暗。静止的时间又运转起来。

"现在进攻吗？"我轻声问洛瑞。他指指另一个方向，在那重重的黑暗中，敌人的兵器若隐若现，他们还在等待猎物到来。

寒意爬上心头，4 号部队的可怕令我心生畏惧。然而，在心灵的另一个层面，勇气同时站了出来。我的人生从没有像今天这般跌宕起伏，即便随时可能把自己送进死亡世界也掩盖不住这一刻的光华。

"行动取消！"洛瑞下达命令。我有些失望，但还是能理解他的决定。轻率的死亡即便再壮烈也没有意义。

我们正要撤离时，有一对中年男女牵着一个小男孩走进长街。从他们走路的姿态看都不会武功。走近我们藏身之处时，男子把男孩抱在怀里，亲昵地亲他的脸蛋，女子在一旁甜蜜地笑了。

记忆里我还没有见过这么温馨的场面，一时之间我忘记了我们正身处险境。而洛瑞的眼神也变得温柔起来。这种温柔源自内心最深处，它在艰难时世里被层层包裹，从未暴露给别人看过。

他们已经走到正对我们的一家商店门口，这时，商店里突然冲出来几名敌兵，其中一名粗鲁地将女子搂在怀里，其他几名一起殴打那名男子。男孩被摔到地上，号啕大哭。

男子被打得满地翻滚，连声哀号。女子不知从哪里来的力气，猛地推开抱住她的士兵，扑到那名男子身上。两人紧紧相拥，在雨点般的拳头下再不分离。眼前的这一幕我竟然似曾相识，仿佛身临其境过。

眼看那对男女就要被活活打死，洛瑞突然跃起身子冲了下去。马上我就意识到这一切同样是陷阱，立刻跳下屋顶冲到洛瑞身边，他已经打倒了两名敌兵。

更多的敌兵正从黑暗里涌出来冲向我们，那对男女突然爬起身，一口气跑得不见踪影，那个男孩也早已看不见了。

洛瑞一声悲叹，对我说了声“对不起”后，拔剑冲向敌兵。我抽出斯图尔特的长剑跟了上去。

绝望的决斗。

不论我们刺倒多少敌兵，总有更多的敌人冲上来。我们使出小人自创的剑术，勉力抵御潮水般的攻击。渐渐的，体力开始不支，手中的长剑有些不听使唤。

洛瑞全力挡住敌兵，回头向我大喊“快走！”

我反而向他更靠近了些。我仿佛重新回到达卡坦的小巷，正和斯图尔特一起竭力杀出生的希望。

然而这里不是达卡坦，对手也不是普通的敌兵。我们已经接近体能的极限。洛瑞的右腿被划了一刀，脚下一个踉跄。我冲到他身前，挡住两名敌人的攻击。

“快走！”他用残余的力量推开我，但我们早已被层层包围。

戴着紫色面具的军官出现了，巨大的身躯仿佛一堵厚墙，缓缓向我们碾压过来。他双手举起长剑，剑锋寒光爆射。

我的人生终点就在这里了，倒也不坏。

千钧一发之际，洛瑞将我的背囊一把拉下，取出火石点着炸药的导火线，四周敌人不自觉地后退了一步。

“快走！”他最后朝我吼了一声。

一个穿着黑色夜行衣的人突然出现，疾如闪电般背起我向外冲去。我没有余力挣脱，眼睁睁看着洛瑞离我越来越远。他孤独的身影流露出宿命般的悲哀和无奈，徒劳抵挡着敌人最后的攻击。

一声巨响后，我什么都不知道了。

醒来时我躺在床上，红色瞳孔的年轻人站在床边，手里握着我的长剑。我认识他。

“洛瑞在哪？”问出这个问题后，我又昏迷过去。

第二次醒来后，年轻人端来面包和水，他看着我将这些食物全部吃完后，轻轻叹了口气。

死寂的夜，一声叹息。

“长街被炸毁了，所有人都葬身其中，粉身碎骨。”我手抚长剑坐在他对面，听他讲述之前发生的事。此刻我异常冷静，心里甚至感觉不到悲伤的存在。

“我睡了多久？”

“两天两夜。”

“你为什么会出现在哪里？”

“是洛瑞安排的，他要我作为奇兵，以防不测。”

“你为什么要救我？为什么不去救他？”

“之前他叮嘱过，一旦遇到不测先把你救出去，不要管他。”

心口一阵绞痛，微弱的烛光随即熄灭，留下我独自坐在清冷的黑暗里。

我们坐着抽烟，一言不发。洛瑞冲出去救人的一幕在我眼前一遍遍回放。果然是能照出别人弱点的镜子似的4号部队！他们发现了洛瑞目睹父母被杀后深埋在心底的那道永恒的伤痕，便用揭开这道伤痕的方式诱使洛瑞掉入陷阱。洛瑞的心思即便再缜密，那一刻也无法抗拒本能的驱使，轻易就上当了。这种手段简直可耻到极点。

配合演戏的平民也是帮凶！

必须以牙还牙，摧毁灵塔的同时，最好连这个罪恶的国度也一起毁灭。无论小人会不会来，无论用怎样的手段，无论要为此付出多大的代价，我都不会再有丝毫犹豫，不会再流一滴眼泪，也不会再对谁产生廉价的善意。

我取出石偶，凝视她美丽的脸庞。洛瑞刻下的每一刀都饱含感情，使石偶也拥有了生命，能够体会到我的心情。

“去天使国找个像我的女孩安家。”它劝说我。

这是洛瑞留给我的祝福，我们曾经对爱情有过片刻的憧憬，期待早日结束这场漫长的战争。然而现在，爱情、婚姻、家庭、儿女，这些美好的想象已经没有任何意义。复仇这一目标完全占据了我的内心。

我掐灭烟草，将石偶包好放入怀中。黎明前的天空，北极星发出唯一的亮光。

第二十一章　旁观只是逃避

雯与洛瑞，现实与梦境中最亲密的两位朋友一起离开了我，如今我在哪里？

命运，你为什么每次在我有所寄望的时候就将我打倒，是否你已经打定主意要与我为敌？现在只剩我一个人了，满意了吗？

《残酷的爱》中的许多镜头在眼前不断摇动：被掐死的女孩，在她的尸体边自杀的嬉皮男孩，以折磨女孩为乐的流氓，海边女孩孤单的剪影……其实导演并没有将人生的残酷性夸张放大，他只不过是还原了部分现实。

接着那座新电影院就跳进脑海，还有顽强保留着 DNA 的那条街，街上的人活得都比我快乐，你们有什么秘诀可以告诉我吗？

暴雪终于停了，外面的世界被白色封锁，街上几乎看不到人。城市沉寂了很久，几乎停止了心跳。

之后的一周都是阴天，堆在路边的积雪融化得极其缓慢，逐渐变成肮脏的黑色，直至成为街道的污垢。与此同时，城市的生机也在恢复。当各类喧嚣的噪音重新响彻城市上空，社会终于恢复了运转。

今天天空放晴，我将窗户打开，更换已经发霉的室内空气。戴上那串手珠，努力感受雯的气息。过去几年里和她共处的点滴时光都历历在目，但似乎缺少了氛围和细节。亡者的世界距离生者太过遥远，许多关于雯的记忆因为距离的关系迟早会被消磨掉，如果不是有合影的照片，有一天我会连她的样子都忘记。这是注定被忘却的必然性，不以感情的深浅而改变。

连日来第一次打开音响，放我和雯一起听过的CD。音符不断跳过时间长河，将过去的诸多细节拾回给我。

写给我的遗书中透露了她不为我所知的更多秘密，我对于她的认识又更进一步。她在我面前时显得活泼、开朗，心底的柔弱不曾表露过几次。而现在我终于能够体会她每夜从噩梦中醒来时的脆弱、恐惧和无助，这些感觉刺痛了我。我想，保持这种状态的时间久了，人要么变得麻木，要么彻底崩溃，没有第三种结局。

有时候主动选择死亡并不需要太多的理由。日积月累后遇到某个触发点，头脑一发热就会这么做了。那一刻人不会意识到害怕，不会试图寻找生命的积极意义，正是最脆弱的时候。可是，在最脆弱时却选择“死亡”这条最令人敬畏的道路，这样的抉择我还是无法理解。

我责备她：“你为什么要走这条路？”她真是个笨孩子。

泪水又一次流下来。照片上，她笑得实在很灿烂。

还是找不到答案。开锁的钥匙不在梦中。

窗外，一群年轻人在跑步，穿着运动外套，一边跑一边喊着口令。他们戴着绒线帽和手套以抵御寒风，整齐的步伐令旁人也振奋起来。“也来跑一跑吧。”他们邀请我。

换好衣服下楼跑步。冷风像刀子一样割着脸庞，心里却升起一股快意。跑了一个小时，跑步过程中专心体会汗水奔涌而出的感觉。到了后半程突然意识到我正孤身一人跑步的事实——我就连跑步都躲不开孤独感。

回顾过去，我的人生可以分为这样几个阶段：校园时的理想主义者兼愤怒青年，报社工作时热血沸腾、对社会指手画脚的愣头青，辞职后拒绝发表意见的社会旁观者。无论处于哪个阶段，我都在走极端。

看见我独自在跑步，路上行人流露出诧异的表情。他们不会在冬季工作日的下午上街跑步，他们不走极端。

那么我为什么要这样选择？

"其实你到现在还是个愤怒青年嘛。"火车上的女学生对我说。

"你年轻有为，谁都看得出来。"杂志社主编对我说。

"你干吗要离开呢？！"墨问。

我到底是什么角色？人生怎么定位？在积雪压迫视线的马路上我几乎迷失。人生找不到明确的方向，不管是正确还是不正确的方向都找不到。

跑到脱力，全身湿透，双腿随时可能断掉。

洗澡，热水冲刷着全身。

对着镜子刮胡子，彻底把脸洗干净。镜子中的我头发很长，眼窝深陷，心事重重。

"我和你简直是从一面镜子里看过去的彼此。"我对雯说。

"你这样我很心疼啊！叫你改变自己，更换态度，听进去了吗？"她到底比我大，口气宛如姐姐。

"我又不知道该如何改变了，迷惘得厉害。"我委屈地说。

"你过去走的是什么路你总该知道，别重蹈覆辙就行。"在镜子里她说话干脆利落。

“过去我以为，离开报社后只有两条路可以走：一条是旁观；一条是利用积累的资源迎合社会。我选择了旁观。”

“那么现在就试试第二条路？”

“你又不是不了解我。”我摇摇头。

“是啊，你是那种人。不过，你说的这两条路都是极端选择，为什么不试试第三条路呢？”

“还有第三条路？”

“当然，我是因为自身的矛盾作祟才选择离去的，但并不意味着我就不了解变通的道理。你应该中和两条极端的路，找到既有益于社会，又不让自己为难的道路。”她分析道。

“要自己不为难，很难做到啊。道理也明白的，但是一直做不到，没有方向。”我很苦恼。

“怎么会没有方向呢？你的人生立场和态度不是很明确吗？”

“就是因为太明确了，简直成了包袱，压得我喘不过气。”

“我连最难走的路都走了，你还有什么放不下的包袱？看看我你就该知道走极端的下场不好，难道还要再走一遍吗？”

“……”

“既然我已经离开了，你也不要再继续分裂下去了。我够分裂的了，对你也是教训啊！该说的我都说了，在镜子里看你，你真是个傻瓜。”她摇摇头，迅速离去。

我想要叫住她，却喊不出口。

我在灯下仔细整理梦的故事。反复阅读洛瑞说起“社会鸣钟人”的那段文字，回想那天和墨一起喝酒时的谈话，接着，犹如当头棒喝一般，突然间我就醒悟过来——

雯在给我的遗言中说：“旁观只是逃避，唯有进入才有希望。哪怕同流合污，哪怕违背原则，去做就是。”

她希望我的人生能有真正的意义和价值。

她给了我新的空间重塑自己。

我拿起白色树片感受树的体温，洛瑞的话再一次在耳边回响——梦和现实的对话：

“做社会鸣钟人！”

铁盒里放着四封信、一张纸片、白色树片，它们将一直陪伴我，使我永远不会失去那些回忆。

第二十二章　新坐标

我坐在办公桌前翻阅资料。“让本市的外来人找到归宿感。”总裁决定了文案的诉求，但要实现它并不容易。

办公室门牌号是 202，办公楼的第二层为公司市场部，有近 100 名员工。公司食堂每天中午消费 316 份工作餐，办公楼里平均每天用掉 21 包 A4 打印纸、黑色墨盒 2 个、彩色墨盒 1 个，日耗电量超过 800 度。正式上班后的第三天，我估算出了这些数字。一年不见，社会消耗资源的速度更快了。

没有在元旦后准时上班，总裁大为光火。得知了原因后，他原谅了我，将我放在市场部见习，以工作表现来决定最终的岗位。

我的办公桌紧挨着门，每次有人开门都会带进一阵冷风。对此我没有怨言——一旦拿出倔强劲来，任何委屈都不在话下。

很快，我就进入了工作状态。1 月份的工作任务是为新区的大型住宅区项目找准市场营销的具体切入点，以便年后正式启动项目推广。总裁并没有将项目委托给专业房产营销公司来销售。

他强调过，只有自己的脑袋才能理解自己的实际需要，他的公司就是他的脑袋。

工作时间内，公司里几乎没有人谈论他，除了总裁办公室门牌号是301还被人记着以外，似乎他压根就被员工们忘记了。然而他的影响力又无所不在。他的品位决定了公司的所有细节，墙上挂的装饰画、公共区域播放的音乐、休息间提供的咖啡与茶叶，甚至卫生间的水龙头，都带有精致而又不刻意炫耀的特质。他一手制定了公司的发展战略，给予各部门负责人明确的指标、权力和原则，其余任由他们发挥。这就充分激发了所有人的潜力，悄然间将他们牢牢凝聚在一起，使庞大的员工队伍始终能够保持一致的步调、一致的思维、一致的目标，连工作努力程度都如出一辙，同时又保证了个体的创造力。每天，每间办公室里都会频繁召开头脑风暴会议，员工们已经习惯了用这种方式不断榨取自己的脑力，时有精妙创意诞生。在这种张弛有度的管理方式下，这家公司委实培养了不少精英，在业内享有“黄埔军校”的称号。

总裁能看中我，也让我得以正视自己的潜力。“一旦下定决心，明确目标，理想主义者兼前愤怒青年可是不容轻视的。”我给自己打气。

改变自己，更换态度。不再听 Bob Dylan，改以 Lene Mailin，向主流靠拢。现在我已经进入社会，就必须尊重规则，争取坐标。

曾经在大学新闻学课堂上，我第一次听到“社会坐标”的概念：“只有拥有社会坐标的人才有对社会的发言权。新闻记者的特殊性，就在于这一职业的坐标从一开始就被确定在不同寻常的位置上，所以才能被称为‘无冕之王’。”

我已进入新的行业，必须争取自己的新坐标。

目前，住宅区项目的营销方案准备得并不顺利。“让外来人找到归宿感”，诉求很明确，找到实现的途径却很难。25人组成的项目组为此绞尽脑汁，花了大量时间进行市场调研、创意策划，却始终找不到令人信服的方案。

房价的确在攀升，房市热度一浪高过一浪，但目前市场的焦点只集中在市内成熟区域，新区还是一片荒地，要成为成熟的居住区至少需要5年时间。市场调查显示，尽管市民看好新区未来的发展，但现在没有多少人愿意将资金投向那里，毕竟市区新开的楼盘非常多。

在项目组大多数人看来，推广这个楼盘的最佳策略就是走低价路线。但总裁反复强调必须“围绕‘归宿感’做文章”，“我们要吸引的是买房为了居住的客户，而不是纯粹为了炒房的投资客，这样才能提升楼盘的土地价值和公司的品牌含金量，这就是为什么我要把外来人作为目标客户的原因”。

作为外来人中的一员，我清楚“归宿感”的重要性。如何寻找切入点确立并推出这个概念，让本市的外来人群产生“的确如此，非买它不可”的消费心理，就是我接下来要做的工作。为此我倾注了大量心血。反复研究市场调查报告；独自去项目工地考察；请墨帮忙联系各家媒体跑房产条线的记者，和他们深入沟通。

日子一天天过去，各种创意在脑中陆续涌现出来，又被我一一否定。但那条隐藏在密林中的小径已经逐渐清晰。

很快，我对本市的房地产市场有了深入的了解。短短两年，本市黄金地段的房价已经翻了一番。由于市场刚性需求巨大，城市经济发展迅猛，再加上大量房产项目正在开发建设，这个市场会更热。忽然间我发现，自己进入了眼下最炙手可热的行业。

随着时间推移，在不少房产记者眼里，我已经是业内专家，时有精辟见解发表，成为颇受欢迎的被采访对象。

每晚留在公司加班，回到住处后已经没有多余的精力来回忆和感伤。忙碌的工作使我暂时忘记了雯，忘记了芸，只有在真正属于我的梦中才会和她们相见。

梦中，我们坐在湖边，围着篝火观看度假村举办的烟火晚会。温情的夏日夜晚，萤火虫簇拥着我们。

距离项目营销方案汇报会召开还有三天，项目组的神经紧张到了极点。很多创意被毫不留情地否决，勉强成形的只有两个，但我并不认同它们。无论是“外来人群缺少足够的经济基础，低价会让他们更加容易接受”，还是“新区是未来城市发展的重点，广阔的前景吸引你来置业”，都过于直白，也不能充分唤起“归宿感”。如此营销或许楼盘会卖得很快，但不能争取更大利润，也无法形成核心竞争力。

——我竟然会对“利润最大化”如此看重，连自己都吃了一惊。

一个新想法在我脑中逐渐成形，我抓紧时间充实完善它。在汇报会前一天，我找到项目组负责人提出这个想法。

“作为你自己的方案单独汇报吧。”听完后他说。

汇报会于上午9点准时开始，公司高层全部到场。一段时间没有见到总裁了，他的气色不如以前，想必近来工作压力太大。

如我所料，前两个方案都被总裁否决：“过于直白，完全以卖掉房子为目的，客户一看就清楚我们的用意，不好。你们没有其他意见了？”总裁问，他几乎要失望了。

项目组负责人将我推上台，我第一次在公司管理层面前亮相发言：“让外来人产生归宿感，首先要消除他们与城市之间的隔膜感。是否有隔膜感并不取决于他是否融入了城市生活，更在于他的事业是否成功，在于他有没有为城市带来价值，并且感受到城市对他有所需要。换句话说，如果他在城市里没有找到自己的坐标，即便学会了本地方言，他也不会认同自己属于这个城市；相反，如果他事业成功，能够驾驭自己的生活，拥有相当的社会地位，自然能认同这个城市。”我侃侃而谈，会场一片寂静。

“我去过项目工地，发现如果没有私家车，要抵达那里相当费时费力。客户如果会对这个项目感兴趣，最主要的理由就是它的价格低，但必须接受短期内交通不便利、生活不方便的现实；而那些拥有私家车的成功人士就不存在交通困难的问题，这部分人群都拥有自己的社会坐标，他们才是我们真正的目标客户。”

高层领导们个个面色凝重，看不出他们的想法，总裁更是没有流露出丝毫感情。我继续发表意见：“我认为，这个小区的价格不但不能放低，反而要提高身价，设立更高的进入门槛，主动剔除不符合目标客户条件的人群。”

好几个人窃窃私语，“嗡嗡”声影响到我的发言，差点打乱思绪。我提醒自己务必集中注意力，务必使观点阐述得有理有据。

“可是这样就颠覆了之前对这座小区的定位，很多工作都要重新做，浪费时间不说，还造成了大量额外损失。”有人提出异议。

我胸有成竹，从容应对：“我仔细研究过小区设计图。尽管是高层，但都是大户型。而且小区的容积率很高，符合成功人士的需求。只要将住宅区景观做得更具档次，提供高科技的保安系统，完全能够打造出高档小区的形象。另外，小区内外已经规划了各类生活服务设施，招商时重点引进高端服务品牌，比如会所、高尔夫练习场等等，自然会形成高档消费圈，无形之中也会提高房产的价值。总之，调整定位并不需要对户型设计本身做改动，不用牺牲已有的投入，只需调整战略、追加部分预算即可。”

“可是小区哪怕做得再高档，也改变不了它周围全是荒地的事实。现在全市的房价都在涨，但没有谁敢在新区做高房价。一旦失败，公司的品牌会被砸掉的。另外，只是区隔用户群就能制造出归宿感来了？”反对者和我针锋相对。

“这个问题我充分考虑过。区分用户只是第一步，在具体营销阶段中，小区应该定位为引领新区建设的桥头堡，让成功人士感到他们是在为城市开拓新的发展空间，这样必然会赋予他们荣誉感和归宿感。”

“具体做法呢？”总裁开口问。

“在媒体上刊登宣传新区发展前景的报道，突出其未来城市CBD核心地位，强调居民区项目会对整个新区城市化发展起到关键作用，将我们建设高档小区的规划与新区的整体高规格规划紧密联系在一起。另外在媒体上推出在本市获得成功的外来人士的人物专访，介绍他们对城市的贡献，同时请他们对这座小区发表正面意见。只要广告文案撰写得当，一定能让精英客户认同这里。”

“推广费用可不少。”又有人发言了。

“可是房价也会相应提高，每平方米至少多赚2000元。你可以算算这笔账。”

会场鸦雀无声，所有人看上去都在计算数字，又或者是被我这个大胆的想法震惊了，我从他们的表情中看不到赞成或者否定的意见。有那么一刻我沮丧了，认为自己的冒险已经失败，在公司的第一次正式亮相就要铩羽而归，我还得花费更多的时间来追逐自己的坐标。

“我认为可行。”总裁发言了，他脸上充满信心，带着说一不二的气势，好像我提出来的这些想法都是他亲自想出来的，必须被呵护、被尊重、被不打折扣地执行。“归宿感有了，高端形象也有了，利润更多了，为什么不这样做呢？”

全场议论纷纷，人们纷纷点头。

“就由你来主导这个方案，好好做。”他对我说。

悬着的心放下了，其他高层领导正用欣赏的眼光看着我，项目组的同事们显得十分振奋，连反对者也准备为我鼓掌。

会后，项目组负责人立刻与我称兄道弟。他当初让我单独汇报这个创意，显然充分考虑到各种可能性。如果成功，我会因此感谢他的推介；如果失败，也与他没有太大关系。我毫不介意他的盘算，这是正常的职场规则，他做得对。

当天下午，总裁把我叫到他的办公室，对我一番勉励后，宣布整个方案的执行由我全权负责，自行把握，只需在节点上向他汇报即可。“好好做，我对你有信心。”

“倔强的沙滩一旦改变态度，适应起来还挺快的嘛。”耳边声音突然响起。

“他又不是笨蛋。”意识对声音说。

“走这条路真的能够找到他的意义和价值吗？”声音问。

“反正开了个好头，应该如他所愿。”意识判断。

是个好的开始，起码看得到希望。“雯，你看见我的变化了吗？”我在心底呼喊。

春节前，房产市场热到发烫，公众大有用崭新的购房合同迎接新年的想法。新开盘的楼盘门前，人们彻夜排队，新房不到一天就被卖光。在这种形势下，新区居民区项目的推广时间表也调整到了节前。为了和时间赛跑，我马不停蹄，加班加点工作，其他人也都情绪高涨，我们像是组成了一台高速运转的马达，迅猛推动着项目的进展。

我亲自撰写软文投放到媒体上，很快引起公众对这个陌生小区的高度关注，我试图传达的理念也顺利被公众接受。春节前一周，公司已经接到几百个客户咨询电话。在与客户沟通中我们发现，项目不仅已经广为人知，并且美誉度很高，对于可能的高价位也没有人提出质疑。在全民着魔般疯狂买房的气氛下，本市房价新高即将在我的主导下诞生。

过了这段高峰期，我暂时回归正常的生活状态，隔三差五去那家酒吧喝啤酒，听乐队唱歌，看女孩跳舞，还和其中一名叫COCO的女孩聊过几句。她对所有的客人都很客气，同时又保持着一定的距离，从不主动与客人搭话。我慢慢观察到，她的性格内也有倔强的因子。

这家酒吧的生意始终不温不火，平常工作日晚上几乎可以用惨淡来形容。但即便只有我一个客人，COCO也跳得很投入，完全沉醉在舞蹈当中。

有一天我加班太晚，赶到酒吧时她刚好跳最后一场舞。酒吧打烊后我们一起在路边打车。她忘了带钱包，我主动借钱给她。

“你经常来这里，会不会很无聊？又不是生意很好的酒吧。”等车时她问我。

“早就习惯这里了，没有换的必要。”我实话实说。

一辆空载的出租车来了，我让她上车先走，目送出租车疾速消失在夜色中。

下一次去酒吧，她跳完一曲后特地找我还钱。我请她喝了杯牛奶，算是真正认识了。此后我忙于工作，一直没有再去酒吧。

春节不打算回家——目前我还没有做好准备。在电话里祝福父母，向他们承诺休年假时一定回去。

这段时间墨一直很忙，我们只零星通过几次电话。但我每天都留意报纸的评论版面，他越来越高产，几乎每天都有文章见报，密切关注着社会上的各类热点事件。墨的文风原本朴实无华，经过磨砺后现在又增添了几分锐利，越发老辣。我不禁为之击节。

他回老家过年前特意打电话向我拜年。“春节你不回家，自己可要照顾好自己。”

“会的。今年等着喝你的喜酒。”我为他高兴的同时，也一阵心酸——和芸失去联络已经有79天了。

除夕夜，我一个人在公寓里喝啤酒，吃从公司食堂带回的“年夜饭礼盒”中的熟菜。饭后将Bob Dylan的精选集放进音响，一边听一边读雯写的四封信。

按照时间顺序反复读，逐字逐句体会她当时的心情，试图找到那把钥匙，但始终不能如愿。

8 点前意外接到了芸的电话。

“新年快乐。”她的语气很平静，仿佛她从来没有离开我。

心情很复杂。“新年快乐！”

电话里长久没有动静，我们都沉默着。窗外，星空突然绽放盛大的烟火花瓣，同时响起隆隆的鞭炮声。

“再见。”她轻声说，然后挂了电话。

来电号码被屏蔽了，我后悔自己没有抓紧时间说出对她的思念、询问她的近况、告诉她我的现状。然而，再多时间也不够我说完这些。当晚，我在震耳欲聋的鞭炮声中失眠了。

春节期间我在家撰写广告文案。工作令我忘记了寂寞。晚饭后躺上床看电影，第二天早晨醒来，电视机还开着。

打电话给海拜年。海告诉我，除夕夜湖意外结冰了——过去从未结冰过——他带着女朋友去湖上滑冰，玩得十分畅快。

“过年前买了顶绒线帽送给她，她戴起来很好看。”

“明年带她来玩，一起买 CD 去。”

他腼腆地笑了，背后传来女孩的声音。

初三晚去了酒吧。酒吧主人站在吧台里，春节期间亲自驻守看场。他和我一样，都是滞留在此地的外乡人。

“生意很好嘛。”我说。今天酒吧里在开同乡会，人气很旺。

“比平时多而已，谈不上好。”他对于酒吧生意的好坏早已淡然。

“这样下去大有希望。”我鼓励他。

“很难的，市场口味不停在变，追不上。”

对于这家酒吧我有特殊的感情，不愿意它变成现在这副样子。如果还是让原来那支乐队表演自创的歌曲，由顾客们自由站着喝啤酒听音乐聊天，说不定生意还能更好些。但我欲言又止。

跳舞时间到了，COCO 不在，另一个女孩在跳。

“她回老家去了。”

“年后会来吗？”

“不知道，现在跳舞的人才很抢手，她未必看得上这里。”老板苦笑着回答。自己给自己倒了杯酒一口喝光了。

两小时后，我在梦里遇见了芸。“你到底在哪里？你知道我心里有多痛苦吗？”我拉住她的手，掌心依旧冰凉。

“忘了我你就会好了。”她冷冷地说，可话里分明藏着哀伤。

“不要这么说，现在我几乎快要变得**完整**了，就等你来弥补剩余的部分。”

“你确定？”

“应该是。”

“可是我自己都是**不完整**的，怎么还可能弥补你？”她推开我的手，匆匆离去。我想要追过去，身体却被一根铁链拴住了。铁链越缚越紧，我开始无法呼吸。

再不醒来可能会死，我拼命挣扎，最终猛地睁开眼睛。

眼前一片漆黑。

年初五下午，总裁打电话邀请我吃晚饭。他刚刚从外地度假回来，特地设家宴招待我。

家宴很简单，六道热菜，冷菜是蒜泥黄瓜和拌皮蛋，酒则十分贵重。

“每年的今天我都要吃这两盘冷菜。”

我不解地望着他。

“创业时期很艰苦，资金老是周转不过来，还被人骗过。那年春节，老婆陪我吃了连续 6 天的蒜泥黄瓜和拌皮蛋，连饺子都没吃上……我们真正是患难夫妻啊！”他望着正在厨房里忙碌的太太感慨道。

我很羡慕他。

“过年你应该回去和父母团聚才对。”

“太忙了，走不开。”

他用鼓励的眼光看着我：“项目进展得很顺利，你没有让我失望。年后你正式做我的助理。这个项目忙完以后就要启动商业中心项目了，到时候你会更辛苦。我安排小付做你的秘书。”

他为我斟满酒，敬我。

我一口将酒喝光。

饭后，他兴致勃勃地弹起钢琴，弹的是肖邦的一支夜曲。弹奏技巧娴熟，曲中饱含深情，我听到后半段完全被打动了。他的妻子和一对儿女安静地坐在沙发上聆听，眼中满是爱意。钢琴弹完后，他的儿子表演起架子鼓，才13岁的孩子，打鼓动作却颇具专业风范，且力道十足。

“我退休后就组个家庭乐队，太太你五音不全，又不会弹乐器，就负责摇手铃。莎莎你要好好学唱歌哦，乐队主唱就交给你了。”他对女儿温柔地说。

他憧憬着未来的家庭乐队。地道的憧憬。

回到家我继续工作，一直加班到深夜。居民区项目的广告文案已经全部完成，我期待着到市场上大展拳脚。

已经接近属于我的坐标了。

另外，这段时间以来，梦中的历险一直断断续续进行着。我在记录、润色、修饰它的同时，还主动把我的想象编入故事，最终的成稿中已经分不清哪些是梦中实际发生的部分，哪些是我添砖加瓦的部分。

第二十三章　梦：斗兽场

阴云密布，城内戒备森严，街上十步一岗，行人排队接受盘查。大爆炸将那条长街夷为平地，也震动了灵塔的神经。它不再将全部注意力投向与天使国的战争，分出一部分留给肯斐辛。

巡逻兵随身带着镣铐，一旦遇到可疑的人立即铐上带走，仅仅半小时我就看到有 70 多位平民被抓。此时，没有户籍证的人根本寸步难行。原先整洁的城市变得蓬头垢面、混乱不堪。

城北广场上架设了 10 道关卡，吐着腥红长舌的六头犬在被抓的平民身上嗅来嗅去。凯斯特坐在灵塔雕像旁亲自审问他们，如果得不到他想要的答案就立即处死。我漠然地看着平民们被拉到城墙边，刽子手不停地砍掉他们的头颅，六头犬啃光剩下的尸体。

汉克——红瞳孔的年轻男子——愤怒地看着这一切。上午，我们带着伪造的户籍证走遍整个城市。除了旅馆外，其他联络站全部被破坏，有些站点人去屋空，有些则躺满了组织成员的尸体，当时汉克眼中几乎要喷出火来，要不是我拉住他，他早就冲到大街上与敌兵拼个你死我活了。现在又在广场边目睹同胞被残杀，他再度失控，想要冲出去救人，却挣不脱我的手。

“用不着为这些人激动，汉克，他们罪有应得，没有被我们怜悯的资格。”

“你说什么？凯尔，我真没想到你竟是这样的人，你是冷血动物吗？”他被我的冷酷态度惹恼了，气冲冲地质问我。

对于他表现出来的冲动和鲁莽，我只感到可笑，耐着性子说：“士兵也好，平民也好，他们都是一丘之貉。和我们为敌的不只是士兵，也有平民。”

“他们只不过是手无寸铁的普通人，又没有做坏事，为什么会冤死在这里，连尸体都喂给六头犬？还不是我们的行动造成的，你又何必中伤他们。”汉克愤怒地说。

“汉克，你怎么会说出这么幼稚的话！你为什么要加入组织？你没有看到过这些平民的真实面目吗？”

“我加入组织是因为我的家人被灵塔的士兵杀了，就因为那些士兵们喝醉了酒。我痛恨灵塔，但我热爱我的同胞。”

我惊讶于他的单纯。难道他不知道这个国家的人都丧失了基本的人性吗？不知道洛瑞就是被平民害死的吗？他忘记了自己身负使命，不能浪费时间用来悲伤吗？不懂得即使是牺牲，也应当牺牲在值得牺牲的地方吗？没听过要在这个国家生存，必须遵守对一切都要冷漠的规则吗？组织到底教给了他什么，难道只是一身武艺和无聊的同情心吗？我真想给他一记耳光，打醒这个还沉溺在狭隘善心中的可怜虫。但他因为发自内心的善意而表现出的冲动，又敲打着我业已冷酷的心，提醒我自己曾经也如此年轻过。

“你如果去过首都之外的其他城市，经历过我所经历的那些事，也许就不会这么想了。”之后，我向他详细讲述了自己的经历，当我说到洛瑞牺牲的真正原因时，他彻底沉默了。

过了很久，当我们面对面坐在小屋里时，他才开口说：“没想到外面的世界会是那样的，我从来没有听组织说起过。”

“他们都跟你说些什么？”

“只说要摧毁灵塔。凯尔，灵塔真的如你所说彻底腐蚀了人民的心灵吗？”他急于求证。

“是的，如果你和我一样亲眼见证过，就不会再怀疑了。”

他垂下头，紧紧闭住眼睛，不愿让我看到他滚烫的情感。他的手臂扭曲得厉害，拳头颤抖不停，年轻的脊背深深弯了下去，犹如拉满的弓，随时准备把愤怒以最强的力量发射出去。有那么一刻，我原本坚硬的心被他打动了，几乎想要改变决定，和他一起拯救这个国家的人民。但一想起洛瑞冲出屋顶的身影，我又重新变得冷酷，甚至比刚才还要决然。

“一定要摧毁灵塔。”他忽地站起来，把弓弦的千钧之力隐藏到身体里，准备积蓄更多的力量来完成使命。

我按住他，使他重新坐下。我还有些问题要问他：“你加入组织多久了？日常都是跟谁接触？谁训练你？谁指挥你？”

“我加入组织 3 年了，平常只跟联络站的战友们接触。乔尔斯偶尔会直接向我下命令，但大多数时间都是站长给我指示。”

“从来没有人对你说出过真相么？”

“没有！”他痛苦地回答。

我看着他红色的瞳孔，默默下定了决心。现在轮到我去承担责任了。汉克还很单纯，我不能带着他去经历未知的黑暗。我已经埋葬了自己的本性，不能再毁掉他的。

夜里，等到汉克睡着后，我离开了小屋。我留了字条，要他找个更安全的地方藏匿。

等到灵塔被摧毁，需要他参与思想领域的重建工作。

深夜，城内灯火通明，巡逻队高举火把在街上游动。我在屋顶上狂奔。卸下绑腿后，我步履如飞，没有被任何人发觉。

前面就是英斯比旅馆，它外观如常，屋内还亮着灯。我戴着人脸面具，从正门大摇大摆走进旅馆，大堂服务员正在打瞌睡，听见脚步声他抬起头微微睁开眼睛，我掏出第三层房间的钥匙朝他挥了挥，他又埋下头继续瞌睡。

房间里本应留有我和洛瑞的东西，但房间已被重新整理过，什么都没有留下。之后我用一根铁丝打开了乔尔斯房间的门，房间里亮着灯，却没有人，无论是卧房里还是浴室里都看不见乔尔斯。可能在行动失败之后，他就离开旅馆了。

就在我准备离开时，发现乔尔斯的玛瑙怀表还留在床头柜上，我立即有了新的打算。

走进书房，推开书架，通过密道来到走廊，我进入几间观察室查看隔壁房间，都没有人。走进最后一间观察室，从听筒里传来喧闹声。坐到观察孔前，我清楚地看见隔壁房间里发生的一切。

房间里灯火辉煌，一张面积足有普通旅馆房间大小的床上，十几个裸体女子正簇拥着乔尔斯、丹尼斯和凯斯特。乔尔斯离我很近，他的假发套已经摘掉，露出油亮的光头。

“这次的计划能够圆满成功，全仰仗大人的神机妙算。”乔尔斯恭维着丹尼斯。

丹尼斯得意地大笑起来，脸上的云彩挤作一团。他尖声尖语地对乔尔斯说：“你也出了不少力啊，陛下很满意。”

“能够为陛下和大人效劳，是我的荣幸。”乔尔斯谄媚道。我胸中燃起怒火，禁不住想要推倒墙壁，冲进去杀了他。

“这次最精彩的安排，就是编造了灵石秘道的情报。那两个傻瓜居然想不到，以陛下的神力，怎么会连个秘道都找不到呢？”丹尼斯得意地说。

“关键是大人和桃乐丝做的那场戏，完全把他们骗倒了。”乔尔斯补充道。

丹尼斯又是一阵大笑，桃乐丝从女人堆里爬起，钻进他的怀里。两人一阵狂吻。我闭上眼，不愿看这不堪的场面，胸中的怒火越来越剧烈。

一个声音出现在耳边提醒我，冷漠是在这个国家生存的必要规则，即使现在也不要感情用事。那是洛瑞的声音，他依然陪在我身边。我一阵感动，又睁开了眼睛。

凯斯特从一个趴着的女子身上挪开。"那两个人还是有点本事的，要不是最后使出**那一招**，他们说不定还没有落网。"

"这就多亏大人的布置了，让4号部队出马真是再恰当不过，果然一击命中，两人全都粉身碎骨。"乔尔斯做出打马球的动作。

"他们不是普通对手，对付他们必须找准他们的软肋。"丹尼斯推开桃乐丝，洋洋得意地说，"洛瑞的心思很缜密，光是用普通的圈套未必能让他上钩。如此一等一的人才骨子里却是个计较儿女情长的傻瓜，看来组织的末日就要到了。帝国的大军即将突破天使国第二层防线，组织基地近在咫尺，他们哪能阻挡我军的铁蹄。"

"这次行动唯一可惜的就是组织的首领没有被抓住，他始终是心腹大患啊！"凯斯特提醒说。

"哼！他也活不了多久了。"丹尼斯冷笑说，"组织在首都的力量已经全部被消灭。他不来倒好，要是来了，必死无疑！"

"对，对。"乔尔斯说，"我早看出来洛瑞对我有所隐瞒。从他这次的种种举动来看，小人迟早会来首都。我们可以再来一招引蛇出洞，骗他自投罗网。"

"乔尔斯，你有什么主意吗？"丹尼斯问。

"我们再戒严两日后就解除警报，同时派4号部队在旅馆周围布下天罗地网。我通过安插在组织中的内线，宣传凯尔叛变，把旅馆占为己有，毁灭了城内组织的消息。小人无论如何不会坐视不管，只要他敢来寻仇，我们就把他彻底铲除。"

我紧咬牙关，愤怒令我几乎喊出声。

“嗯。这个建议有些道理，我考虑一下。”丹尼斯点点头，“这次为了对付洛瑞，4号部队损失惨重，连奎因将军都以身殉职了，要找到充足的人手来对付小人倒不容易啊。”

“这个交给我吧，大人。”凯斯特请命说，“征兵令发出以后，城内已经募集了5千多名新兵，并且还在不断扩充中。我将从中挑选精兵，提拔人才，尽快充实首都的守卫力量，并且为4号部队补充兵源。”

“我考虑考虑，回头再详议。”

谈话结束了，他们继续在床上淫乐，呻吟声充斥房间。我竭力抑制住冲进去杀光他们的念头，迅速离开旅馆。

我在暗夜里徘徊，耳畔不断传来巡逻兵的口令声。路过一座被破坏的联络站，我推开残破的门走了进去。月光下，我在满地的尸体中看见不少熟悉的脸孔，都是乔尔斯发展的新成员。他们还不清楚真相就已经被出卖，连死都不明所以。

“简直一点意义都没有！”我对他们说。

我抽出斯图尔特的长剑，审视锋利的剑刃，这些日子来的种种经历都浮现在剑身上。从今天起，它们将与这把剑一同埋藏在地下，陪伴它们的还有洛瑞送给我的石偶。

洛瑞的声音在耳边响起：“为我这么做太不值得了。”

“情理之中，别无选择。”

“你将来会后悔的。”

“不做才会后悔，你听我一次吧。”我的语气不容商量。

一声叹息。

不再犹豫，我举起长剑，锋利的剑尖刺入脸庞，浑然不觉疼痛。

两天后我到征兵处报名，人们惊愕地看着我。我毫不在意他们排斥的目光——如果他们看到一个脸上布满结了疤的鲜红色刀口、只余下一双眼睛还算完整的“怪物”时，还能有客客气气的眼神流露出来，那倒怪了。

填完报名表，我递上伪造的户籍证明，在这上面我的名字叫怀特。审核官匆匆扫了一眼就把它丢还给我，吩咐我站进备选组的行列。过了一会儿，一个长官走过来丢给我一个面罩叫我戴上。

中午，我和组里的其他人在就餐点吃饭。不少人朝着我的面罩指指点点，一个大汉走过来问：“你戴面罩是想出风头吗？”

我不理他，只管喝盘中的菜汤。大汉被激怒了，对着我的脸就是一拳。我侧身躲过，顺势朝他的腰间猛击一掌，“喀嚓”一声，大汉就像折断的树木般倒在地上，当场死去。

四周鸦雀无声，接着一片大乱，不停响起摔碎盘子的声音。我坐下来继续喝汤。

一名军官走到我身边，上下打量了我一番，将我带进入选组。他特地叮嘱这一组的临时长官：“戴面罩的身手了得，汇报上去。”

入选组有100多人。下午举行第一轮筛选，通过者将进入精兵组。选拔项目包括射箭、剑术等，每一项我都轻松获胜。在格斗项目中，我一拳打死了对手，最后以第一名的成绩进入精兵组。

晚饭之前，凯斯特在一队士兵的护卫中走进练兵场，他戴着一副金色面具，面具上刻着灵塔的图案。他对我们训话，大意是成为国家的正式军人是无上的光荣，这份荣誉将伴随我们征战沙场，最终使我们获得永生。他最后宣布：“明天，你们将迎来一场考验。通过这场考验的人会进入候补军官组，从而获得快速晋升的机会。这个机遇千载难逢，我希望你们都能抓住。”

会是什么样的考验？周围人兴奋地猜测，而我并不在意。此刻我的全部注意力都集中在快速晋升这条路上。只要通过一次又一次的考验，我一定有机会接近灵塔。

第二天清晨，气温骤降。年末，帝斯国迎来一年最寒冷的季节。

精兵组的早餐很丰盛，主食是烤肉、土豆和鱼。我独自坐在长桌旁安静地吃饭，其他 21 名入选者坐在另一张长桌四周边吃边聊，有的人还不时偷偷看我两眼。

我依然戴着面罩。脸上的伤口遇到冷空气后冻出黑紫色的疮口。浮肿的伤口对我的视力有影响，不过，由于昨夜休息得很充分，现在我的体力已经达到巅峰，对于任何考验都有必胜的信心。

饭后分发武器，我领到一把新剑。之后我们被带进一个斗兽场，四周的高台上坐着很多戴面具的高级军官。面具的颜色、图案各异，代表着不同军阶。接下来我要走的路，就是用一副副面具一层一层铺设的。

广场上响起钟声。钟声响了 6 下后，一位士官宣布竞赛规则。竞赛是和真正的敌人角斗，有一对二、一对四两种方式。通过一对二角斗的人自愿选择是否继续参加一对四角斗。只有在规定时间内亲手杀死对手才算通过考验，否则就不能进入候补军官组。

战鼓声中，两名穿着盔甲的战士从侧门里走出来，手上拿着长矛和短剑。他们是天使国的战俘。

广场上爆发出欢呼声，我们当中一个大个子迫不及待地跳进场内，和那两名战俘搏斗起来。两名战俘步伐凌乱，显然还没有恢复体力，几十个回合后，他们渐渐招架不住，脚下连着几个踉跄，被大个子抓住机会，砍下一名战俘的头颅。另一名战俘大吼一声，不顾一切地冲上来，被一刀捅穿了身体，死时眼睛还怒睁着。

我盯着他的眼睛，目送他的尸体被拖走。这些战俘本是我要解救的对象，现在却要由我来亲手杀死他们。我该怎么办？

下一组角斗已经开始了。新出场的两名战俘抱着必死的决心战斗，令对手难以招架。一名战俘一剑刺向对手的心口，眼看对手就要血溅当场，不知从哪里飞来一支箭，“蹬——”的一声将剑弹开，顺势扎进战俘的喉咙。紧接着又飞来一支箭，取了另一名战俘的性命。

我惊呆了，这场考验无论过程如何，战俘的结局都是死亡！

随着时间推移，一组又一组的战俘以不同的方式被杀死，已经有五名士兵通过考验加入了候补军官组。马上就该轮到我出场，是放弃杀死战俘，还是为了实现目标而亲手杀死他们？

洛瑞的声音在耳边响起："你的本质是善良的，我希望你不要放弃这么珍贵的品质，去伤害战友。"

"这些战俘无论怎样都会死，死在我手中还是其他人手中并没有区别。再说，我们不是殊途同归么？"

"这次不一样，代价太大了。你已经抛弃了身体，不管为了什么原因，千万别再出卖自己的灵魂。"

"为了完成任务我宁愿如此。"我的眼眶湿润了，"这么做是为了你也罢，为了这个世界也罢，反正我已经下定决心。对不起，洛瑞，让你失望了，请你不要再劝阻我。未来思想领域的斗争注定不是属于我的战场，应该由汉克以及其他纯真善良的人参加。我和你一样只能对眼前这场战争负责，只能为了实现最迫切的目标而不择手段。牺牲在所难免，无论是你、我，还是其他人。"

"如果一定要这样做，我只希望你不要彻底放弃人性中最珍贵的东西，这是我唯一的要求。"

"你放心，即便我作出了这样的决定，我的内心仍然在哭泣。也许将来很长一段时间内，我不会再顾及牺牲者的感受，但是请你相信我，等到那一天到来，我回首这段历程时，会坦然面对你，说声问心无愧的。"

战鼓声复又响起，我提剑进场，两名战俘绝望地冲向我。我闭上眼睛，连一招都没有用满，他们就死在我的剑下。他们没有感受到死亡的痛苦，那是我唯一能为他们做的事情了。

看台上一片沸腾，军官们全都站了起来。那名士官大声问我："还要继续吗？"

“剩下的人一起上。”

六名战俘进入场内，其中有两名竟是我曾见过的组织成员。他们也被迫加入到这场残酷的游戏中来了。

来不及再考虑，六个人已经一起向我冲来，一瞬间他们的动作在我面前定格，每个人的表情都铭刻进我心中。旋即我用最快的方式将他们刺死。剑刺进那两名组织成员的心脏时，我的灵魂狠狠踢开我，脱离身体的一瞬间，它变成了碎片。

我闭上眼睛封锁听觉，洛瑞一定在咆哮，但现在不是听他咆哮的时候。

满场喝彩，躺在地上的累累尸体迅速被拖走。站在他们的血迹上，凯斯特亲自为我戴上候补军官组组长的黄色面具。

“你前途无量，大有可为。”他夸奖我。

工作日志（摘录）

2月14日

7点到公司，确认情人节主题活动的执行事宜。

8点～9点，项目组第24次会议，确定居民区项目第二阶段推广方案。

9点～11点，分别与广告公司总经理、日报广告部主任、电台频道总监见面。

11点～12点，确认后天投放的广告软文。

13点，情人节主题活动进入倒计时，再次确认各项准备工作进展顺利。

14点，与导演敲定新区楼盘广告片剧本。

15点30分，翻阅市调报告，分析数据。

16点30分，喝咖啡。

17点，听取活动公司汇报楼花预购会会务方案。

18点30分，到酒店参加情人节主题活动。

21点30分，回公寓休息。

2月21日

7点到公司，项目组第31次会议。

9点，向总裁汇报工作进度。

11点10分，敲定报纸广告内容。

12点30分，去工地现场布置实景拍摄细节。

14点50分，陪总裁参加市房产协会第二次大会。

16点30分，喝咖啡，看商业中心项目进度报告。

17点，召开新项目组第一次会议，公布商业中心市调分析结果。

19点20分，确定居民区项目楼花预购会流程，安排媒体采访方案。

20点20分，与《都市生活》杂志主编碰面喝茶。

22点15分，整理梦的故事。

2月28日

7点到公司。

9点，楼花预购会正式举行。

10点，一期楼花全部卖光，项目有望创下本市房价新高。

11点，楼花预购会新闻稿传真报社，抢发当日版面。

13点，今日报纸头版头条面市：《新区打响新年楼市第一枪，专家预测房价还有上涨空间》。

13点20分，向总裁做总结汇报。

15点，审查广告样片。

16点30分，喝咖啡。

17点20分，赶往酒店参加庆功宴。

20点30分，项目组第5次会议，研究商业中心招商宣传工作。

23点，写梦的故事。

2月29日

休息日，在家修改梦的故事。

向《都市生活》杂志发出第一篇专栏文章。

备注：晚上在酒吧和COCO聊天。

第二十四章　三月的流水账

时间过得飞快，转眼进入三月。

在《都市生活》杂志投放广告，杂志向我约稿。换了新笔名“阵风”，新专栏定位为世风评论，针对各类社会现象发表观点。我在文章中嬉笑怒骂，毫不客气的尖锐文风引起了业内关注。一些过去没有合作过的媒体向我发出专栏约稿邀请。我谨慎挑选平台，不再写言之无物的文章。时常还和墨交流对有关问题的看法，在他的帮助下，我甚至还向原来的报社供应过两篇言论。“我们好像又在一起合作了。”一次见面时他打趣说。

我兴奋地点点头，重回社会后终于找到了梦寐以求的舞台，能够为呵护社会精神尽份力。

写专栏很辛苦，在公司的工作也十分辛劳，休息时间被压缩到很少，但我似乎拥有了无穷精力，状态前所未有的好。

额外提一句，我开始在网站上发表连载小说《灵塔》——来自我梦境的小说。

开始听古典音乐。古典音乐的学问博大精深，听的过程中遇到问题便向总裁请教。楼花预购会举办后的第四天，总裁再设家宴请我做客。饭后聊天时，看见钢琴边多了把吉他，我随手拿起来弹了个和弦。

“弹得不错啊，有底子？”总裁问我。

“大学里弹过，这几年没弹都快忘光了。”

“家庭乐队正缺吉他手，你有空练练。”他接过吉他，弹了段旋律后放下。“还记得那次方案汇报会吗？我没有看错你，你的眼光比其他人长远。别人想的是如何把面前的蛋糕快点吃掉，你想的是怎么吃到更多的蛋糕。事实证明，你天生属于这个行业。好好做下去，我看好你。”

从他信任的目光中，我仿佛看到了自己的未来。

楼花预购会成功举办后，我获得了一大笔奖金，数目比我撰稿一年的总和还要多得多。总裁还许诺我一套期房，位置就在新区居民区里。“你如今也是成功的外来人了，这座小区配得上你。”

那座小区正式开盘后的房价比我当初设想的还高了 20%，这座城市的房价水平因此被拉高了一大截。

积蓄急剧增多，我将公寓重新装饰了一番：添加了新的电器设备，更换了床和沙发，窗帘也换了新的。房东从我这里获得了几条房市内幕信息后，对我的这番装修改动没有提出任何异议，反而夸奖我的眼光和品位。

“要是你真的住惯这里了，不妨考虑买下它，我给你熟人价。”

我不置可否，看来炒房已经融为他日常思维的一部分。说到炒房，我的许多同事都热衷于此，不但倒腾本公司开发的项目，还和其他房产公司的同行联手。也有人劝我投资于此，但我生来对理财投资没有兴趣，摇摇头继续工作。

学校开学后，我给芸的宿舍打过一次电话，同学说她至今没有回校，但向学校打了实习申请，目前不知人在何处。

自从除夕夜接到她的电话后就再也没有下文。我知道，现在我和她都很难向彼此打开心扉，以至于在电话里只能互相沉默。我们的关系已经被一些东西破坏了，并非一朝一夕就可以修复。我们即使还能见面，要恢复到从前那样也需要很长的时间。

但我对她的爱从未动摇，只不过变得尴尬了。尴尬并不代表缺少感情，有时恰恰相反。

买了新音响，听以前为她买的CD。同时写类似回忆录的日记，记下从前的点点滴滴。每天都写，写完将日记本放进铁盒里。

3月中旬与海联系了一次，得知度假村已经初见规模，政府开始筹备首届湖滨篝火节。他还在书店唱歌，与女朋友进入感情的平稳期。“如果没有意外，将来会和她结婚。”

另外他还报了自考班，正在学习计算机编程。“今年不去买CD了，得好好学习。”我勉励了他一番后挂了电话。

大家都平稳下来了。自然，大部分的人生都会从大浪滔天的青春癫狂过渡到波澜不惊的成年淡泊，如果雯没有死，我和她应该正一起做着可以填充精神、修补缺失的事业，同样也会一起进入到现在的平稳阶段。这么一想，我更加为她的离去而痛惜自责。

工作之余，我会去那家酒吧消磨业余时间。酒吧生意一如既往的清淡，不知哪天就会撑不下去，但老板坚持花钱请乐队和跳舞女孩每天来表演。“总算有几个熟客，他们习惯这些固定节目了，倘若连这些都没有，酒吧还能叫酒吧吗？”

老板和我同岁，倔强程度与我不相上下。

年后COCO回到这家酒吧继续跳舞。我有时会请她喝杯牛奶，她并不拒绝。后来得知我和她竟是同乡，双方遂交换了电话号码。

一次闲聊中，我问她为什么愿意留在这么冷清的酒吧里表演。“在哪里跳都一样，再说也习惯了。”说完她上台表演。

她在舞台上跳一种新的舞蹈。我这时注意到，她的左腿膝盖下方外侧的皮肤上有处伤疤，肌肉明显凹进去硬币大小的一块。

我立刻想起芸手腕上的那块伤疤。

COCO跳完这支舞之前，我离开了酒吧。

买了辆二手车，用一周时间学驾驶，总裁托人打招呼，我顺利拿到了驾照。第一次上路时，我将家中的新世纪音乐CD全部拿到车上听，在市内整整兜了一下午。

当晚失眠了，音乐在耳边回响了大半夜。

3月下旬，商业中心项目即将进入建筑工程招标阶段，我和工程部的接触频繁起来。对建筑工程我并不了解，但有一道签字程序在我手上，这是总裁的特意安排，他要求我甄别合作对象的素质。在他看来，商业中心的形象必须出类拔萃、无可挑剔，为此请了全球知名的设计公司进行建筑和景观设计。而到了具体施工阶段，也需要找高素质的建筑商合作。

“行为和谈吐庸俗的建筑商无需考虑。”总裁对我说，“由你来评价他们的素质再合适不过。”

于是我就得和各家建筑公司的总经理打交道，每天赶赴各类饭局。打过交道的建筑商大致可以分为三种类型：

A类建筑商：体形胖，请客通常安排在高级会所。饭桌上从来不谈建筑工程，全是“感情深浅看表现”之类的豪言壮语。端起二两白酒杯一口喝光，喝完面不改色，豪言更多。

B类建筑商：体形中等或微胖，喜欢到公司来找我聊天，言谈中多有暗示。通常选择格调中餐馆或者高档西餐厅请我们吃饭。

C类建筑商：体形中等或偏瘦，见面地点通常在茶馆，谈话内容主要为建筑风格、工程专业术语、个人经历等等。

相比之下C类建筑商数量最少，最合我的胃口。但是对任何一家建筑商的饭局邀请我都不能拒绝。如果在招标前就厚此薄彼，必然落下话柄。

和A类建筑商纠缠的时间最多。晚饭需花3个小时以上，饭后还要拉我们去KTV。工程部同事对此兴致勃勃，我也不便拒绝。

每次去KTV对我的意志都是一次考验。当工程部的同事和陪酒女郎打成一片时，我还和陪我喝酒的女郎保持礼貌的距离。然而我身体健康，面对她们不可能一点欲望都没有。结果我就要一次次接受欲望的考验，花时间奋力将其打倒。某次我一冲动就握住了陪酒女郎的手，她也没有挣脱的意思，幸好我是倔强的沙滩，立即放手挪开身体，只管低头喝酒。

我担心自己的定力是有极限的，长此以往，保不准会有犯错的时候。幸好随着招标书正式发出，所有的酒局应酬全都自觉停止，我乘机回到过去的工作状态。

一次总裁询问我对建筑商素质的看法，我如实汇报。他听完后哈哈大笑："我让你把关其实就是想让你放松一下，进公司以来你还没有好好放松过，又几乎不出去应酬，只好借工作的名义委派你去放松了。"

我如梦方醒，做人不能太认真，好在我没有在公共场合对建筑商发表过看法。给标书打分时我给所有竞标方打了统一的分数，我的意见因此无关痛痒。最终中标的建筑商属于A类，他在这类群体中体形最胖，请客的手笔也最大——一晚总计花费往往超过5万元。他的实力也的确雄厚，本市有10多个地产大项目由他承建，新区居民区的土建工程同样是由他拿下。

中标后的第三天他又请我们吃晚饭，临别时他塞给我们每人一个信封，别人都收下了，我也不能拒绝。

信封里装着一大笔现金。第二天我将这笔钱捐给了市红十字会。

不知不觉，我发现自己已经学会了戴上面具生活，正如在梦中我必须戴上它一样。无论在梦里还是在现实世界，摘下面具都会妨碍别人，只能戴着。

晚上写了篇文章，《公平竞争谈何容易》，写了5千多字，写完没有发给任何一家合作媒体。关掉电脑，我凝视着屏幕里的影子想，即便选择了中间道路，我还是有不能从容挥洒的部分。可是如果一直过现在这种生活，将来我恐怕再也写不出这样的文字，那时或许连中间道路也变成了一种极端。

日记本放进铁盒时，我盯着信件、纸片和树片看了好久。

在梦里我想，倘若有可能，等到我真正能够心平气和地对待社会时，我希望能重回报社。

会有那么一天吗？

《灵塔》在网站上已经连载了两期，但点击率不高。下午网站编辑向我确认了下个月的广告投放计划后问我："需要我们帮你再推一推吗？比如做个首页广告？"

"不用，本来就不是好作品，能有现在的阅读量，我已经很满意了。"

下班后去酒吧。今晚酒吧生意更加清淡，到10点还只有我一个客人。COCO没来，乐队唱歌也没有情绪，敷衍般唱了3首后下场休息。酒吧里开始放JAZZ音乐。

反正不妨碍别人，我打开笔记本电脑修改《灵塔》。内心深处，我迫切想要知道究竟是我的修改影响了梦的发展，还是梦的发展影响到我的修改。它关系到我的本质。修改到我和斯图尔特见面时有人叫我，回头一看是COCO。她穿着短风衣与牛仔裤，看上去犹如邻家女孩。

"在酒吧还坚持工作啊？"她坐到我身边问。

解释起来很麻烦，我干脆点点头。

她看见屏幕上打开的文档，好奇地问我："能看看嘛？"

"可以，不过有些乏味的。"我把电脑推到她面前。她仔细读起来，几秒钟后开始摇头，我想她果然是嫌文章乏味。

“这么看不懂，可以从头看吗？”

我回头看看四周，没有客人。“今天你不用工作吗？”

“今天休息，没什么事做才过来的。”

“那好吧。”我打开前两章的文档。

“不打扰你吗？我看你正在忙。”她有些不好意思。

“没关系，不是要紧的事。”

“你是做什么工作的？看上去写的是小说，难道是作家？”

我摇摇头。“普通上班族，喜欢写而已，兴趣使然。”

“哦。”她不再追问，从头开始读《灵塔》。

挂在墙上的电视屏幕里正在放电影《奇爱博士》，看的过程中，我不断想起结尾处的蘑菇云。

COCO 将我从电影情节里摇醒。“这个故事真的是你写的？”

“是吧……”故事来源于我的梦，不较真的话算是我写的。

“下文呢？”

“在家里的电脑上。”

“很想看。”

“下次打印下来带给你。”

“一言为定。”她伸出手要和我拉钩。

“一言为定。”第一次触到她的手指，柔柔的。

隔天我将下文打印出来带到酒吧送给她，她花了 2 天时间读完。后来在表演的间隙找到我。“下次请你吃饭。”她突然说。

“为什么？”我很意外。

“为了你写的故事。”周围很吵，我只能断断续续听清她的话。

“它打动了我。”这 5 个字我听得清清楚楚，心里瞬间温暖起来，仿佛增加了新的引擎。

第二十五章　报价单的秘密

为了筹备春天的招聘会，周日下午临时接到通知要去芸的学校办理相关手续，总裁特地吩咐司机送我过去。“占用你的休息时间了。”电话里他客气地说。

“没关系，发奖金就成。”我开着玩笑，一边套上西服。

咖啡刚刚煮好，往杯里放糖的同时听见自己的心跳声。学校，芸。

131天没有来了，曾经我和芸一起走过的每寸土地现在变得十分陌生。4月的校园里，盛开的花苑边围坐着男女学生，或读书、或窃窃私语。此地专属于他们，我没有插足的资格。

路过第三食堂，这里刚刚装修过，外观比过去漂亮了不少。不禁想起那个寒冷的早晨，我曾挣扎着坐在里面，如同插错插头的电线，有随时短路的危险。

不远处，第一食堂的哥特式尖顶莫名消失了。走近才发现食堂已经被拆除，现在正在重建。我想，不管它将变成什么样子，应该不会再以走错时代的长颈龙面貌出现了。

时间将所有的一切卷到过去，只剩变化留给当下与将来。

学校的公告栏上张贴着各类信息，招聘兼职的小海报尤其多。市场对临时性劳动力的需求很大，各类新职业层出不穷。我从一张讣告上看到，历史学界一位德高望重的老教授前天病故了，享年 91 岁。老教授一生学术成果丰富，尤其在考古学、隋唐史、明清史上建树颇多。他在 79 岁高龄开始钻研全球史，力图从全球化视角看待我国的过去与未来。两年前他还发表公开演讲，认为未来国家软性文化实力的重要性将越发凸显，在学术界引起广泛讨论。教授给人留下的印象是一辈子都在孜孜不倦地学习，从未离开过书海。

“历史学不够时尚，无法兑换更多的物质财富，付出永远比所得更多，但任何一个民族都不能忽视它，教授的离去是我们的重大损失，学生沉痛哀悼。”讣告旁边贴了张小纸条，不知是谁写了这段话。我反复咀嚼，深有感触。

——在经济高速运行的时代，一些人文学科正在被社会忽视，但这并不意味着它就没有存在的必要。假设将来的校园里只有计算机、经济、生物、化工等热门学科，而缺少了中文、历史、哲学等人文学科，社会必定会因此遭受惩罚。

办完手续，临走前我在芸的宿舍楼下驻足了很久，心绪一度又回到那一年的 7 月 16 日。她何苦要去爬那棵树，树为何先接纳她又丢弃了她啊？！在她的家乡我揭开了一些真相，可是最关键的问题依然没有答案。这些问题海回答不了，村庄回答不了，湖回答不了，面前的宿舍楼更是无能为力。我还能找到答案吗？

离开前我接到墨的电话，邀请我 5 月 3 日晚参加他的婚礼。听到这个消息，我惆怅的心情又兴奋起来，马上提议请他吃饭。“趁你还是单身贵族，赶紧聚一聚。”

“以后又不是没有机会。”他的声音里幸福满溢。

“以后归以后，现在归现在，我们好久没聚了。”

聚会定在周五晚上。

此后几天忙于工作。周二上午广告公司送给我两张久石让电影音乐演奏会的门票，时间就在周四晚。我盯着门票看了很久。

一个人去听音乐会。音乐会门票很抢手，观众席坐得满满当当，我身边的空座位想必会令很多人羡慕。

音乐会开始了，由一位国内知名指挥家指挥80人规模的乐团演奏。以《天空之城》主题曲开场，接着是《风之谷》、《龙猫》，影迷们听得很投入，我也沉醉其中。

接着，像是要唤醒我似的，乐团按顺序演奏起“Kids Return”、“Summer”、“The rain”三支曲子。

第一次和芸在学校见面，我们肩挨着肩坐在操场栏杆上一起听这三支曲子。

她发间淡淡的香味仿佛还在身侧。

相处一年的时间内，不完整的我在她的温柔中变得安定，而我又给过她哪些精神的慰藉呢？或许她所渴望的关爱，或多或少能从我身上得到一些满足，但她内心深处渴求的安全感，我却始终没有给过她。此刻，在交响乐的包围下，我产生了强烈的负罪感。如果不能再见到芸，并且为她做些什么的话，恐怕我会永远带着这种情绪生活。这是我心灵的创口，找不到救赎的办法。

“The rain”的开篇宛如母亲温暖的双手，它细心地为婴童洗澡、为上小学的孩子编织毛衣、为即将迎来人生大考的学子做夜宵、为远行的青年整理行囊、为儿媳送上传家的戒指、为下一代的下一代洗澡……在循环往复中演奏这样的人生乐章。感情细腻、滋润万物的丝丝细雨啊！或许只有在母亲那里，我才能弥补自己的缺口。即便如此，关于芸的那部分也已经永远失去了。

庞大的乐团各类组件一应俱全，钢琴、大提琴、小提琴、管弦乐器、手铃……乐团轻易就能变得完整。

我一度以为自己正接近完整，可这并不是事实的真相。即便我为社会发出再多呼声也改变不了这一点。我这才体会到，完整与否与是否有责任感无关。

“The rain”的最后一个音符奏完，我眼眶湿润，周围空无一人，只有我独自面对音乐的拷问。

低下头，闭上眼睛，耳边响起海浪的澎湃。

睁开眼时，音乐会已经进入尾声，而我已经分不清现在所处的时间和空间。

“像是在为我们伴奏呢。”她说。

音乐会结束之后，我开车在已经变得空旷的城市街道里游荡。我不知道车要开向何方，不清楚自己会走向哪里，对生命的意义更是迷惘。我的情绪陷入沮丧，太多放不下的过去压住我，令我行走的每一步都分外沉重。或许透支身体工作能够让我暂时忘却这些烦恼，没有精力去思考我的将来，可是这终究不是长久之计。

听音乐，放《花火》的电影原声碟——半小时前特地到音像店买的。汽车音响里流淌着“Ever Love”的旋律，我将车停在运河边，坐在车里凝视黑沉沉的河岸。夜幕下，低垂的杨柳仿佛列兵一般守护着这片土地。此时我回顾起毕业 4 年来所有的经历，人生的跌宕起伏似乎已经被完整地压缩在这 4 年里，哪怕此刻死去也不会留下多少空白。

但已有的空白无论如何都无法填满，或许停止想它会比较好。

“Thank You,…for Everything”的尾声：两声枪响。

随即黑幕，黑得和眼前的夜色不分轩轾。

周五中午，正在撰写商业中心第二轮宣传文案时，总裁叫我和他一起出门吃饭。在工作时间与他单独外出吃饭还是第一次。

我们去了一家大排档，吃煮得透烂的什锦面。

他掩饰不住激动，兴冲冲地告诉我，上午传来消息，商业中心被政府列为本市发展现代服务业的示范项目，将组织全市主要媒体作专题报道。可以预见，这波报道会对今后项目的成功起到关键性的推动作用。

我祝贺他，他却把功劳归于我。“你的前期预热宣传十分关键，引起了政府的高度关注，尤其是对项目意义的总结和展望部分，简直说出了政府的心声。这个项目现在被看做是本市的新地标，公司的高端品牌形象就此树立，今后我们再开发任何项目都会占据有利地位。”

面条吃光，汤都喝了大半。

“你很出色，”他再次表扬我，“和我年轻时很像，有种无所畏惧的勇敢劲儿。你也很坦诚，坦诚得让我感动，这些特质在现在的年轻一辈身上不多见了。”

我们没有喝酒，但有时无需喝酒也能说点特别的话。

“我年轻时听Bob Dylan，属于国内第一代愤青。”他回忆道。

我笑了，这一点现在怎么也看不出来。突然想到，今后我会不会也变成怎么都看不出过去的人？

我在一家日本料理店预订了包间。晚上6点墨和我先后赶到。在没有外人打扰的空间里，我们尽情地聊单身生活的种种烦恼，聊工作的苦和乐。他近来特别忙，天天加班。“结婚后要休婚假，得把失去的时间提前补上。”

“结婚是人生大事，好好准备准备，别把自己弄得太累了，来日方长。”我劝他。

“劳碌命，没办法。”他摸摸自己的额头，笑了。

“打算去哪里度蜜月？”

“她想去海岛上晒太阳，我倒不想跑那么远。不过人生只有一次蜜月，最后还是会迁就她的。”

“就是，好好珍惜，迁就太太也是应该的。”

“你变了。”他突然对我说，“比以前轻松多了。”

“或许吧，人生还长着呢，总在不停变化。说不定哪天我厌倦了这里，回家乡开家书店，整天弹吉他唱 ABC。”

“以前你这么说我还相信，现在不信了。等着看，你会在这座城市安家，生个小孩，拥有圆满的家庭，过着稳定的生活。”

我终于忍不住，将芸离开我的消息详细告诉了他。“对此我现在已经越来越平和了，就这么等下去，过程中随遇而安。”我最后说道。他安慰了我几句后，我们不再提及感情。

服务员送上清酒，我们两人对饮，又聊起往事，感动与忧伤、莽撞与热情交织的青春情绪曾经剧烈地撞击着我们。如今，尽管工作时依然意气风发，可那种特有的情绪已经在不知不觉中变淡，过去单纯的感性已经一去不复返，这是一种无奈，又是人生的必然。恐怕只有在料理屋里推杯换盏的**此时**，才有重拾旧滋味的可能。然而**此时**是短暂且奢侈的。

“清酒熏人。”

“一醉方休。”

睡前从铁盒里取出树片，它的体温更热了，体积还比之前更大了些，难道树要在我这里重新生长吗？

我将它放在耳边，仔细倾听——

树仿佛在呼吸。

4 月 14 日，天晴，风力 5 级，最低温度 14 摄氏度。

早晨总裁通知我，那家五星级大酒店将在 5 月 1 日正式开业，要我着手撰写当天他在开业仪式上的发言稿，花了一上午时间写完初稿后到食堂吃饭，遇见了工程部陈经理。他邀我晚上参加一个饭局，我本想拒绝，但他说请客的供应商一定要我到场。“你不来其他同事会很为难的。”我只好答应。

晚宴设在一家江鲜馆。“一过清明节刀鱼就不鲜美了。”供应商对着餐桌上的清蒸刀鱼大发感慨，“今年怪我没提早约大家，明年一定赶早。”

“前段时间那么忙，我们也没空的。再说我们都是粗人，不讲究，倒是总裁助理这样的文化人可能会挑剔。”陈经理开玩笑说。

该供应商和公司关系相当密切，包括新区居民区在内的许多公司项目所采用的建筑材料都是由他提供的，因此他在酒桌上处处谨慎。他每次敬酒必然喝光，别人若敬他，他一定会喝下更多酒。

饭局中途，他递了一叠材料给陈经理：“居民区项目所需要的供货材料价格我已经整理好了，请你空了过目。”

陈经理将材料放进公文包，叫供应商敬我酒。“价格能不能过关可掌握在总裁助理手上啊！看你的表现了。”

他毕恭毕敬地站起来，将满杯酒喝光。

饭后去 KTV，我等到大家都喝到情绪高亢时，找借口先离开。陪酒女郎帮我取包，一直把我送到电梯口。

第二天上午才发现公文包拿错了。作为公司形象的一部分，我们用的公文包是由公司统一配发的。平时我的包里放着商业中心项目的资料，今天包里却是供应商的建材报价单。

反正这份报价单我最终要过目，便顺手打开。文件上各种建材的报价极低，我过去从未想到建材成本会低到这种程度，看来还是我的专业知识不够。看完后我请小付将包送给陈经理，再取回我的包。

今天要去酒店开现场协调会。我整理好一份报告后，陪同总裁赶往酒店。

酒店已经竣工。这是一座 48 层的高楼，外观极其气派，矗立在市中心显得格外体面。看着它我竟想起梦中的英斯比旅馆——那座在鼎盛期内随时能举办烟火晚会的豪华旅馆。

赶到酒店时，人事部门正在进行员工培训。我和总裁、酒店经理层一起，对开业仪式现场所需要做的各项准备工作一一确认。酒店合资方、两家国际集团的项目负责人也来了。他们说一口流利的中文，对酒店前景充满信心。

中午我们去郊区吃农家菜。在路上总裁抑制不住心中的喜悦。“等到酒店正式开业，我们就真正成为国际化集团啦！我们要把酒店做成连锁品牌，将来开到国外去，就在联合国总部旁边。”他本是个有礼貌、言谈节制的人，突然说出这样的话令我十分诧异。

4月16日，阴天，6级大风，最高温度20摄氏度。

我在办公室里喝刚煮好的咖啡，咖啡里放了两块方糖。过去我喝咖啡从不加糖，咖啡不苦不酸就不能合我口味，而现在不放糖几乎喝不下去。

工程部送来的建材报价单就放在我的办公桌上，前天已经看过一遍，手上又有很多工作要做，本不想再被它占用大量时间，但责任感驱使我打开它仔细阅读。

一下子就看出了问题。

这份报价单重新打印过，里面作为价格的数字全都更换了，比我原先看到的数字高得多，就连螺丝帽的单价都比之前贵了一倍。很显然，如果以这样的数字来结算，供应商会得到相当惊人的利润，而利润自然会流入到相关经办人的手上。我怀疑这件事十有八九是工程部的人授意供应商做的。

我想立刻向总裁汇报这件事，但马上想到，这条利益链说不定已经形成多年，处理这件事一定要慎重。再说也可能是我多心了，那天看到的数字压根就算错了，供应商重新做了份准确的报价单送了过来。

决定暂时不发表意见，先把报价单交给总裁，再暗中留意。

谨慎起见，我将报价单复印了一份。

下班前接到海的电话，他问起我和芸的近况，我苦笑着告诉他状况没有任何变化。他劝我放松心情："实在不行也别耽误了自己。我呢，是希望你能好好照顾她，不过作为好朋友，我也不想看见你一直因此苦恼。"

我谢谢他的好意，告诉他自己已经决定顺其自然："对于有些注定无法弥补的缺口也只能不抱修复它的希望了。我暂时没有其他打算，工作特别忙，也没有多余时间来苦恼。现在最担心的是那孩子会不会照顾自己。除夕夜她联系过我，声音听上去没什么异常，但长期找不到她的确让人不放心。"

"她啊，说不定还是一个人躲在什么地方。"

"很想念她！"我在心底默默地说。突然对海产生倾诉什么的欲望，但立即忍住了。

"对了，湖很想念你。"

"想念我？"我很意外——从来没有向海提起过湖。

"我是这么觉得的。对了，篝火节 8 月举办，我会在开幕式晚会上演唱几首歌。"

"记得唱'My my，hey hey'。"

"一定！还有'About a girl'。"

挂上电话我默不作声了好久，想念湖，想念书店，想念小城。

晚上去了酒吧，将故事新写的部分交给 COCO，她十分高兴。我们随意聊了一会儿，在她上台表演之前我就走了。身体很累，需要休息。临走前她让我选时间吃饭："说过要请你吃饭的。"

"5 月 2 号吧，那天我放假。"

"可那时候我最忙……"她带着委屈说，不过很快又笑了，"好吧，就 5 月 2 号。"

我感激地向她点点头，随后离开酒吧，散步回家。夜晚气温突然降低，仿佛回到 12 月的冬季。

隔天我多方打听，发现第二份报价单完全符合市场行情，看来还是我多虑了。

4 月 18 日，雨，最低温度 5 摄氏度。

陈经理突然约我中午吃饭，说是有重要事情商量。11 点 30 分他开车接我出门，去了家不曾去过的酒店。吃饭时他说话多有暗示，我不动声色，最终弄清楚了他的用意。原来他担心我看过第一份报价，暗示只要不把这件事情说出去，供应商会给我大笔好处。他并非做事轻率的人，在拿不准事态发展的情况下就找我说这些话，背后说不定真的有问题。我嘴上搪塞过去，心里越发狐疑。

回到办公室，我根据记忆写下第一份报价单中的部分建材价格，然后打电话向供应商确认。听出我的声音后他吓了一跳。

“说吧，我听听价码。”我干脆地说。

他认为我是在暗示好处，马上作出承诺，最后补充了一句：“老陈还没有找你吗？”

“找过了，我嫌低。”

他报出一个数字，足以将世界上所有西餐厅的餐前面包全部买下来的数字。

“知道了。”我挂上电话，

他证实了我怀疑的问题，工程部用正常的价格采购低价材料，换句话说就是建材以次充好。如果真的用那种材料建房，说不定楼房造了一半就会倒塌。而既然他敢这么做，就说明公司的其他相关部门也已被收买。公司里到底有多少人被牵扯进去了？

必须向总裁报告了！他不在办公室。我打电话给他，告诉他有重要事情汇报。

“明天吧，今天我在陪重要客户。明天中午我们一起吃午饭。”

这句话让我安心了些，好在一切都还来得及。慎重考虑后，我来到工程部办公室。办公室里没有人，全都去了工地，我以查资料为名，命令网管打开陈经理的电脑，将里面所有的资料都拷贝到雯留给我的U盘里。

资料多得惊人，我要的内容不知藏在哪里？无论如何，我必须在明天午饭时将这个问题告诉总裁。他不能被蒙在鼓里，作为公司法人，万一出了质量问题，责任全在他身上。

第二天下暴雨，三楼很安静。

总裁经过我的办公室时显得十分愤怒，他重重关门的声音很响，我还是第一次看见他这样。拿不准是否该立刻去向他汇报。

之前我在拷贝的资料中找到了一些敏感的材料。从目前掌握的情况看，问题远比我想象的严重：在公司之前开发的两个项目中就已经存在建材质量问题了！

戴上耳机听了会儿音乐，让心情尽量平静下来。然后去他办公室，在敲门之前听见总裁在里面打电话，声音很大，情绪暴躁。

"老陈，你马上跟供应商说，叫他把成本价格再降20%！"

我心中一凉。

"什么？已经是最低价格了？我不管！所有价格一律再降20%！"

眼前一片模糊，短暂失去了看清事物的能力。

"楼倒了我负责！赶快去办，否则炒你鱿鱼！"

没有必要再听下去了，我简单收拾东西离开公司。

雨刷来回冲刷着车窗，车堵在半路上，前后不停响起急促的喇叭声，他们以为这样就能疏通交通了吗？

人心岂非和交通一样在时刻变化着，不知道什么时候会遇上交通堵塞，什么时候又会无比通畅，什么时候会看见一场车祸，什么时候会被车祸碰上。

在这家公司工作了 4 个多月，我满心以为只要努力工作，就能为自己的目标创造好的条件，一度我也真的接近了目标。

总裁亲手给了我发展的机遇，又亲手毁掉我心中尚且完整的部分。

过去在报社时目睹过许多社会问题，尽管知道那些问题是社会发展中必然会产生的，但思想上还是接受不了，最后导致自己辞职旁观。然而对于那些问题我只是以第三者的身份目睹，最多作为采访者略微探入，我其实不曾体会过作为参与者的真实感受。

现在已经感受到了，这是因为彻底推翻自己而产生的无力感。在过去一段时间里，总裁为我树立了平稳人生的榜样，让我感受到不走极端是对的，但此刻我又要迷失了。

“我宁愿你随波逐流。”雯说。

“可是真的很难做到。”我说。

“那就不要马上下结论，等等看。”

“现在也下不了结论，我得马上回去。”

“好好睡一觉，醒来后再说。”

后面的喇叭声越来越响，我这才注意到面前的车已经在动了。发动引擎，方向盘格外沉重，暂时什么都不能想。

一只手握住树片，试图从它的体温中寻找慰藉和方向。

雨大到彻底遮住视线。

第二十六章　梦：金色面具

地平线上，战旗迎风招展，黑压压的骑兵一字排开，组成坚固的防线，守护着身后的国土。我摸了摸面具——刻着长蛇图案的红色面具——掉转马头，面前的一万大军整装待发，所有士兵的眼睛里都冒出贪婪的凶光，炽热得几乎要把草原燃烧起来。

我高高举起长剑，大军发出震天撼地的欢呼声。这群嗜血的野兽已经闻到猎物的气味，迫不及待地想要饱餐一顿。他们用力握住手中的长枪有节奏地猛砸地面，在“轰、轰、轰”的巨响中，大地开始颤抖。

天使国又将迎来一场腥风血雨。

两个月前我加入帝斯国军队，仅仅随队出征了一次山之国，我就因为立下显赫军功而被扶正为正式军官，统兵百名。

那次出征我亲手杀死了51名山之国的士兵，军队将一座大粮仓洗劫一空，随行的车队全部装满，又紧急调来另一支车队才将剩余的物资全部带走。看到战报后，凯斯特亲自嘉奖我，除了晋升我的军阶外，还把我招入他的亲兵团。

之后我5次带兵出征山之国，每次都满载而归，死在我剑下的士兵也越来越多，有一次我还误杀了一名平民。回城后，想起那个枉死的无辜男子，我隐隐感到不安。但一想起那个远大的目标，我就忘记了他死前夹杂着惊恐、迷惘、绝望等情绪的眼神。

“一切牺牲都是值得的。”我对灵魂的碎片说。

它一言不发。

这段时间一直服用巫师调制的新药剂，我的身体发生了巨大的变化。不仅体格更加壮硕，力量也成倍增长，21英尺高的投石机我一口气就能拖动60英尺远，现在洛瑞一定不是我的对手。

想到洛瑞，我有些不知所措。

脸上的伤疤已经掉落，深红色的伤痕像扭曲的虫子似的爬满脸庞，惨不忍睹。我不再戴面罩，整天将面具戴在脸上。

1月下旬，我被调入平叛远征军。那次爆炸事件的影响并不局限在肯斐辛城内，爆炸的消息经由运输车队传播出去。在一些城市，已经饿得快要变成“食人族”的平民被这个消息点燃了在心底潜伏已久的本能，他们组织暴动，抢劫驻军的军粮。小规模的暴动很快被平息，但在个别城市，由于运输出了问题，军粮迟迟不到，导致守城军队中发生了内乱，继而引发整座城市的大规模暴动。在军队的推波助澜下，暴动最终演变成叛乱。叛军向其他城市发起进攻，接连又有好几座城池被攻破。

已经有105年了，灵塔在国内的统治没有遇到过实质性的反抗。它选择在去年年底发动对天使国的战争，也是基于自己对国内统治有了万无一失的把握，认为不会有任何意外发生，可以集中力量对付他国以及流亡到天使国的组织。现在国内竟然出现了叛乱，它大为惊讶，不敢相信国民已经堕落到极点的人性尚有复活的可能。它忽视了由洛瑞亲手点燃的爆炸给国民心理的冲击，低估了人性自我觉醒的能力。另外，居然是执行自己命令最为坚决的军队成为反抗主力，这简直就是对它的极大讽刺，令它恼羞成怒。向天使国进攻的工作暂时停顿下来，对组织基地的毁灭性进攻也推迟了，灵塔将所有的注意力都转移到平定内乱上，调动精锐部队围剿叛军。出于安全考虑，凯斯特依然带领 3 万军队驻守首都，而原本驻扎在城外的 1 万守军以及 4 号部队的剩余力量被混编在一起，再加上国内其他的可调动军力，向叛军发动残酷打击。我作为凯斯特特别委任的人选换上了绿色面具，率领 1 千名精锐士兵踏上征途。

平乱行动犹如飓风一般席卷叛军控制的城市。在这场内战中，我不用再挣扎于杀戮对象的身份，放手消灭他们会让我产生复仇的快感。我率领的部队成了真正的虎狼之师。我们每到一地，先围剿叛军，然后集中屠城，最后放火烧毁一切，依照这样的程序有条不紊地清扫着叛乱地区。到后来，杀人对我们来说已经成为机械行为，我俨然变成高级战争机器，冷酷、高效、强硬、残暴。

军中崇尚勇士，我很快拥有了大批拥趸，自愿加入我的麾下卖命。我的军阶也越升越高。等到攻打最后一座叛乱城市时，我的面具已经换成黑色，高级将领部署作战计划的会议也能参加了。

杀戮太多，我有时会模糊自己的身份，到底我是一名与组织有着千丝万缕联系的反抗分子，或是仅仅履行自己战斗义务的合格士兵，还是军官中前程远大的明日之星呢？我用如此短暂的时间就戴上了黑色面具，象征最高级别的金色面具有没有可能占为己有呢？出现这个念头让我吓了一跳，决定回到肯斐辛后重新佩上斯图尔特的长剑。然而这个念头一旦诞生了，就不断窜进我的脑中蛊惑我，使我焦躁不安。

身体还在变化，我意识到一个问题：和我吃着同样食物的其他人，体格并没有如我般不停增长。如果继续这样增长下去，我会变成什么样子？为了搞清楚这个问题，我特地来到巫师营地。

营地里搭建了 100 多个帐篷，露天架着数百口正在熬制药剂的大锅，热气升腾，空气中弥漫着一股刺鼻的腥味。

我径直走进巫师古多的帐篷，他是在我戴上绿色面具后认识的。那天他来我的帐篷和我单独见面。一见到我，他的脸上就露出讨好的表情。“从军以来只用了 20 天时间您就戴上了绿色面具，这在帝国历史上还从来没有过，怀特将军，您真是了不起！”

在帝斯国军制中，驻扎首都的军队等级最高，只有这支军队才有资格戴上象征特殊地位的面具。普通士兵戴白色面具；基层军官戴黄色面具；统兵千人的军官戴绿色面具；再往上，不同颜色的面具会刻上不同的图案。黑色面具上刻战斧图案，统兵 5 千人；红色面具上刻火焰图案，统兵 1 万；青色面具有两款：刻着两把交叉长枪图案的为军团副指挥佩戴，刻着盾牌图案的为肯斐辛外城守军统领佩戴；刻有飞鹰图案的紫色面具属于 4 号部队长官；刻有灵塔图形的金色面具就只有凯斯特将军才能佩戴了。通常每升一级，都需要数年时间。我的确是特例。

我清楚他的来意，和这个长着蓝胡子的矮小巫师简单聊了几句后就将他打发走，此后再也没有单独见过面。

现在，古多正在帐篷里摆弄着各类试管和烧瓶。一看见我，他慌忙站起身，惶恐地请我坐下。我坐在桌旁，打量着桌上各种形状的玻璃瓶。一只烧瓶里灌着大半瓶黑色液体，火苗舔食着瓶底，液体已经沸腾，发出“嘟、嘟”的声音。“这是什么？”

“将军，这是我研制的新配方药剂。”古多恭敬地回答，“还没有恭喜您呢，您已经戴上黑色面具了。”

我摆摆手，问他新配方的情况。他颇为自得地介绍说，新配方的效果比老配方好得多，士兵们吃了它之后能力会成倍增长。

我盯住那半瓶液体，心想我一个多月来吃的就是这种东西，表面上依然不动声色。“古多，你的配方很厉害。你看，这一个月我的体格又增强了许多。”

“将军，您是百年难遇的奇才。普通士兵即使吃了再多的药剂，身体长到一定程度以后就不会再有变化了。只有将军您还在继续增强，实在罕见啊！”

“再这么吃下去，我的身体会不会出什么问题？”

“请您放心，您只不过是还没有达到身体的极限。一旦到了极限，您的体格就会停止增长了。”

“那我就放心了。古多，多亏你的配方，才能让我这么快就戴上黑色面具，说不定将来我还能换换面具。真到了那一天，我是不会忘记你的。以你的能力，做大巫师没有任何问题。”大巫师是巫师的首领，每两年选拔一次，需由军队最高军阶长官汇报灵塔批准后进行册封。

他受宠若惊地低下头：“多谢将军赏识。”

我看火候到了，便问他：“既然到了极限后就不再增强了，为什么还要继续给士兵们服用药剂呢？”

他对我已经无话不谈。“其实这些药剂除了可以增强人的体格外，还能控制人的意识。药剂里有一种配料是陛下亲自研制的，它浓缩了陛下的思想精华，士兵们服下它后会对陛下更加忠诚。”

我心中一震，装着生气地问：“那些叛军不是一直在吃药剂吗？如果药剂真的有这么神奇，他们为什么会叛变？”

“请听我解释，将军。先前给他们服用的药剂，如果服用量不能维持在一定的程度就会失效。叛军正是因为运输补给出了问题，不能正常服用药剂才冲昏头脑的。这次出征前研制的配方已经部分解决了这个问题，士兵们只要每日服用，无须到达标准剂量就能巩固思想。而现在您看到的这瓶新配方，只需每周服用一次，就能不断强化他们服从陛下的意志。这样一来就再也不会出现叛乱了，呵呵。”得意于自己的本领，他情不自禁地笑出声。

我恍然大悟，这才知道自己之所以意志有所动摇，是长期服用药剂的结果。从此，我不再碰加了药剂的液体饮料，只吃固体食物。身体长到6英尺高后停止增长。洛瑞又出现了，和他并肩作战的往事一件件浮上心头。然而，这些回忆只持续了两天时间。随着战事愈发紧张，我又逐渐淡忘了从前的那些经历，其他想法又来干扰我。“要是能戴上金色面具就好了”，“现在多威风，想想以前当犯人的时候，哈哈”，“回首都后抽空去俱乐部转转”……尽管马上赶跑了这些想法，但不久它们又会蹦出来。我不知道为什么会出现这些怪念头，不是已经停止服用药剂了吗?

有时我会想起汉克，他现在不知道身在何处，是否平安。我开始后悔没有把他带上，如果身边有他陪伴，我未必会产生那些古怪的念头。但那样的话，说不定他也会变成我现在这样，时常陷入内心的挣扎之中。

“将来面对洛瑞，我能否问心无愧？”我开始怀疑自己。

很快我们就攻下了最后一座叛乱城市，我砍下200多个敌人的头颅，然后炫耀般的将这些头颅堆成一座小山，放置于我的营帐前，引起了全军轰动，我的威望更高了。

回到肯斐辛后我又得到晋升，戴上了红色面具。当晚我来到那间联络站，挖出埋在地下的长剑和石偶。换上斯图尔特的长剑后，心里安定了许多。我就地躺下，在月色下享受了一夜的宁静。

两天后我被派往前线——平息内乱之后，灵塔又要向天使国动手了。此刻，我的军队作为军团的左翼部队，马上要向前方阵地发起冲击。对面的5万大军是天使国最精锐的军团。这条阵线距离天使国的国都还相当遥远，但是一旦攻破这条防线，接下来就是一马平川的平原，天使国就很难再阻挡我军的进攻了。为了保卫防线，基地里的所有人都走上了战场。

这些情报在一天前送到我的营帐，看到组织基地的内容时，我的心跳急速加快。我支走营帐里的其他人，拔出斯图尔特的长剑放到案头。我跪在它面前，如同那夜在达卡坦城跪在斯图尔特的尸体前那样。那一晚，在我失去了抵抗的意识之后，洛瑞背起我艰难杀出敌人的重围，冲出城外；而他在临死前也是牺牲了自己，把获救的机会留给我；更早的时候，在那条黑色大河边，要不是小人拉了我一把，我早已葬身河底。我的性命一再被组织所救，现在我却要来摧毁他们。他们毕竟不同于在斗兽场上已经注定了死亡结局的俘虏们，他们只要击败我就有生存的机会。

命运如此残酷，一再抛给我取舍的难题，这次我又该如何选择？

斯图尔特的声音出现了——他还是第一次出现："为了那个目标，再多的牺牲也是值得的，何况失去了目标，组织也就失去了存在的意义。你无需犹豫，凭直觉去做吧。"

"组织会原谅我吗？"

"组织一定会原谅你！"

我如获至宝般站起，下决心按照斯图尔特的吩咐去做。不知为什么，洛瑞的声音没有出现，事实上，自从在斗兽场上我叫他不要阻止我之后，他就再也没有和我说过话。

夜里，我在梦中一遍一遍呼唤洛瑞的名字，却始终只有斯图尔特陪着我。洛瑞，难道你已经把我忘了吗？

一万根长枪不停砸着大地，巨大的轰鸣声逐渐撼动敌人的防线，也把我从昨夜的梦中拉回。对面，骑兵无法控制四散逃开的战马，阵形开始松散。

"嗤"的一声，一颗紫色信号弹升上半空，冲锋的命令已经下达，我策马挥剑，率领身后的野兽们向前方冲去。

涨潮般的攻击，海浪毫不留情地拍打着岸边的岩石。倔强的沙滩上，滚滚白沙被卷入血海中，发出痛苦的悲鸣。

第二十七章　墨，最后的欢聚

花了两天时间看完所有资料，得出了我无法接受又必须承认的结论：

在总裁的直接操纵下，从2000年开始，在公司开发的地产项目上就使用了价低质次的建筑材料，房屋出售时作为建筑成本公布于众的数字，则是正常材料的价格水平。为了掩人耳目，与建材价格相关的资料都要准备两份。一份作假的材料没有任何破绽，提供给监管部门和税务部门看；另一份材料只有公司内部极少数人员掌握，记录着材料的实际成本。一开始采用的低价材料还有基本的质量保证，也只在不重要的材料部分采用；运作了一段时间之后，总裁和这条利益链上的相关人员的胃口越来越大，材料价格越压越低，直到使用大量劣质建材。到了这次新区居民区项目，相关人员的心态已经接近疯狂，在他们眼里只有巨大的金钱数字，其余统统不予考虑。

不是没有人提过意见，多半是担心这种做法会给自己带来怎样的后果。在资料中我看到有人写的“劝告书”，希望总裁就此收手，不要把大家都推到不可收拾的那一步。但从现状来看，“劝告书”没有起到任何效果，而写信的人已经不知所踪。

在这些意见中看不到对买房人负责的态度。换句话说，他们会因为担心东窗事发而害怕，却没有任何对大众的愧疚之心；看不到作为人而言最基本的负责态度，有的只是对财富贪婪无度的索求，不惜牺牲买房人以满足自己的私欲。

总裁已经积累了相当多的财富，又何必再做这些事？他弹得一手好钢琴，忘不了和妻子同甘共苦的岁月，却没有最基本的道德观……或许真的没有具备百分之百完整性的社会，正如人不可避免会缺失一样。从一出生开始，人类便走上这条路：不断获取的同时开始缺失，严重的就会如总裁这般丧失了人性；或者像我这样不断怀疑自己的选择，找不到稳定的坐标。

我在公司经历的一切，摧毁了我好不容易积累起来的信心，几乎让我重回起点。我能做的只是尽力保留自己仅剩的部分完整，我不该也无法负担自己没有能力负担的重任，更不应该纠结其中。

树片的颜色变得暗淡，失去了原先的纯白，体温也没有了，手碰上去一阵冰凉。原本它有重新长大的希望，可现在已经彻底死去。当初树就知道自己免不了被砍下的命运，将芸丢下恐怕也是故意加快了自我毁灭的进程吧。当然不可能知道它这样做的动机，它的结局则放在眼前——冰冷的树片。

我还有资格再回到那片湖边吗？

结论已经整理完毕，我对着电脑屏幕上近万字的报告发愣。

之前打电话给小付，委托她帮我办理病假手续。随后总裁打来电话，犹豫再三，还是接了。

“身体怎么样了？要我安排司机送你去医院吗？”他的语气很急切。

“没关系，可能是太累了。”

“好好休息，别担心工作。酒店要延迟开业，工程上还有点小事要处理。”

那座酒店莫非也用了劣质材料不成？

“老陈找过你是吗？”他问我，我承认了。“你有什么意见？”

我不知道说什么好，选择沉默。

“等你身体康复以后我们好好谈一谈，你是吉他手，对乐队的责任是很大的。你很年轻，前途大好啊！”他随即挂了电话。

结论报告数据翔实，证据充分，说服力毋庸置疑。哪怕公司现在把其他资料销毁，仅凭这份报告和我拷贝的资料，调查机关也能够顺藤摸瓜挖出真相，那时公司里的所有员工都不可避免要受到牵连，小付这样的无辜员工今后的履历表上该怎么填写？

总裁暗示我不要轻举妄动，要考虑全公司的利益，也没有忘记用大好前途来诱惑我。即使他不这样说，眼下的高薪、那套期房等现实利益已经相当诱人。如何选择？听从自己的良心、捍卫绝大多数人的利益，还是走上另一条不归路？

总裁说不定早有将我拖下水的企图，否则不会让我进入工程部门的社交圈。他有足够的把握，认为我会在巨大的诱惑面前低头折腰。的确，换了其他人说不定就会选择他提供的那条路了，而我并不比其他人高尚多少，干吗要再背上沉重的包袱？

如果我出于良心做出另一种选择，最终还是会遭到打击。我在保护社会的同时也伤及某些游戏规则，总裁和这家房产公司如果完蛋了，我也不能再在这个城市里立足，业内不会有哪家企业再录用我。其他行业的人一听说我，或许表面上会“久仰久仰”，心里却恨不得“避之三舍”。我会顶着人格高尚的帽子，在不可预知的未来忍受来自现实的各种打击；可是如果我违背良心，今后一定会饱受心灵的煎熬。

我在梦里面临的抉择摆到了现实中：如果牺牲不可避免，我该牺牲大众还是自己？

放 Neil Young 的歌听，“From Hank to Hendrix ”，跟着口琴的旋律吹口哨。打开窗，一股湿热的风从窗外钻进屋内。夏天不远了，季节之交，空气里总荡漾着某种独特的韵味，在缅怀春逝之余给人们添上无限伤感。一年四季的轮回从这股氛围开始，提醒我们生命在循环往复中总要慢慢走向终点。其实人生是否真的过得有价值，全部取决于走到终点前的心态。届时如果能够少有遗憾，那便是最大的幸福。

电话响起，是网站编辑打来的。他有些激动地告诉我，《灵塔》突然就热起来了，阅读率和下载量翻跟头似的飙升。“现在它在论坛上已经成了热点，很多网友都在讨论它。我打电话来一是报喜，二是催你快点交稿，好多人都等着下文呢！”

我马上登录网站看网友们的评价。大多数人都在讨论“社会鸣钟人”，讨论“思想领域的斗争”，还对现实社会中出现的价值观迷惘等问题展开评述。目光一行行扫过那些讨论，心里渐渐充满了力量。

——这样就足够了！我无意告诉大家什么答案，引起关注就好，如果还能认真想一想就更好了。社会鸣钟人孤掌难鸣，需要来自伙伴和社会的支持。

有股使命感被唤起，关掉网页，我将那份报告从头到尾又看了一遍后，写下第一篇报道——一年没有写新闻了，动笔时手颤颤巍巍的。

夜里做了个崭新的梦，我和一个看不清面貌的女孩紧紧拥抱，我试探着进入她的体内，在温热中一泻千里。

第二天是晴天，风和日丽。我将报道发给墨，并且在电话里向他透露了整起事件的来龙去脉。作为曾经的媒体工作者，我的本能反应就是将真相先披露给报社。我希望借助媒体的力量使这件事引起全社会的关注，而我只有墨这个朋友最值得信赖，可以委托给他来处理。

我们约好第二天晚上见面详谈。挂电话前他特意提醒我不要因此丧失对社会的信心："我会处理好它的。相信我，经历这样的问题，社会会变得更好。千万别袖手旁观啊！"

这句话进一步鼓励了我。我暗自告诉自己，哪怕我真的会因此受到打击也没有关系，大不了回家乡开家书店唱 ABC。

一天后，我写的报道《两份建筑材料报价单的疑问》在报纸 3 版头条位置发表，署名是墨。这篇报道点了房产公司的名字，没有公开消息来源，但我知道我会第一个被总裁怀疑。

第一篇报道故意留了相当大的余地，接下来我要把 U 盘里的资料交给墨，让报社继续追踪下去。

放下报纸的同时接到总裁的电话，他对这篇报道大发雷霆："那个记者是怎么知道那两份报价单的，你有没有说过什么？"

"……"

"你认识他？"

"……"

"你想毁掉自己的前途吗？"

"……"

10 秒钟后电话挂掉。"咔嚓"一声，我和他的连接断了。

我继续听音乐，The Pixies 乐队的 *Surfer Rosa*。新的连接会来的，我乐观地想。

和墨约在那家酒吧。清净的酒吧，没有谁来打扰。他 11 点下班，我 10 点就赶到酒吧，边和 COCO 聊天边等他。COCO 刚搬家，搬进了一间租金不菲的酒店式公寓。"白天我要打两份工，不住得好点太亏待自己了。”

“也是，人不能太亏待自己，在某方面过于辛苦了，就得在另外的地方得到补充，否则生活就太累了。”

“你今天怎么变了？怪。”她好奇地盯住我，“说话轻松得很，一点不像平时的你。”

“我平时很沉重吗？”

“当然，不沉重的人哪里能写出那个故事。”

“好吧，今后我不再沉重。”的确，此刻心情十分愉快。

“快到5月了啊！”

“记得的，一起吃饭。”突然我又想起，现在起已经不用再为工作烦恼，有的是和她吃饭的时间。

“对了，有空能不能帮我写封信？给家里的信，过去学习不用心，我怕自己写不好。”她不好意思地说。

“没关系，信包在我身上。”

“谢谢你。哦，我该表演了，等会儿聊。”她离开我走向舞台。

看着她的背影，我想起自己已经很久没有和父母联络了。明天，明天一定给他们打电话，好好聊一聊。

墨来了，穿着浅黄色休闲外套和牛仔裤，一双蓝白色相间的运动鞋，头发刚刚理过。他原本就长得年轻，现在简直像个大学生。到底是马上要当新郎了。

我们边喝啤酒边聊工作。尽管第一篇报道并没有给出明确的结论，但公众是异常敏感的。我得知今天下午报社的热线电话几乎被打爆了，大批购买了新区居民区楼花的市民情绪激动，纷纷要求退款——苦心营造的归宿感轻易就被打破了——连公司以前做的项目的部分业主也打来电话质问。另外，我开车来酒吧的路上，电台节目也在讨论这件事。

“等到把你的调查结论公开，肯定引起社会轰动。”

“当然，我相信你。”

“你那边压力大不大？”

“没什么，反正不想再干了。”

“公司会不会报复你？”

“我担心的是你。”

“别担心，报道越轰动，我就越安全。”

“既然我没事做，干脆做你保镖。”我开玩笑道。

“那我反倒危险了，他们只认识你。”墨也开起玩笑。他的话未必没有道理，或许我应该马上搬家，暂时避避风头。过去在报社工作时，曾经因为负面报道而被人报复过，在身上留下了两道永远的伤疤。

伤疤是对责任感的奖励，现在的我甚至渴望新的伤疤。

“我想过回报社工作，”我对他说，“不知道还有没有可能？”

“好啊！”他惊喜地说，“报社一直惦记你，你要是回来，大家都会欢迎的。”

怪人，呵呵。

聊起往事，我现在终于能够清晰解释自己当初离开报社的真正原因。“那时我太过理想主义，也太追求完美了。年轻气盛，看什么都带着刺，一开始以为自己有能力解决所有看到的问题，被撞过几次后又赌气把责任全部推到社会身上，从满腔热血变成了不屑一顾，进而逃避旁观。其实社会的问题固然不少，但我们终归还是要在其中生活，与其逃避，不如做些力所能及的事情，努力让它完善起来。”

“就像你现在做的？”

“没错。只是好不容易才下了决心，所谓正义，不是轻易就能做到的。”我承认。

“当然，正义往往是要付出牺牲的，来，我敬你。”

他举起酒瓶，我们一饮而尽。

“哎呀，婚礼请柬忘在报社了，本来准备今天带给你的。”

“没事，没有请柬我也会厚着脸皮去喝你的喜酒的，反正你不至于把我关在门外。”

“当然，将来你结婚请我吃喜酒的时候也可以省下请柬。”

我们都笑了。酒吧里在放 Phil Collins 的“Another day in paradise”，COCO 在舞台旁拉伸身体准备第二场表演，两名吧台女郎正悄声聊天。慵懒的酒吧，如果一直待在这里倒也不错。

“那篇评论写得如何了？”我问。

“整理得差不多了，只要再顺一顺就能成文。那次在你家喝酒聊天打开了我的思路，后来和总编讨论过两次，他认可了我的想法，现在就等我的稿子了。”

“别急，有的是时间写，你现在应该专心筹备婚礼。”

“现在真是没时间，房产公司这个调查还没有做完，除了对这家公司刨根问底外，我还想对整个房产行业拷问拷问，总觉得有不合情理的地方。等休完假吧。”

“还是把工作转给别人，你专心筹备婚礼吧！”

“会的，拿到你的资料后，明天我就可以把重点稿写出来，后天再发起行业调查，之后就让其他同事跟进吧，我得陪老婆去试婚纱了，婚姻大事我也不想耽误。”他笑着说。

舞台上，COCO 再度出场表演。

“多好啊，能和你这样坐在一起喝酒。”我感慨。

“来日方长。你要是真的回报社，我们喝酒的机会多的是。”

“说说罢了，回来的希望其实很渺茫。”

“怎么？”

我摇摇头，有太多的因素左右着我。

“那你今后有什么打算？”

“还没定，那家公司肯定不会善待我，我也不会留在房产行业了，反正在这个城市哪里都有机会。”

“也是，你能力强，没问题的，我也会全力帮助你的。对了，感情的事情也该早点有个着落啊。”

“希望如此吧，希望能早日进入平稳的后半生。”

“和我一样。”

“和你一样。”

COCO在跳最后一支舞，舞姿奔放有力，带着饱满的情感，酒吧里没有其他人，她在为我们而跳。

美好的午夜时光……

我们一直聊到凌晨1点，聊他的蜜月计划，聊我写的《灵塔》，直到酒吧提前打烊。

走出酒吧，我提出送他回家，然后去停车场取车。他突然叫住我，提醒我U盘还没有给他。我笑了笑，正要从口袋里取出U盘时，听见COCO一声惊叫。

一辆越野车突然向我们冲了过来，迎面撞到了墨。他整个人被撞飞，身体砸到电线杆后摔到地上，一直滚到我的脚边。越野车一头扎进路边的夜宵店，玻璃门粉碎。

夜宵店里一阵骚动。COCO朝我们跑来。

墨双目紧闭，身下溢出大片的鲜血，染红了人行道的地砖。

我晕倒在地，未来在这一天戛然而止，最后的意识是有人将我托起。

别了，世界！

第二十八章　梦：塔中怪镜

我一再被噩梦惊醒。

梦中，在一间黑屋子里，我全身被锁链紧紧捆绑住，躺在地上动弹不得。片刻后，小人出现了。他抽着烟斗，依旧那么潇洒，可眼中全是对我的仇恨之意。洛瑞从黑暗中走出，手里提着斯图尔特的长剑，他一句话也不说，举起长剑向我胸口刺下，冰冷的剑尖径直刺进心脏……我惊恐万分，在撕裂的痛苦中挣扎着醒来。

我住在肯斐辛城防指挥部的豪华房间里，惊醒后情不自禁地伸手去摸脸上的青色面具。面具已经和我融为一体，我再也不会摘下它。一旦摘下，我势必会被镜中的自己吓倒。“那个恐怖的怪物不是我。”我只能这样欺骗自己，用永不摘除的面具。

3 天前，我从前线回到肯斐辛，现在距离我带队焚烧组织基地已经过去了 10 天，但当时的景象还在我脑中萦绕。

清晨，空气清冷，薄雾蒙蒙。我独自离开军营，踏入组织基地。

方圆5平方英里的土地上到处是被大军蹂躏过的伤痕，原本生机盎然的农业生产区内死一般沉寂。不远处的果林里，大部分的果树躯干已经被砍去，只剩下光秃秃的树桩。

我走进果林，不时停住脚步，轻轻抚摸残存树干上孤独的枝丫。再过几个月，它们本该结出新鲜的果实，工人们会快活地将其采下，洛瑞从中挑选合适的苹果，与新鲜的土豆放在一起，酿制美味的苹果土豆酒。等到丰收节当天，果林边的草地上升起篝火，组织成员们在音乐伴奏下痛饮美酒，跳舞狂欢。年轻的恋人当场接吻，胆大的青年们偷偷溜进果林深处偷食禁果。

现在，眼前触目惊心的景象使我的心几乎要跳出身体，体内同时升腾起一股热力。这种感觉既熟悉又陌生，恰似老人在即将听见暮钟前的心情。那是因为无法抵御人生的车轮而徒劳发出的悲叹。但很快我就克制住心中的一时澎湃，恢复了原先的冷漠。

雾气渐渐散去，阳光明媚。穿过训练学习区，看见一间间低矮的农舍，梯次排列在半山腰上。青山嫩绿，微风拂面，这样的季节该来此踏青才对。

我随意推开一间农舍的门，屋内的泥地上摆放着手工制作的木椅、木桌和木床。木桌上放着几只陶制的碗，形状不规整，边缘也毛糙，想必是主人自己动手烧制的。墙上挂着一幅画，画的是霞光下田野里的一片金黄色向日葵。画的技巧平平，但依然渲染出希望降临时的欢乐氛围。我在木椅上坐下，怔怔地望着窗外。一阵山风吹来，树木上刚探出头的枝叶轻轻摆动，斑斑点点的阳光也跟着晃动起来。林间，有什么动物正窜来跳去，带起轻微的“沙沙”声。生活在这里的人们，如果不是有重任在肩，他们会生活得无忧无虑，快乐而满足。

然而他们已经全部成为亡魂。昨天那场惨烈的战斗令我不忍回顾，但基地的战士们——其中还有很多孩子——在最后一道防线上顽强战斗的事迹不能被忘却。应该让历史记载下这么一批人，他们用微薄之力，以义无反顾坚持到底的无畏精神，和强大凶残的敌人决战，直到咽下最后一口气也不曾后退半步。他们捍卫了自己的尊严，意志坚强得连天使国的军队也无法比拟。如果组织尚存，这些青年人都会是“思想领域斗争”的主力军。如今，即便我最终能够完成那个目标，思想领域的斗争又该由谁来打？

耳边响起斯图尔特的声音：“不用担心，会有更多人担任社会鸣钟人的角色，你只管完成你的使命就好。”

他也知道“社会鸣钟人”。

我突然想起小人，他至今杳无音信。没有他的帮助，我真的能完成目标吗？

听见布谷鸟的鸣叫声后，我离开了小屋。

黄昏前在指挥部参加军事会议，军团副总指挥切利斯基将军通报了目前的战况。天使国的国境防线已经被彻底攻破，接下来就将对该国城市各个击破。由于缴获了组织基地库存的粮食，军队目前士气高涨，胜利指日可待。他部署完下一步的作战计划后宣布，由于组织的首领还没有被抓到，我被凯斯特调回首都担任城防指挥，保卫首都安全。“你明天就出发，执行这个光荣的任务。”说完他递给我一只青色的面具。

青色面具外观森冷，面具上的盾牌图案令它看上去极度孤僻，我接过它当场换上。红色面具摘下时，会场里轻响起一阵惊呼。

我摸着盾牌图案，一个念头突然一闪而过：“总有一天我会戴上金色面具的。”

换好面具后，切利斯基问我：“怀特将军，现在组织的基地已经没有利用价值，不能让它继续留在这里，你说该怎么处理它？”

我不假思索地回答：“烧毁它吧，由我来点第一把火。”

当晚，我亲手点燃了果林，望着逐渐蔓延的大火，我想，就当是用果林来祭奠洛瑞吧，这样，在另一个世界里他就可以继续酿造美酒了。

果林被火焰吞没后，我头也不回地离开了。身后，士兵们陆续点燃了基地的训练场、农舍、半山腰的木屋，熊熊大火无情地吞噬着这里的一切。从现在起，组织彻底失去了实际存在的形体，它仅存目标和精神，而且还不知道有没有其他人会来继承。或许今后再也没有人知道这段历史，也不知道这个世界在毁灭之前，有过这么一群人为挽救它而壮烈牺牲。讽刺的是这把火是由我亲手点燃的，但这个讽刺最终会指向谁，现在还不能断定。

在我面前有许多条人生方向可供选择，现在我才明白，人之所以有时会找不到出路，是因为站的高度不够。但对我来说，只剩下一个选择值得去做——我亲手点燃果林的那一刻，所有干扰过我的杂念全都不翼而飞了。

5 天后我回到肯斐辛，随行人员中除了 500 名心腹士兵外，我还特意带上了古多。直觉告诉我，他会对我有所帮助。

一进城，凯斯特就为我举办了盛大的欢迎仪式，所有的中高级军官都出席了，连大祭司丹尼斯也来捧场。我被军官们簇拥到城北广场上，站在灵塔的雕像旁接受市民的欢呼。这些天来，肯斐辛已经从爆炸的阴影中走出，恢复了往日的秩序。

欢迎仪式上，好些我不认识的军官和僧侣走上讲台，轮流歌颂我的丰功伟绩。后来，当凯斯特亲自宣布我的战功时，连我自己都不敢相信了。“总共杀敌 3121 名！进攻山之国杀敌 371 名，平定内乱杀敌 1321 名，攻打天使国杀敌 1429 名，包括 107 名叛贼。”

听到最后的数字时，我突然产生了沉重的负罪感。

当你还在战场上冒着生命危险和对手厮杀时，是不会意识到自己杀过多少人、杀的都什么人的。一旦远离战场得知自己做过的一切后，还能不能继续心安理得？

仪式最后，丹尼斯宣读了灵塔给我的嘉奖，除了升职为城防指挥外，还特别召见我进塔朝拜。之后，我任由士兵们将我高高抛向半空，庆祝帝国历史上最骁勇的战士诞生；任由将军和僧侣们一一向我致敬；我魂不守舍地应付着各类溢美之词，被我杀死的3121名战士排成方阵向我齐声怒吼，吼声惊天动地，令我耳膜疼痛难忍，脑袋昏沉不堪。

不知什么时候我回到房间，躺上床很快就睡着了，接着就做了那个梦，洛瑞亲手杀死我的梦。我怎么变成组织憎恨的对象了？我是为了实现你们的目标才这么做的，你们不是也说过牺牲是必要的吗？——在梦中，我无法大声喊出这些话，它们堵在我的喉咙口释放不出去，当熟悉的长剑从我的体内拔出时，带出了真真切切的恐惧。

正式上任后的第二天，凯斯特与我会面。向我详细介绍了外城防务体系后，他询问起攻打组织基地的经过。

“他们死也不肯撤退，用肉体阻挡我军的铁蹄。我军花了将近2个小时、牺牲了2千多名士兵才把他们全部歼灭。”我回忆说。

“他们总共多少人。”

“算上老弱病残也只有6千人。”

他皱起眉头。“仅仅这点人就给我们制造了这么大的麻烦，组织的力量的确不容小视。”他从办公桌抽屉里取出一盒雪茄，递给我一根，一旁的侍从为我们点燃。

“昨天切利斯基将军率军攻下了天使国的第一座城池，战局发展都在我们的预料之中。然而组织的首领小人至今下落不明，我担心他会到首都来制造祸端，所以才把你紧急调回。小人一日不除，终究是个祸患。”他抽了一口雪茄，“你抽抽看，这是最好的品种。”

我抽了一口，全然不知烟味。他又从柜子里取出一瓶葡萄酒，侍从端来两只水晶杯，我们边抽雪茄边喝葡萄酒。“怀特，我第一次看到你就知道你不是平庸之辈，你身上有顶级军人的特质，就像这葡萄酒和雪茄，最好的品种一定有最特别的味道。等到你立下一系列战功，我就明白你将会是我最得力的助手。我现在授予你的职务已经是军中的高位，将来连我的位置也要传给你。”

“啊！大人，卑职不敢。”我赶紧站起身。

“坐下、坐下。”他冲我摆摆手，又示意侍从退出房间。房门关上后，他压低声音向我说出了一番意想不到的话。

原来，帝斯国的僧侣和军方之间素有矛盾，僧侣仗着每天有机会和灵塔接触，根本不把军方放在眼里。4 号部队名义上属于军方，实权却一直掌握在僧侣手中，其首领奎因更是大祭司丹尼斯的心腹。他的职位能够自由出入灵塔，凯斯特一直对其虎视眈眈。在那次伏击我和洛瑞的行动中奎因当场殉职，那个位置的新人选就成了僧侣和军方都要争取的对象。凯斯特想让我来担任这个职位。但是如果由他直接推荐我，成算并不大。他希望我利用灵塔接见的机会，获得丹尼斯的信任，顺利接手新组建的4号部队。

“等到你达成目标，切不可忘记军方才是你的根基。”他不忘提醒我，我立即表达了对他的耿耿忠心，心里却一片明镜：他不会随随便便就把我当成心腹，我和他只不过是彼此利用。无论如何，现阶段不能引起他对我的怀疑。

“你不要以为我这样做是对陛下不敬，事实上这也是为了陛下着想。如果任由僧侣们一手遮天，迟早会出娄子。”凯斯特解释说，“另外我要提醒你，去朝拜陛下时一定要对陛下怀有彻底的服从心。否则一接近陛下，身体就会变得非常虚弱，马上就会被丹尼斯觉出异样，前途就尽毁了！”

我这才知道为什么当年反抗军接近灵塔时会完全丧失行动能力。保持彻底的服从心并不容易，特别是我又怀揣着摧毁它的想法。看来，光是放弃身体和灵魂还不够，我还需要彻底麻痹自己。

离开凯斯特的办公室，我把古多叫到我的房间，询问有没有什么药剂能够将一个人的意识在短时间内完全麻痹。“服下这种药剂后，集中精力想一个从未有过的想法，却能够在短时间内让这种想法变成自己真实的想法。你明白我的意思吗？”

他明白，立即回去加紧研制。我给了他三天时间，三天后灵塔将正式召见我。

暴风雨袭来，我站在城墙上远眺，北方的达卡坦只不过是个渺小的黑点。平原上大地的裂缝越来越密集，似乎任意一道闪电都能在地面上轻易劈开一道口子。左面有几座孤独的山丘，我和洛瑞曾经在那里躲避过十几个日夜。一想起他，我心里就变得格外落寞。我们在山洞里促膝长谈时，怎么也不会想到日后的巨变。

藏在怀里的石偶上似乎还留着他的体温，他早已进入我的体内，和我不能分割了。我清楚地记得，他为了把我从“游离”状态中挽救出来所说的那些话。最终他成为自己言论的殉道者，而我此后的所作所为必定伤透了他的心。

“但我真的没有其他办法了，不得不这么做，希望你能理解。”我对着山丘喃喃地说。

“我说过，”——洛瑞的声音突然回来了，“‘你的可贵之处就在于你没有被目标所控制，你的本性依然自由。’现在你还能配得上这句话吗？”我哑口无言。

“3121名正义的战士死在你手上，你和刽子手还有区别吗？”

“我……”我想把要在梦中解释的话说给他听，一时却很难说出口，最后勉强挤出几个字来，“牺牲是必要的。”

“牺牲是必要的，可是牺牲也是有限度的。是不是一定要亲手杀死这么多人你才能完成目标？”

“你也看到了，现在我有机会成为灵塔的贴身守卫，这样一来摧毁它就容易得多。”我渐渐能够解释自己的想法。

“那么你有没有想过，当你完成目标后，你该如何面对那些亡魂？会不会每夜做噩梦？”

“现在已经开始做噩梦了。”我苦笑着说。

“你有没有想过，组织花了这么多年的时间来对抗灵塔，却从来没有采用过你的方法，这是为什么？”

“因为一直没有爆发大规模的战争，没有机会进入高级军官行列，也就无法接近灵塔，对不对？”

“不对。倘若真要走这条路，总会找到途径的。问题的关键在于，组织根本不能接受以完全丧失人性为代价，来交换目标的实现。如果完全丧失人性，你终究会在灵塔提供的各种诱惑面前迷失自己，根本不可能再去完成那个任务，乔尔斯就是例子。”

“可我不是他。说实话，我不是没有动摇过，但动摇是因为服用了巫师配置的药剂。现在我已经成功抵御住了所有的诱惑。我是唯一一个逃离凯斯监狱的犯人，又和你同甘共苦过那么多日子，你以为我会随随便便向诱惑低头吗？倘若我真的背弃了目标，就让这个石偶变成利刃，直接刺进我的心脏吧。”我动情地说。

“希望真能如此。再告诉你另一个原因：倘若以人性为代价，最终的结果将是倒下一座灵塔却又站起来新的暴君。那个亲手摧毁灵塔的人，不仅不会从中得到心灵的净化，反而会被激发出心灵中的黑暗部分，代替灵塔的统治。”

“不可能，我不信！”

“清醒点吧。你扪心自问，等到摧毁灵塔之后，你真的能从之前的罪孽中解脱出来吗？人性之所以复杂，是因为它的第一反应永远是保护自己，之后才会在成长的过程中添加奉献精神，所以社会才需要道德的约束、价值的指引。为了摧毁灵塔而自我扭曲的人性，很难有完全修复的可能。为了保护自己的心灵不再受到内疚感的煎熬，你会甘愿被心灵的黑暗部分所控制，成为真正邪恶的人。正因如此，首领才不同意用这种方法来摧毁灵塔。那样的话，邪恶是没有终点的。”

我沉默了，没有反驳他的信心。现在我还可以忍受每夜做噩梦，完成目标之后我是否还能忍受？或许我真的会成为他所说的那种人——索性黑暗到底，倒也能轻松起来。以我现在的能力，接替灵塔成为国家的统治者并不难。那时的我无非是更换了外表的“灵塔”，本质没有区别。

暴雨倾注，我茫然望着远方，如果有可能，多么希望大雨能彻底洗涤我的灵魂啊！伸出手，上面沾满3121个人的鲜血，我清楚自己几乎不可能得到救赎。

“无论如何，既然我已经付出了这么大的代价，就请允许我把这最后的任务完成。这是你们的心愿，也是我的心愿。否则，一切牺牲就都没有意义了。”我抛下一切说。

他叹了口气，又沉默了。

平原上雷电交加，黑暗再次降临大地。我提醒自己不要再去想多余的事情，必须集中精力，目标越来越近了。

我在办公室里看前线报告。短短两天，军队又攻下了天使国的一座城市。那座城市物资丰富，彻底解决了军粮问题。

古多捧着一个药瓶走了进来，他将研制好的药剂献给我，为了确保万无一失，他还用两名士兵做过试验，自己也亲自品尝过。“喝下去保准彻底忘记自己的真实想法。”我向他详细了解了这瓶药水的具体用法后，将药水藏了起来。

夜里我继续做噩梦，这次从黑暗里走出更多的人，脸上鲜血淋漓，带着要把我撕成碎片的恨意。我大叫着从梦中醒来。

迫切需要发泄，我起床换了衣服，摸黑爬上城墙，亲手杀死两名巡逻士兵后，心里方才安定了些。

近处看灵塔还是第一次。塔身用异常平滑的巨石垒成，无法想象这些巨石是如何被打磨到这种程度，再运到耸入云霄的高度，一块块巧妙地砌在一起的。240多年的风吹雨打没有给它留下任何痕迹，塔身崭新得像是昨天才刚刚建成。

之前吞服了药剂，集中精神提醒自己不断默念“圣塔不朽”。时间控制得刚好，当我走近距离灵塔900英尺的区域时，药剂开始发挥作用，全身仿佛浸泡在温暖的池水中，脑袋彻底松弛，肌体却充满了能量。结果我顺利走进灵塔，身边一直盯着我的丹尼斯满意地点点头。

陪我们进塔的还有两个僧侣。他们都很瘦，都长着鹰钩鼻，目光阴冷。把守塔门的士兵身着僧袍，是僧侣自己的武装力量。

走进灵塔，我仿佛来到一座文明巅峰时期的王朝的皇宫，人类所有对艺术的伟大想象在这里都变成了现实。花纹精美的波斯地毯铺满整个地面。整面天花板上画着宏伟的油画。大厅的面积接近2千平方码，其中各种风格的家具、名贵的珠宝装饰物多得无法枚举。四周满满一圈靠着墙壁的书架给我留下了深刻印象，粗略估算这里陈列的书就有数万本之多。

坐上升降机，我们直接到达第45层。这里同样金碧辉煌，同样有装满书籍的书架。但是没有任何家具，只在大厅中央竖着一面镜子。镜子高9英尺，宽3英尺，纯金的镜架上镶嵌着钻石、玛瑙、猫眼等各种珠宝，光是这面镜子的价值足可抵上两座大城市。或许是独自摆放在空旷大厅中的缘故，它有一种说不出的诡异，看它的时间稍长，人就会产生灵魂被其吸入的空虚感。这种空虚感不同于人类已知的任何一种感受，它简直是毫无商量的余地就把灵魂拖拽走，独留下躯体茫然四顾。由于服用了药剂，我更加无法控制灵魂的脱离，身体也不由自主地向镜子走了过去。

丹尼斯他们留在原地，目睹我一步步走向镜子。离镜子越近，我的空虚感就越强烈。最终身体完全和灵魂脱离，能够感觉到身体还是属于我的，但灵魂已经飘散不见。接着又有什么东西从镜子里传递过来，直接塞进我的体内，这仿佛假体一般不真实的物体代替了原来的灵魂，重塑了另一个“完整”的我。这种完整意味着“我”同时拥有灵魂和能够意识到其客观存在的肉体，但只有我才知道那只不过是临时拼凑起的什么。

走到镜子前，我双腿一软跪了下去。身体并没有要跪下的意图，但新来的灵魂指示它这么做。“圣塔陛下不朽！”我脱口而出。

一个声音在什么地方响起：“起来吧。”

双膝离地站起，我突然发觉自己是以局外人的角度来观察“我”这具肉体的行动。我看着镜子，里面有一个穿着盔甲、戴着青色面具的怪人。他浑身上下有股机械般的冰冷气味，像是被研制出来的机器怪物。倘若在其他场合遇到，我定然远远避开。

“你就是怀特？”声音充满威严，口音听起来很熟悉。

“陛下，我正是您的奴仆怀特。”身体恭敬地回答。

“你的战功我都知道了，我十分满意。”

声音到底来自什么地方？

“为陛下效劳是怀特的荣幸！”对话就像是背诵事先编排好的台词，一言一语都会令旁观者感到乏味。但身体小心地演出着，不敢有丝毫失误。

镜子里的怪人正在做低头、弯腰等各种动作，显得滑稽可笑。

“国家需要你这样的人才。”听上去声音似乎从我的体内传出，又像是来自镜中的那个怪人，难道他就是灵塔？

“陛下过奖了，怀特做得还不够多，不够好。”身体继续这场无聊的表演。

我突然糊涂起来。我能够旁观身体的动作，又能感觉到身体的想法，但实际上我的灵魂已经被“假体”所替代了。那么，现在这个独立旁观的“我”又是谁呢？用符合逻辑的想法去推测，此刻应该有三个我才对。一个清醒的旁观的我，一个已经被“假体”所控制的我——以身体为存在形式，还有一个暂时跑开不见的“我”，那个“我”是我原来的灵魂，但它肯定迷失在什么地方了，说不定就在镜子里。镜子中的怪人继续做着奇怪的动作，摆手、抬腿、跳跃、转体，不知意欲何为。

声音继续和身体对话："难得你如此谦虚，我对你的战功都看在眼里，很期待你接下来的表现。"

"请陛下放心，怀特任由陛下差遣！"

"你退下吧！"声音说。

身体深鞠一躬，镜子里的怪人也弯下了腰。接着身体慢慢后退，我感觉到体内的假体猛地跳了出去，原来的灵魂不知从哪里跑了过来，重新挤进身体里，和在一旁旁观的我合而为一。整个过程没有痛苦，只有意识从虚无到逐渐清醒的独特感受，像是迷失的人终于发现了生命的价值和人生的意义，从而完全充实起来。

当我退回到丹尼斯身边时，我已经彻底清醒。那面镜子一动不动，看着它却再也不觉得诡异，甚至对它产生了由衷的依赖感，似乎它就是自己寻觅了一生的家园一样。

"在它里面可能隐藏着我童年的所有记忆。"这个念头突然出现，我来不及更多思考就被丹尼斯带上了升降机，直接回到灵塔的底层大厅，又从金碧辉煌的通道中径直走出灵塔，顺着青条石砖铺成的大道走出灵塔区城墙。

蓝天下的街道洁白无瑕，我望着熟悉的街景恍如隔世重生。在灵塔内经历的一切迅速变成模糊的记忆。

丹尼斯的脸上没有什么表情，昂着头目光直视远方，有股不可一世的傲气，与我在俱乐部窥见的那个好色之徒判若两人。

"怀特将军，看到陛下你有什么感觉？"他突然问我。

"请原谅我，大人，我甚至都没有见到陛下本人，就已经被他的威严所折服了。"

"哦？你说你没有见到陛下？"

"是的，我只是在一面镜子前听到他高贵的声音，受到他的鼓励和鞭策，要我继续为国家尽忠。"

“陛下轻易不会让别人见到他本人的，你取得的战功实在了不起，连陛下都被打动了。帝国即将统治世界，尤其需要你这样的人才。告诉我，见过陛下后，你是否感到和从前有所不同呢？”

他逼视着我，我意识到，如何回答他的问题将关系到下一步行动的成败。我果断地回答：“大人，我现在才明白，陛下的伟大在于它高贵的灵魂和思想。我突然看到了之前作为一名战士看不到的东西，陛下的思想正是通过大人您来传达的，在我有资格为陛下效命之前，我必须全心全意聆听您的教诲。您是我必须仰视的偶像。获得这些领悟就是我和从前不同的地方。”

这番话打动了他，尤其我又是用无比真诚的语气来说这些话的。他赞许地看着我，伸出手轻拍我的肩膀。我和他之间原本存在的无形隔阂消失了。也许我还需要做更多的努力来彻底获得他的信任，但至少大门已经敞开，面前的道路将直通我最终的目标。

“你说得非常好！我认为你已经有资格成为陛下的卫士了。现在让我们放松心情，你在前线奋战时，可曾有过寂寞的感受？”

“大人，为陛下作战每时每刻都不能放松，我没有考虑过寂寞这回事。何况，作为一名战士，忍受寂寞也是天然的职责。”

我的话给了他隐形的台阶，让他能够顺利说出他想说的话，同时又不失我作为军人应有的分寸。果然，他发出了我已经猜想到的邀请：“明晚你不要安排其他活动，我带你去一个地方，享受优秀军人应该得到的待遇。”

在这份邀请书递给我的同时，我清楚现在已经有了和他进一步交心的机会，我会成为他的心腹，进而戴上紫色面具的。

天空蔚蓝，是我从来没有见过的干干净净的蓝色。洛瑞死后，一直饱受折磨的内心第一次轻快起来。

晚上我和凯斯特单独见面，向他汇报这份邀请。凯斯特非常高兴，还提醒我到了那个场合要完全放下军人的自律，要和丹尼斯的行为保持一致。“让他感觉你已经顺从他，这样你就能和他真正站到同一条战线上。那时候不用我说他也会努力栽培你，4号部队长官的委任书自然会落到你的手上。另外，我再次提醒你，不要忘记军方才是你的根基。”

当晚我依然被噩梦折磨，白天的轻松心情被梦中的汪洋血海淹没。惊醒之后我再度潜上城墙，一口气刺杀了4名士兵后，心里才逐渐恢复了平静。

我悲哀地发觉，自己已经无法停止杀人，即使现在所杀的并不能称为“人”。为了排遣心中的失落，我开始回忆白天在灵塔内的经历。镜子里的怪人是我吗？声音来自哪里？向我的身体发号施令的灵魂从何而来？我为何会站在旁观者的位置上？一系列问题在深夜里袭来，我辗转难眠，盼望黎明快些到来。

接连死了6名士兵，城防压力陡然增强。晚上8点，当我坐上丹尼斯的马车和他碰面时，他看上去十分紧张，完全失去了白天时的高傲姿态。“难道小人已经潜入首都了？怀特，你一定要把他捉住，保护我们的安全。”一瞬间他完全失态。

我安慰他说，一切都还在调查中，并不能确定就是小人干的。“如果他真的进城了，不会只挑选巡逻兵下手，那样岂不是提醒我们他来了吗？大人请您放心，现在城防系统已经严密到连一只苍蝇飞进来都会发出警报的程度，他要是敢进来不可能不被发现。如果您能授权我训练一支特种部队，我可以保证一个月后打造出一批精兵，为您捉拿小人。”

“你的提议很好，我会认真考虑的。”我的安慰有了效果，他很快恢复了镇定，甚至恢复到有些放浪的地步。他的心思已经飞到了俱乐部，穿着皮靴的脚不停抖动，嘴里说着不着边际的胡话，唾沫横飞。从他身体的反应来看，他对我已经毫无戒心，看来只需确认我能和他同流合污，他就会把我视为心腹。

马车停下，我们抵达英斯比旅馆。乔尔斯搂着两名女子走出旅馆迎接我们，他穿着紫色的真丝睡衣，脚上搭着一双金色的圆口绸缎鞋，戴着高顶礼帽。和第一次看到他时的优雅相比，现在的乔尔斯变成了彻底的花花公子，唯一不变的是那光滑得没有一丝皱纹的皮肤。

一见到丹尼斯，凯斯特立刻丢下那两名女子，摇着礼帽就凑了上来。丹尼斯介绍过我之后，他直接把我们带下楼梯。我戴着面具，身形、声音又已完全改变，他根本认不出我就是"凯尔先生"。

"昨天刚刚运来一批货，新鲜得很，等着您来品尝呢。"他凑着丹尼斯的耳朵说。两人猥琐地大笑。"别忘了好好招待怀特将军，他可是第一次来。"丹尼斯对乔尔斯说。

"当然，当然，我一定盛情招待他。"乔尔斯转过头用讨好的眼神看着我，"怀特将军，您的英雄事迹全城百姓都在歌颂呢！"

"那不算什么，都是祭司大人栽培的结果。"

丹尼斯哈哈大笑，拍着乔尔斯的肩膀说："怀特将军是贵客，你要给他最好的招待！"

"是，大人！怀特将军，过会儿请您到5号房间休息。"看着他的谄笑，我恨不得立刻将他撕成碎片。

说话间我们就走到了第五层。暗红色的灯光中，穿着薄纱的婀娜身影若隐若现。不知从哪里传来犹如迷香般的乐声，面前两道帷幔上映出的身影跟着音乐摆出各种诱惑的姿势。我全身血液翻腾，竟然意乱情迷。即使早有心理准备，我还是没有想到自己的意志竟会如此薄弱，几乎马上就要沦陷在这暧昧的灯影之中。我望着乔尔斯的背影，依然想要撕碎他，可是在此之前我的身体却想做其他的事情。欲望是如此强烈，根本无法控制。

朦胧中，我仿佛回到凯斯监狱的休息室。墙壁上贴着古代的春宫图，房间里点着红色的蜡烛，女人拿着皮鞭向我走来。

COCO的日记

4月25日

天气很不好，白天阴得就像是晚上。他在医院里躺了一天，怎么喊都醒不过来。然而各项检查都没有查出问题，我想他一定是受刺激太深了。

那起车祸实在怕人，他的朋友刚刚还在喝啤酒，一下子就死了，真的很怕人。

4月26日

他醒了，可是醒过来的样子比死了还怕人。我已经累得够呛了，为什么还要在医院里陪他？看见他一动不动地躺在床上看天花板的表情，谁都会可怜他的。

下午他又睡着了，嘴里还不停念着听不懂的外国名字。他是不是做什么梦了？真希望他早日清醒过来。

他眼睁睁看着朋友死在面前，心里一定非常难受。他真可怜，又是我的老乡，我应该多照顾照顾他。

他瘦多了，脸上白得吓人。医院也真是的，才两天就催交住院费。他身上没带多少钱，好在昨天我发工资了，要不然我就得把他背回家了。没事，我吃点菠菜就有力气了。

晚上还要去跳舞，他一个人在医院我真的放心不下，要不就不去了。反正以后跳舞的日子还长着呢。让琪琪代替我一天吧。

待会出去买点好吃的给他，医院里的盒饭真难吃。

4月27日

总算出院了，他能走也能说话，就是一直恍恍惚惚的，连家在哪都不知道。好心的我只能“牺牲”自己的小窝了。一到我家他连衣服也不脱就躺上床，又睡了一下午。

他又说梦话了，喊什么“桃乐丝”，为什么不叫我的名字呢？我可是一直照顾他到现在的好心人啊，

晚上他总算醒了，谢天谢地！等下我得去跳舞了，告诉他家里的热水器怎么用吧，他该洗个澡了。

4月28日

这几天都没有去学校，又少赚了不少钱，不过能陪他也挺开心的。

晚饭又叫了外卖，我真想拉他出去吃饭啊，可是……

西西和皮皮快生孩子了。两只小家伙越来越调皮，真是拿它们没办法。不过他好像很喜欢它们两个，跟我没说过几句话，跟小家伙倒是说个不停，真气人。

他老是看窗外，好像藏着很多心事。我觉得人还是简单一点儿好，像他那样太累了。不晓得他有没有女朋友，我怎么一直没问啊？不过这种问题哪好意思先问的。

晚上不去酒吧了，接下来几天肯定要忙死了，抓紧时间休息，也多陪陪他。他什么时候才能跟我真正说说话呢？我也很可怜的。

4月29日

爸爸打电话来说妈妈又开始咳嗽了。不要有事才好，老天保佑我妈妈。

他今天出门了。出门时一句话都没有说，我还以为他不会回来。从学校下班回来，他竟然正坐在家门口等我。可怜的人！

第二十九章　涂鸦画带走了回忆

我茫然望着交警队的大门，不知道出路在哪里。

交警队最终确认，越野车的驾驶员没有喝酒，驾照齐全，他是因为“技术原因”没控制好车才撞死了墨。警方将事故定性为交通肇事，等待进一步处理，最终结果很可能会以赔偿了事。

我怀疑这件事情是由总裁指示做的，为了阻止墨深入报道丑闻他不惜杀人灭口，或者根本就是冲我而来，只不过出于“技术原因”才让我捡了一条命。

我的生命没有意义和价值，为什么不是我而是墨？

我不敢想象他的家人，特别是新娘现在的心情。他们或许和我一样选择在梦境中躲避现实，在现实中沉默以躲避事实。然而无论如何躲避，现在必须面对事实——墨死了。

我只能继续在现实中沉默。

回到住处，推开门恍如走进梦中的组织基地：家里一片狼藉，电脑和书都被搬走了；地板上撒满CD碎片，收藏的所有CD都只剩封面胡乱丢了一地；拆散开来的健身器材砸坏了音响、新买的电器以及所有的家具；抽屉里空空如也，那些我舍不得丢弃的旧物，还有装着日记本、信、树片、纸条的铁盒都不见了。

呆呆站在垃圾场般的屋子里，身体慢慢轻了下去。这种感觉曾经数次眷顾我，现在我对它已经麻木。

墙上的涂鸦画狡黠地看着我，它还想把我拖入其中。渐渐地，宛如抽丝一般，体内的一些存在陆续离开了我。

首先是**信心**，对自己的信心，对社会的信心，对人类的信心。三兄弟挨个离去，叫都叫不住——谁让我老是和它们若即若离呢。

接着是**责任感**，跟在信心身后忙不迭地快步走，临走前特意向我打招呼："就此告别了。"

"你离开后又能去哪？"意识问它。

"哪里都比这里强，跟着你根本没有用武之地，白费力气。"它嘲笑了我一句后钻进涂鸦画。

责任感下来是**完整性**。它原本长胖了些，现在却支离破碎得完全认不出。浑身打着补丁的它连呼吸都很困难了，自然不能再同我说话，我也无意拉住它。过去为了强留它，我把自己折腾得不像话，最后连好朋友都搭上去了。但它步履蹒跚，走到一半还摔了一跤，意识只好过去搀扶它，将它一路护送进涂鸦画。

下一个离开的是**精神**。它萎靡不振，不言不语，摇晃着一头扎进涂鸦画。

最后是**回忆**。它摇摇头说："实在抱歉，现在CD和日记本都没有了，我也只好离开你。"见我没有挽留的意思，它立刻离去。

意识还在，它无奈地说："离开你我也活不了，只好陪着你苟延残喘。"其实如果有可能，它也不想留下。

站在已经不能称之为房间的屋子里，我勉力呼吸。四面的墙壁向我压迫过来，无处可躲。

不知何时我走到运河边。脚下的河面被厚厚的绿藻覆盖，令我想起梦中的黑色大河。梦中的往昔在我面前飞速掠过——梦的回忆倒是没有抛弃我。

眼前又浮现出斯图尔特空洞的眼神，在空洞之中我看见双目紧闭的墨。现在我终于明白自己的力量有多么微弱。“算了，放弃了吧，干脆彻底放弃自我。镜子的另一面消失了，这一面还有什么存在的可能？或者回到旁观的日子，多自在。”声音劝我。

（这时**虚无**悄无声息地来了，世界顿时漂浮在半空。现在意识再没有和它搏斗的欲望。**虚无**顺利掌控了我。）

河面上，厚厚的绿色将生机全部埋葬，我只需轻轻一跃，所有的烦恼和困惑都会离我而去。曾经查询过的各种自杀方式现在纷纷跳出来给我建议，有的催促我快跳进河里；有的拉着我去买安眠药；有些指着不远处的高级写字楼楼顶，用意不言而喻；有的好不容易挤到我身边，大声邀请我去火车站。

“去那里干什么？”我在**此处空间**里发问。

“卧轨啊，火车最近刚提速。”它气喘吁吁地说。

“这样岂不是要给社会添麻烦？”我摇摇头。

“你不是下定决心了？”它奇怪地问，**彼处空间**里一片哗然。

“我怕死。”我说。

如果现在面对灵塔中的那面镜子，里面一定是个卑微、胆小、懦弱、无能的社会淘汰品。我想，再次旁观以后，或许就不会回来。

无意识地走到报社，楼下的公告栏上贴着墨的讣告和照片，后天下午2点在市殡仪馆举办他的追悼会，照片上他笑得很灿烂。

再也没有平稳的后半生可言，无论对他还是对我。

转身离去，路过一家电器商店，音响里在放Oasis演唱的“Hey hey，my my”，那句我引以为座右铭的歌词在我耳边咆哮：“It's better to burn out than to fade away…”

现在我已经失去了从容燃烧的勇气，选择了苟延残喘的道路。我还有资格再和海一起唱这首歌吗？连听的勇气都没有了！

羞愧难当，猛烈的阳光刺得我喘不过气来。我不能在大街上游荡下去，我需要一个看不见光亮的地方藏起来，如同传说中的吸血鬼。

然而没有地方可去，哪里都不属于我。我抬头看蓝天，熟悉的天空被横空的电线切割成几块。这些电线将许多人与社会连接在一起，天空因为被它们割裂而发出痛苦的呻吟。

城市里只剩一个地方肯收留我。

COCO 打开门，我跟了进去。公寓里光线暗淡，正适合我。沙发上的被子还没有叠——她连续睡了两天沙发。

无地自容，不知所措。

她蹲在西西和皮皮的笼子前，喂它们吃花生。

我一言不发地钻进沙发上的被子里，开始用各种方法逼自己睡去。几天来，我一分钟都没有真正睡着过，睁开眼睛就会看见墨，只能闭上眼睛数时间。

她走来走去，收拾屋子，结束后坐到卧室里的电脑前。她在家有空就会用电脑写日记。

真的连回忆的可能性都失去了吗？我用被子掩住脸默默哭泣。作为懦弱的社会淘汰品，哭岂不是理所当然？

泪水肆无忌惮地流淌，墨的死令中间道路也布满荆棘，除了彻底逃避外别无他法。现在的我是一片经历了宇宙黑洞后的巨大空白，还有谁愿意来填补这片空白？

第三十章　在同一屋檐下

西西和皮皮是两只仓鼠。它们身体雪白，胡须颀长，眼睛时常眯成一条缝，可是一看见瓜子就会瞪圆了眼睛，忙不迭地抱住一粒享用起来。粉红色的爪子轻巧地将瓜子壳剥开，嘴埋进去轻轻一吸，瓜子仁就吃进肚子里了。

皮皮的动作比西西灵活，抢瓜子、剥瓜子的速度也快得多。通常西西吃完第一粒瓜子后，半天都吃不到下一粒。皮皮的食量又大，西西总是要眼巴巴地等到它不吃了才能吃到剩下的。如果把所有的瓜子都丢进笼子，皮皮就会吃过量，而西西则要饿肚子。COCO向我说起这些情况后，我自告奋勇地接下喂养它们的工作。

每隔3小时，我就会拎着瓜子袋坐到笼子前，一粒一粒地喂它们。喂养是有技巧的，关键在于控制好丢瓜子的节奏和时机，使皮皮不至于抢走太多瓜子，让西西也能吃饱。但这并不是很容易就能掌握的技巧，皮皮太灵巧了！第二粒瓜子丢下去还没落地，它就敏捷地跃起，从半空中截住瓜子。第三粒瓜子也是如此。结果我第一次喂它们，西西还是没能吃饱。幸好我有时间可以一粒一粒地丢下瓜子，慢慢学会控制时机喂养它们。

“旁观者自然会把你喂好。”我安慰西西。

它似乎听懂了，睁大眼睛感激地看我，让我觉得自己并非一无是处，被激励着认真钻研喂养的学问。

除了瓜子外，花生、面包虫都是它们爱吃的食物。面包虫是一条条的小虫干，很有营养，但是吃得稍多就会长胖。对于仓鼠来说，过胖是会催老的。

西西快要生孩子了。皮皮和它本是兄妹，但动物对“近亲”没有概念。皮皮整天绕着西西跑来跑去，遇到瓜子就一粒一粒抢下来，看不出有任何照顾“怀孕妹妹”的想法，西西心里不知道会不会埋怨它，反正委屈之情常常情不自禁地流露出来，趴在笼子里鼓着嘴巴，谁也不理。

随着喂养次数增多，我渐渐能够精确掌握丢瓜子的节奏，在皮皮抢到第二粒瓜子的某一特定瞬间丢下第三粒瓜子，西西就能顺利抓到。在吃的问题上它俩终于达到了不完美的平衡。

“不完美的平衡”——我和社会现在就处于这种状态：我躲在公寓里不去连接它，它也不来打扰我。

外面的世界里确实有我放不下的事情，但我无能为力。我已经忘记了总裁的长相，忘记了自己为何会走到这一步。

举行墨葬礼的那天下午，我躲在远处观望前来吊唁的人群。我看见他的未婚妻哭成泪人；看见报社总编辑带着许多同事们悲恸地凭吊墨；而我只能远远看着，连眼泪都不敢流。

U盘还在我身边，里面的资料也在，但作为一个懦弱、胆怯的社会淘汰品，我失去了体内的存在，只能无动于衷。

这件事情很快会不了了之。外来人的“归宿感”将通过更巧妙的广告宣传策略被重新唤起，负面影响也会借助其他公关手段被消除。不能排除执法部门已经盯上总裁的可能，但他有的是时间来为自己铺垫后路，比如全家移民到某个风景优美的国家。在那里他们会组成家庭乐队，周末时到酒吧巡回表演，每年春节的年初五照例要吃蒜泥黄瓜和拌皮蛋。

手机一直关着，现在我只和西西、皮皮发生**连接**。

COCO 很宠爱这两个小家伙，上午出门前总要帮它们洗澡。我来之后，洗澡的工作也交给了我。

“这几天我过得真舒服。”她笑吟吟地对我说，还往我碗里夹了块排骨——我做的红烧排骨。

清晨我 7 点起床，去菜场买早点和当天的食材，等我回到家 COCO 也起床了，这时我再帮西西、皮皮洗澡。为它们洗澡只能用浴沙。小家伙们时而埋进沙中捉迷藏，时而打滚，欢快得很。等到它们“泡澡”泡到心满意足时，COCO 也容光焕发地走出卧室。

她白天分别要去两所民办的舞蹈学校教舞蹈，都是钢管舞、平台舞等在娱乐场所表演的舞蹈。随着城市夜生活日益丰富，有许多女孩到这类舞蹈班学习，学成后找家热闹的酒吧驻场跳舞。

她的收入不错，否则也租不起酒店式公寓。我无路可去的窘境她应该也看在眼里，但她从不向我打听什么，只叫我安心地住下去。还要我去买张折叠床，但我坚持睡在沙发上，不愿改变。

不知为何，我无法同她正常地聊天，说话的“数量”比过去在酒吧时少得多。

她很爱吃我做的菜，我因此做得更加用心，手艺又有进步。有时我想将来不如去做厨师，每天只需面对各种各样的食材，打交道的人也有限，很适合旁观。

没有 CD，我就用她的电脑听 MP3。现在发现 MP3 也没什么不好，把音乐仅仅作为背景、作为填补时间和空间的工具来对待，就没什么好介意的了。何况我已经丢失了铁盒，即便CD仍在，也没办法将回忆带回来。涂鸦画已经把它们带走了。

时常站在窗前发呆。窗外的风景犹如动态画，内容每时每刻都在变化，演出不同的故事情节，我以欣赏画作的态度旁观它们。

我住在第21层，打开窗户首先会听见沉重的风声，之后地面上发出的所有声响都被糅合到一起，变成又闷又厚的噪音传上来。关上窗户，所有的声音瞬间被隔绝在外，面积50平方米的公寓里只听得见西西和皮皮的呼吸声。

所幸公寓楼并非孤单地站在这里，周围还有高级写字楼、百货公司、其他高层住宅楼等同伴。这些高楼的外墙上有无数玻璃窗，每一扇背后都藏着故事。我想，此刻一定也有像我这样从窗户里向外眺望的人，他们会不会想到有人正在揣摩他们的故事？

他们的人生被我重新设计：在西面的一幢写字楼里有一位普通上班族，他是狂热的电影爱好者，就连工作时间都不忘搜集电影资料，最终被老板炒了鱿鱼。失业后，他窝在家中整天看电影，结果某天灵感突至，写出兼具商业性和艺术口碑的电影剧本，就此成为影视圈红人。之后他佳作不断，身价节节上扬，最终自己成立制片公司，还将炒他鱿鱼的那家公司收购。原先的老板现在寄身在他的公司里担任场记，整天和拍摄板为伴。

另一个故事发生在不远处的百货大楼里。某柜台营业员小姐A爱上了顾客B。B长相英俊、出手阔绰，却爱上了同一柜台的营业员小姐C。在B和C即将谈婚论嫁之时，B突然生了场大病，导致事业滑坡到谷底。C毫不犹豫地抛下B，跟着其他富商跑了。此时A来到B身边，花了两年时间陪他东山再起，两人的感情也顺利开花结果。孰料此时C又出现了，而B则鬼迷心窍般重新回到C的怀抱。A孑然一身，最终结局灰暗到我都不敢设想下去。

这些故事都不是真实的生活，它们只存在于我的想象中。有一天我意识到，这些故事都缺乏现实性，真实情况应该是：电影爱好者写了无数剧本，却没有一个被人看上，他一辈子挣扎在自己编织的艺术幻梦中，最后因为吃了太多泡面得病早逝；营业员小姐A和顾客B幸福结婚，后来C又跑回来找B，但B拒绝了C，C羞愧离去，A、B两人从此归于平稳的后半生。

现实不会走极端。

对着外面的窗户看久了，会发现特别的对象。在南面一幢居民楼第20层的一扇窗户里，有一台几乎永远亮着的电脑屏幕对着我。屏幕上时刻都是怪兽激烈对打的游戏画面，一位男孩整天坐在屏幕前伸着脖子半天不动。

很少看见屏幕被关掉，他或许连吃饭都在电脑前解决。天天如此，以至于我担心他有一天会变成石雕，被教育学家摆到大庭广众下展示。“看，这就是沉溺的后果！”教育学家痛心地说。

但他到底没有变成石雕。观察了几天后，连我都想把他连人带电脑桌一起搬到展览馆，挂上“切勿模仿”的警告牌。

半夜，我从噩梦中惊醒，站在窗口抽烟。那扇窗户里的电脑屏幕依然亮着，在窗口位置有颗红色的火星一阵亮、一阵暗——男孩也在抽烟。我和他中间隔着上百米的距离，以闪烁火星的方式来对话，宛如互相发送摩斯密码。

我问他一天到晚究竟在干什么，他满不在乎地告诉我，他正在玩一款网络游戏，很快就将升到最高级。我恭喜他即将大功告成，他却以看破红尘的态度告诉我，这样的成就简直不值一提，只有在所有的网络游戏中都升到最高级才算有所成就。我质问他这样做有意义吗？他反驳我：“你这样过有意义吗？”

我被问得哑口无言。他还年轻，有透支身体的资本，也有堪称为“目标”的追求；而我已经27岁了，却一无所有。

苟延残喘确实无趣，只是实在没有燃烧自我的勇气才会这么选择。对着远处一闪一闪的火星，我羞愧地退回身去。

两只小仓鼠睡得正香，它们从COCO的卧室里搬到沙发边上后，很快就适应了新环境。

天气越来越热，COCO帮我买了几件短袖T恤。作为感谢，隔天我精心做了顿大餐。晚饭后她埋怨我："再这么吃下去，我要长胖了。"往日为芸做大餐的时光突然跳进我的脑海里。记忆似乎在寻觅我。

"那个故事，一直没有进展啊？"COCO有意无意地问。

之后，每天我又多了件要做的事情，就是把梦的进展写下来。写作能力突然退化了，打字速度也慢了许多，写得十分辛苦，但我不急不躁，从点滴记忆里挤出内容，毕竟还是将它写完了。写完后给她看，她半天才说："故事很不错，可是写得太悲伤了，我害怕。"

"梦到的就是这样子，再说悲伤也是人生的主旋律。"

她摇摇头。"这些真的都是你梦到的吗？"问题问倒了我，已经很难分辨其中哪些部分是被我杜撰出来的。

我点点头。她怜悯地看着我说："可怜的人。"

很久没有见过陈阿婆了，下午趁着COCO放假在家，我去看望她。出了地铁站一直向东走，直到看见熟悉的街景。小咖啡店的外墙刚刚粉刷过，青苹果般的嫩绿色在这条街上显得格外悦目；建筑书店的玻璃门上贴着新书的海报；公共食堂换了新菜单，上面找不到鸡蛋猪排盖浇饭。

我的心情犹如沉睡的沙漠被意外惊醒时看见面前突然出现的绿洲般复杂。

路过公寓楼，我停下脚步仰视那扇窗。现在公寓里应该还是一片垃圾场，涂鸦画也在，它什么时候才能把我失去的还给我？

陈阿婆不在报摊，一位老人正坐在她的椅子上看报纸。听说我找她，老人放下报纸告诉我，她正在家里睡午觉。再问得知他竟是陈阿婆的女婿。听完我大吃一惊，沙漠听见绿洲上过往旅人的琴笛声时，反应想必和我一样。

老人戴着一顶白色的遮阳帽，帽檐的阴影也遮不住他脸上的笑容。

“恭喜恭喜！”我明白过来，笑了。陈阿婆的女儿瘫痪了60年，一直没有结婚，到了晚年终于找到了人生伴侣，我怎能不为她高兴？

“你是那个记者吗？”老人突然问我，马上又为自己的话补充说，“妈提过你的样子。”

“是吧……”

“因为你的文章才让我认识她，谢谢你！”

这时我才注意到报摊的规模扩大了，老人告诉我政府不仅批给报摊更大面积的营业用地，还为陈阿婆争取到更优惠的零售返点政策。“今后的日子会更好的。”他自信地说。

——小城的三轮机动车司机也这么说过。

人人都对未来有所憧憬，并在为之奋斗的过程中找到完整性。

不知怎么就想起了那棵树。尽管树片已经丢失，但它早已在我心里扎下了根。现在，像是被某种养分鼓足了劲浇灌过，树从新的土壤里探出头，狠狠撞了我一下。

被震撼的同时，冰凉的心开始升温——树在填补我的空白。

傍晚前回到公寓，COCO正在做饭。我一进门她就大声嚷着喊我帮忙，煤气炉上的两个锅子都在沸腾，其中一个锅的锅盖已经跳了起来。

赶紧帮她处理完，她不好意思地笑了：“10分钟后开饭。”

COCO做的是家乡菜，我一口气吃了两碗饭。“你的手艺不错啊，人不可貌相。”我夸奖她。

“不可貌相？”

“年轻女孩能做到你这种水平的相当罕见。”

“你以为我愿意做啊，是被逼出来的。”

“逼出来的？”

“刚到这个城市时身上没钱，跟别人合租，大家轮流做饭，谁做得多，菜金就能少出。为了省钱，我努力学做菜，还到网上找菜谱。没想到我做菜真有点天赋，她们越吃越爱吃，最后决定饭菜全部由我来做，菜金也不用我出了。”

“不容易。”我不禁想象她手捧着抄写下来的菜谱本在煤气灶前手忙脚乱的场景，“对了，你为什么要来这座城市？”

“前年年初突然想到大城市来打工。我爸爸是普通工人，妈妈身体又一直不好，我出来打工能减轻家里的负担。”

“怎么会到酒吧跳舞的？”怪了，今天我聊天的欲望特别强。

“男朋友要我跳的。”她犹豫了一下说，“我和他是老乡，一起过来的，他说跳舞能赚钱，我就报了个舞蹈班边打工边学跳舞，一直学到去年年底，还没毕业就和他分手了。后来舞蹈班老师介绍我去现在这家酒吧跳舞。对了，你什么时候离开家的？”

我向她简单讲述了自己的经历，从上大学开始到现在。

“真丰富，羡慕你。”

“哪里，应该说是坎坷多。”我笑了笑，捏起几粒瓜子丢进笼子，“为什么养仓鼠呢？”

“总得有个伴吧。对了，你有没有女朋友？”

“算是没有吧，反正她离开我了。”我不想再揭这个伤疤，指着西西说，“看样子她快生了。”

“哎呀，忘了算日子了。”她放下碗筷，掐着手指算了算，“就在这两天了呀。”

“怎么办，送动物医院？”

“不用，我查过了，它自己能行的。别看它个头小，心里强大着呢，一个人能对付。”

我随手又往笼子里丢了几粒瓜子，皮皮敏捷地抢走好几粒。不过西西也抓到两粒，心满意足地吃起来。

她走进卧室打开电脑，音响里传来 Neil Young 的“My my, hey hey”。“这首歌是你下的？”她在卧室里问我。

“嗯。”昨天我忍不住就下载了，还有“Like a rolling stone”。她听了一会儿后问我：“这是什么年代的歌了？”

“够老的，那时候我才两岁。”

“歌词是什么意思？”

我犹豫了一下，还是翻译了讲给她听。讲完后她感叹：“佩服你，听这么有意义的歌。”我不禁苦笑，倘若我过去老老实实地听没有什么意义的歌，恐怕未必会像现在这样。

她回到饭桌旁坐下，我看着她略显憔悴的面孔，忍不住说：“你要注意身体啊，休息时间太少了！”

——她每天凌晨 2 点到家，早晨 8 点又得准时起床。

“没事！我还年轻，得抓紧时间多赚钱，我们这行吃青春饭的。”她满不在乎地说，临了调皮地问我，“你心疼了？”

“是担心你。我啊，过去也像你这么拼命过，现在就感觉身体吃不消，容易累。”

“你是做脑力工作的，更伤身体。”她说，“差点忘了，你说过要帮我写信的。”

“是啊，不过，我总得知道你想说些什么才能写吧。”

“哦，那我给你讲讲吧。”

她推开饭碗，一边比划着一边向我讲述。正式到酒吧跳舞之后她很快跳出自己的风格，又去教课，现在正努力攒钱，争取在 4 到 5 年内贷款买房，在这座城市安家。

“有个目标真的很好，你很了不起。”我由衷赞叹。

“有房才能有归宿感啊。你也知道，本地女孩通常不会学这种夜场舞蹈，基本都是外地女孩学。大家只想通过它尽快赚够钱，买房稳定下来。我的好几个师姐现在已经买房了。”

“她们跳了多久？”

“两三年吧。”

“两三年就能买房了？”

“都是拼出来的。师姐们除了跳舞，偶尔还会陪客人喝酒。有的客人故意灌她们酒，一大扎壶酒放桌上，说只要一口气喝光就给500块小费。500块啊！换了你喝不喝？连续喝几扎下去，一晚上就能挣两三千。”

“喝这么多酒，既伤身，也不安全啊！”

“当然，所以说是拼出来的。好在师姐们都是老江湖了，知道该怎么应付不同的客人，怎么保护自己。”

“你喝过这种酒吗？”

“现在还没有，说不准哪天会碰上。放心，我机灵着呢。上跳舞课的时候从师姐那边学到好多，比如进酒吧跳舞的首要任务，就是和保安、经理搞好关系，遇到麻烦他们会帮你。”

我点点头，她既然选择了这条道路就必须学会面对这些问题。话说回来，任何一条道路都有这样、那样的问题，没有百分之百顺心的路，终归要适应。

“听你这么一说，还是在热闹的酒吧跳舞更容易赚钱。你为什么要一直留在那个冷清的酒吧里呢，真是因为习惯了吗？”

“我刚出道就在那里跳舞，一开始我胆小得很，怕跳错，也怕客人看我的眼光，客人少一点我倒容易发挥。多亏了在那里的锻炼，现在我信心也有了，才能去当老师。”

“以后呢，一直在那儿跳？”

“不会的，这间酒吧快关门了。老板撑不下去了，已经流露出关门的意思。我想就跳到它结束吧，对它也算仁至义尽了。”

我心里“咯噔”一下，一阵惆怅。“今后一直跳下去吗？”

“不会，这行也就五六年的青春饭。但我不会去想太遥远的事，买套房子先立足下来再说。”

她对生活的态度很简单，我欠缺的就是简单。

“喜欢这座城市吗？”

“喜欢。我在这里奋斗打拼，每天都有满足感。”

“那么家乡呢，还会回去吗？”

“或许吧。我想象过，在这里生活几十年，到老了带着丈夫孩子一起回家乡安度晚年。呵呵，想法很幼稚吧？到那时候准被全家人反对。”

“我支持你。人总要落叶归根的，除非真的在这里寻到根了，否则未来还是在家乡的天空底下优哉优哉地晒太阳比较好。”

“你有这想法，我真高兴。”她笑着说。

我突然想起她跳舞时的身姿，脸上一阵发烫，心里涌起某种情感来。这股情感迫切需要得到慰藉。

这间公寓的主色调是粉色，她将其装扮得颇有女人味，摆设的小饰物、印着玫瑰花苞的图案的窗帘都烘托着这种氛围。之前我从来没有留意过这些，现在突然意识到自己正在一个年轻女孩的家里和她一起生活。在旁人看来我们说不定会发生点什么，但她是个坚强、直率、富有同情心、对生活乐观的女孩，我们不在同一个频率上。

饭后我们一起将屋子收拾干净，然后坐到阳台上，望着星空谈论家乡。我小时候经常去的一些地方现在都发生了巨大的变化。我错过了变化的过程，她恰好赶上。她对家乡的种种描述，让我重新回到那座充满温情的小城。我仿佛置身于那片土地上，周围，高楼大厦拔地而起，新的开发区推动城市飞速发展。

那片湖也将成为小城发展的动力源泉，海今后会生活得很好。

一直聊到倦意袭来，我们才各自休息。她洗完澡裹着睡衣走进客厅喝水，我闭上眼睛尽量不去看她白皙的小腿和湿漉漉的头发，心里却胡思乱想起来，欲望逐渐膨胀。

“你还没有恢复基本分量的完整性，没有资格这么想，更不能这么做。”意识和声音一起提醒我。

“知道的。放心，我是倔强的沙滩。”

深夜的公寓静悄悄的，卧室门背后有一颗与我迥然不同的心——它或许能够弥补我的缺失。我努力遏制这个念头进一步发展，心里却不由自主地寻找支撑其发展的理由。卧室里的她现在是否正和我一样辗转难眠？又或者，这一切只不过是我产生的幻想呢？我需要弥补自己，但仅仅满足欲望肯定不是正确的途径。

那扇窗边，红色的火星发出摩斯密码想邀请我与它对话，被我断然拒绝。掐灭烟头坐到沙发上，脚边，笼子里的两个小家伙互相依偎着睡得正香。

“等到小仓鼠出生，我有得忙呢！”

第三十一章　梦：桃乐丝！

桃乐丝满面红晕地躺在我身边，全身大汗淋漓。刚刚的一场激情榨干了她的体力，而我依然如清晨早起的豹子般食欲旺盛。我翻开她，重新进入。她已经叫不出声，只剩微弱的喘息。

在5号休息室我已经待了10个小时。一见面，桃乐丝就试图摘下我的面具，被我狠狠推开，随后以近乎强暴的方式完成了对她的侵入。我是如此强壮，简直如同千年的冰川沉重不化。她无法承受这强力的摧残，忍不住尖声大叫。美艳得无法形容的脸，因为混杂着痛苦的快意而扭曲变形。在我眼中，她变幻成每个我想要复仇的对象，因此又更加残忍地对待她。

首次结束后她想和我说话，但我马上捂住她的嘴巴再次打击她。在这长时间的折磨中，她逐渐消耗掉自己的能量，我却变成刚刚被点燃的原始森林，大火越烧越旺，远没有燃尽的可能。

第二次结束后，她用剩余的力量抱住我，亲吻冰冷面具下的嘴唇，令我再度燃烧起来。她惊呼一声，根本无力抵挡我的侵略。

我以相对温柔的方式进行着这场漫长的马拉松。她的意识已经崩溃，身体潜在的欲望却被我彻底唤醒。在此过程中，我不自觉地对她产生出一种微妙的、从未体验过的情感。

我想过要将她和乔尔斯一同碎尸万段；然而现在，当我感受着身下那团肉体火烫的温度时，我竟然产生了遁入其他空间的错觉，仿佛此刻拥抱着的并非是组织的叛徒，而仅仅是一个丰满如水的女人。

一整夜，我们没有说过一句话。清晨离开时，她死了般纹丝不动。瞥一眼她凌乱的身体，我头也不回地离开房间。在3楼餐厅，丹尼斯和乔尔斯正在等我用餐。从他们似笑非笑的表情中，我猜想他们知道我昨晚的所作所为，说不定还在观察孔里看过我。

"就当是在演戏，这是实现目标的必要手段。"我对自己说。

早餐桌上，丹尼斯和乔尔斯开着各种下流的玩笑，我不时附和，还主动炫耀自己昨晚的表现。

"那几个货色火候还不够，给她们多用点情迷药剂。"丹尼斯指示乔尔斯。

他们说的是从山之国掠夺来的女人，她们一进肯斐辛就被直接送到俱乐部，通过服用药剂改造成为男人们的泄欲工具。这么做有多久了？乔尔斯叛变之后，还是之前？

返回城防指挥部的路上，丹尼斯问我："离开前我侧面了解到你的能力，不知道这是你天赋禀异呢，还是吃了什么好东西？"

难道他真的从观察孔偷看我们了？我强压住胸中的怒火。"不敢向大人隐瞒，卑职的确吃过一些药剂用来增强能力，大人如果有兴趣，我可以为大人再配一些。"

"那就有劳你了，哈哈！"他大笑起来，显得无比放松。我清楚他已经完全把我看做心腹。"今晚你再陪我一起去那里，还有不少好货色等着呢！对了，你可知道昨夜是谁陪你的？"

“大人，我昨晚太过急忙，还没有打听过她的姓名。”

“将军可要怜香惜玉啊！她可是那里的头牌。至于姓名嘛，你还是今晚问她本人好了。”

今晚我又将见到桃乐丝，不知为什么，我竟然强烈渴望着快点见到她。

丹尼斯和我走进凯斯特的办公室。他当着凯斯特的面夸奖了我一番后，要求凯斯特立即着手重建4号部队。“我建议，从今天起，怀特将军暂时脱离城防任务，专心训练4号部队，你看如何？”

“由怀特将军负责4号部队的重建工作，大人真是很有眼光。只是怀特将军参军不足3个月就已经升到这么高的职位了，如果再升，会不会太快了一点？”凯斯特欲擒故纵地问。

“就这么定了，这也是陛下的意思。你还有其他意见吗？”丹尼斯不耐烦地说。

“没有了。怀特将军，你明天就去训练4号部队，外城防务我会另外安排人负责，正式的委任书等到你把新兵训练出来之后再下达。重建4号部队责任重大，你要多花点心思啊！”

我毫不犹豫地答应了。现在，离目标又进了一大步。

回到办公室，我叫来古多，指示他立刻研制一种新药剂，要能自如控制服用者的意识，随时操纵他的言行。他需要半个月时间来研制。“尽快去做吧，古多，你很快就会升职了。”我激励他。

一见到我，桃乐丝就迫不及待地与我热吻。她是那么温柔，与我隔着观察孔见到的她根本判若两人。仿佛遇到我之后她才彻底成为一个女人，一个毫无心计只求满足身体自发需要的女人。在她身上我全然释放了，甚至连对她的愤怒也在她给予的温柔中消失了。直到黎明来临我们才结束，她美妙的身体紧贴着我，我紧抱着她，第一次觉得她不应该迎接那样的命运结局。

“我不是有资格留恋什么的人。”离开旅馆后我提醒自己，“今天起不再见她。”

中午午休时我再度被噩梦惊扰，晚上我忍不住又向旅馆方向走去。昏黄的街灯拉长我的身影，折射在白墙上呈现出奇怪的阴影。孤单的影子步履沉重不堪，它刚到战场上时无比灵动，却因为一步步接近目标而背负上越来越重的压力。回到这座城市后，它终于意识到压力为何物——那不是单单抛弃了身体、灵魂和意识就可以轻松化解的东西。它需要有新的东西来填充它、支撑它。影子逐渐接近了旅馆，后来又在原地徘徊了一阵，最终走进旅馆。

她一直在等，在我推开门走进房间的一刹那，在她脸上呈现出混杂了不可思议和理所当然两种情绪的感情，立刻冲动地站起来。在她跳入我怀中的同时，我用力抱住她。

一切仿佛昨晚的继续，午休时的梦魇、刚才被拉长的孤单身影全都从我的记忆里干干净净地被抹去了。

晨曦薄雾清凉，在去训练场的路上我反复责备自己。我很清楚，我已经为自己打开了一道暗门。这道门的另一边充满着强烈的诱惑，它们正在腐蚀我的意志，可我却根本无力拒绝，也无意拒绝。我安慰自己这样做并不会妨碍目标的最终完成，自己只不过是在利用她满足身体的需要罢了。我知道洛瑞并不会因此而难过，反正他对我已经完全失望。到了这个地步，只需完成目标即可。

桃乐丝！除了用“天生尤物”来形容你，我找不出更贴切的词。也许你的内心已经腐朽不堪，但我何尝不是失去了摘下面具面对自己的勇气，在我腐朽外表下的内心，更是陌生得令自己都认不出了。两个同样腐朽的人真是天作之合，哪怕不会收到任何祝福。

这些天来，在丹尼斯的默许甚至是故意纵容下，我每天晚上都和桃乐丝共眠。我们很少说话，偶尔她说，我听。白天我训练新兵，晚上只睡两三个小时，身体却丝毫感觉不到疲惫，噩梦也不再眷顾我。好几次，我干脆把训练任务交给副手，白天也躲在旅馆里，留在她的身边。

一次精疲力竭之后，她回忆起童年："父母把我生下来后就不管不问，后来不知道死在什么地方了，我被人收养，住在国外的山村里。那里很美，有树，有花，有面向阳光微笑的向日葵，还有很多同龄的小伙伴，我们常常一起爬树。"

我知道那是组织的基地，她必然是被组织收养，后来又被派到首都做间谍。

"小时候我养过一只兔子，老是不听话、不肯吃东西，我一点都不喜欢它。后来有一天笼子被人打开，它趁机溜走了，结果我难过了好几天。现在它一定生了一大窝孩子了。"

"它们早就死了吧！"我第一次开口说话。

她惊讶地看着我，又笑了。"你的声音真好听。"

我继续听她回忆。她不喜欢玩具娃娃，反而对男孩子喜欢做的事情感兴趣，抓青蛙、掰手腕，甚至还和大人打过架。"他们欺负我的朋友，我忍不住和他们打起来，一个打四个，最后还是收养我们的叔叔帮忙，我才没被他们打死。那时候我才知道，原来那个地方也不是天堂，也有坏人。"

我皱了皱眉，轻轻抚摸她的头发。

"读书不好，却喜欢舞刀弄枪，后来干脆辍学。叔叔打了我一顿，我一赌气就跑回肯斐辛，结果再也出不去了。"她惆怅地说。

聊天戛然而止。她贪婪地索要我，我贪婪地索取她。

日以继夜，我充分地享受着生活的快乐，这是足以用已拥有的一切来交换的彻彻底底的快乐，尽管快乐过后又要忍受空虚的煎熬——在我离开旅馆去训练场的路上。

我清楚这段时光注定短促，因此更加珍惜和她在一起的每一秒钟。倘若现在还有数时间的本领，我希望把时间永远定格。

中午我们在三楼餐厅吃饭。她穿着蕾丝边的半透明黑色吊带内衣，除了白皙肌肤和黑色衣服外，身上唯一的色彩就是棕红色的长发。她半靠在椅背上朝我微笑，我突然就冲动起来。

我们在餐桌下、餐桌上做爱，打翻了所有的餐盘。最后时刻，我直起身将水晶灯扯断。一阵乱响过后，我们在凌乱的餐厅中央躺下。我的后背被水晶碎片划破了，她轻轻舔走从伤口流出来的鲜血。舌尖的温热从后背一直导入心脏，在那里留下淡淡的痕迹。

饭后我们来到浴室，往池子里放热水时我看到她在发呆。那时，她坐在靠墙的圆凳上，右手搭着窗台，凝视着屋角的一盆假花。那一瞬间她的眼神是那么单纯，仿佛从来没有在这个国家生活过，而是一直留在基地里自由成长。我突然想到，她曾经怀有和我相同的使命，比起我来，她付出的代价更大，受到的伤害更多。

我抱起她走进水池，温柔地吻她。

傍晚，我们躺在大床上，温存过后，她轻声唱起一首童谣：

“在南方的大河彼岸，是我美丽的故乡。即使它被黑暗封锁，依然掩盖不住芬芳。在南方的大河彼岸，是我美丽的故乡。我会渡过黑色的水面，重新栽种缤纷的鲜花。”

从词意中判断，这应该是在组织基地里传唱的歌谣。也许当年她被组织派到肯斐辛执行任务时，就一路哼唱着这首歌谣。

我突然很想挖掘她的秘密，试图得到某些能够改变她命运的答案。我凝视她，阅读她眼睛里的细节，以尽量平和的语气告诉她，我从丹尼斯那里得知她曾经为铲除组织在肯斐辛的势力作出过贡献，不知道具体情况是怎样的？她没有回答我的问题，眼中闪过痛苦的情感。正当我欣喜于她毕竟良心未泯时，她却告诉我她的确作了点贡献，还指着梳妆台上的贵重首饰，带着几分骄傲对我说：“贡献不值一提，只值这么多。”

一盆冷水浇进我的心里。我们毕竟无法逃避命运的剧本，终究要抵达写好的结局。尽管我知道她是用怎样的代价才换来这些珠宝，这些珠宝对她究竟有没有意义她其实也不在乎，可是她毕竟那样做了。在观察孔里我看得很清楚，洛瑞也看得很清楚。

第二天，在训练场上，一名新兵对我的严厉要求有些怨言，我一言不发，一掌打断他的脖子，骨头发出碎裂的脆响。

阴天的下午，她赤裸裸地站在我面前，由我为她作画。碍于能力所限，我无法复制她完美的身体，但我的画笔准确地捕捉到她的表情，那是经历过太多沧桑、疲惫到极点的表情，此刻却突然绽放出蓬勃的生命力。

“很美！”她看着完成的画作说。我正在收拾画笔和颜料。

“喜欢你。”她认真地看着我，又重复说了一遍，“喜欢你！”

她披上外套，坐到我的腿上。我们忘情地热吻，我用从未有过的轻柔动作进入她的身体。在我进入的那一刻，她身体紧绷宛若处子，一滴滴眼泪毫无顾忌地落到我的面具上。

我突然产生了和她相同的感情，也很想对她说一声“喜欢你”，却无论如何都说不出口。那样的话，我就彻底背叛了朋友，背叛了自己，背叛了使命，我能做的只是吻去她的泪水。

咸咸的味道，很苦。

我们紧拥着睡去。我欣赏她甜美的睡容，微翘的鼻尖、略厚的嘴唇、一根根弯曲翘起的眼睫毛。睡着时她就像个孩子，但眼角的细纹还是出卖了她。她很憔悴，憔悴没有直接写在她的脸上，我却看得格外清晰。

不知是谁的声音提醒我不能再看下去了：“会功亏一篑的！”我没有理睬，依旧仔细记下她面容的每一个细节。如此，将来回忆她时，遗憾或许会少一些。

夜里做了噩梦，我和她一起跌入悬崖，崖顶站着灵塔里的那面镜子。镜子在大笑，露出白森森的牙齿。悬崖下面是一片血海，所有死在我手上的人都浸泡在里面，展开双臂等待我们……

这段时间我很少看见乔尔斯。他的房间大门始终紧闭，不同的女孩被送进去又被送出来。有天晚上他终于走出房间，穿着依然华丽，脸上却明显消瘦了，皮肤也黯淡了许多，缺乏应有的生气。他就像一个得知自己死期将近的病人，在抓紧最后的时间纵情欢乐。我知道，一直没有露面的小人是他心里永难消泯的阴影。

倘若小人此刻出现，我该如何面对他？他想必已经认不出我，一定会和我刀剑相见。那样也好，快点结束这一切吧！

无论是在凯斯监狱还是在这里，我的生命都是不完整的。桃乐丝，现在唯有你能够填补我部分的空虚，让我感觉生活在这个世界上还有意义。即使面具从来没有被摘下，也不用担心会被看到面具背后的残面。

桃乐丝，倘若早点遇见你，你我会抛开一切，跑到没有人打扰的角落里，将这场战争留给小人、洛瑞和其他人。我们会建立一个温馨的家庭，生很多小孩。我不会再做噩梦，凯斯监狱的故事被我写成回忆录留在历史里，仅此而已。我们避开这个丑恶的世界，你不用面对无穷的屈辱，以灵魂和肉体为代价交换情报。

然而我们已经走到这一步。在灵塔被摧毁前，我们无法拥有真正意义上的美好生活；可是一旦灵塔被摧毁，我必然要残忍地对待你。这是我们的宿命……

5号房间里没有阳光，看不到蓝天和白云，窗外只有画出的风景，静止而无趣。一切都是虚幻的假象。我躲入假象，混淆一切。

半个月后，我指挥4号部队进行了一次演习，他们用出色的表现打动了丹尼斯。结束后，丹尼斯询问我这些天过得是否愉快。

“从来没有这么快乐过，大人对卑职的关照卑职无以为报，但愿今后能一直侍奉大人。”

他心情大好："我就把桃乐丝正式赐给你吧，要她搬出来吗？"

我犹豫片刻，回答道："多谢大人厚爱，不过桃乐丝还是留在旅馆比较好。卑职重任在肩，不敢贪欢。"

"哈哈，怀特不愧是大丈夫。明天你就搬到旅馆去和她一起住吧。"说完他转身上了马车，绝尘而去。

当晚我没有去旅馆，在决战来临之际我需要整理心情。桃乐丝，那时我该如何对你？

第二天，我被正式任命为4号部队长官，从凯斯特手中接过紫色面具时，我连半点兴奋都没有。这副面具本是我朝思暮想的，现在我却害怕看见它。它意味着我和桃乐丝即将走向终点。

"记住，军方会支持你的。"凯斯特意味深长地说。

戴上紫色面具后，我随时可以进入灵塔。我完全可以将足够多的炸药逐步偷运进灵塔，将它炸个粉身碎骨。正在进行的战争会因此改变格局，被屠戮的无辜人民就能重建家园。

"或许我可以不那么做。"第一次，我真正犹豫起来，我甚至能够理解乔尔斯的心情了。他就是因为某些割舍不下的东西才背叛组织的吧。好一会儿，在内心的反复斗争中我产生了新的想法：再给我三个月时间，之后我再去摧毁灵塔。

回到房间，将必要的物品打包。石偶被我包起来装进箱子，随着其他物品一起运到英斯比旅馆。我在4楼订了个豪华包间，要和桃乐丝一起住在那里。

之前我和古多见了一面，他已经按照我的吩咐研制好新药剂。我叮嘱他不要声张，然后找了个亲信士兵实验。当我命令他向我攻击时，他毫不犹豫地使出了杀招。我没有躲避，一剑将他刺死。鲜血溅满面具，沉重的心也轻松了些。

我突然记起，自己为了见灵塔曾经喝下过麻痹意识的药剂。

“我的思想之所以会反复变化，都是药剂的副作用在作祟。”——我就此原谅了自己，准备心安理得地度过三个月的美好时光。

仅仅隔了一夜，我们就像分别多年的苦情人一般热烈拥抱，我悲伤地发现，自己已经离不开她，连一晚上的分离都无法忍受。三个月的时间太短了！

或许应该顺其自然，直到我们彼此厌倦为止。否则即便我最终摧毁了灵塔，挽救了这个行将就木的世界，我也不会真正快乐。在这场战争中，个体的感受真的不值一提吗？世界的安危真的比我更重要吗？我应该尊重自己的选择，我并不亏欠谁。

我逼迫自己接受这样的想法，为此又喝下麻痹意识的药剂。

我跌进一片虚空中。无形的大网覆盖着所有的空间，我将一直沉沦下去，直到世界末日来临。

前线不断传来捷报，一座又一座的天使国城池被攻破。或许是终于意识到世界面临的危机，包括维尔国在内的其他一些国家派来了援军。联军重新布置防线，将帝斯国军队阻挡在距离天使国首都100公里远的山谷外。帝斯国军队准备不足，几次进攻全部失败。灵塔为此大发雷霆，迅速集结新的军队前去增援。

战局的变化给了我缓冲的时间，我暂时不用想象天使国首都沦陷后的悲惨场景，贪婪享受和桃乐丝在一起的美好时光。现在她容光焕发，更显妩媚。我们鱼水交融，越发离不开彼此。

这些日子在她身上又有些东西苏醒了。有几次，我在睡梦中被她的哭声惊醒。她在梦中呜咽，念出一些名字，其中有几个是我认识的组织成员——或许她正在梦里乞求赎罪。每到这时，我轻轻搂住她的腰肢，犹如呵护易碎的水晶瓶。

如果战争最终被联军逆转的话，或许我们都能够得到救赎。但我知道这近乎奇迹的结局根本不可能实现，除非我立刻行动。

始终没有小人的消息，我认为他已经死了，再也没有人能够摧毁灵塔。倘若我不去主动检视自己的良心，完全可以心安理得地和桃乐丝生活下去——以类似家庭的形式。

两个月过去了。我带领4号部队入驻灵塔区核心，白天巡逻，晚上陪伴桃乐丝。我已经习惯了服用药剂，偶尔忘记了喝，但在接近灵塔时却根本没有感觉到身体变得虚弱。恐怕在任何人眼中我都是灵塔忠实的随从。

“还是它的走狗。”——一个声音从体内微弱地发出，几不可闻，根本没有引起我的注意。

我与桃乐丝彼此的需求没有丝毫减弱，感情变得更加牢固。我们决心要一个孩子。

又过了一个月，联军铸起的防线被大大削弱了。维尔国派密使来肯斐辛谈判，最终维尔国同意以附庸国的身份服从灵塔的统治，条件是保留现有统治阶级的利益。为了回报灵塔，它派到天使国的军队在阵前倒戈，联军防线轰然坍塌，天使国即将亡国。

这个消息在首都城内公开发布，丹尼斯立即组织了一场庆典，带领数万市民向灵塔朝拜。庆典结束后，我陪着丹尼斯、凯斯特巡视整个城市，接受群众献上的欢呼、掌声和赞美。在漫天的彩色纸带中我竟产生了胜利者的错觉，洋洋得意起来。

游行队伍走到城西广场上时，一道尖锐的哨声突然响起。不知从哪里冒出十几名全副武装、戴着面罩的蓝衣人，向我们发起了攻击。卫兵纷纷被杀，现场乱作一团。我跳下马抽出长剑，与袭击者搏斗。他们的战斗力之强出乎我的意料，我被三名蓝衣人牢牢缠住，几十个回合都未分胜负。

更多的卫兵不断涌来，将这些袭击者团团围住。当中有两名蓝衣人脱身而出，向丹尼斯冲了过去，吓得瑟瑟发抖的丹尼斯躲在几名卫兵的中央，大声喊我的名字。我一边和蓝衣人缠斗，一边寻找凯斯特，却看不见他的踪影。我突然想到，这恐怕是军方策划的行动，以此来打击僧侣，我应该跟从军方还是跟从丹尼斯？

凯斯特精心策划这次袭击，显然已经算好了每个细节，志在必得。即便我出来干预也很难改变结果。可是如果选择跟着军方，我势必永远活在凯斯特的阴影之下。

匆匆一念，我就拿定主意：破坏凯斯特的阴谋，然后取代他的位置。我使出洛瑞临终前传授给我的剑法，集中精神将三名蓝衣人一一杀死，接着直扑围攻丹尼斯的两名袭击者。其中一人被我一剑穿心，另一个根本不管我，直接冲向丹尼斯，丹尼斯已经吓晕过去。

但我的动作更快。剑根本不从尸体上拔出，我使出全力，带着尸体冲了上去，在他的剑尖刺进丹尼斯心脏之前一剑戳穿了他的喉咙。在他咽气的同时，我看清了他的眼睛——有红色瞳孔的眼睛。

我绝望地哀嚎，一把扯掉他的面罩，的确是汉克。

几道闪电击中了我，劈开我混沌的内心，一如劈开肯斐辛面前的平原大地。我的内心早已布满裂缝，但现在我才真正意识到自己究竟做过什么。

一切都无法挽回了！我闭上眼睛，从两具尸体身上抽出长剑，向自己的喉咙刺去。

一个硬物飞来弹开剑锋，我睁开眼，在四周可怕的混乱中一眼看见了小人。他还是老样子，只是留了胡子，头发更长。他远远望着我，仿佛已经看透了我的内心，对这些天来发生在我身上的所有事情都了然于胸。眼神中充满了悲悯和哀怜的情感。

在他身后的天空，落日正停留在夕阳应在的位置，一切即将归于沉寂。我丢下长剑——斯图尔特的长剑——现在已经不配使用它，向他走去。

第三十二章　树重生了

早晨将西西放入澡盆时，它一打滑从我手心掉下去摔到地砖上。我惊呼一声弯下腰，只见它蜷缩成一团，爪子不停地发抖，显然摔得极痛。鲜血从它身下流出来，血红色刺痛了我的眼睛。

手足无措，大声喊 COCO。她冲进卫生间，看到这幕惨状大惊失色，但立刻就冷静下来。她小心翼翼地将西西捧到手上，走回卧室。我愣在原地，死死盯住地板上的血迹。皮皮在笼子里急得上蹿下跳，不停发出“吱吱”的声音。

“快拿纸巾过来！”COCO 叫我。

我如梦方醒，赶紧抽了一摞纸巾带进卧室。西西正躺在梳妆台上，眼睛闭得死死的。它的背摔伤了，还有鲜血从伤口渗出来。COCO 用纸巾仔细地帮它擦去身上的血迹，又翻出家用医药箱，取出卫生棉签和碘酒为西西的伤口消毒，最后用纱布帮它包扎。

整个过程中我心急如焚，却一点忙也帮不上。

过了一会儿，西西的爪子不再发抖，身体也舒展了一些。“好了，应该没事了。”COCO擦去脸上的汗水，如释重负。

“它的孩子……”

“不知道能不能保住，现在只能先确保西西没事。”

“我的错。”

“别太内疚，”COCO安慰我，“你又不是故意的。”

西西也想安慰我，它睁开眼睛看我，爪子还微微动了两下，好像在说“我没事，别担心”。

但我无法接受这些安慰，正如我无法接受墨代替我死去一样。我默默走出卧室，闷坐到沙发上责备自己。看到我心绪不佳，COCO跟了出来坐到我身边。我们一言不发，静静地看着时间流逝。

不知过了多久，她打破沉默：“我该上班了，你别难过了。”。

我摇摇头，她不会理解我此时的心情——不只是因为西西从我手上摔下来而已。

“我理解你的心情，别太自责了。”她好像感受到我的想法。

“我一直在做错事。如果我能多承担点责任，墨就不会死，雯就不会死，芸也不会无故离开我。”我的情绪突然爆发，说完却更加沮丧。

——我注定要带着内疚的心情过下去，一辈子苟延残喘。

她同情地望着我，虽然她也目睹了墨的死，但她并不知道我所负担的那些沉重。原本我打算将它们藏在心里，可西西突然闯了进来，而我的心再也容不下更多的意外，伤痛过满，溢出的同时将许多旧事连根拔起。

COCO向学校请了一天假，将西西放进一个铺满面纸的盒子里，身边放着一小堆面包虫。她把笼子也放到梳妆台上，以便皮皮能够看到西西。之后热牛奶、切面包、煎鸡蛋，早餐做好后端到我的手边，她在我对面席地坐下。“说吧，想说的都说出来。”

她会是我的出口吗？但意识已经没有顾虑的余地，它迫切需要宣泄。

我从离开报社后讲起，那时自己抱着旁观的态度，宁可选择做无足轻重的微尘，只希望能不失尊严地活着，以保留心中剩余的完整，但芸突然离开了我。我寻访她的家乡，其间噩梦不断折磨我，逼迫我进入到人生最为混乱、迷茫的阶段，直到雯死后我才确定了今后的人生目标。然而，在人生即将归于平稳时，我发现了房产公司的内幕，却选择了错误的解决方式。

“结果又不是你能预想到的，没有人会怪你。”

“是我的错。如果我直接将证据交给调查机关，墨就不会死；如果过去我对雯多点关心，她就不会自寻短见；要是我早一些表现出对芸的责任心，她就不会离开我。从头到尾我都错了……”

“可是你并不想伤害他们，何况听你说了这么多，我觉得很多责任并不在你身上。你硬要把它们往自己肩上扛，结果就变成了你的包袱。活得简单一点不好吗？即便只是为了你自己。”

“我的行为直接造成了这些结果，可是我的能力又过于微小，根本没办法准确控制它们。这难道不是我的责任吗？墨的死是我造成的。”我狠命拉扯头发，恨不能钻进别的时空去。

“你简直……他的死你一点责任都没有，责任在那些不负责任的人的身上。认识你这么久才发现，你是如此偏执的人啊！”

“你早该发现了。”我把她的话顶了回去。

她被惹恼了：“我该发现什么？发现你不是正常人吗？你知道吗，我见过多少没有责任感的家伙，对他们讨厌到不行。遇见你以后发现你和别人不一样，把你看做是值得信赖的朋友。我不允许你一直像现在这样消沉，那样只会伤害你自己。告诉你，你不但是个正常的人，而且比很多看上去正常的人更加正常。你应该活得幸福才对！”

她一口气说完，激动得涨红了脸。现在她没有化妆，皮肤状况比同龄人差。她这个年龄本该在校园里读书，而不是过早背负生活的重担，一个人在浮躁的都市里寻找生存空间。即便如此，她还是给自己定下了明确的生活目标，一点也不拖泥带水，对此我自愧不如。现在的我根本就只能混日子。

“你比我更应该幸福。”我说，声音小了许多。

“我是应该幸福，因为我不能接受不幸福。”她赌气似的说，“我来这里两年了，吃的苦多到不忍心说给你听，可越是这样我越不服气。我没有运气出生在条件好的家庭，过去没认真学习，结果没办法读大学，只好选择跳舞这条路。但是既然我已经接受了现实，我就会认准这条路坚持下去。你以为跳舞就只是辛苦吗？你看，这些都是跳舞留下的伤。”她掀开睡衣，给我看膝盖上的伤疤，看腰上新添的淤青，“受这些伤也就算了，还被以前的男朋友骗得很惨，好在我清醒得快把他给甩了，从此特别讨厌没有责任感的人。偏偏在工作场合总会看见这种人，只好鼓励自己，不能因为这些人放弃自己的目标。比起我来，你的条件好多了，怎么还这么想不开呢？”

她的故事不出我的意料之外，但亲耳听她说还是别有一番滋味。

“认识你以后我对人生更有信心了，你千万不能过得不好，叫我难过。”她真挚地对我说。

这番话令这个清晨变得不一样。我吃完面包喝光牛奶，到卧室里看望受伤的西西。它的情况好多了，正和皮皮“吱吱”地交谈着，皮皮在笼子里不时蹦跳几下，似乎在鼓励西西。

西西的肚子还保持着临产状态，会有奇迹发生吗？

“我出去走走。”我对它们说。

我在人群中穿梭，不知不觉走到运河边，便沿着河岸一路走下去。累了就在路边随便找个地方坐下来休息。

“虽然都是微尘，COCO 比你有尊严多了。”意识刺激我。

“让我好好想想吧。我想我还有被挽救的余地。”

我走到运河公园里的滑轮场边，几个少年正在练习滑轮，高速冲刺的过程中不时摔倒，有的人连护膝都摔破了，却满不在乎地爬起来继续。他们不断重复这一过程，年轻无畏。

看的过程中，扎根在心里的树也在成长，它分明长出了枝丫。当它长到某个程度时，我清晰地听到它叹息了一声——

那是不同于呼吸的声音，像是带着感情、有着竭力想要表达的内在需要，却碍于交流的障碍而无法获得别人回应的叹息声。

芸在**那棵树**上听见的是否就是这个声音？这到底是呼吸还是叹息？她或许根本不能分辨两者的区别。她内心里渴望一个能够完全接受自己的对象，叹息也好，呼吸也好，并没有多少分别。

树又叹息了一声，心跟着被震颤了一下。

一声长，一声短，叹息声源源不断地从心底传出来。随着频率加快，树逐渐恢复了活力，枝丫上重新长出绿叶。

闭上眼睛倾听。

我来到一片草原上，远处的森林正在迅速地生长，树端上零星的绿色飞快地扩散开来。我奔跑着追向它们，追逐不断扩散的绿色云团。

叹息的频率渐渐慢了下来，之后我就看见了雯和墨。

他们并肩坐在绿色的云团上呼唤我，向我微笑。然而我怎么跑也不能接近那片森林，最后累得停下脚步，扶住膝盖大口喘气。

“没关系的，我们都看在眼里了。加油吧，你会抵达目的地的。”雯对我说。虽然隔着遥远的距离，她说话的表情和声音却仿佛就在我身边。

墨举起双手做了个连接的动作，大声说：“把电话线插上好了，电子传送的速度可比你自己跑快多了！”

“我想念你们！想念你们！”我大声呼喊，希望声音能够覆盖整个地球，无论他们在哪个角落都能听见。

树林集体发出了一声叹息。“真是偏执的家伙。”一棵树说。

“简直偏执到底了。”另一棵树附和。“适当的时候让他过来吧。”年长一点的树吩咐。“要看他怎么做了。”更年长的树发言。

你们看着吧！我直起身暗自说，然后重新迈开步子。的确累得不行，但我决心一直跑向它们，哪怕和芸一样被拒绝、摔伤并留下永恒的伤疤，也不能停下脚步。不能停！

草原上风声呼啸，送来一阵云雾，雯和墨向我挥挥手，随即隐没在绿色云团当中。

睁开眼，树林褪去了，眼前是反复冲刺的轮滑少年们。烈日当空，我展开双臂迎接阳光。

离开运河公园，不知怎么我就走到了**那条街**。

意识到自己置身于那条街，是因为重新看见了那家理发店。店里没有人，但旧物品都在，铝制水盆里盛满开水，冒着热气。

不敢相信自己的眼睛，掐了掐手腕以确认自己还活在现实中，直到看见那位老理发师从后门走进理发店，才接受了这个事实。

我的头发已经很长了，正好理一理。走进店里，坐到椅子上。老理发师一言不发地走过来，像是明白我的想法似的为我围上白色的围罩。他的手艺变得迟钝了，动作不如上次看到时那么利落，但态度一丝不苟，一根一根地仔细修剪我的头发，花了1个多小时才理完。

镜子中的我精神多了。

付钱时，他拒绝了。“能来这里理发的年轻人越来越少了，谢谢你。”这是他第一次开口说话，声音比外貌更加苍老。

门外又传来老式收音机的广播声：“欢迎收听由著名艺术家刘兰芳为您带来的长篇评书《薛仁贵征西》。”

我没有再坚持，微笑着向他致意，然后转身离开理发店。我们彼此心照不宣。

几分钟后果然看到了那家电影院，破旧的电影院门墙上仍然贴着那张“伯格曼”电影海报。心情复杂地走进电影院，大厅还是老样子，就连放映的电影片目都没有变：《残酷的爱》、《司机》。

敲敲售票窗，这次窗户立刻拉开，还是那个售票员。“总算来了，看哪一部？”

《司机》，我说。她麻利地撕了张票给我，我要付钱，她也拒绝了：“今天是电影院生日，免费请你看。”

一瓶可乐从里面递了过来。

放映厅里依然弥漫着霉湿味，我坐到老位置上，刚一落座灯就灭了。银幕上“噼里啪啦”地闪起“Driver”的英文单词，接着响起一阵发动机点火启动的轰鸣声……

与《残酷的爱》相比，《司机》的故事轻松得多。一个体格壮实得足以参加世界重量级角斗大赛的年轻卡车司机，承接了运输一批重要货物的任务。他要从爱琴海边的无名小城出发，向北穿越数条国境线直抵北欧某座城市。途中他先后因为汽车爆胎、汽油告罄等问题被迫暂停前进的脚步，结果遇到连环笑料。当然，遭遇本身并不好笑，甚至司机本人都没有停下来笑一笑的想法，可是他碰到的所有人无一不具备可笑的特质：神经兮兮的远足爱好者，到野外踏青的胖资本家以及他的情人，外貌宛如《野草莓》里的老年教授、行为却像默片喜剧明星的老龄知识分子……这些人出现在当时当地怎么看怎么不合时宜，偏偏笑料迭出，令作为观众的我不停大笑出声。

但这些喜剧角色们其实困惑多多，而看上去闷闷不乐的司机却成为他们的救星。远足爱好者被突然遭遇的野外生存问题难倒，几乎丧失了继续远足生涯的信心，司机将他遇到的难题解决后，请他帮忙修理汽车的故障。在互助过程中远足爱好者恢复了精神，重新背起行囊上路。胖资本家和情人在野外露营时遇到司机，三人为了小事发生了口角，差点大打出手。晚间资本家在帐篷里做爱时明显力不从心，情人一气之下跑到司机的露天宿营点和他大干一场，资本家却在偷窥中恢复了男儿本色，三人其乐融融。

最后碰到的老龄知识分子同他一起搭车前往目的地城市。老人阅尽人生沧桑，在他种种嬉笑行为的背后深藏着大智若愚。经历长途跋涉已经疲态尽显的司机在和他的相处过程中，逐渐体会到人生的真谛，进而找到了自己的目标：“原本就没打算开一辈子汽车，现在我要向老先生您学习，过得尽量轻松自在。”说到做到，结尾他找到老资本家的情人，从此过上和从前迥异的人生。

结尾处响起一段 Punk 乐，非如此不能尽兴。

导演的人生观在看似混乱和无聊的剧情设置中被悄悄地挤出来抹到银幕上。我不能认同他所有的观点，但电影毕竟成功表达了导演的想法，并且在这个下午让我欢笑了 90 分钟。

还想重温一遍《残酷的爱》，但海滩男孩阻止了我的想法：“有些事情还是适可而止比较好。”

离开电影院前，售票员特地向我打招呼：“电影院明天就要停业了，你能来真是太好了！”听到这个消息我有些遗憾，但对电影院来说，这未尝不是件好事，该为他们高兴才对。“谢谢你们放的电影，选片眼光不拘一格啊！祝你们一路顺风，有缘再见。”我带着感激和依恋交织的情绪说。

售票员说了声“再见”后关上了窗。我站在电影院门口喝光剩余的可乐，回头又看了看贴在大厅墙上的那些电影海报。10 秒钟后大厅的灯光熄灭，它在欢送我，同时也在为自己谢幕。

该有所行动了。

回到公寓，COCO 正在做饭。“今天不去酒吧吗？”我问。

“不去了，刚才来过电话，说是今天晚上正式关门了。”她故作轻松地说。

“谢谢你。”我走进卧室打开电脑，写完梦的最新部分后吃饭。西西的精神恢复了许多，现在正趴在笼子里玩瓜子壳，皮皮陪着它。

“早晨那样说你，对不起。”COCO向我道歉。

“不，你说得对，我是不该那样偏执，我要向你学习。”

“向我学习？”她惊讶地看着我。她化了淡妆，气色比早晨时好很多。如果换个时间和空间，她会不会更加幸福？

“我也要努力幸福起来。”我解释说。

她笑了，伸手握住我的手，这时才注意到我的头发：“很精神嘛，还是短发适合你。”我也笑了，以前有个女孩也这么说。

饭后我洗衣服、收拾房间，她一直待在电脑前。后来我们又一起喂西西吃面包虫。它的伤口已经愈合，生命力令我惊叹。“一切都在变好啊。”

她看着我，目光温柔，握住我的手，拉着我一起躺到床上。“看过你新写的部分了，你很想要吗？”她在我耳边轻语。

“那只是个故事，梦中的主人公必须寻找出口。”我闭上眼睛。

“那么你呢，需要我吗？”紧贴过来的体温几乎要唤醒我。

“我需要填补的太多，不过已经找到了出口，这样已经很好了。”我抑制住冲动说。她扑哧笑出了声，闭上了眼睛。

我们相拥入眠，她在我怀里宛如平静的湖水。渐渐地，我感觉自己被那片湖包围着。

这些日子来我第一次睡得这么平静。

第二天上午，我将以墨的文风写的后续报道发给了报社，然后去公安局将拷贝下来的所有资料都交给了侦讯机关。侦讯机关已经在着手调查房产公司，我提供的材料很有价值。

离开公安局后打开了手机，陆续收到迟来的短信。“有空来我办公室。”报社总编辑发出邀请。“快给我们回电话。”杂志社与网站的编辑们着急地说。

连接点很有限，但并非可有可无的那类。

路过琴行买了把吉他，之后买了盒饭带回公寓。COCO下午才上课，现在正在照顾西西。“它快生了！”她兴奋地告诉我。

现在西西正在经历临产前最艰难的时刻，我在客厅等待消息。对面的那扇窗里，电脑屏幕还亮着，男孩正在和怪兽奋战，不知他已经修炼到第几级了。

打开窗户，地面上沉闷的噪音又传了上来，它从未改变过音律，哪怕住得再高，听见的声音也不会有什么不同。

关上窗，反复练习吉他，指法早已生疏，不断地弹。当一个和弦已经能弹得比较流畅时，西西顺利产下了两只小仓鼠。粉红色的小家伙们躲在母亲的怀里，皮皮在一旁剥着瓜子仁。我们激动地看着这一幕。

那棵树已经重生，心里从来没有这么充实过。

报纸上刊登了我写的报道，署名是“墨（已故）”。报道直指报价单问题的关键，但我行文间依然留有余地，证据已经交给了执法部门，让专业的人去做专业的事。

读完后我去酒吧停车场取车，途中买了个DISCMAN，之后将车开进二手车市场挂牌交易。离开前将《花火》的CD取下，突然想起那些人、那些事，又在车中默默坐了10分钟。走回公寓的路上我一直用DISCMAN听《花火》。

去菜场买了足够吃一星期的食材。随后几天我不再出门，每日在公寓里照料仓鼠、做家务、烧饭，还凭借记忆重新复写雯的信，遇到障碍就看一会儿手腕上戴着的手珠——它总能帮忙找回记忆的碎片，最终做到一字不差。

空下来就弹吉他，直到重新掌握了那些和弦。我想，如果坚持练习下去，说不定可以到篝火节上和海一同表演，合唱“My my，hey hey”和“About a girl”。届时我又该以怎样的心情与湖重逢呢?

一直没有和报社联系。有天打电话回家，为了不让父母担心，隐瞒了自己眼下的真实处境。父母叮嘱我保重身体，问我何时休年假，叫我有空就给家里打电话。放下电话，某种久已陌生的感觉爬上心头。

其间将《灵塔》的其他部分一并发给网站，编辑告诉我，这段时间整个编辑部都在担心我。“网站正在做新的策划，到时候要请你帮忙啊。”我答应下来，信心因为这通电话又有所恢复。

COCO换了家热闹的酒吧跳舞，每天凌晨4点才回家，白天还要正常上课，人总是疲惫不堪。为此每天清晨我6点就离开沙发，在她出门之前将中午的饭菜做好给她带上。

有天她休息，我们在家一起做晚饭，饭后坐在阳台上聊天。我们又聊起家乡的许多往事，每一条旧闻都能让我们开怀大笑。兴致所至，我弹吉他伴奏，她唱起《大约在冬季》，甜美的歌声勾起我淡淡的乡愁。两年来我第一次真正产生了回去的想法。但想法逗留了一会儿后，就被眼前的都市夜景驱散了，我并不确定到底哪里才真正属于我。

那一夜我们睡得都很平静，第二天起床后我却产生了和COCO亲热的欲望。再度出现这样的欲望令我很不安，我不能仅仅为了满足本能就这样做，我还没有向过去告别，也不确定和她之间的感情到底是什么属性。

5月中旬，那辆车成交了，中介将钱汇入我的账户。这笔钱加上之前的存款，使我有了认真规划未来的想法。然而无论如何设想，我都觉得缺少点什么。以现在的状态出门正常工作没有问题，但无法明确我的未来。换句话说，我还不能做出选择，还得保持现状。

从同城的另一家报纸上看到，那家五星级大酒店将在6月1日隆重开业，报纸上还配有总裁的照片。从照片上看，他意气风发，并没有因为我写的那篇负面报道而增添多少烦恼。

不知道侦讯机关的工作进行到哪一步了？我有些着急。

时间平缓流淌，转眼到了月末。5月31日，我去陈阿婆的报摊买报纸，翻到第二版，意外读到了墨写的评论。

共同的责任

（编者注：本文摘自本报优秀记者墨的笔记。半年来，他为了唤醒读者对社会精神层面问题的关注，深入调查，冷静思考，记下了近万字的笔记。37天前，他因为一场车祸离开了我们，完成这篇文章成了他未竟的心愿。今天，编者将其笔记中的部分内容整理发表，文章管中窥豹，只体现了墨的部分思想，但希望能藉此弥补部分遗憾。）

本报评论员 墨（已故） 今年以来，国民经济继续保持高速增长的态势，有望再创新高。在为经济的繁荣高兴的同时，你们有没有注意到，社会思想领域正暗流汹涌呢？

记不清从什么时候开始，我听到越来越多的人在抱怨世风日下，人情冷淡；抱怨很多年轻人不知孰好孰坏，不知感恩；抱怨很多人精神空虚，为物质奔波的过程中丧失了信仰；抱怨富裕阶层缺乏社会责任感，在获取财富的同时丢失了道德准绳；抱怨年轻的奋斗者们生活压力太大，失去了精神追求；抱怨社会越发浮躁，弥漫着虚荣、拜金、急于求成的氛围……

这些抱怨你们听过吗？或者你们也曾如此抱怨过吗？

一个必须正视的问题已经摆到我们所有人面前，社会价值观与道德底线面临迷失的隐患，时代精神正受到物质主义、消费主义等等新思潮的冲击，在经济迅猛发展的同时，思想领域正在遭受考验。怎么办？

社会迫切需要精神引领！

国家实力的强大，不仅仅是经济强大，更离不开软实力的强大。所谓软实力，首先要求社会建立起正确的价值观。纵观世界各国，在经济快速发展过程中，思想领域往往会出现各类问题。我国正身处社会价值多元化的起步阶段，也不可避免地会遇到这类问题。这些问题出现的原因很复杂，根本上是因为社会缺乏文化自觉。解决这些问题的方法同样很复杂，最根本的办法就是加大文化建设的力度。

文化建设到底是什么概念？仅仅是文艺表演和群众性的文体活动吗？或者是制造多多益善的文化产品吗？这些只是表现形式的一部分。必须阐明一点，建设文化的最终目的是要让每个人都确立自己的价值观，了解社会的价值取向，让人们在一个成熟的、正确的价值体系内生活。因此，社会不但要拥有多层次、多元化、繁荣的文化，更要提高全民的审美趣味，培养每个人的自我约束意识，这样才能在经济发展的同时，使每个人的身心都保持健康。

当下，各种思潮喧嚣尘上，我们该如何找到适应我国社会的文化建设道路呢？笔者以为，抛开形式不谈，文化建设的核心部分应该从中华民族的传统文化中寻找。传统文化中的确有陈旧、落后，甚至错误的成分，但更多的是仍然具有时代意义的瑰宝。中华民族的精神魂魄扎根在传统中，应该围绕它们建设文化，重新弘扬传统美德，倡导奉献和牺牲精神。现在，国外已经涌现出一股学习中国传统文化的热潮，生活在礼仪之邦的我们又怎能对祖先留下的精神财富视而不见，反而去传播那些已经被别人自己批评为糟粕的所谓“先进文化”呢？

必须强调，弘扬传统，建设文化，绝不意味着扼杀个性。个性绝非思想的原罪，而是思想的翅膀。如果思想腐烂了，翅膀也就失去了飞翔的能力，如果思想迸发出光芒，翅膀就能飞得更高。笔者的梦想，就是通过全社会的努力，建立起繁荣的优秀文化氛围，为日益浮躁的社会树立清晰的、人人自觉受其约束的价值体系和道德规范，让我们的生活更加健康、精彩。如此也能推动国家实力更上一层楼。

这项浩大的工程需要政府的引导，更需要每一个社会人的积极参与，这是我们共同的责任。如果需要和丑恶思想做斗争，希望你们不要迟疑。如果需要歌颂美好，请你们不要吝啬语言。这是我们作为社会的一粒粒微尘，最大的意义和价值所在。

读完文章我几乎落泪，勉强才抑制住胸中澎湃的情感。从目前的篇章上，能够看出墨是怀着多么沉重的责任感思考这些问题的。字里行间，我能看见他的音容笑貌；字里行间，他仿佛又坐到我面前，与我痛陈社会的弊病；字里行间，呼唤着所有人的赤子之心……

手机突然响了，来电显示是个陌生的手机号码，犹豫再三后还是接了。

我如触电般当场愣住——是芸！

她要和我见面！

COCO的日记（二）

5月29日

今天爸爸打电话来说妈妈住院了，急死我了。下午我买了后天回家的机票，很快就能看见妈妈了，希望她没事。

过年回家只待了几天，和妹妹说好要去爬山的，结果都没抽出时间。这次回去要多待一阵子，多陪陪妈妈，也和妹妹一起去爬山。虽然会少赚不少钱，但日子还长着呢。

昨天晚上在酒吧里被几个客人缠上了，非要我陪他们喝酒，还说给小费。原以为听师姐们讲过那些办法后，我就能够应付他们了。结果真碰上了才发现我还嫩着呢，最后被他们硬灌了半扎酒，还好经理过来替我挡掉了，否则我可能回不了家。我的酒量真差，跳完第二支舞就吐了，不过客人给了我300块小费。现在想想真后悔，要是我多喝几扎，一定能拿到更多小费的。反正酒喝多喝少也没什么区别，那样我就能多带点钱回家了。

我还年轻，我的目标不会动摇的，加油！

早晨回到家，他躺在沙发上睡得正香。那个沙发那么软，一直睡能舒服吗？叫他去买张床他又不肯。现在我要离开了，他就能睡我的床了。奇怪的是，我们一起住了这么久，关系反而变得越来越单纯了。最近他在弹吉他，人比刚来时开朗多了。可是我看得出他并不快乐，还是藏着很多心事，希望他能早日振作起来。不知道今后我们会怎么样，我总觉得现在的状态不会持续很久。我和他是属于两个世界的人，虽然他很关心我，我也很喜欢他，但我并没有失去理智，也不会贪心到要和他永远住在一起。将来如果能一直做朋友，我就心满意足了，要是真的能结婚那就太美了。不过我知道人生不会完美，真的不能在一起也不要紧，我还会按计划生活下去。

现在要暂时离开他了，我还是舍不得。我甚至害怕我们从此会分开。也许我可以把西西它们拜托给他照顾，这样等我回来就又能看到他了，但这样对他又太不公平了。他要做的事情有很多，不能被 4 只小家伙所拖累。明天我还是把它们拜托给师姐吧。

他答应过要为我写封信的，但我一直不知道该对父母说些什么，现在要回去了，信也不用写了。

等我回来，如果一推开门就能看见他做了一桌子的菜正在等我的话，该有多好！

明天还得上班，我等到走之前再把这个消息告诉他吧。我们还没有一起在外面吃过饭呢，希望等我回来能完成这个心愿。

太晚了，我今天怎么一点都不困？必须睡了。大家加油吧！

第三十三章　告别

心中有千言万语，却连一个字都说不出口。我们面对面望着，宛如一对搭错飞船在银河里各自漂泊了 191 天之后终于回到地球相见的苦情人，但在时空的淬炼下，此时我已非我，她亦非她。

她的脸颊有些浮肿，眼神温柔如昨，神采中却褪去了学生气，被其他东西蒙住了薄薄的一层。受其影响，她的身姿、举手投足间的韵味都有了变化。或许可以用成熟来概括这些变化，但并不精确。或许唯有时间和空间才能找到正确的答案。

老房子西餐厅里放着 Cyndi Lauper 演唱的“At last”。音乐催化了我们的情绪，伤感、责备、委屈、怜惜等诸如此类的种种都被音符编织在一起，再将我们团团围住，与外界隔绝开来。在这片小小的空间里我是安全的，不会有什么人突然闯进来将她带走。

彼此深深注视，害怕眼神稍有错漏就会永远失去对方。

是我提议在这里见面的，和雯最后一次见面也是在这里，我想让冥冥中关注着我的雯也能目睹我和芸重逢，这对我们来说意义重大。

“说好会来找我的，等了很久啊！”

“现在不是来了？”她一边说一边翻开菜单。

菜单更换过，墨鱼汁意大利面和帕尔玛火腿披萨都不见踪影。问了服务员才知道，原来的厨师去了一家新开业的五星级大酒店，现在的厨师刚从德国归来，菜式也换成以德式西餐为主。“客人如果想点意大利面我们也有供应，只是水准不如从前。”服务员坦言。

“那就点你们现在的招牌菜。”芸说。她点了德式香肠和果汁，我点了烤猪肘与啤酒。

她今天穿着一条黑底带粉色花瓣图案的连衣裙，戴的手镯恰好遮住了手腕上的伤疤。手镯看不出材质，做工十分精美。

“你还住在那间公寓吗？”她问我。

“最近不在那里住。”

“怪不得家里电话没人接。”

我一时不知该说什么好。餐厅音乐换成 Ray Charles 的“What'd I say”，恰如我们的现状。

“你变化挺大的。看上去成熟多了。”

我没想到她会这么说。“没有吧，我离成熟还差得远呢！”

“至少不像从前那么锐气十足了，被磨掉不少。”

“从前，是指我在报社的时候吗？”

“一直都是，辞职以后也是那样。”

“怎么会？辞职以后我对社会的态度你又不是不了解。”

“过去我对你还是不够了解啊。现在清楚了，其实你本质从来就没有变过，还是我第一眼见到你时的那样。”

“本质或许没有变，但那段时间我的确不太负责，无论是对社会还是对你，所以你才会离开我。对不起！”我深深自责。

“你何来这样的判断，认为我离开你是因为你不负责任？”

我感慨万分，心里涌出类似热泪的东西。“我们不是吵过架？你抱怨过我不负责任。”

“你还真是一根筋，我的气话你干吗要当真呢？”

“小芸，你用不着安慰我。这段时间，我做过许多你想象不到的事情，也遭遇过不少差点让自己崩溃的事，甚至连自杀的念头都有过。现在坐在这里的我的确和过去不一样了，但并不能改变我曾经不负责任过的事实。你究竟为什么离开我，原因我说不好，但我清楚我过去不该以旁观的姿态对人对事，我错了。”

“你怎么会想自杀的？”她着急地问我。

我把最近的遭遇详详细细地告诉她，听完以后她伤感地说：“对不起，如果我没有离开你，你就不需要承担这些痛苦了。”

“一样的，无非多个人陪着伤心。小芸，无论你在不在我身边，我还是会做出同样的选择，遭受同样的打击。这些都是在我人生中规定好了的，没有第二条路可走。”我看透宿命一般无奈地说。

“所以说你本质就是如此，始终没有放弃过自己的原则。”

“但你当时还是离开了我，那时候我差点死掉。”

“对不起！都怪我，对不起！如果我不是那样拒绝和你联系，你就不会这么痛苦了。”

“我理解你，其实你比我更痛苦。”我的眼前浮现出画向日葵的小女孩。

“别对我这么好。我的确伤害了你，甚至我都没办法告诉你为什么要伤害你。”她垂下头说。

服务员送上色拉拼盘、果汁和啤酒，她慢慢抬起头，眼圈发红。

“小芸，现在我比过去更加了解你了，你有多痛苦我全知道。”我开始讲述之前去她家乡的经历：我遇到海，了解到她的童年，还带回来一片白色的树片。她一言不发地听我说着，不时流露出痛苦的神情。等我说完，她不停地摇头，像是后悔做出与我见面的决定。我揭开了她心底的伤疤，说不定她自己都不曾主动回忆过那些往事，由我说出来对她会不会太残忍了？

“真没想到你会这么做。”说完她就哭了。

“现在我能理解你的心情，和我相比，你缺失得更加严重。如果你能再给我机会，我愿意陪你一起填补它。”我诚恳地说。

她一直流泪，连服务员端上主菜都不能阻止她，我真希望能代替她承受这种痛苦。

“你为什么要对我说这些？”她已经泪流满面。

我哑口无言。她从随身的手提包里取出手帕擦拭眼泪，接着又拿出化妆镜打量自己。她之前化过妆，现在脸上都哭花了。

“都怪你。”她离开座位去洗手间。

我端详她的背影，她比过去略胖了些，走路多了份女人味。这 191 天里，在她身上究竟发生过什么事啊？我不愿多想，扫视墙上挂着的油画、餐桌上的调味瓶——它们一如往昔。

她回来时已经恢复了平静，还重新补了妆，一坐下来就拿起刀叉吃香肠，我则专心对付猪肘。猪肘烤得很硬，吃起来很花力气。

“切一块给我好吗？”

我将烤得较嫩的部分切给她，她也切了半段香肠给我。吃完一半她放下刀叉，用纸巾擦了擦嘴，盯着我看。我迎上她的目光，那当中出现了我熟悉的过往。

“你能去家乡找我，我很感动。不过我觉得有些事情还是应该告诉你，免得你一直误会。”她郑重地说。

“我 7 岁丧父，也许是因为那时候对于生死的概念还很模糊吧，我固执地认为，爸爸只不过是到其他地方工作去了，说不定哪天他就会回来的。虽然没有能回城里上学，妈妈也不在身边，但我每天都和同伴们一起玩，祖父对我又很好，我还是挺快乐的。

“但是从那棵树上摔下来以后，我就再也没有恢复，除了手腕上留下伤疤外，内心也受了伤，有种类似保护膜的东西不翼而飞了。另外，在树上我不是看到过祖母么？我以为只要再爬上树顶，爸爸也会来看我。好几次晚上偷偷地又去爬那棵树，树却像是突然死了一样，一点气息都没有，我当然再也爬不上去。彻底放弃了爬树的念头后，我又想，祖母是在我一个人的时候来看我的，要是我始终都一个人的话，或许她和爸爸都会来找我。从此我就刻意和别人保持距离。长大以后明白真相了，却为时已晚，已经失去了与旁人正常沟通的能力。一直以来和周围人的关系都不算融洽，即便在校园里过集体生活，也只能在表面上与大家和和气气，内心里我总是躲着别人，直到遇见你。

“你身上有我欣赏的气质。我在报社实习时经常听老师们谈论你，说你这个人情绪全写在脸上，对不喜欢的人就是不理不睬，锐气太强了。与你接触后发现果然如此，那时就对你有了好感。你辞职后不爱和外人打交道，这一点也对我脾气。当然，必须承认，那时候我和你在一起多半也是出于情感的需要。”

“情感的需要？”

“是的。从小我就一直跟着母亲颠沛流离。说来好笑，她是那么有能力的一个人，工作时很强势，生活上却老是因为感情的问题走岔路。说不定是受到了她的影响，我对感情的态度也变得很奇怪。我没有安全感，经常失眠，总是莫名其妙地恐慌。我强烈需要别人真心的关怀，他可以不关心社会，不关心其他人，但是一定要对我好。我在青春期时经常失眠，不是因为思念某个白马王子，而是想象将来喜欢我的每个对象最终都会辜负我，为此根本不敢轻易付出感情。初恋算是一时昏了头，但到底还是主动和对方分手。在遇见你之前，已经决定除非真的遇到全心全意对我好的人，否则绝不付出自己的感情。”

“只是为了满足情感需要吗？”我有些哀伤地问。

“别误会，我是真心爱你的，哪怕现在也依然爱你。认识你之后，我被你真心呵护着。和你一起生活的日子里，我不再失眠，也不再莫名其妙地恐慌。我想，你弥补了我缺少的东西。可是到了后来，不知是哪里出了问题，我开始害怕你。”

“害怕我？”

“是的。你不是说自己是社会旁观者吗？虽然我并不在乎你对社会到底是什么态度，但我担心你对我也是抱着‘旁观’的态度，最终不免也要辜负我。”

“你误会了。我即使对社会再无动于衷，哪怕说过‘不负责任’之类的话，对你也不是随随便便的。”我有些激动地辩解。

“当时不明白啊！那次吵架后我认真回忆了你的所有言行，最后发现你其实不是你自己所说的那样‘不负责任’，你的本质没变。说那些极端的话，恰恰意味着你很可能会走向另一个极端。”

我不明白。

“你说过，任何人离开报社后，都要面临是旁观社会还是迎合社会的选择。你没有考虑自己的个人利益而选择了旁观，责任感其实依然隐藏在你心里。可笑的是，这时我也走了极端，我开始担心将来你会把更多精力放在社会工作上，从而忽视我。我知道这种想法很可笑，可是当时我的确是这么想的，为此又开始失眠。”她解释说。

那段时间我开始做那个梦。

“我到现在都很迷惑，当时我为何那么想呢？我不是应该支持你甚至鼓励你才对吗？我究竟是怎么了？也许，从那棵树下摔下来以后，从我内心消失的保护膜是解决问题的关键，可它毕竟消失了，短期内很难找回。”她喝了口水，继续说，“这191天里，我就像做了场梦，经历了在清醒状态下根本不可能做的事，而起因只是因为我担心你，不明不白、毫无意义的担心。”她悲伤地看着我，眼神像是在说抱歉，又像是怪我没有向她解释清楚。

我没有问她究竟经历了什么。梦和现实本来就难分彼此。

“从某种角度看，母亲应该对我变成现在这样负责任。你已经知道她在父亲死了以后是怎样对待感情的。我们搬到另一个城市后，她又换了新的男朋友，直到现在她都没能真正稳定下来，总是找不到感情的归宿。我知道她很爱我，甚至是溺爱我，但是她没有办法放弃自己的感情需求。我们的关系更像是好朋友，我有任何话都可以对她说，却无法要求她为我而改变。在这种母女关系下成长，我得到了过多的爱，也失去了过多的爱。我失衡了！”

心脏突然酸痛不堪，几秒钟后才逐渐缓解。

“马上要毕业了，我也将离开这个城市，不知道今后还能不能再见到你，所以约你出来再见一面。”

“你要离开？去哪？和谁去？”一个个问题脱口而出。

“不和别人，我自己去，去一个从来没有去过的地方，那里一个认识的人都没有。细节我必须隐瞒你。”

必须隐瞒我……

“你一定要记住，我离开你不是因为你没有责任感，而是因为很多复杂的原因。你一直对我非常好，我也很后悔那时离开你，何况我离开你的方式又是那么的不同寻常，甚至连吵完架再分手的机会都没有留给你。真的对不起！”她再次向我道歉。

找不到什么话能表达我现在的心情。

“其实对于今后的生活我并没有多少信心，但是我必须离开这里，彻底摆脱过去。我想尝试真正独立的生活，不再爱别人，也不要被别人爱上。也许经过一段时间之后，我能慢慢让自己平衡起来，重新找回那层保护膜，将来才有正常去爱别人的希望。”

那么我呢，在她想要摆脱的过去里面吗？

“这次见面算是和你正式分手，我希望将来你能做你热爱的事业，同时又不会被别人伤害。你很善良，今后也不要改变，好吗？”她努力掩饰着心中的不舍。

我点点头，泪水在心里流了出来。

“过几天我就要走了，和你分手真的很舍不得。无论如何请相信，我爱你，一如既往。”

“如果我们一起去其他地方呢？既然我们彼此都舍不得对方。”我想到这个方法。

“没用的，和你在一起我还是会不平衡，还是不能控制自己，你也不想我一辈子这样。”她摇摇头，痛苦地看着我。

往事历历在目，她那时的温柔和现在的决绝也是一种不平衡。我知道她必须找到自我，正如我一样。只有分开，我们的未来才有希望，认清它也是人生的必修课。

“我理解你，你多保重。”我狠下心，忍着痛楚说。

“有缘的话，我们还会见面的。”她的目光分明是潮湿的。

香肠和猪肘的味道普普通通，我想今后我再也不会来了。

服务员结账的功夫我们聊起了海。

“你那时对海到底是什么态度呢？你还写过信给他。”

“我知道他一直在关心我，很感谢他。其实你和他有很多相似的地方。”

“他托我把树片转交给你，可我没能做到……”

“又不是你的错。何况即便有了它，许多问题还得靠我自己去解决才行。无论如何，谢谢你们！”

外面很热，呼吸都很困难。她向我微笑，尽管并无快乐的情绪。

“对了，我也听到树的呼吸了，我会继续为你寻找答案的，关于那棵树的一切。”我急忙补充道。

她笑了，笑容如同我们刚刚恋爱时那样，幸福、灿烂、温暖。

“再见。”

“再见。”

我向地铁站走去，心里很失落，但也得到了新的补充。那棵树现在长得十分茁壮，它在我心里过得很好。仿佛为了验证这一点，树深深呼吸了一大口，树叶跟着摇曳，轻扫过藏在一旁的盒子。

在地铁站买了份报纸。报纸 3 版的头条新闻报道了上午房产公司总裁被司法机关逮捕的消息。在五星级大酒店的开业仪式上，总裁刚刚剪彩完毕就被逮捕。随后相关执法部门联合召开了现场新闻通气会，宣布该公司涉嫌商业欺诈、商业贿赂、危害公共安全等数项罪名，相关犯罪嫌疑人即日起接受审查。现场照片上，总裁面无表情地被推上警车，头发上还留着剪彩时撒下的礼花。

出了地铁站，径直回到住所，屋内依然是我离开时的混乱场面，花了一个多小时才收拾妥当。我将所有的 CD 碎片丢进一个大袋子，扔进垃圾桶，所有的 CD 封面都集中在另一个袋子里提在手上。环顾四周，这里已经没有值得留恋的东西了。

临走时看到涂鸦画。

它不像上次那样气势汹汹，眉眼间甚至有讨好我的意思。它同我商量，要把住在它体内的那些**内在**还给我，我摇摇头拒绝了。“那些留给你吧，我心里长了棵大树。”

“它们在我这里住得也不舒服，寂寞得很。”涂鸦画有些着急。

“放心，等下把你一起带走。”

“好啊好啊，不过以后我们的关系会不会重新恶化？”

“不会了，我有很多事情要做，没工夫理你。”

“是嘛，能不能听听你的计划？”

“大多数人的人生也许真的没有意义和价值，但我还是要找到我存在的意义和价值，如果能唤醒其他人都去寻找就更好了。”

“好计划！那么带上我吧，这样你还能想起芸。”

“当然，就是这么打算的。”我将涂鸦画取下放进装 CD 封套的袋子里。我的人生还很长，失去的 CD 一张张找回来就是。

回到公寓，对着空无一人的卧室发了会儿呆。上午 COCO 突然告诉我下午她要回家乡看望母亲，而且还要住上一段时间。没能去机场送她，我有些内疚。

桌上放着她留给我的纸条。

我走了，回来以后不知道还能不能看见你。你还欠我好多事情没做呢，写信啦，到外面吃饭啦，以后慢慢还哦。谢谢你一直照顾我们，你可以在这里一直住下去。要是住腻了想走我也不反对，我有备用钥匙的。你要振作起来啊！别总是灰心丧气的。对了，你还不知道我的真名呢，现在告诉你。你有我的电话，随时联系吧。

桃乐丝和主人公能不能幸福地生活下去呢？你快点写啊，别让我等太久。还有，我在电脑里写了几篇日记，你有兴趣的话可以看。写得不好，不准取笑我。我走了，再见。

落款是个很平凡的名字。它深深刻进我的心里。

一整天都在告别，宛如浓缩的人生。

她的日记温暖了我，我将永远感谢她。

夜里做了个短暂的梦：我站在湖边与它互相凝望。有很多话想说，它也是，但我们谁也没有主动开口。过了一会儿，一阵忽起的湖风扑面吹来，梦便在此处消逝了，淡得没有留下任何痕迹。

第二天上午我去了墓地，对着墨的墓碑大哭一场。我告诉他总裁被绳之以法，评论文章也见报了。“但是有个心结我始终解不开，怕是要为你内疚一辈子。这样也好，不至于让我忘记你，毕竟忘记一个人常常是很轻易的事。”我对着墓碑上的照片说。

接着，那天晚上走出酒吧之前，他最后对我说的一句话——之前根本没有印象——突然出现在耳边：“做‘社会鸣钟人’的理想很好，期待《灵塔》的结局。”

照片上，他笑得真像个孩子。

无论是梦预示了我的命运，还是我的经历影响了梦，这些都不再重要。在寻觅结局前我意识到，我的青春年代从此结束。

第三十四章　梦：来历不明世界之终结

小人问我："你怎么变成这副样子的？"他抽了口烟斗，吐出一串烟圈，烟圈轻摇到半空，转瞬消失得无影无踪。

借着蜡烛的光亮，我将半年来的所有遭遇向他和盘托出，说到洛瑞牺牲时突然泪如雨下。我讲述了很久，两根蜡烛燃尽，黑暗中只看见小人抽烟时微弱的火星。说到近来和桃乐丝在一起的日子，我不知该如何描述，不明白怎样表达才合适，索性沉默。

她现在是否正在旅馆房间里苦苦等我？

今夜，全城一片肃杀。傍晚时的突袭令丹尼斯发狂，他立即下达了戒严令。遭遇袭击时凯斯特被人群冲散，他迅速调集军队部署全城防卫，却故意不去保护丹尼斯——当时他的确是想借机除掉丹尼斯，甚至有借势挑战灵塔权威的想法，结果丹尼斯被我所救，他也只能把所有的怨气都发泄到肯斐辛的居民头上。此刻他正坐在城北广场上指挥刽子手砍掉一个又一个平民的脑袋，而丹尼斯则占据了他的办公室，签署一份又一份文件。我离开办公室前，亲眼看到其中有一份《军队可任意处决平民》的指令。

和小人重逢后，我把他带回我的宿舍，随后独自去找丹尼斯。我要利用这个机会进一步挑拨他和凯斯特的关系。果然，听完我对凯斯特的怀疑后，他勃然大怒，立即发出手令从前线抽调第三军团回肯斐辛，明为保护首都安全，实际上是要对付凯斯特。“很快我会让你戴上金色面具。”他咬牙切齿地说。

汉克死在我剑下，使我骤然觉醒。然而现在还不是和自己清算的时候，我还有更重要的事情要做。在我接下来的计划中没有桃乐丝的影子。我刻意回避她，是因为我不知道该如何面对她。她对我的爱几乎将我毁掉——当然全是我自己的责任——同时又在另一方面加速了我的成长。她弥补了我的生命，可是我亲手造成的那么多牺牲又在不断地鞭挞我，这是我生命中最可怕的缺口，在填补它之前，我没有信心开启新的生活。

当我向小人谈起自己亲手点燃了组织的基地时，他并没有生气。“已经没有人在那里生活，没有必要留下房屋和农场作纪念。”之后，在沉静的黑暗中，他讲述起半年来自己的经历。

在山谷中和我们分手后，他独自去东方边境寻找一件宝物。“它是柯斯王王冠上的一颗蓝宝石。柯斯王修建灵塔时，这颗宝石与灵塔之魂一同诞生。只要把这颗蓝宝石投进灵塔塔顶的火焰之中，灵塔就会被彻底摧毁。”

我第一次听说“灵塔之魂”，小人解释说：“光靠它的形体本身，灵塔是无法统治国家的。它的思想、各种指令都来自灵塔之魂。灵塔之魂犹如灵塔的大脑，拥有非凡的魔力和感知力，能够洞悉人类思想的本质，它的邪恶特性从诞生那刻起就被注定了。”

原来，柯斯王修建灵塔起初意在长生，可是随着灵塔一层层筑高，他逐渐膨胀出更大的野心，认为自己应该得到全世界的仰慕和臣服。修建过程中死亡的人数越来越多，鲜血染红大地和江河。目睹国家陷入黑暗境地，耳闻千千万万人民的哭喊，柯斯王的内心反而变得更加阴暗。统治世界，成为大地的主宰者，让人类变成他个人的玩偶，这一系列的欲望在他心中滋长，又受着残暴行径的不断浇灌，最终升腾为不灭的火焰，并且在剧烈地燃烧中锻造出灵塔之魂和蓝宝石两个结果来。灵塔之魂没有实际的形体，无法被肉眼看见，它从诞生之日起就与柯斯王连为一体。柯斯王的欲念被它不断放大，最终贯通了整座灵塔，并向外扩散开去，而蓝宝石则被柯斯王镶嵌到自己的王冠上。可悲的是，柯斯王到死也不知道灵塔之魂的存在，更不知道这颗蓝宝石是灵塔之魂最畏惧的东西。”

“灵塔之魂为什么会畏惧与它一起诞生的蓝宝石呢？”

“灵塔之魂有多邪恶，蓝宝石就有多纯净。正如最凶残的野兽也会疼爱儿女，良木身上也会有蛀虫一样，善与恶共同构成了人性的完整。即使柯斯王心灵的黑暗一面完全控制了他，还是有正直的部分隐藏在他的欲望之火中。连一线光明都能带来希望，何况是被烈火淬炼出的夺目璀璨？这颗蓝宝石就是足以摧毁灵塔的那道光明。”他伸出左手张开，一颗晶莹剔透的宝石躺在手心，散发出幽蓝色的光芒，瞬间照亮了整个房间。夺目的光辉甚至透射进我的体内，驱散了我心中的黑暗。

我目瞪口呆地望着它，一瞬之间我仿佛已经涅槃，罪孽得到救赎，终于找回了信仰。

“蓝宝石是灵塔的心头大患，偏偏灵塔又没有办法摧毁它，一旦它被摧毁了，灵塔也就失去了自身的完整性，必然会不断衰竭直至死亡。因此，灵塔一旦完全修建好就谋杀了柯斯王——通过控制柯斯王的意识使他用剑刺穿自己的心脏——窃取了蓝宝石。灵塔原本想把蓝宝石藏在塔内，却发现如此一来自己的力量就会变得虚弱，最后不得不派人将它埋葬到一个隐秘的地方。执行命令的人之后又被处死，从此再没有人知道蓝宝石的存在。”

“这些秘密你又是怎么知道的？”我好奇地问。

小人珍爱地看着蓝宝石，仿佛看着他自己的生命一般。“105年前，组织的军队曾经攻到灵塔边，那次行动失败后我意识到，灵塔拥有极强的控制力，尤其对人的思想具有破坏性。要摧毁灵塔，不能简单地从其形体着手。从此我四处寻觅线索，半年前终于得到当年参与修建灵塔的工程师的一本笔记，里面详细叙述了蓝宝石的诞生，它是如何被镶嵌到柯斯王的王冠上，又是怎么在他暴毙后不翼而飞的。之后我竟然和不知藏在何处的蓝宝石产生了意念的沟通。我离开你们，在某种神秘因素的指引下走进东方的森林里，最终找到了它。”

我知道小人绝非普通人，说不定是主神为了摧毁灵塔而专门制造出来的武器——以人的形式存在。

“找到它之后，我藏在一个没有人打扰的地方，用了近半年的时间冥想，感知它的力量，解读它的记忆，最终通晓了一切原委。原来，灵塔塔顶上的火焰就是欲望之火，我们只需将它送上塔顶，重新投入火中，灵塔以及灵塔之魂就会被彻底摧毁。没想到吧，欲望之火竟然真的有形体存在。”

我早就习惯了这类不合逻辑的荒诞。无论是在凯斯监狱还是在帝斯国，荒诞早已根深蒂固——心底的欲望可以以火焰的形体出现，欲望的火焰可以创造出互相对立的矛盾体，这对矛盾体将在母体中同归于尽——这个世界就是以这种怪诞却又不失合理的逻辑存在着，并以愈加危险的趋势发展到接近终点的地步。

我突然想起那面孤零零放在灵塔第45层的镜子。刚才我忘记了它，于是又向小人详细描述自己看到那面镜子后的经历。听我说完，小人陷入了沉思。半晌后抬起头，恍然大悟地说出了答案。

“之前我说过，灵塔之魂来自柯斯王邪恶的内心，并且和它连为一体。柯斯王死后，它必然要重新选择可供寄宿的形体。在这个世界上，有什么事物能够比镜子更能供养它对邪恶意念的需求呢？你站在镜子面前，感觉自己被分割成三个部分，其中还有被强行塞入的意识代替你回答问题，那时灵塔之魂就已经进入你的身体了。它直接接触你真实的思想，以此来检验你是否忠诚。如果你不是喝了特制的药剂，即使能克服身体的虚弱勉强走进灵塔，在面对镜子时终究还是会暴露你真实的想法。”

我一阵恶心，问：“为什么镜子会是它最好的载体呢？”

“人类的残酷命运在于，每个正常人都有欲望，合理的欲望固然无害，但超出尺度之外的欲望，一定会让它的主人陷入连自己也不知道的危险境地。无奈的是，欲望通常没有止境，一旦得到满足就会想再进一步，直到超出限度，越出界外，邪恶便从中孕育而生。当然并非所有人都会如此，但只要是人，就一定会面对这个命题的考验，不管自己是否意识到它。”

我和桃乐丝何尝不是如此？那时候我已经超出了界限，被欲望彻底控制，尽管在欲望之外还有真实感情的存在。

“每一个有机会站在镜子面前的人，都是灵塔精心挑选的。这个人一定有强烈的欲望。灵塔之魂通过镜子与人发生连接。它进入人的内心，检视其想法的同时，镜子也映照出人内心的欲望；最终，通过强行进入这个过程，灵塔之魂加强了欲望对人控制的力度，增长了邪恶的力量。同时，增长的邪恶也能为灵塔之魂提供更多的养分。也就是说，通过镜子，人又成为灵塔之魂的寄主。”

我清楚，这种寄养方式与凯斯监狱的“大脑”吸取艺术家和普通犯人的创造力与精神力并没有多少不同。

“更进一步说，其实灵塔之魂存在于每个人的心中。每个人都有可能变成灵塔。当你对着镜子时，你也许只看到了自己的外表，而你内心的一切变化又何尝不是已经被它映照出来了呢？只不过你不能察觉到罢了。”

“这么说，只要打碎镜子就能够摧毁灵塔了？哪怕没有这颗蓝宝石的帮助。”

“镜子本身没有意义，它只有在你去看它时才会发生作用。打碎一面镜子还能再造一面，而人类对欲望难以把持的天性，才是灵塔之魂真正的寄生之所。丹尼斯不需要每天去照镜子，就能够代替灵塔发号施令；被邪恶思想控制的人不需要去照那面镜子，就会发自内心地互相伤害，这些自觉的行为正来自于他们被灵塔激发并占据了统治地位的内心的邪恶部分。但是灵塔终究是邪恶的图腾，无论如何，必须要打碎这个图腾，把灵塔的形体彻底摧毁，才能重建有价值的信仰，才能让世界看到光明的希望，才能让每个人都有拷问自己灵魂的意识和勇气。”

“你是说思想领域的斗争？”我脱口而出。

“那是永恒的事业，建立在摧毁灵塔的基础之上。”

“你的意思是，如果不把灵塔彻底摧毁，就无法追求美好的人性了？我听洛瑞说过，追求目标的同时不应该放弃人性中的美好。是他错了吗？”

小人摇摇头说：“你自己也感受到了，在摧毁灵塔之前你反复挣扎过多少次，付出过多大的代价！在摧毁它之前，没有谁有真正的资格去谈论呵护人性。或许我无法告诉这个世界，理想国应当是怎样的面貌，但至少我应该为建设它扫除一些障碍。”

我又问：“但洛瑞对我说过，组织从来没有选择我所采用的方法来摧毁灵塔，原因就是不愿以人性作为交换的代价。”

“他没有说过这些话，这些话来自你矛盾的内心。相信我，为了摧毁灵塔，组织愿意付出巨大的牺牲，甚至不惜放弃一部分人的人性。遗憾的是没有多少人有能力坚持走完最后一步。”

“今天为什么要发动这次袭击？要知道即使杀了丹尼斯也无法解决根本问题，反而可能会使组织的剩余力量全军覆没。你不准备去摧毁灵塔了吗？”

“坦率地讲，发动这次袭击的唯一目的就是要唤醒你。你已经最接近灵塔，迎来最好的机会，却迟迟没有动作。战争等不及了，世界也没有时间等你自觉苏醒。直接和你说恐怕无济于事，我只能再次用牺牲来刺激你，幸运的是，牺牲是值得的。”

“哪怕牺牲了汉克？”

“是的。”小人用不容置疑的眼光看着我，接着他将斯图尔特的长剑递给我，“不要再丢下它了，你应该一直带着这把剑。”

我接过剑，心中感慨万分。他的话让我产生了某种不确定，无论是话中提到的目标还是需要采取的方法我都能够理解。但是否真的要放弃一部分人的人性，甚至放弃汉克的生命才能实现这个目标呢？“乔尔斯和桃乐丝到底是因为什么才叛变的？”我迫切想知道答案。

“乔尔斯会叛变，是因为他把保护旅馆看得比摧毁灵塔更加重要。当我们长期没有实施行动后，他对这份事业成功的可能性发生了怀疑，最后认为走这条路再也无法重现旅馆的辉煌了，所以他宁愿以叛徒的身份来换取重建旅馆的可能；至于桃乐丝，我承认，她和乔尔斯有本质的区别。她扮演的角色太过弱小，弱小得只能用肉体去换取情报。她最终选择和乔尔斯同流合污，恐怕是因为已经放弃了身体，灵魂也就不再重要了。”

“你准备如何惩罚他们呢？”我还是问了这个问题。

“其实我 5 天前就已经回到肯斐辛，悄悄进入过旅馆。乔尔斯已经近乎废人，过多的肉欲彻底磨灭了他的意志。他在组织待过很长时间，清楚灵塔编织的那套永生的理论压根就是虚假的。如今他已经没有了信仰，重建旅馆对他来说也不再重要，只能选择在肉欲中堕落下去，直到灵魂彻底腐烂。但我并不会放过他，他一定要付出生命的代价以告慰黄泉下的烈士们。至于桃乐丝，我对她始终有愧疚之情。这几年她经历过多少屈辱你我都很清楚，可以说是组织与灵塔共同伤害了她。我认为应该给她重新生活的机会，等到摧毁灵塔之后你们就一起远走高飞吧，彻底忘掉往事。”

我从来没有想到还会有这样的机会。小人对桃乐丝的宽容卸下了我沉重的包袱，我想象着美好的未来不禁怦然心动。此刻我强烈盼望着把这个好消息告诉她，同时更加急切地要去摧毁灵塔。

“把摧毁灵塔的任务交给我吧，天亮就去。”

“当然，已经刻不容缓了。”小人点点头说。

“对了，这里有瓶药剂。”我把古多最新研制的药剂取出交给他，告诉他具体的功能和用法。“你想办法给丹尼斯吃下这些药剂，然后控制他签署停止战争的命令。最好让他和凯斯特直接撕破脸，同归于尽。”

“放心，这件事上午就办好，让他带着炸药到凯斯特的办公室去，为洛瑞报仇。”

不知不觉我们聊了一整夜。已是黎明，屋外晨光微露，我听见布谷鸟在啼叫。

“摧毁灵塔之后你想做什么？”我问他。

“还有很多工作要做，重建社会精神是漫长的事业，可能要花去好几代人的时间，但当下就必须行动起来。我们这一代目睹社会道德败坏、价值紊乱，不能再让下一代经历这些。”

“你会做社会鸣钟人吗？”

他微微一愣：“你也知道这个词。我恐怕没有资格去担任这个角色了，特别在我选择牺牲汉克来唤醒你之后。将来我能做的只是帮助更多人认识到思想领域斗争的重要性，并且为他们的工作创造条件。当然这也是一种参与，但并非直接和腐坏针锋相对，直接告诉别人应该做什么不应该做什么。因为即使是我，也绝无勇气对着社会说出‘我从无愧疚’这几个字。”

“但是做社会鸣钟人并非圣人的特权。”我说，“现在我终于知道，即使是做错事的人依然有条件甚至有义务为社会做些有意义的事。如果我还有机会去扮演这个角色，我一定不会推让。现在我请求你为我做一件事，在我出发之前希望能得到你的承诺。”

“说吧，只要我能办到。”

“灵塔被摧毁后，我希望你去维尔国拯救我的家乡。那里的底层人民热爱艺术，心地善良，请你以他们为主干，将国家建设成为美好家园，能答应我吗？”

“任务相当艰巨啊！”他的眼中含着笑意。

“而且很不平凡，最适合你来做。”我站起身，一边穿盔甲一边说，“不知道今天我还能不能活着回来，该说的也都说了，我相信你能做到这些事。另外，桃乐丝是个好女人，拜托你好好照顾她。如果我死了，而她又生下我的孩子，请你把孩子当成自己的子女抚养大。”我并不确定桃乐丝是否已经怀孕了，但这个想法突然就冒了出来。

“这些要求我都答应，但你也要答应我一定要安全回来。记住，直接上塔顶，把宝石丢入火焰然后离开，1 小时后灵塔就会爆炸。我现在去旅馆解决乔尔斯，任务结束后我们就在旅馆会合。”

“一定。任务完成后我立刻赶过来。”我穿戴整齐，从小人手里接过蓝宝石。

“对了，还有件东西一并给你。”小人递给我一个包裹。我打开它，里面是我本已收藏起来的石偶。

“现在你已经能够带着它了吧。”小人洞悉一切地说。我点点头，将石偶收好。洛瑞终于又要与我并肩作战了。

出门前我想起一个问题，问他：“你是怎么认出我来的？我变化这么大，而且一直戴着面具。”

“早就在观察你。你依然有追求生命价值的热情，这是其他敌人所不具备的。那种感觉我一眼就辨认出来了。”

“当初为什么要我跟着洛瑞到这里来？”

“察觉到你的特殊性了，把你从黑色大河拉上岸后，竟然那么倔强。”

我笑了，最后补充道：“如果我回不来，一定替我转告桃乐丝，说我爱她。”向他挥手告别后走出房间。

清晨的街道亮得刺眼，巡逻兵见到我纷纷敬礼。夏天温暖的季风吹拂着身体，仿佛闻到了蒲公英的气息，那是潜藏在我记忆深处的味道。想必我童年时常常坐在夏日的草地上逗弄蟋蟀。

眼前的城市犹如一张张老照片，拼命想要挽救一段旧时光，但在异常紧张的气氛下，它脆弱得随时会倒在一场暴风雨里，湮没在历史中。

来到灵塔区，走进办公室，我问勤务兵丹尼斯的行踪，他告诉我昨夜丹尼斯去了英斯比旅馆，一直没有回来。

小人去解决乔尔斯时，顺便就能够控制丹尼斯了，我想。

随后我指示 4 号部队立即离开灵塔区，到居民区执行“紧急任务”。之后翻阅桌上的战报。一天工夫，帝斯国的大军已经攻到天使国的首都城下，至多 7 天后就能破城。另一份报告却带来不同的消息：还是因为缺乏粮食，帝斯国国内叛乱又起，目前叛军正在向达卡坦方向移动。

我仿佛看见平原上四处燃烧的狼烟，帝斯国大厦将倾。

窗外，4 号部队正在撤离灵塔区。1 英里之外的灵塔全身泛出一层热气，显得焦躁不安。我取出药剂，准备再次麻痹自己的意识。但犹豫再三我还是没有服用它。现在就以勇士决斗的方式直接向灵塔挑战吧！我抽出斯图尔特的长剑，经过那么多的磨难后，它终于等到决战的时刻。

长剑锋利依旧，转动剑身，舐血过多使它的光芒略有些暗淡。我突然想起 3121 名冤魂——不，这个数字又要增加 5 个——无论如何，他们毕竟是死在我手上的。我心中一凉，原先的兴奋感化为乌有，沉重的负罪感猛地压得我喘不过气来。

在黎明之前，我原本已经忘掉了这些，如今面对灵塔竟然无法卸下这份沉重。即使我亲手摧毁灵塔，拯救这个世界，功过就能抵消了吗？小人能够冷静地看待必要的牺牲，可我不是他，我只是从凯斯监狱逃出来的一个普通人，怀揣远离罪恶的想法，却意外担负起沉重的责任。无论如何我都不能对自己犯下的罪孽视而不见。如果轻易就能忘掉这些，我根本就不会离开凯斯监狱。

那么，未来怎么办？背负3126条生命的重压，该怎么生活？我从腰包里取出蓝宝石，希望它能够给我答案。

灵塔突然震颤起来，它已经感受到蓝宝石的威胁。僧侣们纷纷从塔内跑出，穿着僧侣服的士兵向我的办公室冲过来。

没有时间了！我立即召集被我从前线带回来的心腹士兵，告诉他们灵塔区内出现叛乱。他们迅速组成攻击阵型，向僧侣士兵们冲去。我跟在最后，步履坚定地向灵塔走去。

一场力量悬殊的战斗。我毫发无损地走进灵塔。

我掩上塔门，将背后的厮杀关在门外。身体已经虚弱不堪，刚才如果有人攻击我，我根本就没有自卫能力。心腹士兵们保护了我，对于灵塔来说，这是种讽刺。

塔内没有人，一切都保留着上次我见到它们时的原样。我艰难地挪动脚步，一步一步走进升降机，按下升向塔顶的按钮。

灵塔总共有108层，升降机到达第45层时突然停在了那里，不愿再动。我清楚，我与灵塔之间还有话要谈。它再也不能左右我，而我也有必要告诉它，240多年来它做了多么荒唐而恐怖的事情。

那面镜子被一层青色的薄雾笼罩着，走向它的过程中，这次没有出现意识和身体分裂的状况。

镜子里混沌一片，出现了大大小小、五颜六色的图形。这些怪异的图案互相撕咬、搏斗，紫色的六边形刚刚挤开绿色的半椭圆体，就被体积更大的红色菱形柱体迅速吞噬，柱体还没有来得及消化它，又被一根剑状物劈成两半……战争即将胜利之际，蓝宝石却突然出现，灵塔的恐慌明明白白地写在镜面上。

灵塔震颤得更加厉害了，书架上不断有书掉落下来。现在城内的居民们是否也感受到了震动？桃乐丝还好吗？

镜子里突然出现了桃乐丝的面容。一天一夜没见，她变得憔悴了，忧愁在她美丽的脸上描下许多细纹。我忍不住张开双臂，几乎就要前去拥抱她了，好在腰间的蓝宝石忽地跳了一下，使我清醒过来。我对着镜子怒喝：“够了，不要再试图控制我的意识，你再也不能那样做了！”

桃乐丝的脸突然换成了一张令人恐惧的面孔。那张脸上满是伤痕，一条条纵横交错的肿块纠缠在一起，挤压出两只灰暗无光的眼睛。接着桃乐丝又出现了，她只瞧了那张脸一眼就吓晕过去。

心里一阵苦涩。我早该想起，将来一定会有摘下面具的时候。如果桃乐丝看到我的长相，她会受到多大的惊吓！她还能满怀喜悦地和我共同生活吗？镜中的残面打消了我对未来的憧憬，一瞬间，我产生了把自己全部交给命运，仍由它驱使的念头。

腰间出现了一股热流，蓝宝石的光辉透射进我的体内，令我重新受到鼓舞。可惜现在身体失去了力气，否则定然将镜面击得粉碎，使它再也不能令我分心。

随着我思想的变化，镜里的那张脸竟然变成我原来的面貌。镜子里发出一个声音：“你还可以变回这样子的，只要你放下口袋里的东西。”

“别做梦了！我是不会这么做的。那只是一副皮囊，它的价值连一根青草也比不上。”

镜子里又出现了桃乐丝，她和恢复面貌的我亲吻。“永远要你的爱人和一张面具接吻吗？你不想摘下它吗？”声音诱惑我。

“这样的遗憾会让我更加自豪，令她更加爱我。够了，你无法再蛊惑我，你灭亡的日子已经到了！”

镜子里突然映出一片血海，翻滚着浪花，还有亡灵的头颅。

穿着蓝衣的汉克浮上海面，红色的瞳孔已经暗淡。

“昨天你亲手杀了他。除非与我为伍，否则你会天天被噩梦惊醒。这种日子你能忍受吗？”

我坦然回答：“所有的牺牲都是为了摧毁你。如果我现在放弃了，那才会天天做噩梦。”

“想想看，我会让你变成世界上最有权势、最英俊的男人，你想要什么就能得到什么，全世界都对你俯首称臣。我还会帮你忘掉从前的记忆，使你永远快乐地生活。任何一个人，倘若他还有点雄心的话，都不会拒绝这份厚礼的。”声音继续诱惑我。

“倘若有雄心就更不会这样做了，用全世界的沉沦来交换个人的权势，我良心何安？再说，向你妥协我真的就能得到任何想要的东西了吗？我想看到满山的青葱、清澈的江河、肥沃的土壤、飞鸟与走兽融洽相处的大自然，想看到人民和睦相处、生活富足、情操美好、代代健康传承，这些东西你有能力还给我吗？”

“你真是井底之蛙。‘良心’这个可笑的字眼蒙蔽了你的眼睛。你以为人类会对你的牺牲表示哪怕一丁点儿的感激吗？你以为没有了我，他们就能够过上你说的那种生活吗？世界就会变得美好吗？你也看到了，我只是面镜子，我所做的一切只是让人类按照自己的本性去生活。邪恶不是我带来的，而是人类自身拥有的。人类就是贪婪、自私、阴暗、丑恶、恐怖的代名词，倘若让他们任性地生活下去，世界迟早还是会变成你不愿看到的样子，我只不过加速了这一天的到来。与其毁灭我，倒不如跟我合作，按照我的方式创造出一个新体系，那会比你所憧憬的真实一百倍。”

“你未免混淆了美好与丑陋的分量了。倘若把人类这个群体看做是一个人，贪欲、自私、阴暗、丑恶、恐怖只是他本性中的一面，他还有节制、博爱、光明、美丽、善良的另一面。你扼杀了美好的部分，企图用邪恶代替一切，是人性真正的凶手。和你同流合污？不要玷污了我。你看，我穿戴着你的军队的盔甲和面具，利用效忠于你的士兵和巫师，最终站到这里来摧毁你，是不是很讽刺？邪恶再强大也敌不过正义。即便没有我，即便今天你苟活下来了，未来还是会被摧毁。结局早就注定了，这是规律！”

“规律？哼！等到我把世界彻底毁掉，你认为规律还会对我有用吗？当这个世界完全变成汪洋，或者变成冰川，那时还会有谁来对抗我？当然，我更愿意选择和你合作，由你来统治这个世界。哪怕按照你的价值体系来统治它，我也不反对。因为这个体系终究还是会从内部毁坏，走到我的体系中来。你等着看吧。”

“恐怕要让你失望了，你我都不会等到这一天。”我取出蓝宝石，一看到它，镜面上就出现了一双双惊恐不定的眼睛，互相推来推去。但很快镜面又恢复了正常，出现了一张陌生的笑脸。

“你还是不明白你所谓的正义是如何自我堕落的。乔尔斯为了对抗我做过不少坏事。可是一旦我允许他建立俱乐部，并且把掠夺来的女人送进他的怀里，他就改变了主意顺从于我。天使国的军队本来可以打败我，可是因为长期安逸的生活，他们已经失去了勇气。即使我不去进攻他们，今后他们也会变得像维尔国那样，不再拥有你想保护的东西。人类自出生之日起，弱点就已经被确定了。今天还有你站出来试图挽救世界，将来呢？如果再也没有你这样的人存在，又有谁会为世界挺身而出？”

“我这样的人是不会消失的。每个历史阶段都有社会鸣钟人出现，这是人类自我反省、自我保护的本能结果。你已经把你的统治体系做到极致，几乎可以控制一切，可结果呢？昨天又有城市暴动了，将来还会有更多，你的体系终究是场骗局。人类天性中的勇气和不屈的意志，是你根本无法理解的。”

镜子讥讽说：“为什么我看到的全是人性的弱点呢？就拿组织的首领小人来说，他和我对抗了100多年，在此过程中他也不惜牺牲别人，包括汉克。即使今天我被摧毁了，还会有代替我统治世界的人出现，说不定就是小人自己。我诞生于欲望，又不断收集人类的弱点和阴暗面，你或许可以摧毁我的身体，但我的精神你根本无法摧毁，因为那是人类要永恒面对的问题。事实上，我就是你们每个人的内心中的另一个存在。除非人类灭绝或者世界毁灭，否则我永远不会消亡。你根本就是在做无用功！”

和它辩论令我的思想越来越清晰。“只要世界还没有因为自然规律而毁灭，人类就一定会在思想领域的斗争中不断成长。这个过程将一直持续下去，任何人都无法左右社会的最终进步。你只能看到人类的弱点，是因为你本身肮脏透顶。”

“你未免把人类想象得太美好了。你如何保证他们一定会向前发展？你看看周围这些书，全部是我从世界各地精心搜集来的。创作书的人都怀有如你般的责任感，孜孜不倦地传播精神养分。这些书中蕴藏着力量、财富、智慧，以及让世界变得美好的方法，然而又有多少人认真读过它们？相反倒是有人跳出来指责这些智慧，扼杀这些思想。既然你们不需要这些东西，就让它变成我的一部分吧，用你们创造出来的智慧摧毁你们。”镜子大笑。

“人类既然创造了这么多的思想财富，并且一直有人在坚持创造新的思想财富，就说明了世界还有变得更加美好的可能。人类无法做到十全十美，但也不会允许邪恶肆意统治一切。真善美永远是人类的追求，哪怕过程中始终反反复复。有形的你马上就将被这颗光明之石摧毁，而所谓无形的你也必然会被不断打倒，直到渺小得再也无法成形。”

镜子还想说话，我用尽全部力气将它推倒，沉重的镜架重重砸在地毯上，塔身随之剧烈颤抖起来。我看见镜面上出现了两条裂纹，接着裂纹越来越多，最后变成无数块碎片。在塔身持续的震颤中，碎片不断落到地毯上，里面映出一个个旋涡状的物体。旋涡不停旋转，旋转，直到变成模糊的亮点，又一秒钟、一秒钟地暗了下去。

伴随着镜子的毁灭，我也逐渐恢复着力气。等到体力完全恢复，我转身大步走进升降机。在升降机大门合上之前，一块镜子的碎片突然飘了进来。它浮在半空中，面对我的眼睛，跟着我一起向塔顶升去。

那个声音又出现了，音量轻微，语气和刚才大不相同：“恭喜你，你终于要成功了。但是我再次提醒你，在今后的每一天，你都不能得到由此带来的喜悦。相反，你会陷入无限自责的情绪当中，抑郁终生。你一定受不了这种折磨的，连你的家人都会因此而受累。你还有重新选择的机会，我并不会责怪你刚才做的一切，还是愿意和你合作，按照你的想法重新建设世界。你看，我也不是顽固不化的，我会改变自己的旧观念。给我一个机会吧，也给你自己一个轻松生活的机会。想想看，我们一起建设一个理想的世界，以我的力量配合你的思想，岂非要比你从头开始、重新再来简单得多？不要把我摧毁，利用我吧，好好地利用我。”

我冷冷地看着它，伸出手将它抓在手心，连同诱惑一起捏得粉碎。声音骤然消失，掌心里淋漓的鲜血令我一阵快意。

升降机外，整个城市飞快地向脚下退去。升降机越来越高，最后，它停在了顶层。

面前有一道楼梯通往塔顶，我一级一级，拾阶而上。每走一步，脑中都会出现那些被我伤害过的人们：我误杀的平民，主动杀害的组织战士，没有反抗能力的俘虏……

步履越发沉重，心痛得越来越厉害。

推开头顶的铁盖爬上塔顶，视野豁然开朗。沐浴在明媚的阳光下，夏天的风在耳边呼啸而过。面前的那团火焰席卷起滚烫的热浪。我取出蓝宝石，将它投入火焰之中。

火焰晃了一下，还有时间。

站在塔顶向远方眺望，越过满是裂缝的平原，我能看见达卡坦城的城墙，以及遥远北方的荒凉大地。俯视肯斐辛，白色的房屋变成一个个圆点，我试图从中找出英斯比旅馆，但只是徒劳。城防指挥部却很快被我找到，从高空看它就像一具棺木。

转过身，眼前的火焰不停地发出“噼啪”的炸裂声。火焰里升腾起无数死者的面孔，他们或许已经原谅了我，都在向我微笑，可我无法原谅自己。

终究我还是没有得到救赎，这样的话，桃乐丝也不会幸福，何况还要跟面具一起生活。

摘下紫色面具，将它丢进火中，久违的满面清风。脸上又痛又痒，心里却一阵欢畅——很快就能回归真实的自己了。

取出石偶，看到蓝宝石正在火焰中燃烧，它的神情显得格外喜悦。洛瑞此刻的心情想必和它一样，但他将石偶送给我时附赠的祝福，最终还是没能实现。

再次俯视城市，城防指挥部突然升起一阵黑烟。尽管距离遥远，我还是听见了爆炸声。

北方，长长的黑影横亘在天地接壤处，那是边境的山谷。翻过它，穿过蓝色的森林，渡过黑色的大河就能踏上家乡的土地。现在才发现，我是如此依恋故国。

我想象将来变得美好的维尔国：监狱已经被推翻，热爱艺术的人们建造了一个快乐的国度，桃乐丝带着我们的孩子在那里定居。孩子将来会成为音乐家？雕刻家？或者只是平凡的文艺青年？都可以，怎样都好。

我将长剑和石偶放到地上，并排和它们躺在一起。

洛瑞对我说：“你终于回来了。”斯图尔特笑了：“早说过他不会让我们失望的。”我说：“卷些烟吧，果萤草茶也再来点。”

天空，白云变幻出桃乐丝的微笑。鼻尖有些发痒，我回味着和桃乐丝度过的甜美时光里的一切细节，在燃烧将尽的火焰边昏昏睡去。

尾　声

24小时后，我坐上返回家乡的飞机。我想，在那里我可以彻底修整自己，无论是已经不可挽救的缺失部分，还是体内顽固不走的部分，以及看到希望的部分，统统打包搅拌，重新分配，务求内外焕然一新。

“决定了？那可不容易。”声音欣慰地说。

“嗯，想清楚了。”

“总算有点男子汉气概了。”

“既然已经失去了一切，干脆从头来过吧。”

“看到你这样，雯一定很高兴。”意识显得很开心。

“一定。”

“对于感情有什么想法吗？”

“等到修复得差不多的时候再说吧，现在还顾不上考虑它。”

机舱广播：“飞机即将起飞，请各位旅客确认安全带已经系好，不要在机舱内走动。”

“好好休整吧，我们会陪着你的，多长时间也没有关系。”声音和意识一起高兴地说。

“不会太久的，我的人生还有很长的旅程，请你们一直陪着我。”

一丝倦意袭来，我斜靠在椅背上放松身体。从窗口望出去，飞机正在跑道上加速。

伴随着巨大的轰鸣声，飞机缓缓脱离地面。很快，灰色的大地被甩开，洁白的云层追上机身。随后，那天大风过后城市上空出现的蓝色，又将云层按压下去，占据了窗外的整片视野。

心情崭新起来，我清晰地感觉到它的变化。雯的信、我们最后的合照、芸离去时的笑容、满脸鲜血的墨、梦中的历险、半年来的所有遭遇，都在飞机攀高的过程中被卸下，托运到心底深处，装进宛如瑞士银行地下室内封存了几百年的保险箱里。我知道，在短时间内它们会静静地躺在那里，不惊扰任何人。

“有空约 COCO 出来吧。”意识提醒我。

“一定会和老朋友见面的。”我肯定地回答。

倦意越发强烈，我调整好座位，准备就势睡去。

“先生，请问您要什么饮料？”空姐的声音。

我抬起头，一个熟悉的面孔正朝我微笑。接着她愣住了，眼神中闪过一丝喜悦。

是西餐厅的女实习生，“我准备报考空姐呢”，她说过。

我拉了拉盖在身上的毛毯，某种说不出的感觉爬上心头。机舱外，阳光温柔地拥抱着蓝天，倒映出飞机展翅的身影。

后　记

我生于1978年，这个年纪的人在成长过程中正赶上社会急剧变化，身份上却很难获得标签式的认同。我们不算80后，却常常遇到80后要面对的问题；我们算是70后，却错过了不少老大哥们赶得上的机遇。我们从小接受传统教育、接受各类美德的熏陶，因而活得小心翼翼；当改革开放，西方文化开始进入时，我们正在长大，于是大学校园里诞生了一个又一个被摇滚乐影响的愤怒青年；我们赶上了信息爆炸，赶上了“科技改变生活”，却抛不开童年时就种下的某些根深蒂固，有时不免被年轻人视为“古板”、“过时”。我们是夹缝中的一代，如今却是推动社会发展的中坚力量。那么，除了经济建设之外，我们又该为社会做些什么呢？

我们所处的这个社会正变得越来越浮躁，人们逐渐迷失，仿佛为了追求经济利益，就可以放弃所有尊严；只要能获得欲望的满足，给别人造成怎样的影响又“与我何干”？道德底线一退再退，社会精神面临着变成荒漠的危险。

到底是什么造成了目前的局面？是因为社会价值多元化吗？答案或许还在风中飘扬，可是我们不能等到找到答案之后才有所行动，文化建设，或者说“思想领域的斗争”已经迫在眉睫。

如今刚踏足社会的青年们，正为了生存而努力拼搏着，在奋斗的过程中他们也在竭力寻求精神的充实。但如果放任社会大环境持续这样下去，他们恐怕也很难独善其身，不少人甚至有放弃自我的可能。更可怕的是，一年又一年、时光飞逝的同时，我们的下一代也在被社会潜移默化。如果我们不有所行动，下一代会在怎样的价值观中成长？他们之后会变成怎样？会不会不知美丑为何物，不知道什么事能做什么事情不能做？

而未来的社会是由他们主宰的！

这样看来，在经济飞速发展的时代轨道上，我们还能否无视精神的缺失，坦然自若地满足自身的欲望？

我绝非一个“道德完人”，32年的人生中也做过错事，但“做社会鸣钟人并非圣人的特权”，每个人都有条件、甚至有义务为社会做点有意义的事。哪怕是一颗微尘，只要诚心实意，我们依然该为他鼓掌。

我始终对社会抱有信心，因为在社会民众身上还有很多美好的东西，因为社会发展的大方向是积极有益的，因为还有许多与我一样有着忧思的志同道合者。我们要做的就是努力建设文化，倡导真善美的价值观，呼唤更多人一起为修正社会风气做出努力。我希望这本有关理想、信仰、尊严、迷惘、自省、责任、勇气和真诚的小说，能够被更多人理解。如果能吸引更多人投身到这项事业中就更好了。

很难说写作本书时我还算不算一个愤怒青年，但是作为曾经的校园愤怒青年，在经历了10年的人生磨砺后，我欣慰于自己还有为社会尽责的愿望。用“愤怒”的眼光去看待社会精神的迷失，未尝不是一件好事。写完这本小说，对我来说也是精神的一次涅槃，仿佛找到了自己存在于世的基石。

这是作者作为一颗微尘，人生最大的意义和价值所在。

最后，要特别感谢身边的朋友和老师对我写作本书的鼓励和支持。尤其是吴宽之老师对“老鉴”这个笔名的用心良苦，实在令我感动。我也将沿着“社会之镜”的方向，不懈走下去。

图书在版编目（CIP）数据

鸣钟人/老鉴著.—上海：文汇出版社，2010.9
ISBN 978-7-5496-0006-9

Ⅰ.①鸣… Ⅱ.①老… Ⅲ.①长篇小说—中国—当代
Ⅳ.①I247.5

中国版本图书馆CIP数据核字（2010）第174016号

鸣钟人

著作权人 / 老　鉴
责任编辑 / 熊　勇
特约编辑 / 杨义侠
装帧设计 / 周　丹

出版发行 / 文匯出版社
印刷装订 / 苏州华美教育印刷厂
版　　次 / 2010年9月第1版
印　　次 / 2010年9月第1次印刷
开　　本 / 880×1230　1/32
印　　张 / 12.75
字　　数 / 240千
印　　数 / 1—5000

ISBN 978-7-5496-0006-9
定　　价 / 29.00元